河出文庫

ラウィーニア

アーシュラ・K・ル=グウィン
谷垣暁美 訳

河出書房新社

ラウィーニア

ただひとり、娘のありて、大いなる家をば守る。
甘く熟れ、摘みとる人を待つばかり、
縁《えにし》を結ぶにふさわしく、年も重ねし娘なり。
その心、得んとて、広きラティウム[*1]から
アウソニア[*2]のすみずみから
あまたの男、来りて……[*3]

＊1　古代イタリアの地方名。もともとは、ティベリス川、アニオ川、アルバ山、ティレニア海岸に囲まれた一帯を指したが、この領域は次第に拡大し、はるかに広い範囲を指すようになった。
＊2　イタリアの異称。
＊3　『アエネーイス』第七歌より。

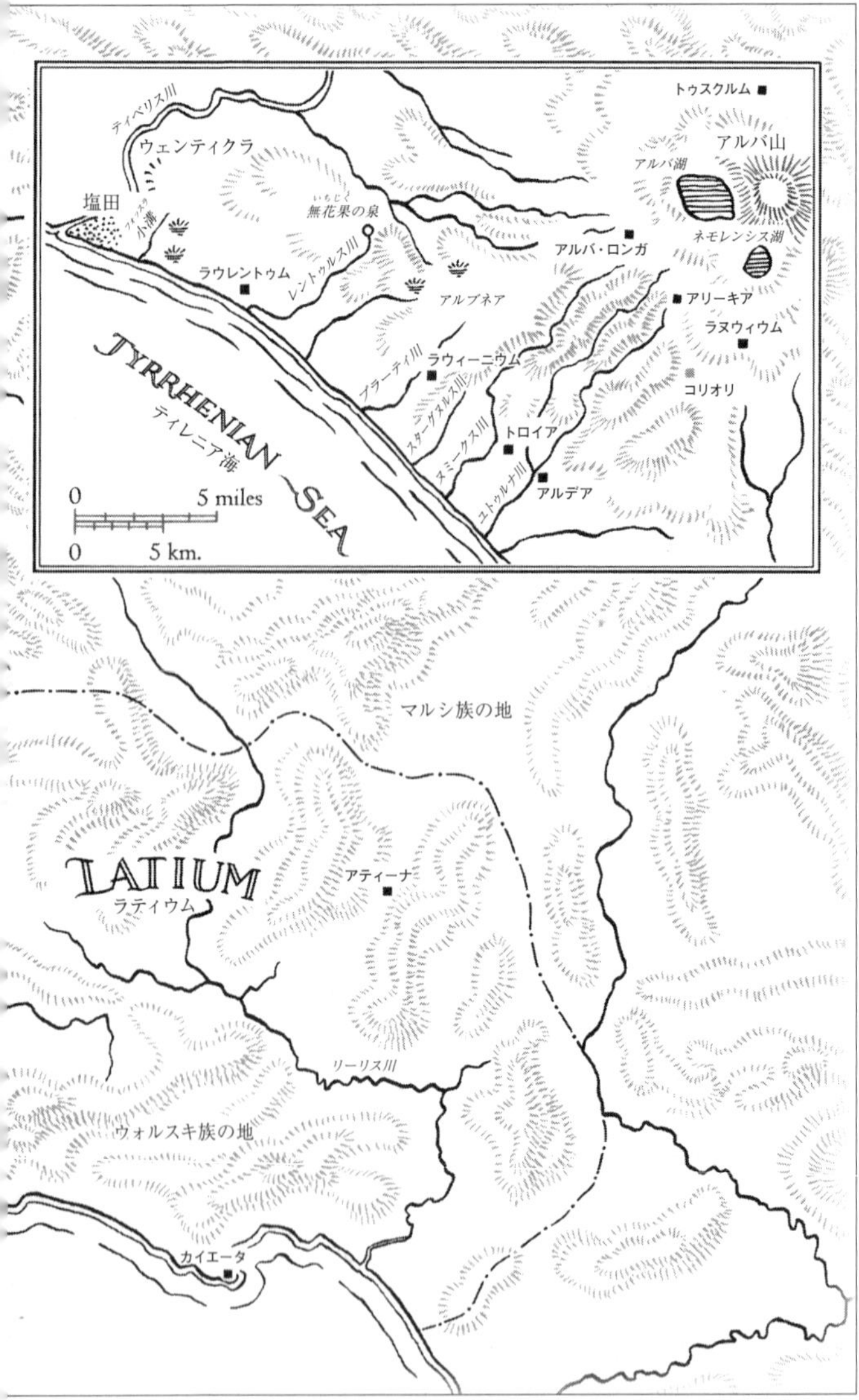

トゥスクルム
ティベリス川
ウェンティクラ
アルバ山
アルバ湖
塩田
小溝《フィスクラ》
無花果《いちじく》の泉
アルバ・ロンガ
ネモレンシス湖
ラウレントゥム
レントゥルス川
アルブネア
アリーキア
ラヌウィウム
TYRRHENIAN SEA
ティレニア海
ブラーティ川
ラウィーニウム
コリオリ
スターグヌルス川
ヌミークス川
トロイア
ユトゥルナ川
アルデア
0 5 miles
0 5 km.
マルシ族の地
LATIUM
ラティウム
アティーナ
リーリス川
ウォルスキ族の地
カイエータ

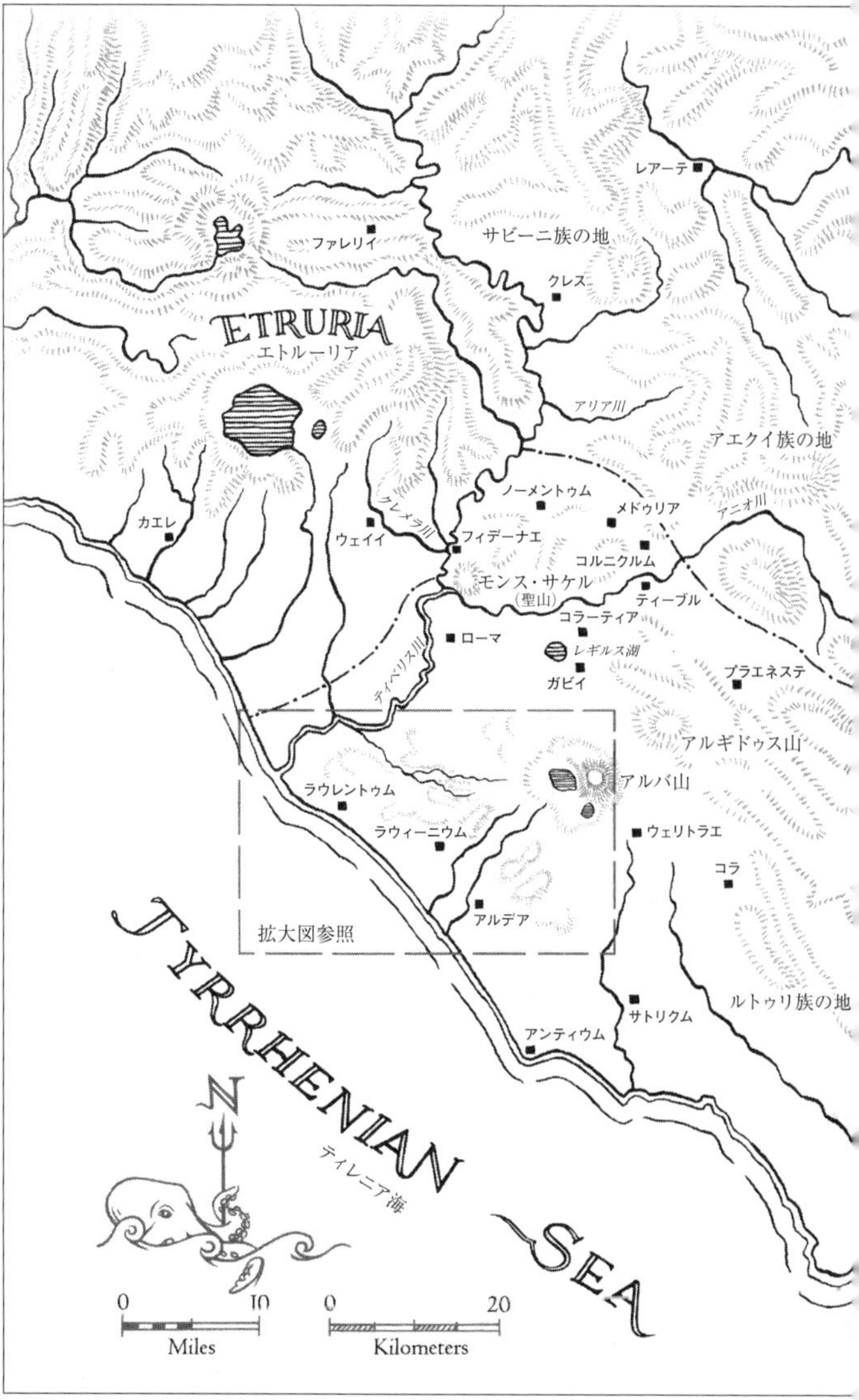
ETRURIA
エトルーリア
ファレリイ
サビーニ族の地
レアーテ
クレス
アリア川
アエクイ族の地
ノーメントゥム
メドゥリア
アニオ川
カエレ
クレメラ川
ウェイイ
フィデーナエ
コルニクルム
モンス・サケル
(聖山)
ティーブル
コラーティア
ローマ
レギルス湖
ガビイ
ティベリス川
プラエネステ
アルギドゥス山
アルバ山
ラウレントゥム
ラウィーニウム
ウェリトラエ
コラ
アルデア
拡大図参照
TYRRHENIAN SEA
ティレニア海
サトリクム
ルトゥリ族の地
アンティウム
N
0
10
Miles
0
20
Kilometers

生まれて十九回目の五月、お供《そな》えに使う塩を得るために、河口の塩田に行った。ティタとマルーナが一緒だった。それに父が、家内奴隷の老人と男の子と、塩をうちまで運ぶ驢馬《ろば》をつけてくれた。海岸沿いにほんの数マイル北へ行くだけだけれど、一泊の遠足にすることにして、小さな驢馬の背に山ほど食べ物を積み、一日がかりで河口に着いた。川と海に面した砂原を見下ろす砂丘の草の上に、キャンプを設営した。五人で火を囲んで夕食を食べ、物語を語ったり、歌を歌ったりしているうちに、日が海に沈んで、五月の夕闇は青くなり、その青が次第に濃くなった。わたしたちは潮風に吹かれて眠った。

闇をわずかに明るませた最初の光で、わたしは目を覚ました。みんなはぐっすり眠っていた。鳥たちの夜明けの合唱が始まろうとしていた。わたしは起き上がって河口に下りていった。自分が飲む前に、ほんの少し水を掬《すく》い、捧げ物として川にもどした。「ティベリスよ。父なるティベリスよ」と川の名を呼び、それから、秘密とされているふたつの古称でも呼びかけた。「アルブよ。ルーモンよ」と。それからわたしは水を飲んだ。ほんのりと塩味を帯びたこの水が好きだった。このころにはもう、空が薄明るくなっていて、川の流れとはいってくる潮とがぶつかる浅瀬に、波の筋が立っているのが見えた。

その向こうの薄暗い海に、船団が見えた。黒い大きな船の列が、南からこちらに向かって進んできて、それから向きを変えて、河口にはいろうとしている。それぞれの船の両側には、オールがずらりと並んで、薄明のなか、羽ばたくように、持ち上がっては波を打つ。

一隻、また一隻と、船は激しく上下して浅瀬の波を乗り越え、一隻また一隻と、まっすぐこちらに向かってくる。舳先《へさき》から突き出て三股《みつまた》に分かれ、緩やかな弧を描く衝角《しょうかく》は、青銅で覆われている。わたしは水際の塩を含んだぬかるみにしゃがみこんだ。先頭の船が川にはいり、わたしの前を通り過ぎる。黒い船体がそそりたち、オールが水を打つ重く低い音に合わせて、ゆっくり動いていく。漕《こ》ぎ手《て》たちの顔は影になっている。だが、高い船尾に目をやると、ひとりの男が空を背に立ち、前方を見据える姿が、くっきりと見えた。

その表情は厳しいけれど、恐れてはいない。祈りをこめて、前方の暗がりを見つめている。この人が誰なのか、わたしは知っている。

持ち上げられ、打ち下ろされて水をかくオールの動きとともに、最後の船がわたしの前を過ぎ、川の両岸に茂る森の中に消えていったときには、すでに、いたるところで鳥が歌い、東に連なる丘の上の空がまばゆく輝いていた。わたしは砂丘のキャンプにもどった。誰も起きていなかった。船団はみんなが眠っているうちに、脇を通り過ぎたのだった。わたしは自分の見たもののことを、まったく話さなかった。みんなで塩田に下りていき、泥混じりの灰色の塊を、一年分の塩を得るのに十分なだけ掘りとった。そしてそれを驢馬の背の籠に入れ、ゆっくりしたがる連れをせかして、出立した。みんな、少しばかりぶつぶつ言ったり、ぐずぐずしたりはしたものの、朝のうちに館に帰ることができた。

わたしは王のところに行って告げた。「お父さま、夜明けに軍船の船団が、川を遡《さかのぼ》りました」父はわたしを見た。悲しそうな顔だった。「もう来たのか」と父は言った。

わたしは自分が誰だったか知っている。わたしのものだっただろう名を人に告げることができる。けれど、今、わたしが存在するのは、わたしが書き記す文字列の中だけだ。わたしは自分の存在の性質に確信がもてず、自分が字を書いていることに驚く。もちろんわたしが話すのはラテン語。でも、ラテン語を書くことを習ったかしら。習ったような気がしない。習っていないような気がする。ラウィーニアというわたしの名をもつ誰かが存在したのは間違いないけれど、その人は、わたし自身が思い描く自画像や、わたしの詩人[*1]がわたしについてもっていた像と大きく隔たっていたかもしれない。だったら、そんな人のことを考えても、頭がこんがらかるばかりだ。わたしの知る限り、わたしにいささかでも存在感を与えてくれたのは、わたしの詩人だ。あの人が書いてくれる前は、わたしはほんとにおぼろげな姿しかもっていなかった。ほとんど、系図に記されたひとつの名前に過ぎなかった。わたしを生き返らせてくれたのはあの人。わたしを自分自身に返してくれたのはあの人。おかげでわたしは、自分の人生と自分自身のことを思い出せるようになった。今、こうして書き記しながら、わたしはそれを生々しく思い出している。あらゆる種類の激しい感情が湧き上がってくるのを感じながら。それはきっと、わたしの覚えている出来事が、わたしが記したときに初めて――あるいは彼が書くのと同時に――存在するようになるからだ。

ああ、でも、かの詩人は、それらの出来事について書かなかった。あの人は自分の詩の中でわたしの人生を軽んじていた。わたしをないがしろにした。わたしがどういう人間なのか、知ったとき、あの人はもう死にかかっていたのだから、しかたがない。あの人が悪いんじゃない。手遅れだったのだ。あの人には、訂正をしたり、形式に則《のっと》って詩句を書き加えたりする時間がなかった。自分の詩を不完全だと思っていたけれど、完全にすることができなかった。あの人はそのことを残念がっていた。わたしのことを惜しんで悲しんでいた。誰か、暗い川をいくつも越えた向こうの、あの人が今いるところに行ったら伝えてくれないだろうか。ラウィーニアがあなたのことを悼《いた》んでいると。

わたしが死ぬことはない。それはほぼ確信できる。わたしの人生は不確かすぎる。死のように絶対的なものに至るはずがない。わたしは本物の滅びの定めを、十分にもって

＊1　古代ローマの詩人で、叙事詩『アエネーイス』の作者、ウェルギリウス（前七〇～前一九）を指す。『アエネーイス』は、燃えさかるトロイアを脱出した英雄アエネーアスが、困難な旅を経てイタリアの地にたどり着き、のちにローマへと発展する国の礎を築くまでを描いた物語。

いない。もちろん、わたしもいずれは姿薄れ、忘却の中に埋《うず》もれていくだろう。かの詩人がわたしを存在へと召還しなかったなら、はるか昔にそうなっていたであろうように。おそらくわたしは偽りの夢となるだろう。黄泉《よみ》の国の門にある木の葉の裏にへばりつく蝙蝠《こうもり》のような。アルブネアのオークの森の暗がりに飛ぶ梟《ふくろう》のような。けれども、自らを生から引き剝がし、闇の中に降りていく必要はあるまい。思えば、かの詩人は二度もそうしたけれども——一度目は空想の中で、二度目は自ら亡霊となって。彼がわたしに言ったことがある。きみもわたしもそれぞれの後生《ごしよう》に耐えなくてはならない、と。いや、少なくとも、そういうふうにとれることを言った。けれども、忘れ去られるか、生まれ変わるかするのを待ちながら黄泉の国にうごめくおぼろな影は、実体のある存在ではない。わたしが書き、あなたがたに読んでもらって生きている、このわたしが生きている半分も、生きてはいない。まして、かの詩人の壮麗で鮮明な詩句の中に何世紀にもわたって生きてきたわたしの命には遠く及ばない。

とはいえ、かの詩人がわたしを歌った部分は、わたしの髪に火がついた瞬間を除いて、あまりに退屈。象牙が紅《くれない》の染料に染まるように、乙女のわたしが頰を染めた場面以外、まったく精彩を欠いている。ほんとに陳腐——だから、もうわたしはがまんできない。もし、これから何世紀も存在し続けなければならないのなら、せめて一度、口を開いてしゃべりたい。彼はわたしにひと言もしゃべらせてくれなかった。だから、彼にはもう黙ってもらってわたしがしゃべる。彼はわたしに長い命をくれたけれど、それは小さな命だった。わたしはもっとゆったりとしたところで、思う存分息がしたい。わたしの魂は広がっていき、わたしの愛するイタリアの深い森の中へはいっていく。日に照らされた丘の上に行く。白鳥の羽ばたきの起こす風に吹かれ、真実を告げる鴉《からす》の声を聞く。母は狂っていたが、わたしは正気だった。父は老いていたが、わたしは若かった。わたしはスパルタのヘレナ[*1]のように、戦争の原因になった。ヘレナが戦争の原因になったのは、自分をほしがる男たちの思いのままになったからだ。わたしが戦争の原因になったのは、贈り物として贈られることも、力ずくで奪われることも拒んで、わたしの夫とわたしの運命を自分で選んだから。わたしの夫は名高く、わたしの運命は人に知られていない。それでうまく勘定が合っている。

　それでも時々、わたしはずっと前に死んでいて、黄泉の国のどこかでこの物語を語っているに違いないと思うことがある。その場所は、わたしたちが知らない場所。わたしたちを欺《あざむ》く場所。自分たちは生きて、年を重ねていて、若いときの出来事を——蜂が群れて、わたしの髪に火がついたときのことや、トロイア人が来たときのことを——思い出しているのだと信じさせる場所だ。そうでないなら、どうやって、わたしたちはお互いに、話を通じさせることができるのだろう。わたしは覚えている。世界のはてからやってきた、あの異国人たちがティベリス川を遡《さかのぼ》って、彼らにとってまったく未知の国に

＊1　ギリシアの都市国家スパルタの王妃。ギリシア語名はヘレネー。本書では、『アエネーイス』に出てくるギリシア人やトロイア人の名前を、原則としてラテン語風に表記することとする。

はいってきたときのことを。彼らの使いは父の館にやってきて、自分はトロイア人であると説明し、淀みないラテン語で丁重な挨拶をした。どうしてそんなことがありえたのだろう？　わたしたちは皆、すべての言語に通じているだろうか？　それは死者の場合にのみ、あてはまることだ。黄泉の国はすべての国の地下に広がっているからだ。二十五世紀か三十世紀か昔に生きたわたしの言うことがあなたにわかるのもそのためではないだろうか？　あなたはラテン語を知っているの？

でもやっぱりそうじゃない、とわたしは思い直す。それは、死んでいるとかそういうこととは関係がない。わたしたちが理解しあうことを可能にするものは、死ではない。それは詩だ。

もしもあなたがたが、父母のもとにいる乙女のわたしに出会っていたなら、わたしの詩人が言葉で描いたわたしの姿——蠟引《ろうび》き書板を真鍮の尖筆《せんぴつ》で引っかいた素描のようにあっさりとした肖像で、十分事足りると思ったかもしれない。若い女、王の娘、適齢期の処女。純潔で無口で従順。犂《すき》で耕されるのを待っている春の畑のように、男の意のままにされるのを待つ。

わたしは犂を使ったことがない。けれども生まれたときからずっと、ラティウムの農夫たちが犂で耕すのを見てきた。くびきにつながれた白い雄牛がのしのしと前に進む。

長い木の柄《え》をつかんでいる農夫は、跳ね上がる柄をおさえつけ、犂刃を地面に押しつける。土は柔らかく無抵抗に見えるが、実際はとても硬く、断固として刃を拒む。男は体重と筋力のすべてをかけて、なんとか大麦の種が蒔けるだけの溝を掘ろうと踏ん張る。悪戦苦闘の末、男は息をはずませ、極度の疲労にわなわなと震える。願うことは、犂跡に倒れこみ、石ころだらけの、無情な母の胸で眠りたいということだけ。わたしは犂で土を耕さなくてよかったが、わたしにも無情な母がいた。母なる大地は、最後には農夫を抱きしめ、大麦の種子よりも深く眠らせてやるだろう。けれど、わたしの母は決してわたしを抱かなかった。

わたしは無口でおとなしかった。わたしがはっきりとものを言い、自分の意思を表に出したら、母はわたしが弟たちではないことを思い出すだろうから。そして、わたしもつらい思いをすることになるから。弟たち――小さなラティーヌスと赤ちゃんだったラウレンスは、わたしが六つのときに死んだ。それまで弟たちはわたしの宝物、わたしのお人形だった。わたしは弟たちと遊び、弟たちをかわいがった。母のアマータは錘《つむ》を上下させて糸を紡《つむ》ぎながら、わたしたちを見守っていた。王妃という身分であるにもかかわらず、母はわたしたち子どもを乳母のウェスティーナやほかの女たちに委ねようとはせず、一日中、わたしたちの傍らにいた。わたしたちを愛していたからだ。母はしばしば、遊んでいるわたしたちに歌を歌って聞かせた。ときには、糸を紡ぐのをやめて、さっと立ち上がり、わたしの手をとったり、ラティーヌスの手をとったりして、ダンスを踊った。みんな声を立てて笑った。「わたしの勇士たち」母は弟たちをそう呼んだ。わたしのことも勇士と呼んでいたと思う。弟たちのことを勇士と呼ぶとき、母はとても幸せだったから。そして、母の幸せが、わたしたち子どもの幸せだったから。

わたしたちは病気になった。最初に病気になったのは赤ちゃんのラウレンス。次に丸い顔と大きな耳、澄んだ瞳のラティーヌス。そして最後がわたしだった。熱のせいで何度も奇妙な夢を見たことを覚えている。わたしのご先祖さまの啄木鳥《きつつき》、ピークスおじいさまが飛んできて、わたしの頭をつついた。わたしはあまりの痛さに悲鳴をあげた。ひと月かそこらで、わたしは快方に向かい、再び元気になった。けれども、弟たちは熱が下がったかと思うとまた上がるのをくり返した。弟たちは痩《や》せ細《ほそ》り、衰弱した。よくなっていると思えることもあった。ラウレンスは母の乳房にむしゃぶりつき、ラティーヌスは寝床から這い出して、わたしと遊ぼうとした。けれども、そのあとで決まって熱がぶり返し、弟たちはぐったりとした。ある午後、ラティーヌスが痙攣《けいれん》発作を起こした。熱はネズミをふりまわして死に至らしめる犬のように、ラティーヌスを震えさせて死に至らしめた。ラティウムの希望である皇太子のラティーヌス、わたしの遊び友だちの大切なラティーヌスは死んでしまった。その夜、痩せっぽちの赤ちゃんの弟は熱が下がって、すやすや眠った。そして次の朝早く、わたしの腕の中で死んだ。子猫が死ぬときのように、息をのみ、ぶるっと震えて、それきりだった。母は悲しみのあまり、気が狂った。

父は母が狂っていることを決して理解しなかった。

父自身も息子たちの死を嘆き悲しんだ。情の厚いたちだったし、男なら誰でもそうするように、彼らを自分の跡継ぎとみなしていたから。父は、最初は声をあげて泣き、その後何年もの間、沈黙のうちに泣いた。けれども、父には王としての務めがあり、それで気が紛れた。執り行わなくてはならない儀式がたくさんあった。次々に巡ってくる儀式を執り行うことで慰められ、わが家の古い祖霊たちに励まされた。そして、わたしの存在も、父にとって慰めだった。わたしは王の娘の務めとして儀式の手伝いをしたし、遅く生まれた最初の子どもだったわたしを、父は深く愛していたから。父は母よりずっと年上だったのだ。

両親が結婚したとき、母は十八で父は四十だった。花嫁はアルデアのルトゥリ族の姫で、花婿はラティウム全土の王だった。彼女は美しく、気性が激しく、若かった。彼は男盛りで、風采がよく、力にあふれていた。勝利に輝く勇者ながら平和を好んだ。似合いのひと組に見えたに違いない。

父は弟たちが死んだことで母を責めなかった。死ななかったことで、わたしを責めなかった。喪失を受け入れ、心の中にわずかに残った希望をわたしに託した。年ごとに白髪が増え、気難しくなった。けれども、冷淡ではなかったし、弱さも見せなかった――次の一点を除いては。父は母にやりたい放題をさせた。母がわがままにふるまうときは、目をそむけ、母が暴言を吐いても黙っていた。

母の底知れぬ悲しみに、応えてくれる人はいなかった。夫には彼女の声は聞こえず、夫が彼女に話しかけることもなかった。六歳の娘はめそめそ泣くばかりだった。召使や奴隷の女たちがたくさんいたが、その立場からして当然ながら、主人の子どもたちを死なせたことで罰せられるのではないかと心配して怯えきっていた。

母は父に対して、軽蔑《けいべつ》の思いだけを抱いた。わたしに対しては怒りを燃やした。弟たちが死んでからというもの、わたしが母の手や体に触れることも、母がわたしに触れることもめっきり減って、その一度一度が今も思い出せるほどだ。母は父によって子どもたちをみごもった寝台で、二度と眠らなかった。

長い間、自室にひきこもった末に、母はふたたび姿を見せた。以前とさして変わっていないように見え、やはり美しかった。輝く黒髪、黄色みを帯びた乳白色の顔、毅然とした物腰。もともと人前での態度は、いくぶんよそよそしく、高慢な感じを与えた。母は民衆に仰ぎ見られる女王を演じているのだった。わたしはいつも、王の館に群れ集う男たちに接するときの母が、わたしたち子どもと一緒にいて、糸紡ぎをしたり、歌を聞かせてくれたり、笑ったり、踊ったりするときの母とまるで違うことに目を瞠《みは》ったものだった。館に住む人々に対しては、高飛車でわがままで激しやすかった。けれども母はみんなに愛されていた。母の中には悪気というものが微塵もなかったからだ。ところが今や、母は館の人々に対して――わたしや父に対しても――おおむね冷ややかで穏やかだった。そのくせ、わたしが口を開いたり、父が話したりすると、とたんに、母の顔に憎さげな皺《しわ》が寄ることが多かった。その、すさみきった憎悪と蔑《さげす》みの色を見せるのは一瞬で、母はすぐにそっぽを向くのだった。

母は弟たちのブラを首にかけていた。ブラというのは小さなお守り袋だ。男の子のものには、お守りとして、焼き物の小さな男根像《ファルス》がはいっている。母は弟たちのブラを、それぞれ黄金のカプセルに収め、服の下に隠して身につけていた。決して外すことはなかった。

人前では隠されている母の怒りは、しばしば館の女の居住区で爆発した。それは、わたしに向けられた激しい苛立ちの形をとった。わたしを呼ぶのに多くの人が用いる愛称、「小さな女王さま」は、とりわけ母の癇に障るようだった。じきにみんなは、その愛称を使うのをやめた。母はふだんは、めったにわたしに話しかけないのに、わたしに腹を立てると、ふいにわたしのほうを向き、硬く平板な声で、わたしは馬鹿で醜くて、愚かしいほど臆病だと告げるのだった。「おまえはわたしを怖がっている。臆病者なんか大嫌い」と母は言った。わたしがそこにいるというだけで、狂乱することもあった。殴りかかったり、肩をつかんで、わたしの頭が激しく前後するほど揺さぶったりした。一度などは怒りにまかせて、わたしの顔に爪をたてて引っかいた。ウェスティーナがわたしの体を母から引き剝がし、母を部屋に連れていってなだめた。それから急いでもどってきて、まだ血を噴き出している頰の長い傷を洗ってくれた。わたしはびっくりしすぎて、泣くこともできなかった。ウェスティーナがわたしの代わりに泣きながら、傷に軟膏《なんこう》をすりこんだ。「痕《あと》は残りませんよ。残りませんとも」ウェスティーナは涙声で言った。

母が横たわっている寝室から、落ち着いた声がかかった。「それはよかった」

ウェスティーナは、みんなには猫に引っかかれたと言うのですよ、とわたしに言い聞かせた。父がわたしの顔を見咎《みとが》めて、どうしたのだと訊いたとき、「シルウィアの猫が引っかいたの」とわたしは答えた。「ぎゅっと抱いていたところに、猟犬が通りかかったの。抱かれていて逃げられないものだから、怖がっちゃって。猫が悪いんじゃないのよ」子どもによくあるように、わたしはそのつくり話がほんとうのことのような気がしてきて、詳細や周囲の状況をつけ加えた。そのとき、誰もそばにいなかったとか、場所はテュルス農場を出たところのオークの木立で、すぐに駆け出して家に帰ったのだとか。シルウィアのせいじゃないし、猫も全然悪くない、とわたしはくり返した。シルウィアにも猫にも迷惑をかけたくなかった。王というものはすぐに罰したがる。そうすることで、自分の不安をなだめるのだろう。シルウィアはわたしの一番の親友で、遊び友だちだったし、農場の猫には、まだ乳を飲んでいる子どもたちがいて、親猫がいなくなったら、子猫たちは死んでしまう。だから、わたしの顔の引っかき傷は、わたしだけのせいでなくてはならなかった。はたしてウェスティーナの言葉は正しかった。コンフリーの軟膏はよく効いた。赤くて長い溝にはかさぶたができて癒えた。痕はほとんど残らなかった。ただ、左目の下の頬骨を横切って下りる微かな銀色の筋ができた。やがてアエネーアスがこの筋を指でなぞって、これはどうしたのかと尋ねる日が来る。「猫に引っかかれたのよ」とわたしは答える。「犬が通りかかって、抱いていた猫が怖がったの」

やがて、わたしの父、ラティウムを治めるラティーヌスと比べて、はるかに偉大な王国のはるかに偉大な王たちが現れることを、わたしは知っている。川の上流の〈七つの丘〉[*1]のあたりには、かつて、土の防御壁に囲まれた二つの町があった。ヤニクルムとサトゥルニアだ。のちに、ギリシア人の入植者が来て、丘の斜面に砦と町を再建し、パランテーウムと名づけた。わたしの詩人は、彼が生きていたときに知っていたその場所のありさまをわたしに語って聞かせようとした。いや、彼が生きることになるときに、知ることになるその場所のありさまを、と言うべきだろうか。というのは、わたしのところに来たとき、彼は死にかけていたし、今から見れば死んで久しいのだけれども、それにもかかわらず、彼はまだ生まれていないからだ。彼は忘却の川の向こう岸で、順番を待っている人たちの中にいる。彼はまだ、わたしのことを忘れてはいない。けれどもいよいよ、生まれるために、あの乳白色の水を泳いでやってくるときには、わたしのことを忘れるだろう。彼が最初にわたしのことを思い描くとき、彼は先々、アルブネアの森でわたしに会うことになるとは、つゆ知らないだろう。それはさておき、彼はわたしに告げた。来《きた》るべきときが来れば、今、集落があるところも、〈七つの丘〉も丘の間の谷

＊1　のちのローマの七丘。

も川岸もすべてを含む、想像を超えたひとつの都市が生まれるのだと。丘の頂には黄金で飾られた大理石の神殿が建つだろう。神殿には大きなアーチ門があり、大理石や青銅でつくられた彫像が数え切れないほど建っている。その都市の広場《フォルム》を一日に通り抜ける人の数は、わたしが一生の間に、ラティウムのすべての町、すべての農場、すべての祭り、すべての戦場で見る人の数より多いだろうと、詩人は言った。その都市の王は、全世界の偉大な支配者となるだろう。あまりに偉大なので、その支配者は王という称号を蔑み、聖なる力によって偉大にされた者を意味する「アウグストゥス」*1という称号で呼ばれるようになる。すべての国のすべての民族が彼に頭《こうべ》を垂れ、貢ぎ物を捧げる。わたしはそのことを信じている。わたしの詩人は常に真実を語るから——必ずしもすべての真実を語るわけではなくとも。すべての真実など誰も語れない。詩人だって例外ではない。

しかし、わたしの子どものころ、詩人の言う偉大な都市は、洞穴《ほらあな》がたくさんあり、低木が茂り放題になっている岩山の中腹にへばりつく貧しげな集落に過ぎなかった。わたしは一度、父とともにそこを訪れたことがある。西風に吹かれて川を一日遡《さかのぼ》ったのだ。この入植地の王、エウアンドルスは父と同盟を結んでいた。彼はギリシアからの亡命者で、この地でも厄介事を抱えていた——ある客人を殺したのである。そうするには十分な理由があったのだが、その種のことをわが同胞は忘れない。エウアンドルスは父の示した好意に感謝しており、精一杯のもてなしをしてくれた。しかし、彼の暮らしぶりは、ラティウムの裕福な農場主のそれよりもはるかに質素だった。パランテーウムは大きな黄色い川と森林に覆われた丘とにはさまれた薄暗い囲い地に過ぎなかった。エウアンドルスは無論のこと、わたしたちのために宴《うたげ》を催し、牛肉と鹿肉を供した。だが、その宴のしつらえはとても変わっていた。ひとつの長いテーブルを囲んですわるのではなく、それぞれに長椅子に寝そべって、小さなテーブルから取って食べる。これがギリシア風の食べ方なのだ。その上、テーブルには、わたしたちがサルサ・モラと呼ぶ、碾《ひ》き割り小麦に塩を加えたお供えが置かれていなかった。宴の間じゅう、わたしはずっとそれが気になっていた。

エウアンドルスの息子パラスはわたしと同い年くらいで、当時は十一か十二の気立てのいい男の子だった。丘の洞穴のひとつに住んでいたという半人半獣の怪物の話をしてくれた。怪物は夕暮れになると洞穴から出てきて牛を盗み、人を襲って八つ裂きにしたという。その怪物は、人に姿を見られることはめったになかったが、いつも大きな足跡を残した。この怪物はこの地を通りかかったギリシアの英雄ヘルクレスに殺された。怪物の名前は何というの、とわたしは尋ねた。カークスだとパラスは答えた。わたしは、

＊1　紀元前二七年、オクタウィアヌス（初代ローマ皇帝）に元老院から贈られた尊号。彼ののちも、歴代ローマ皇帝を指す最高の称号として用いられたが、アウグストゥスというと、初代ローマ皇帝を指すことが多い。このアウグストゥスとウェルギリウスとの関係については、「訳者あとがき」457～458ページを参照。

カークスというのは、火の長《おさ》という意味だと知っていた。わたしの父がしているように、自分の娘の手を借りて、集落の人々のためにウェスタ[*1]の火を守る指導者のことだ。でも、わたしは半人半獣の怪物についてのギリシア人の言い伝えに異を唱えたくなかった。そっちの話のほうがわたしの話よりおもしろいから。

　パラスは雌狼の巣穴を見てみたいかい、とわたしに尋ね、わたしはええと答えた。パラスは集落に程近い、ルペルカルと呼ばれる洞穴に連れていってくれた。この洞穴はパーンに捧げられているんだと、彼は言った。パーンというのは、わたしたちのご先祖のファウヌスおじいさまをギリシア人が呼ぶ呼び方のようだ。いずれにせよ、賢明なことに、入植者たちは雌狼とその子どもたちをほうっておいた。それで、雌狼のほうも人々をほうっておいた。人々が飼う犬を襲うこともなかった。狼は犬が大嫌いなものだけれども。丘の森にはたくさん鹿がいて、雌狼は食べるものに困らなかった。春にときおり、子羊を襲うことはあった。人々はそれを生《い》け贄《にえ》だと考え、雌狼が子羊を襲わないときは、犬を生け贄として雌狼に捧げた。雌狼の連れ合いは冬の間にいなくなっていた。

　ふたりの子どもが巣穴の入り口に立ったのはあまり賢明なことではなかった。雌狼は子どもたちを育てており、そのときも巣穴の中にいたからだ。洞穴はきついにおいを放っていた。中は真っ暗で静かだった。けれど、暗さに目が慣れてくると、じっと動かぬ小さな火がふたつ見えた。雌狼の目だ。雌狼は自分の子どもたちをかばって、わたしたちの前に立ちはだかっていた。

パラスとわたしは、雌狼の目を見つめたまま、ゆっくりと後ずさりした。立ち去らなくてはならないとわかっていたが、わたしは立ち去りがたかった。しぶしぶ体の向きを変えてパラスのあとを追ったが、途中何度もふり返らずにはいられなかった。雌狼が洞穴から出て、愛情深い母、誇り高い女王の毅然とした姿で立っているのではないかと思ったのだ。

この〈七つの丘〉への小旅行で、わたしは自分の父のラティーヌスがエウアンドルスよりはるかに大きな力をもつ王であると知った。そしてそののち当時の「西」*2の国々の、どの王にも優《まさ》る有力な王であることを知った。未来に現れる尊厳者《アウグストゥス》と比べれば、その足元にも及ばないにしても。わたしが生まれるずっと前に、父は戦争と領土の防衛によって、自分の王国を堅固に打ち立てていた。わたしの子ども時代には、言うほどの戦いはなかった。それは長い平和な時代だった。もちろん、農民同士の揉《も》め事《ごと》や紛争、境界での揉め事や紛争はあった。わたしたち、西の国々の住民はオークから生まれたという言い伝えがあり、荒々しい気性の持ち主だ。すぐにかっとする。武器は常に身近においている。農民たちの喧嘩が熱くなりすぎたり、広がりすぎたりして、父が介入しなくてはならないこともあった。父は常設軍をもっていなかった。農地の中や農地の境界には、

＊1　炉の女神。神像はなく、火そのものが崇拝の対象である。
＊2　イタリアのこと。イタリアはギリシアから見て西にあたるので、ギリシア人はヘスペリア（西方の国）と呼んだ。

戦争の神、マルスが住んでいる。問題が生じると、父は領国の農民たちに召集をかける。農民たちは先祖から伝わる青銅の剣や革の鎧《よろい》をもって、王のために命を賭して戦う覚悟で駆けつける。問題が解決すると、農民たちは畑にもどり、王は館にもどる。

レーギアと呼ばれるその館、その高殿《たかどの》こそ、この都市の聖堂だった。というのは、レーギアの食物貯蔵室におわすペナーテス*1やわが一族の祖霊たちが同時に、この都市、ラウレントゥムとそこに住む人々を守るペナーテスとラレース*2だからだ。ラティウムのいたるところから、人々がやってきて礼拝し、犠牲を捧げ、そして王との宴を楽しむ。レーギアは遠くからでもよく見える。市を囲む城壁や塔や家々の屋根の上に、木々に囲まれている姿が見える。

ラウレントゥムを囲む城壁は、高くて堅固だ。ラウレントゥムは、ほかのほとんどの都市のように丘の頂にあるのではなく、潟《かた》と海に向かって緩やかに傾斜する肥沃な平野にあるからだ。都市の周りの空堀《からぼり》と盛り土の防御壁のすぐ外側を、農地や牧草地がぐるっと囲んでいる。都市の門の真ん前は、運動選手の競技や馬の訓練が行われる広い演習場があって開けている。だが、ラウレントゥムの城門をくぐることは、日の光と風の中から、よい香りのする暗がりの中にはいっていくことだ。この都市は全体が森なのだ。どの家の周囲にも、オークや無花果《いちじく》や楡《にれ》、ほっそりと高いポプラや横に広がる月桂樹がある。通りは木陰になっていて薄暗く、狭い。もっとも広い通りは王の館に通じる道だ。王の館は大きく、厳《いか》めしく、百本のシーダー材の柱に支えられて高くそびえている。

館の入り口の通路の両側の壁には棚があり、ずっと以前にエトルーリア人の亡命者が彫って王に献上した像が並んでいる。それらの像は、神々やご先祖さまたちだ——ふたつの顔をもつヤーヌス、サトゥルヌス、イタルス、サビヌス、ピークスおじいさま。ピークスは頭の赤い啄木鳥《きつつき》に姿を変えられたのだが、この木像は人の姿で、トガ[*3]に身を包み、聖なる杖と楯をもっている。それら、ひび割れ、黒ずんだシーダーの彫像たちは、厳《おごそ》かな面持ちで、二列に並んでいる。大きくはない。けれども焼き物の小さなペナーテス像を別にすると、ラウレントゥムで人の姿の像はほかになかったので、それらの像を見ると、わたしの心は恐怖で満たされた。うつろに目を見開いている物憂げな暗い顔の間を、しばしば目を閉じたまま、走り抜けた。両側の壁の高いところには、斧や羽根飾りのついた冑《かぶと》、投げ槍などの武器や、都市の城門を閉じる閂《かんぬき》、船の舳先《へさき》などの戦勝記念品が掛けられている。

像の並ぶ廊下は、アトリウムに通じている。アトリウムは天井の低い大きな薄暗い部屋で、天井の真ん中に開口部があり、空が見える。左手には、諮問会議や宴会のために用いられる部屋部屋がある。子どものころには、それらの部屋にはめったにはいらなかった。その向こうには、王の居住区がある。アトリウムをまっすぐ進むと、ウェスタの

＊1　食物を貯える部屋や戸棚の神々（常に複数で考えられる）で家庭や都市、国の守り神。
＊2　守り神。単数形はラール。多くの種類があり、それぞれ家庭、四辻、国などを守る。
＊3　大きな一枚布をゆるやかに巻きつける衣服。上衣として用いた。

祭壇があり、その後ろには、天井が丸い、煉瓦づくりの食物貯蔵室がある。わたしは右に曲がって、台所を通り抜け、大中庭《おおなかにわ》に出る。父が若いころに植えた月桂樹の下に、噴水が吹き上がっている。甘い香りを漂わせる沈丁花《じんちょうげ》、タイムやオレガノやタラゴンが大きな鉢に植わっている。女たちが働いたり、おしゃべりしたり、糸を紡いだり、織物を織ったり、噴水の水盤で水差しや鉢をゆすいだりしている。わたしはその中を走り抜け、シーダーの柱廊を通って、館の中の女の居住区へとはいっていく。ここがわたしにとって一番快適な居場所だ。

母の注意を引かないように気をつけさえすれば、心配なことは何もなかった。わたしが大人に近づくにつれて、母はわたしに対して、ときには十分親切な態度をとるようになった。それに、ここにはわたしを愛する女たちがたくさんいた。わたしにおもねる者もいた。ウェスティーナばあやはわたしを甘やかしていた。女の子のすることを一緒にしてくれる同年輩の少女もいたし、かわいがってやれる赤ちゃんもいた。この館は――女の居住区にせよ、男の居住区にせよ、すべてわたしの父のもので、わたしは彼の娘なのだった。

けれどもわたしの一番の親友はレーギアの少女ではなく、牧畜を生業とするテュルスの末っ子、シルウィアだった。テュルスは自分の家畜の群れと一緒に、わたしの一族の家畜の群れも世話していた。テュルス一家の農場は、市の城門から四分の一マイルほどのところにあった。広大な農場に、たくさんの建物が立ち、その中でも石と材木で造られた母屋が、雌の群れに囲まれた老いた雄の灰色雁《はいいろがん》のようにひときわ大きく、目立っている。菜園の先から、オークの森に覆われた低い丘の間の谷にかけて、牛小屋や馬の囲いや牧草地が続いている。農場ははてしない労働の場だ。農場のいたるところで、人々が一日じゅう働いている。けれども、炉に火が入って金床《かなとこ》ががんがん鳴っているときや、去勢のためや市《いち》に出すために、牛の群れがぎっしりと囲いに詰めこまれている場合を除いて、農場はひっそりとしていた。遠くの谷間から聞こえてくる牛の声や、母屋の近くのオークの木立の嘆き鳩や森鳩の鳴き声が混ざりあって、ひとつになった柔らかな音がずっと続いていて、ほかの音はそこに吸いこまれて消える。わたしはこの農場が大好きだった。

ときにはシルウィアがレーギアに遊びに来ることもあった。けれども、ふたりともシルウィアの農場にいるほうが好きだった。わたしは夏には毎日のように、農場に駆け出していった。二、三歳年上の奴隷のティタがつきそった。未婚の王女というわたしの身分から、どうしてもつきそいが必要だったのだ。けれどもティタは農場に着くとすぐ、仲良くしている農場の女たちのところに行った。シルウィアとわたしは外に駆け出し、木登りしたり、小川を堰《せ》きとめたり、子猫と遊んだり、おたまじゃくしをすくったり、森や丘をぶらぶらしたりした。雀《すずめ》のように自由だった。

母はわたしを家に引き止めておきたがった。「どんな友だちを選ぶかと思ったら、なんと牛飼いじゃないの」けれども、生まれながらの王である父は、母の俗物根性を無視した。「自由に遊ばせてやりなさい。体もじょうぶになる。あれはいい人たちだよ」と父は言った。実際、テュルスは信頼するに足る有能な人で、わたしの父が王国を支配するのと同じくらい厳格に農場を管理した。よく癇癪玉《かんしゃくだま》を破裂させたが、農場の働き手たちに対して公正だった。いかなる祭礼の日もきちんと守って盛大に祝い、この地の霊たちや聖なる場所の神々に生け贄を捧げた。昔は父の傍らで戦い、今もなお、いくらか、戦士のような雰囲気を漂わせている。ところが娘のこととなると、温めたバターのようにふにゃふにゃになるのだった。シルウィアの母は、彼女を産んでまもなく死んだ。そしてシルウィアには姉はいない。シルウィアは父親と兄たちに、そして農場の人々みんなから、大切にされて育った。いろいろな意味で、シルウィアはわたしよりも、よっぽど「お姫さま」扱いを受けていた。一日に何時間も紡いだり、織ったりしなくてもよかったし、儀式に関係する務めもなかった。昔からいる料理人たちがシルウィアの代わりに台所を切り回し、昔からいる奴隷たちがシルウィアの代わりに、家事の切り盛りをした。少女たちがシルウィアの代わりに、炉床を掃き、火に薪《たきぎ》をくべた。シルウィアは好きなだけ、丘を駆け回り、かわいがっている動物たちと遊んだ。

シルウィアは生き物と関わりをもつ能力がすばらしかった。夕方になると、小さな梟《ふくろう》が「フー・ウー・ウー、ヒー・イー・イー」と声を震わせながら、シルウィアのところに飛んできて、彼女が差し出す掌に降り立った。シルウィアは雌の子狐を馴らした。その子が大人になると放してやったが、その雌狐は毎年、自分の産んだ子どもたちを見せるためにやってきて、夕暮れの薄暗がりの中、オークの木の下の草むらで子狐たちを遊ばせた。シルウィアはまた、兄たちが狩の折につかまえた子鹿を育てた。その子の母鹿は猟犬たちにかみ殺されたのだ。子鹿がやってきたとき、シルウィアは十か十一だった。シルウィアはこまやかに世話をした。子鹿は見事な雄鹿に育った。雄鹿はどんな犬よりも従順だった。毎朝、森に駆けていったが、夕食時には必ず帰ってきた。雄鹿は食堂にはいって、人々の木皿から食べものを食べることを許された。シルウィアは雄鹿をいとおしんだ。体を洗ってやり、毛皮に櫛をいれ、その見事な枝角を、秋には蔦で、春には花輪で飾った。雄の鹿は攻撃的になる危険があるものだが、この雄鹿に限っては温和そのもので、雄鹿自身のためにならないのではないかと心配になるほど深く、人間を信頼していた。シルウィアは目印として、幅広の白い亜麻布のリボンを雄鹿の首に結んだ。ラティウムの森の狩人は皆、「シルウィアの鹿っ子《ケルウルス》」のことを知っていた。猟犬でさえ、この鹿のことを知っていて、狩り立てることはめったになかった。以前にそうして、狩人に叱られ、ぶたれたのを覚えているからだ。

丘に出かけていて、この見事な雄鹿が枝角を揺らしながら、森から出てくるのを見かけると、心が躍った。雄鹿は膝をついてシルウィアの手に鼻面を押しあてる。それからほっそりと長い脚を優雅に折って、わたしとシルウィアの間にうずくまり、シルウィアに首筋をなでてもらうのだ。雄鹿は饐《す》えたような甘いにおいがした。大きな黒い目は静かに澄んでいた。シルウィアの目と同じだ。思い返せばあのころは、わたしの詩人が歌ったサトゥルヌスの時代のようだった。[*1] 世界に恐怖がまったくなかった原初の日々の黄金のとき。シルウィアはその黄金時代の娘のようだった。わたしはシルウィアとともに日の光のふりそそぐ丘の斜面にすわって時を過ごしたり、シルウィアが熟知している森の踏み分け道を一緒に駆けたりするのが楽しくてたまらなかった。わたしの子ども時代、この国には、わたしとシルウィアに害を加えようとする者はひとりとしていなかった。農民たちは畑や丸い小屋の戸口から、わたしたちに声をかけてくれた。無愛想な養蜂家も、わたしたちのために蜂の巣のかけらをとっておいてくれた。乳搾りの女たちはクリームをなめさせてくれた。牧童たちはわたしたちにいいところを見せようと、雄の子牛に乗ったり、老いた雌牛の角をつかんで飛び越えたりした。老羊飼いのイーノは、カラス麦の麦藁で笛をつくる方法を教えてくれた。

ときには夏の長い一日がゆっくりと暮れはじめるころ、そろそろ帰らなくてはならないと知りながら、ふたり並んで丘の斜面に、うつぶせに寝そべっていることもあった。ちくちくする乾いた草と、塊の多い硬い土に顔を押しあて、複雑きわまりないにおいを吸いこんだ——干草《ほしくさ》の甘さと土の苦さをあわせもつ温かい夏の大地、わたしたちの大地のにおいを。あのころ、わたしたちはふたりとも、サトゥルヌスの子どもたちだった。わたしたちはさっと立ち上がると、丘の斜面を駆け下り、家路をたどった。「さあ、牛の渡り場まで、どっちが早いか、競走よ!」

わたしが十五歳のとき、トゥルヌス王が父を公式訪問した。彼はわたしの従兄——母の甥だった。彼の父ダウヌスは病を得て、前年、ルトゥリアの王位をトゥルヌスに譲っていた。ラティウムの南方のもっとも近い都市、アルデアで行われた即位式の盛大さについてはわたしたちも聞き及んでいた。ルトゥリ人たちは、ラティーヌスがダウヌスの義妹のアマータと結婚して以来、わたしたちにとってもっとも親《ちか》しい同盟相手だった。しかし、若いトゥルヌスは独自の道をゆく兆候を示していた。カエレのエトルーリア人たちが、心に聖なるものをまったくもたない粗野な人間である暴君メゼンティウスを追い出したとき、トゥルヌスは彼をかくまった。暴君を自領に受け入れ、保護したことについて、エトルーリア全土がトゥルヌスに怒った。メゼンティウスは、自分の家のラレースとペナーテスにさえ、見捨てられるほど、冷酷非道の暴君だったのだ。カエレは川を越えたところにあったから、この悪感情はわたしたちにとって心配の種だった。エトルーリア人の諸都市は強力で、わたしたちはできる限り、彼らとよい関係を保つ必要があった。

父はアルブネアの聖なる森に向かって歩いていきながら、こういった問題についてわたしと話をした。アルブネアの森はラウレントゥムの東の山のふもとに広がっている。わたしたちの館から一日で行ける距離だ。父とわたしは、何度か一緒に、そこに行った

＊1『アエネーイス』第八歌に、ユッピテルによって天界を追われたサトゥルヌスがラティウムに住み、この地を統治したこと、この王の治世が人々に「黄金」と呼ばれるほど平和な時代であったことが歌われている。

ことがあった。父が森で、ご先祖さまたちや森と泉の神々を讃美し、怒りを鎮める儀式を行う間、わたしが侍者を務めた。ふたりきりで森への道を歩くとき、父は跡継ぎに対して話すように、わたしに話しかけた。わたしが父の王位を継ぐことは不可能だが、父は、わたしが政策や統治の問題について無知でいてよいとは思っていなかった。それに、わたしはどこかの王国の王妃になることがほぼ確実だったのだ。もっと言えば、それはルトゥリアかもしれなかった。

わたしがルトゥリアの王妃になる可能性について、父は何も語らなかったが、女たちは盛んに噂《うわさ》した。ウェスティーナはトゥルヌス王の訪問のことを聞いたとたんに、確信を固めた。「きっと、姫さまをもらいにおいでになるんですよ！　求婚しに来るんです！」

母は羊毛のはいった大きな籠の向こうから、ウェスティーナに鋭い視線を投げかけた。わたしたちは原毛を引きそろえているところだった。羊一頭分の洗いあげた羊毛の中の大小の塊をほぐして、梳《す》くための繊維を引き抜くこの作業は、わたしのお気に入りの仕事だった。何も考えなくていい単純作業。洗いあげた羊毛はよい匂いがする。羊毛の脂《あぶら》で手が柔らかくなる。塊だらけだった羊毛が、ふわふわの美しい雲のようになって、籠の上に盛り上がっていく光景は、見るも楽しい。

「その話はそのぐらいにしておおき」と母が言った。「この年の女の子の結婚の話をするのは、百姓だけよ」

「でも、イタリア一の美男だという噂です」ティタが言った。

「それに、ほかの誰も乗れない荒馬を乗りこなすし」とピークラ。

「御髪《おぐし》は輝くばかり」とウェスティーナ。

「ユトゥルナという妹御がおられて、お兄さま同様美しい方だけど、決して川を離れないという誓いをたてているそうですよ」とサベラ。

「なんとまあ、鵞鳥《がちょう》の群れのようにかしましいこと！」と母が呆れた。

「女王さまは、トゥルヌスさまを小さいときから知っていらっしゃるのでしょう？」母のお気に入りの女、シカーナが尋ねた。

「ええ、とってもかわいい坊やだったわ。なんでも自分のやりたいようにやるきかん坊でね」実家のことを話すときによくするように、母はちょっと微笑んだ。

わたしは館の南東の角にある物見の塔に登った。塔は王の居住区の上にそびえていて、そこからは通りはもちろん、城壁と城門の向こうもよく見えた。ちょうどトゥルヌスの一行が城門に着き、王の道《ウィア・レーギア》をやってくるところだった。皆、馬に乗り、鎧の胸当てを輝かせ、冑の羽根飾りを揺らしている。わたしは階段を駆け下りて、アトリウムに行き、父がトゥルヌスを迎えるのを、館の人々とともに見守った。わたしはじっくりと観察した。トゥルヌスと、彼の家来たちと、羽根飾りが高々と立っているトゥルヌスの冑を。トゥルヌスの男ぶりはすばらしかった。筋骨たくましい体。赤褐色の巻き毛。濃い青の目。誇らしげな立ち姿。あえて容姿の欠点を探すとすれば、がっしりしていて胸板が厚いわりに背が低いので、歩き方がなんだか尊大に見えることだ。声は太くてよく通る。

わたしはその日、大広間での夕食に列席することを求められた。母とわたしは一番上等な薄物の衣裳を着た。女たちが口々にほめそやしながら、わたしたちの髪を整えた。シカーナは母がつけるように、柘榴石《ざくろいし》と金のみごとな首飾りを出してきた。父が婚礼の贈り物として母に贈った品だ。ところが、母はその首飾りを脇に除け、紫水晶と銀できた首飾りと耳飾りをつけた。こちらは母が義兄のダウヌスから、はなむけにもらった品だった。母は喜びにあふれ、光り輝いていた。いつものように母の後ろに控えていようとわたしは思った。そうすれば母の傲慢なまでの美しさに守られ、自分は目立たないでいることができる。

ところが、食事中、トゥルヌスは父と母の両方に愛想よく話しかけながら、目ではわたしの顔ばかり見るのだった。じっと見つめるのではなく、微かな笑みを浮かべて、何度もくり返し目を向ける。わたしはかつて経験したことのない居心地の悪さを感じた。トゥルヌスの青い目の強い視線が怖くなってきた。思い切って顔を上げるといつも、トゥルヌスがわたしを見ていた。

わたしはそれまで、愛や結婚について考えたことがなかった。考えるべき何があるだろう。結婚するときが来れば、結婚するだろう、愛がなんであるかを知り、子を産むとはどういうことかを知り、そのほかのこともすべて、知るだろう。けれど知るべきときが来るまで、そんなことは、わたしには関わりがない。そう思っていた。シルウィアに色目を使う男前の農民の若者のことや、わたしと話したくて、わたしたちのそばでぐずぐずしているときがあるシルウィアの長兄のアルモのことで、シルウィアとからかいあったり、冗談を言い合ったりすることはあった。けれどもそれは言葉の上だけのことで、実際の経験は何もなかった。館の中にも、この都市の中にも、この国のどこにも、トゥルヌスがわたしを見ているような目で、わたしを見る男はいなかった。わたしは乙女の国に住み、居心地よく暮らしていた。おびやかされることなく、心安らかだった。誰も、わたしを赤面させることはなかった。

ところがいまや、わたしは髪の毛の付け根から胸元まで、そして膝まで、燃えるように赤くなっているのを感じていた。わたしは恥ずかしさに身を縮めた。食べ物が喉を通らなかった。乙女の国の城壁は包囲されていた。

このときトゥルヌスの目が見たものはきっと、かの詩人が描いたわたし――消え入らんばかりに羞《は》じらう無口な乙女――だったに違いない。わたしの落ち着かない様子を、隣にすわっていた母ははっきりと感じ取り、そしてそれが気に入らなかった。母は縮こまっているわたしをほうっておき、トゥルヌスを相手にアルデアの話をしゃべりまくった。母が父に合図をしたのか、父自身の判断だったのかはわからない。肉を供するための木皿がさげられ、少年が暖炉の火に捧げ物を投じ、召使たちが、水差しとナプキンをもって客の間を回り、手を浄めるのを手助けしたり、食後のひとときのためにゴブレットにふたたびワインを注いだりしはじめるとすぐ、父は母にわたしを退出させるように命じた。

「宴《うたげ》の花がなくなると寂しいですね」客の王は如才なく言った。

「子どもはもう寝ないとな」と父が言った。

トゥルヌスは杯《さかずき》を掲げた。両側に持ち手のある金のゴブレットはサビーニの町クレスのもので、狩猟の場面が彫刻されている。それは父の戦《いくさ》の戦利品で、わが家の食器のうちで最上の品だ。「父なるティベリスの娘たちのうちでもっとも美しい方が、良き夢に恵まれますように！」

わたしはすわったまま、身じろぎもできなかった。

「お行きなさい」母がわたしに小声で言った。その声は何か笑いに似たものを帯びていた。

わたしはできる限り、速やかに退出した。サンダルを履くのに時間をとりたくなかったので、はだしのままで出た。背後でトゥルヌスのよく通る声が響き渡るのが聞こえた。だが、何と言っているのかはわからなかった。耳鳴りがしていた。中庭の夜気は、火照った頬と体にかかる冷たい水のように、わたしの息をとめ、体を震わせた。

館の女の居住区にもどるやいなや、女たちに取り囲まれたのは言うまでもない。女たちは若い王が堂々としていて男ぶりがよいこと、体格がよいこと、彼が館の入り口の通路に掛けた冑や金箔を張った青銅の胸当てがすごく大きくて、まるで巨人の持ち物のようだということを、わたしを相手に、また自分たち同士でかしましく言いたてた。そして、わたしに尋ねた。あの方は何と言われましたか、あの方がお好きですか、と。わたしは答えられなかった。ウェスティーナが、姫さまは熱がおありになるようだ、早くお休みにならなければ、と言って、みんなを追い払ってくれた。わたしはウェスティーリにも、さがって、ひとりにしてほしいと頼んだ。彼女がしぶしぶ従ったあと、わたしはようやく、自分の小さな静かな部屋で寝台に横たわり、トゥルヌスのことを考えることができた。

言うまでもなく、わたしが彼を好ましく思うかどうか問うのは、ばかげたことだった。ひとりの女の子がひとりの大人の男に出会う。男ぶりのよい男で、王であり、最初の求婚者になるかもしれない男――そんな男に会ったら、好きだの、嫌いだのと言ってはいられない。女の子の心臓が激しく打ち、血が勢いよく流れる。女の子はその男を見る――その男だけを見る。兎《うさぎ》が鷹を見るように。大地が空を見るように。軍隊を率いた来訪者が城門に現れたときに、都市がその威風堂々たるよそ者を見るのと同じ目で、わたしは彼を見た。彼がそこにいるということ、彼が来たということは、すばらしくも恐ろしいことだった。この先は、何もかも以前とは変わってしまうだろう。けれども、いそいそと城門の閂を外すには及ばない――今のところはまだ。

トゥルヌスは数日間滞在した。けれどもわたしが彼に会ったのは、あと一度だけだった。トゥルヌスは、わたしが最後の夜の夕食の席に出ることを願った。わたしは呼ばれて宴の席に出た。客人たちと食事はともにせず、ただ、食後のひととき、彼らとともに歌を聴き、踊りを見た。わたしは母の傍らにすわっていた。このときもトゥルヌスは何度もわたしに目をやった。見ていることを隠そうとせず、あからさまに見た。彼はわたしと母の両方に微笑みかけた。ふっと浮かんで消えるさわやかな笑みだった。彼が踊り手たちを見ているときに、わたしは彼を見た。耳が小さいこと、頭の形がよいこと、顎《あご》ががっしりして角張っていることに、わたしは気づいた。人生の半ばを過ぎると、二重顎になりそうだ。首筋はすんなりしていて、見た目がよい。トゥルヌスがわたしの父に対して気を遣い、うやうやしい物腰で接していることにも気づいた。トゥルヌスのそばにすわっている父は、いつもより老けてみえた。

母は甥のトゥルヌスより十歳ないし十二歳年上のはずだけれど、今夜はそんなふうに見えない。母は目を輝かせ、声をたてて笑った。トゥルヌスとは気が合って、お互いに遠慮がなかった。ふたりはテーブルをはさんで軽妙な会話を交わし、ほかの客たちがそれに加わった。父は機嫌よく、話に耳を傾けていた。

トゥルヌスが帰った翌日、父は母とわたしを呼んだ。わたしたちは三人で、広間の外側の柱廊を歩いた。父は身の回りに侍《はべ》る人々をすべて遠ざけていた。雨のそぼふる春の日だった。老いとともに寒がりになった父はトガを着ていた。父はしばらく黙ったまま歩を運び、やがて口を開いた。「ゆうべ、ルトゥリアの王は――ラウィーニア、おまえに求婚したいと、言いはじめた。わたしは彼の言葉をさえぎった。娘はまだ幼いので、彼求愛や結婚といった話に耳を貸すつもりはないと、わたしは彼に言った。もちろん、彼は反論したかっただろう。だが、わたしがそうさせなかった。娘は若すぎるとわたしは言った」

父は母とわたしの両方を見た。わたしは何と言ったらいいかわからず、母の顔を見た。

「希望がもてるようなことは、何も言ってあげなかったのですね?」と母は言った。平静で、丁寧な言い方だった。夫に対してはいつもそういう態度だ。

「娘はいつまで経っても幼すぎるままだ、とは言わなかったよ」父は持ち前の穏やかな口調でとぼけた。

「トゥルヌス王なら、花嫁に与えるものをたくさんもっているでしょう」と母が言った。

「それはそうだ。あそこの土地は良いし、トゥルヌスは優れた戦士だという噂だ。彼の父親はまちがいなく優れた戦士だったしな」

「トゥルヌスもまちがいなく、勇敢な戦士ですとも」

「裕福でもある」

わたしたちは柱廊を歩みつづけた。中庭にぱらぱらと雨が降り、沈丁花の葉が雨に打たれて揺れていた。大きな月桂樹の下はほとんど雨がかからないので、館の少女のひとりがそこにすわって、延々と続く紡ぎ歌を歌いながら、糸を紡いでいた。

「いずれの年かに、また彼が来たら、色よい返事をやってもよい、とあなたは思っているのかな?」父が母に尋ねた。

「それもよろしいかと」母は冷静に言った。「あちらに待つ気があれば、の話ですけれど」

「ラウィーニア、おまえはどうだ?」

「わかりません」とわたしは言った。

父はわたしの肩に手を置いた。「娘よ。心を悩ませずともよい。こういうことは、ゆっくり時間をかければいいのだ」

「ウェスタへの奉仕はどうなるでしょう?」とわたしは言った。「もしもわたしがお嫁に行ったら」と続けることはできなかった。

「うむ。それも考えておかなくてはな。誰か、女の子をひとり選んで、てほどきをしてやるがよい」

「マルーナがいいわ」わたしは即座に言った。

「エトルーリア人だな?」

「マルーナの母はそうです。川を越えて襲撃なさったときに、攫《さら》っていらしたのでしょう? マルーナはここで育ちました。敬虔《けいけん》な人柄です」敬虔という言葉でわたしが言おうとしていたのは、責任感があり、任務に忠実で、畏《おそ》れるべきものを畏れるということだ。敬虔という言葉の意味とその価値をわたしに教えたのは父だ。

「よかろう。おまえが火に仕え、炉を掃除し、聖なる塩をつくるときに、そばにいさせて、見せてやるがよい。少しずつ学んでいくだろう」

このことについて、母が口をはさむことはない。王の炉に火を絶やさないのは王の娘の役割だ。毎日の正餐《せいさん》の際に、食べ物を火に投じて、祈りの言葉を唱えるのは、彼らの息子であるべきなのに、そうではなくて、召使の少年に過ぎない。そのことはわたしの両親のどちらにとってもつらいことだったに違いない。その上、いまや火の女神と食物貯蔵室の神々への奉仕も、娘の手から、代役に過ぎない奴隷の手に移ろうとしているのだった。

　父が小さなため息をついた。大きく温かく硬い父の手はまだ、わたしの肩に載っていた。母は無表情に歩みつづけた。柱廊をもどっていくときに、母が言った。「若い王をあまりに長く待たせないほうがよろしいでしょう」

「一年、二年、いや三年かな」父は言った。

「あらまあ」母は嫌悪と苛立ちをあらわにして眉をひそめた。「三年も！　あの人は若くて、血がたぎっているのですよ、ラティーヌス」

「ならばいっそう、わたしたちの娘に、大人になるための時間を与えてやらなくてはなるまい」

　母は口答えをしなかった。父に対しては決して口答えをしない。その代わり、肩をすくめた。

　肩をすくめた母の仕種から、わたしが成長しても、トゥルヌスのような男にふさわしい女になるわけがないと思っている気持ちが読み取れた。わたし自身もそう思うのだから、無理もないと思った。ああいう男の妻になるには、胸が豊かで、母のように堂々とした佇《たたず》まいでなくてはなるまい。母のように猛々《たけだけ》しくなくてはならない。猛々しいほど美しくなければならない。わたしは背が低くて痩せっぽちだ。日に焼けていて、あかぬけない。女の子であって、女ではない。わたしは肩に置かれた父の手に自分の手を重ね、そのまま歩きつづけた。夜、わたしは自分の部屋の暗闇の中に、青い目のトゥルヌスの姿を見ることがあった。けれども、わが家を離れるのは、考えるのもいやだった。

アエネーアスの甲冑《かっちゅう》は、ラウィーニウムのわたしたちの館の入り口の通路に掛かっている。トゥルヌスのラウレントゥム訪問の折に、彼の剣と胸当てが掛けられていたように。アエネーアスが鎧《よろい》を身にまとっているのを、わたしは数回見たことがある。冑《かぶと》、胴《どう》鎧《よろい》、脛当《すねあ》て、剣、丸い楯。すべて青銅製だ。日の光の下できらめく海のように、アエネーアスは光り輝く。アエネーアスの甲冑が掛けられているのを見ると、彼がどんなに大きく、力のある男かということを改めて思い知らされる。アエネーアスは大柄に見えない。さほどたくましくも見えない。それは彼の体が完璧に釣り合いがとれているからだ。その上、動きが軽やかで優雅だ。彼は周りの人や物に注意を払う。大きくて強い男がよくするように強引に押し進むようなことは決してしない。けれど、わたしがほとんど動かせない甲冑を、彼はあんなに楽々と身にまとう。この甲冑は、彼の母[＊1]からの贈り物で、偉大な火の神ウォルカーヌスが彼のためにつくったものだと、彼はわたしに語った。鍛冶屋たちの神が鍛造《たんぞう》しただけあって見事なものだ。とりわけ、その楯はこの西の世界には並ぶものがないほど美しい。

この楯は七層の青銅を溶接してつくられている。楯の表面は、型押しで打ち出したり、繊細《せんさい》に彫ったり、金銀の象嵌《ぞうがん》で飾ったり、さまざまな技法で表現されたすばらしい絵に覆われている。そして、そこここに戦いの痕跡の浅いくぼみや引っかき傷がある。わたしはよく、この楯の前に立ちどまって、しげしげ眺める。一番好きな絵は左の高いところにあるもので、雌狼がしなやかな首をねじって、乳を吸う子どもたちを舐《な》めている絵だ。だが、その子どもたちは子狼ではなく人間の赤ちゃんだ。男の子がふたり、乳首にむしゃぶりついている。もうひとつの好きな絵は、全体が銀で仕上げられた鵞鳥の絵だ。鵞鳥は首を高く伸ばし、警告の声を発している。鵞鳥の背後では、男たちが崖を登っている。彼らの髪は金色の巻き毛で、彼らのマントは銀の縞模様、それぞれの首の周りには、金をねじった飾りがある。

狼の絵から遠からぬ場所に、わたしたちの祭りの場面がある――上端がふたつの丸い山になっている楯を手にした「飛び跳ねる神官たち」や、笑う女たちに向かって棘《とげ》のある枝をふりあげながら、裸で走り回るふたりの「狼少年」。楯の絵のあちこちに女の姿も多少見られるが、大方は男たちだ。戦う男たち、数限りない戦いの場面、ばらばらに引き裂かれる男たち、腸《はらわた》をえぐりとられる男たち。落ちる橋、崩される壁、殺戮《さつりく》。

＊1　女神ウェヌス（英語ではヴィーナス）。

どの絵の中にも、アエネーアスはいない。アエネーアスの都市の包囲と陥落、ラティウムに来る前のアエネーアスの放浪について、かの詩人がわたしに語ったことは何ひとつ、楯の中には見当たらないように思える。「これらはトロイアの光景なの？」とわたしは尋ねる。アエネーアスは首をふる。

「何の絵なのか、わたしは知らない」とアエネーアスは言う。「これから起こることを描いたのかもしれないね」

「じゃあ、これから起こることの大半は戦争なのね」とわたしは言い、戦いではないものはないか、冑をかぶっていない顔はないかと、絵の中を探す。集団強姦がわたしの目にはいる。戦士たちに引きずられながらも、泣き叫び、抗《あらが》う女たち。オールがずらりと並ぶ、美しく大きな船が見える。けれども、それらの船は皆、交戦中だ。燃えている船もある。水の上に火と煙が立ち昇る。

「わたしたちの息子たちの息子たちが受け継ぐ王国かもしれないと思う」アエネーアスはとても低い声で言う。アエネーアスはいつも沈黙の中から口を開く。長く話すことはほとんどなく、たいていいつも低い声だ。むっつりしているのではなく、物静かなのだ。剣を扱うのと同じく、やむをえないときしか、言葉を使わない。

ならば、この楯の多くの絵に描かれている偉大な都市は、わたしの詩人のローマなのだ。わたしはいっそう目を凝らして、楯の中央部を見つめる。海戦の場面だ。船の艫《とも》に、美しいが冷ややかな顔の男が立っている。彼の頭から炎がたなびき、彗星がその上に浮かんでいる。ああ、この人が、聖なる力によって偉大にされた男、尊厳者《アウグストゥス》なのだとわたしは思う。

見つづけているうちに、それまで気づかなかったものが目にはいってくる。あの都市が——あるいはほかの偉大な都市が完全に破壊され、燃え落ち、廃墟となっている。破壊された都市がもうひとつ。そして、またひとつ。大火がいくつも続けて生じ、一地方全体が火に包まれる。巨大な戦争の機械が地を這い、海に潜り、空中を進む。大地そのものが黒い油煙に包まれて燃える。世界のはてで、破壊をもたらす巨大な丸い雲が湧き起こり、海の上に覆いかぶさる。この世の終わりだとわたしにはわかる。わたしは怯えてアエネーアスに言う。「見て、見て！」

けれども、わたしが楯の中に見出すものを、アエネーアスは見ることができない。アエネーアスはそれを見るまで生きないのだ。彼はたった三年ののちに死なねばならず、わたしは寡婦《やもめ》になる。わたしだけが——アルブネアの森でかの詩人と会ったわたしだけが、わが夫の楯の青銅に隠された意味を読み取ることができる。夫が戦うことのないすべての戦《いくさ》がわたしには見える。

かの詩人は彼に生を与えた。豊かな生を与えた。だから、彼は死ななくてはならない。一方、わたしは詩人から、ほんのわずかな生しか与えられなかった。だから、生きつづけることができる。生きつづけて、世界の終わりに海の上に湧き起こる雲を見る。

わたしの目から涙があふれだす。わたしはアエネーアスをかき抱く。彼はわたしをそっと抱いて言う。泣くな。愛《いと》しい人よ。泣くな、と。

わたしの住む王の館は真四角で、四つの部分に分かれている。中心の交差点に大いなる月桂樹が立っている。わたしは夜が明けるやいなや館から出て、都市から出て、東の野にはいっていく。

わたしたち農民《パーガーヌス》の住む農村《パーグス》は、畑と畑の間の小道によって囲まれた農地の寄り集まりだ。四つの畑が出会う交差点には、出会いの場の霊であるラレースの祠《ほこら》がある。祠には四つの扉があり、それぞれの扉の前には、それに面する畑の農夫がお供えをする祭壇がある。わたしはそういう小道のひとつに立って空を仰ぐ。

空という館にははてがない。だが、わたしは心の中で、空の境界を定め、四つに分ける。わたしはその真ん中に——交差点に立つ。南の方角に顔を向けて。空っぽの空を見ていると、ゆっくりと光が上がってくる。左から——東の山地から鴉《からす》の群れが飛んできて、鳴きながらわたしの頭上を旋回し、山を焰《ほのお》で包む日の出の中に帰っていく。これはよい兆《きざ》しだが、朝焼けは荒天の前触れだ。

十二歳のとき初めて、父とともにアルブネアに行った。アルブネアは山のふもとの聖なる森だ。そこでは、高い位置にある洞穴《ほらあな》の中からあふれでる硫黄泉の水が、薄暗がりを絶え間ない水音と、卵の腐ったようなにおいの霧で満たしている。死者たちの霊が身近にいて、呼びかければ聞こえているはずだ。かつては、この地の霊たちと神々に教えを請うために、西の国々のどこからも人々がやってきた。今では多くの人がティーブル[*1]近くの神託所に行く。その神託所も同じアルブネアという名をもっている。だが、わたしたちの一族にとっては、小さいほうのアルブネアが聖なる場所だ。父は心に悩みがあると、そこを訪れた。このとき、父はわたしに言った。「娘よ、おまえの聖なるトガを着て、生け贄《いけにえ》を捧げる手助けをしておくれ」それまで、子どもの務めとして、館で父の助手を務めることはしばしばあったが、聖なる泉に行くのは初めてだった。わたしは赤いふちどりのあるトガ[*2]を着て、ウェスタの炉の後ろの貯蔵室から、サルサ・モラ（塩を加えた碾《ひ》き割り小麦）の袋を取り出した。わたしたちは、よく知っている畑や放牧地の間の小道を数マイル歩き、そのあと、わたしにとっては初めての土地にはいった。そこは人の手があまり加わっておらず、木の茂る丘陵が両側から迫ってきていた。やがて、細い流れに出会い、渓谷の岩の間を流れる水の北側をたどった。プラーティ川だと父は言った。それから、わたしにラティウムを流れる川を教えてくれた。ラウレントゥムを流れるおなじみのレントゥルス川。ハレノースス川、プラーティ川、スターグヌルス川。

＊1　現ティーヴォリ。ローマ市の東約三〇キロメートルのアニオ河畔の町。
＊2　トガには、ふちにそって帯状の飾りがあるものがあった。

そしてアルバ山に源を発し、わたしたちとルトゥリアとの境界をなす聖なるヌミークス川。

父は生け贄を運んでいた。それは生後二週間の子羊だった。ときは四月。茂みは皆、若芽を吹き、花を咲かせていた。丘陵の斜面のオークは、緑や赤褐色の繊細で控えめな花房を垂らしていた。前方の森の木々は、アルバ山に向かう斜面に続いていき、わたしたちの左手に鬱蒼《うっそう》たる森があった。まるで黒雲が垂れこめているように見えた。わたしたちはその木々の下にはいっていった。森の中は薄暗く、二、三羽の鳥の声しか聞こえなかった。さっきまでの野や茂みは、詠唱のような鳥の声でやかましかったのに。わたしは泉のにおいを近くに感じた。だが、水蒸気は見えなかったし、水の音もかすかにしか聞こえなかった。沸騰寸前の薬缶《やかん》がたてる音のようだ。

聖なる場所は、森の奥にぽっかり開けた草地にあり、わたしの膝ぐらいの石壁で、大体真四角に囲ってあった。その囲いの中には、ヌーメン、すなわち聖なるものの、存在と力が強く感じられた。それはわたしにとって未知のものだった。ぼろぼろの腐りかけた羊の毛皮が囲いの中の地面に広げられていた。石でできた小さな祭壇があった。父は囲いの外の地面から芝草を土ごと切り取って、祭壇の上に置いた。わたしたちはトガのたるみを引き上げて、頭を覆った。父は芝草の上で火を燃やした。わたしは若葉の茂る月桂樹の枝で輪をつくり、子羊の首にかけた。袋の中のサルサ・モラを子羊にふりかけ、父が祈っている間、子羊を抱いていた。子羊はおとなしくしていた。怖がっていなかった。敬神の心をもつ高貴な生け贄。父はわたしが抱いている子羊の喉に、長い青銅のナイフをあて、わたしたちが知ることのできない霊たちにその命を捧げた。畏《おそ》れと感謝をこめ、それらの霊たちとの間の平和を願って。わたしたちは祭壇の上の火で臓物を焼いた。霊たちの力を増すためだ。肋《あばら》を炙《あぶ》り、わたしたち自身が食べた。わたしたちは前日の昼以来、何も食べていなかった。残りの肉は持ち帰るために包んだ。父は皮を剝ぎ、毛の生えているほうを上にして地面に広げた。それからそこに残っているほかの羊皮を集めて広げた。二、三日前の雨でそれは湿っていた。その上、腐ってかびが生えているのでひどいにおいだった。だが、これがアルブネアで眠る人の寝床だ。

もうかなり暗かった。木々の間から差していた夕日の赤い光は消えていた。枝の間から見える空も薄暗かった。わたしたちは、自分たちの子羊の被毛の上に頭が来るように、羊皮の上に横たわった。

その夜、アルブネアの霊が父を訪れたかどうかは知らない。だが、わたしのところにはそれが来た。ほかの人たちの場合のように、話す声が木々のほうから聞こえたのではなく、夢の形で訪れた。少なくともわたしはそれを夢だと思った。眠りの中で、わたしは川のそばにいた。わたしはその川がヌミークス川だとわかっていた。わたしはひとりで、渡り場に立ち、岩の間を流れる澄んだ水を見つめていた。流れの中にひと筋の色が見えた。赤い筋だった。色が濃くなったかと思うと、すぐににじんで赤い雲になり、下流に流れ去った。重い、重い悲しみが心を押しつぶし、膝の力が抜けた。岩の上にくずおれて泣いた。なんとか立ち上がり、上流に向かって歩いていくと、町に出た。その町の防御壁は、地面から掘り出してまもない黒い土でできていて、建てられたばかりのようだった。わたしはまだ泣いていて、着物を引き上げて、頭と顔を覆った。でも、その町が――その都市が、自分の都市なのだということはわかっていた。その夢の中で、わたしはふたたびアルブネアの森にもどっていた。やはりひとりだった。今度は、祭壇のある草地を過ぎ、泉のほうへ歩いていった。洞穴の近くには寄れなかった。煮えたぎるような、しゅうしゅういう音が大きく聞こえていた。洞穴の入り口近くの地面はぬかるんでいて、浅い水溜りがたくさんあった。きついにおいを放つ青い霧が水の上にも、地面の上にもたちこめていた。木々の間から、啄木鳥《きつつき》が幹をつつく音と、けたたましく笑うような、その鳴き声が聞こえた――そして啄木鳥がわたしのほうに飛んできた。わたしは着物で頭を覆ってあとずさりした。怖かった。だが、啄木鳥は襲ってこなかった。目の前に、赤い頭がちらっと見えたかと思うと、啄木鳥は翼でわたしの目を二回掠《かす》めた。柔らかいヴェールで触れるかのようにそっと。啄木鳥は、けたたましく笑いながら飛び去った。わたしは目を上げ、木々の下なのに暗くないことに気づいた。森には揺らぐことも、影をつくることもない静かな光があふれていた。水も、泉から立ち昇る霧も輝いていた。

そのとき目が覚めた。草地にはしばらくの間、同じ光があった。だが、朝になるとともに薄れて消えた。

立ち去るまえに、わたしは泉に行った。薄暗いことを除けば、夢で見たのとまったく同じだった。

わたしたちは帰路についた。往路と同じように、父は寡黙だった。森から出たとき、わたしは南に目をやった。ヌミークス川の流れていく道筋や渡り場や、夢の中で都市を見た場所を思い描いた。「お父さま。ゆうべわたしが眠っているときに、ピークスおじいさまが来られました」とわたしは言い、見たことをすべて父に話した。

父は耳を傾け、そのあとしばらく無言だった。それから「あれは力のあるご先祖さまだ」と言った。

「前に熱を出したとき、あのおじいさまに頭をつつかれました。痛くて泣きました」

「だが、今度は、おまえの目に翼で触れてくださったのだな」

わたしはうなずいた。しばらく歩いてから、父は言った。「アルブネアは、ピークスおじいさまの権限のうちにある。アルブネアはピークスおじいさまと森のほかの霊たちのものだ。娘よ。おまえはアルブネアに出入りしてよいという許しを得たのだ。ピークスおじいさまがおまえの目を開いてくださったのだ。見よ、と」

「また、お父さまとここに来てもよろしいのですね?」

「いつでも自分の好きなときに来たらよい――そうおっしゃっているのだろう」

もしわたしの娘がこの世に生まれていたとしても、娘はわたしがしたように、よその農地や、牛が草をはむ丘の斜面を、自由に安全に駆け回ることはなかっただろう。わたしの息子が子どもだったときには、農村《パーグス》よりも森のほうが、彼にとって安全だった。だが、わたしが子どもだったときには、マルーナだけを供にして、開けた斜面を歩き、アルブネアの森に至る人の気配のない道をたどったものだ。マルーナは全行程の間、わたしに付き添うこともあったし、わたしがひとりで、聖なる草地に行っている間、森の入り口の樵《きこり》の家に泊ることもあった。そういうことができたのは、父がラティウムにもたらした平和が、本物の、強固な平和だったからだ。その平和に包まれて子どもたちは牛の番をし、羊飼いは夏の放牧場に羊を放し、どちらも盗まれることを心配する必要がなかった。女たちはラティウムのどの小道であれ、護衛もつけず、連れもなく歩き、怯えを感じなかった。小道のない、まったく自然のままの場所でさえ、わたしたちが怖がったのは狼や猪であり、人間ではなかった。わたしの子ども時代を通して、このような秩序が保たれていたので、わたしは世の中というものは常にこんなふうだったのであり、これからもずっとそうなのだと思いこんでいた。わたしはまだ学んでいなかった。平和が男たちを苛立たせることを。平和が続くと、男たちは平和に対する怒りを募らせずにはいられないことを。平和を求めて神々に祈る一方で、平和を損なうようにふるまい、平和が失われて戦《いくさ》と殺戮と強姦と荒廃が始まるようにしくむことを。偉大な神々のうちで、わたしがもっとも恐れる神は、わたしが礼拝することのできない神だ。境界を歩く神、雄羊に雌羊を、雄牛に雌牛を襲わせ、農夫の手に剣を握らせる神。マーウォルス、そしてマルモルとも呼ばれるマルス。

わたしは王の館の食物貯蔵室を守る。それは王の娘であり、神々に仕えることを見習っているわたしの務めだ。みんなが食べるものについてはわたしが責任を負う。わたしは穀物を碾《ひ》き、食べ物を清める聖なる塩を碾く。毎日心をこめて、炉のウェスタのお世話をする。ウェスタこそ、わたしたちの生活をまばゆく照らす中心だ。けれどわたしは、館の扉の傍らにある小さな部屋に立ち入ることを許されていなかった。その部屋は、マルスのおわすところだ。それは鋤《すき》のマルス、雄牛や雄馬のマルス、狼のマルスではない。もうひとかたのマルスだ。それは、「飛び跳ねる神官たち」が、新年の最初の日[*1]に外に連れ出す、剣と槍と楯のマルスだ。「飛び跳ねる神官たち」は、そのマルスを揺さぶり、目覚めさせ、興奮させて、ともに通りや農地を飛び跳ね、踊る。「十月の馬」が生け贄《にえ》として捧げられると、そのマルスはふたたび閉じこめられ、冬そのものが、寒さと雨と闇とともに平和を強制する。

マルスは街の中に祭壇をもたない。マルスを礼拝するのは男たちだ。少女であり処女であるわたしは、マルスとは何の関わりももちようがなかったし、関わりたいとも思っていなかった。わたしが守る館には、マルスははいれなかった。彼の部屋に、わたしが

＊1　三月の最初の日のこと。三月はラテン語ではマルティウス。マルスの月の意である。古い暦はこのマルスの月から始まる。

はいれないのと同じように。

わたしはそういうけじめを尊重した。マルスはそうではなかった。

少女のころ、わたしはマルスが怖いと思うほどには、マルスのことを知らなかった。三月の最初の日に、「飛び跳ねる神官たち《とんが》」が走っていって、錠前のかかったドアを開け放ち、赤いマントに尖り帽子という出で立ちで出てきて、通りを踊りながら進んで、古い年を追い払い、新しい年を迎えいれるのを見るのが好きだった。彼らは長い槍をふりまわし、梟《ふくろう》の顔のような形の楯をかざして飛び跳ねながら、ラウレントゥムの通りに響きわたる声で叫ぶ。「マーウォルス！　万歳！」わたしたち女の子は彼らから逃げて隠れた。そうすることになっているのだ。怖がっているふりをしながらも、おかしくて笑い転げた。見て、見て。あの人たちずいぶん、高く槍を突き上げるわね、とわたしたちは言った。空に届きそう。やたらにぐいぐい突いている。男って、槍は長けりゃいいと思っているのよね。

平和だったから、「飛び跳ねる神官たち」を笑うことができた。平和だったから、アルブネアで、ひとりで眠ることができた。平和だったから、わたしの心を得ようとレーギアにやってくる若者がふえても、父は何も心配しなかった。彼らがお互いを目の敵《かたき》にしても、アウェンティーヌスがトゥルヌスをにらみつけたり、トゥルヌスが年若いアルモを鼻であしらったりしても大丈夫だ。彼らが王の屋根の下で争ったり、分際を忘れて王の平和を乱したりすることは決してない。いずれ、彼らのうちのひとりが、一番優れた男であることを証明し、わたしを自分の館に連れていくだろう。そうなれば、残りの男たちは諦めるしかない。父はわたしとは違って、この若者たちの訪問を楽しみにしていた。若者らしい活気を館にもたらしてくれる彼らに、父はご馳走をふるまい、ワインを飲ませ、大杯を何度も満たしてやった。彼らがみやげにもってくる狩の獲物やソーセージや、白い子山羊や黒い子豚を喜んで受け取った。彼らを、美しく気性の激しい妃《きさき》に会わせるのも好きだった。母は父よりはるかに若く、わたし目当てで来る男たちの中には、さほど年が変わらない者もいた。父はおおらかで穏やかな主人役だった。一途《いちず》なあまりに殺気立ったり、対抗心からとげとげしかったりする者も、父のもてなしに態度を和らげた。そしてしまいには、夜が更けるまでテーブルを囲んで笑いあうのだった。父はいさかいの種になりかねないことをうまく取り扱って、自分に従う王たちや首長たちの間に友情を育《はぐく》んだ。

わたしの親が父だけだったら、わたしも父のように、求愛者たちを気軽に迎えて、楽しめたかもしれない。人柄のよい人もいたし、からかうのにちょうどいい人もいた。ネルサエのウーフェンスは山岳地帯の住人で、狼の毛皮の服を着て、狼の毛皮の帽子をかぶってやってきた。もじゃもじゃの黒い髭《ひげ》が、赤い顔を覆っていた。町に来たことがないかのように、自分のまわりをじろじろ見て、わたし以外のすべての人をにらみつけた。そのくせ、わたしには目を向けることもできなかった。ティタを始め、女たちは、狼少年だの、もじゃもじゃ顎だのとあだ名をつけ、あの人と結婚したらいかが、としつこくわたしをからかった。わたしも一緒に笑ってもよかったのだ。けれど、わたしはすべての求愛者に対して、礼儀正しく、注意深く、冷ややかだった。みんなが心を射止めようとしている乙女という立場から求められる以上にそうだった。わたしの母が、この問題を重要視していたせいで、わたしはどうにも居心地が悪く、自分の気持ちに素直になることができなかった。

母はわたしを自分の甥であるアルデアのトゥルヌスと結婚させたがっていた。そう願うあまり、その考えに取り憑《と　つ》かれたようになっていた。母は大っぴらに、トゥルヌスをえこひいきした。トゥルヌスに対しては満面の笑みを浮かべ、彼にとって邪魔になるほかの男たちにはけんもほろろだった。母の冷たいあしらいのせいで、アウェンティーヌスのような裕福な男たちでも、わたしに親しげに近づくのを困難に感じた。まして、王家の牛の群れを管理しているテュルスの息子で、わたしの親友のシルウィアの長兄であるアルモにとって、それは困難をきわめた。アルモがわたしの心を得ようと努めること自体が身のほど知らずだった。トゥルヌス王のような人が競争相手では、アルモに勝ち目はまったくなかった。けれどアルモは単に野心的であったのではなく、ほんとうにわたしに恋していた。わたしは子どものときからアルモが好きで、ほとんど兄弟のように思っていたので、気の毒な気がして、つい優しくしてしまい、その結果、アルモにむなしい希望を抱かせてしまうのだった。わたしの母はアルモに対して一片の憐れみももたなかった。王家の名誉を守ることに必要以上に躍起になる母は、アルモを一介の牛飼いとして扱った。ほんとうなら、父は自分の広間でそのような無礼が行われるのを許すべきではなかった。だが父は、母のやることや言うことを、咎めだてせず、ほうっておくのが常だった。そして、母のほうも、自分のふるまいの一番悪い部分は父に見せないのだった。母は気が狂っていると言ってもいいぐらいだけれども、父がそう認めようとしない以上、気が狂っているとは言えない――これがふたりのしている駆け引きだった。

わたしは男たちに言い寄られるのがいやだった。狩の獲物やソーセージや子山羊や子豚や、型にはまった讃辞を受け取るのがいやだった。宴会の席にすわり、物静かで慎ましやかな乙女のようにふるまって、母のアマータが、善良な男たちを鼻であしらい、じろりとにらんで背を向けて、姉の息子の青い目の美男子、トゥルヌスに媚《こび》を売るのを眺めているのがいやだった。

トゥルヌスが母を鼻であしらったり、はねつけたりしなかったのは言うまでもない。そういうことは決してしなかった。当然のことだ。トゥルヌスは微笑み、小声で話し、長い睫毛《まつげ》を伏せては、また上げて微笑んだ。トゥルヌスの視線は母を素通りして、彼の欲しいものに向けられていた。どうして、母は気がつかないのだろう、とわたしはいぶかった。十七歳の世間知らずのわたしでもわかるのに。長いテーブルの頭にすわって、みんなのようすがよく見えるはずの父は気づいているだろうか。

父の昔からの友人で、父に進言する重臣たちの筆頭でもあるドランケスは、この館の人々の中で、トゥルヌスに対する嫌悪もしくは不信をあらわにする唯一の人だった。ドランケスは声の良さが自慢で、この館の食卓での座談を取りもつのに慣れていた。それが今では、トゥルヌスが小戦闘や襲撃や狩での活躍を自慢げに語るのに耳を傾け、この若者がにこやかな顔で犯す、不注意だが悪気のない無作法に耐えなければならないのだ。わたしはドランケスが、鋭い眼差しでトゥルヌスを観察し、目を移して、私の母を観察するのを見た。ドランケスはときおり、父に目を向け、そればかりか、わたしにも目を向けた。お気づきか、と問うかのように。父は鈍感だった。そしてわたしのほうは、ドランケスに視線を返す気がなかった。ドランケスとは関わりたくなかった。わたしが知っていることを彼も知っているようだけれど、彼がその知識をどう使うつもりなのか、わからないからだ。

わたしが宴に出るのは、出なくてはならないからだった。だから、立ち去ってもよい状況になればすぐに、席を立った。求愛者たちを全面的に避けられる唯一の方法は、館の中にいないことだった。かつてよく行ったシルウィアの農場も、このごろでは、恋に夢中のアルモが留守だとわかっているときしか行けなかった。そういうわけで、レーギアにいたくないと思えば、アルブネアに行くしかなかった。

もともとわたしに怒りを抱いている母は、霊たちと会話することのできる父の能力を、わたしがいくらか受け継いでいると思うと、さらに苛立つようだった。不思議な能力をもっているということで、みんながわたしに一目置くのを、母は鼻で笑っていた。わたしは心の中で母に賛成していた。そんな能力があるからといって、わたし自身が大した存在になるわけではない。ただ、能力そのものは本物だった。そして、それはわたしが館を抜け出す口実として役立った。館にいれば、飾り立てられた従順な生け贄のように、白い衣裳に身を包んで、ぞろぞろやってくる求愛者たちを迎え、彼らがワインをがぶがぶ飲み、トゥルヌスが母に取り入り、父と談笑し、肉屋が雌牛を見るような目でわたしを見るのに耐えなくてはならない。母はもっともらしい理由をいくつも並べ立てて、わたしがアルブネアに行くのを禁じようとした。いつものことだが、父は母の言葉をろくに聞いていないようだった。それをいいことに母が自分の意思を押し通すのが常だったが、わたしの問題についてだけは、父が母の話を聞かないことが別なふうに働いた。父はのらりくらりと矛先をかわし、穏やかに手をふって、「別にこの子に害になることではないし」とか「行ってもどってきても、アウエンティーヌス殿はまだここにいるだろう」とか言って、わたしが行くのを許した。わたしは赤いふちどりのトガをまとい、夜明けに出発するとマルーナに告げて、一緒に出かけるのだった。

わたしが十八歳のときの四月の後半に、トゥルヌスの訪問があった。彼は荷馬車いっぱいに、わたしの両親への贈り物を積んできた。贈り物のひとつは、船乗りがアフリカから連れてきたという不気味な小さな生き物で、人間のような手と足をもち、鼻のない赤子のような顔をしていた。トゥルヌスは小さなトガを着せたそれを肩に載せてはいってきた。それはあちこちによじ登り、甲高い鳴き声をあげながら、ものを引っ張って壊し、塩をひっくり返した。そしてふと動きを止めるとすわりこんでペニスをいじりだし、よく光る黒い目でわたしたちを見た。長いテーブルを囲む人々はそれを見て一斉に笑った。トゥルヌスはそれを、わたしのペットにするようにくれたのだった。わたしはそれに優しくしようとしたが、どうしても好きになれなかった。そして向こうはわたしを激しく嫌った。それはわたしの髪を引っ張り、パラ[*1]に小便をかけた。それから母の腕の中に飛びこんだ。母はそれを抱きかかえ、キスをして、子守唄を歌った。それは母が首にかけた鎖を引っ張り、弟たちのお守りを収めたふたつの小さなブラを引き出し、そのひとつを口に入れた。それを見て、わたしは吐き気に襲われた。その場を去ることを願い出ずにはいられなかった。母はわたしをそこにいさせたかっただろうが、父はいつものように、わたしの退出を許した。

　中庭に走り出て、月桂樹の下の噴水に行き、顔と手を洗い、パラの、動物に小便をかけられたところを洗った。夜気はひんやりとして、月桂樹の葉の間から明るく輝く星々が見えた。この館がこんなに好きなのに、とわたしは思った。ここを離れることなんかできない。月桂樹の霊、泉の霊、食物貯蔵室の霊、ここの人々を守る霊――それらの神々から離れることなんかできない。ずっと親しんできた神々を棄てて、よそへ行き、よその人の神々に仕えることなんかできるはずがない。そんなの、奴隷になるのと同じだわ。真っ平よ。そうだ、アルモと結婚すればいい。お父さまがアルモを跡継ぎに指名してくださるだろう。お父さまの王位を継ぐように。そしてわたしたちはここで暮らすの。ほかのどこでもないここで……。それは無理なことだと、自分でもわかっていた。

しかし、父に跡継ぎがないのは事実で、いつか、誰かを跡継ぎに指名するか、養子をとるかしなくてはならない。誰でもいいわ、とわたしは思った。トゥルヌスでさえなければ。トゥルヌス自身に問題があるわけではないが、母が彼を見る目つきに大いに問題があった。

わたしは館の女の居住区にはいっていった。マルーナに明日、森へ行くと告げると、ウェスティーナが言った。「ルトゥリアのお方がいらしたばかりではありませんか、姫さま。礼儀に適《かな》っているとは言えますまい」マルーナの母も口を添えた。「一日か二日、日延べなさるのがよろしゅうございましょう」この人はエトルーリア人の奴隷で、以前、わたしに鳥の飛び方を見て占う方法を教えてくれた優しく賢い女性だ。

「トゥルヌス王のおもてなしなら、お母さまのほうがわたしよりずっと上手におやりになるわ」わたしは反論があるなら言ってごらんなさいといわんばかりに、ふたりをにらみつけた。

ウェスティーナがかしましく言い立てた。「なにをおっしゃるやら。あの方は姫さま、あなたに会いに通っていらっしゃるのですよ。姫さまをごらんになる目つきを見れば、あの方が姫さまに夢中なのは、誰にだってわかります」マルーナの母は何も言わなかった。わたしは夜明けに、マルーナとともに出発した。

わたしはサルサ・モラの袋を携えていた。草原には、この春生まれた子羊がいっぱい

＊1　婦人用の大型のショール。

いて、あたりを跳ね回ったり、尻尾をふりながら母羊の乳首に吸いついたりしていた。だが、わたしがアルブネアに行くとき、生け贄はいらない。ただ、祭壇の上にサルサ・モラをばらまき、ほかのときに捧げられた羊の古い毛皮の上で眠る。啓示も導きも求めない。わたしがアルブネアに行くとき、望んでいることは、アルブネアの清らかな懐《ふところ》に抱かれ、霊たちに囲まれ、静寂の中で眠ることだけだ。そこで一夜を過ごすとわたしの心は清められ、頭は冷静になる。うちに帰って務めを果たすことができるようになる。

アルブネアへの徒歩の行程は、逃げ場つまり自由なひとときでもあった。マルーナはシルウィアのように陽気で冒険好きなたちではなかった。シルウィアとわたしが歩くときにはしゃべり詰めだが、マルーナとわたしは終日歩いても、あまりしゃべらなかった。マルーナは無口だが敏感で、大地と空のすべての事象を見逃さない。忍耐強くて優しくて、旅の道連れにはうってつけだ。シルウィアのように動物と心を通わすことはできないが、鳥のことをよく知っていた。そして、母親のもっている知識をいくらか学んでいたので、わたしたちは歩きながら、農地や森の鳥の飛び方や鳴き声をどう読み解くか、といった話をした。ときには、死んだ人たちがわたしたちに何を言いたがっているかについて話した。エトルーリアの人たちは死者のことをよく考える。マルーナの母は、大いなる都市カエレで過ごした子ども時代に、その種の訓練を受けていた。マルーナの母やマルーナがそういった知識について話すのを聞くと、わたしは自分を無知な田舎者だと感じた。わたしにとって、死者は、葬ってそっとしておくのが一番だった。死者についてはなるべく考えないほうがいい。死者たちの不幸な影が床を這い、テーブルの下に隠れ、落とした食べ物に飛びつくなんて、真っ平だった。落とした食べ物に飛びつくというのは、おなかが空いているからだ。死者たちは常に飢えているのだ。毎年春、わたしの父は、ラティウムのすべての世帯主がするように、真夜中に黒い豆を九つ口に含んで館の中を歩きまわり、豆を吐き出して「影よ、去れ」と叫ぶ。すると館に巣食っていた影たちがその豆を食べて、地下の黄泉《よみ》の国にもどっていくのだ。

けれども、マルーナの母によれば、死者の問題はそれほど単純ではないらしい。もしかしたら、マルーナの母がわたしを啓蒙してくれていたからこそ、十八歳の四月のその夜、黄泉の国の上にかぶさった薄い屋根であるアルブネアの地面に眠っていたわたしのところに、かの詩人が来て、言葉を交わすことができたのかもしれない。

マルーナは脇道に逸れて樵の小屋に向かい、わたしはひとりで森の中にはいっていった。森の中を歩くと、わたしはいつも、初めてアルブネアを訪れた晩に見た夢を思い出す。川を流れる血、丘の上の都市、木々の下の暗闇を満たす静かな光。

聖なる場所には誰もいなかった。だが、祭壇のそばには最近、生け贄が捧げられた形跡があった。地面には新しい羊の毛皮が数枚敷かれ、祭壇の傍らに薪《たきぎ》が積んであった。わたしは祭壇の上と、囲いの中全体にサルサ・モラをばらまいた。焚《た》き火《び》ができればいいのに、と思ったが、火種がなかった。そこで日が沈まないうちに泉に行き、洞穴《ほらあな》の入り口より高い岩の上にすわって、淵の上に立ちこめる霧の向こうの光が赤みを帯びるのを眺め、渦巻く水の音に耳を傾けた。しばらくして、さらに上に登った。静かな森のあちこちで鳥が鳴いている声が聞こえた。木々の存在がくっきりと感じられた。かつて暗闇の中で父が聞いたという、木々の間から語りかける声を、もしかしたらわたしも聞けるかもしれないと、初めて思った。ぎっしりと生えて、生い茂っているオークの木々は、わたしたちの与《あずか》り知らない命に生き、深く静かに根を下ろしている。わたしはオークへの畏怖に捉えられた。それは信仰心だった。つつましい気持ちで、それらの偉大な霊たちに、わたしの弱さを哀れんでくださいと祈りながら、わたしは聖なる囲いにもどった。火を焚かなくてよかったと思った。寒かったので、羊の毛皮を何枚も重ね、赤いふちどりのトガにくるまった。そして濃い夕闇に包まれて、眠るために横になった。

気がつくと、囲いの中の、祭壇の反対側に、影が立っていた。高い影だった。最初は木かと思ったが、男の人だとわかった。

わたしは体を起こして言った。「ようこそ」

恐ろしくはなかった。だが、畏怖がまだ心の中にあった。信仰心がわたしを捉えていた。

男が口を開いた。「ここはどういう場所ですか?」小さな声だった。

「アルブネアの聖域です」

「アルブネア!」男は叫んだ。高いところにも薄く霧がかかり、星明りを弱めていて、かなり暗かったが、男があたりを見回しているのがわかった。ほどなく、男はまた口を開いた。いぶかしがってはいるが、その声はもう少しで笑いになりそうなものを含んでいた。

「なるほど！――それで、きみは？」

「ラウィーニア。ラティーヌスの娘です」

　彼は聞いた名をくり返した。「ラウィーニア……」そして今度はほんとうに笑った。驚き、おもしろがっている短い笑い声。そして男は言った。「ラティーヌス王の娘、ラウィーニア姫よ。しばらくここにいることを許していただけますか？」

「この聖域は誰でもはいることができます」そしてわたしはつけ加えた。「羊の毛皮がありますから、すわったり、眠ったりするのに使ってください。十分な数がありますから」

「王の娘よ。わたしは何もいりません」と彼は言った。そして、わたしたちの間に祭壇をはさまなくなるように二、三歩、歩いて、地面にすわりこんだ。「わたしは生き霊です。肉体ごとここにいるのではありません。わたしの肉体はギリシアからイタリアに向かう船の甲板に横たわっています。船がブルンディシウム[＊1]に到着するとしても、わたしは到着できないでしょう。わたしは病んで、死にかかっている。あそこへ……アケロン[＊2]に行く途中なのです。そうでなかったら、わたし自身が偽りの夢なのでしょう。だが、

＊1　現ブリンディジ。イタリア南部、アドリア海に臨む港湾都市。
＊2　冥界の川のひとつ。転じて冥界そのものを指す。

あれら——偽りの夢どもは、地下から出てくるのではなかったか？　影たちの王国の門に生えている大きな木の中に、蝙蝠《こうもり》のように巣食っている。……ああ、きっとわたしはハデス[*1]からここに飛んできた蝙蝠なのだ。ひとつの夢が飛んで別の夢の中にはいったのだ。わたしの詩の中へ。聖なる森、アルブネアへ。ラティーヌス王が、先祖ファウヌスの予言を——娘をラティウムの男と結婚させるなというお告げを聞いた場所へ……」彼の声は低く、音楽的で、神々に祈る人の声のようだった。そして、その声には、あの、もう少しで笑いになりそうなものが見え隠れしている。

だが、わたしは鋭い声で言った。「父が聞いた、ですって？」そう言わずにはいられなかった。そのような警告を受けたなら、父は必ず、わたしに教えるはずだ。隠しだてなどするとは思えない。

男の人は——その影は、言葉を途切れさせた。少し考えてから、彼は言った。「まだ聞いていないのかもしれない」

彼は自分の言葉がわたしを驚かせ、心をかき乱したのに気づいて、わたしを安心させたがっていた。そのとき初めて、わたしは彼の優しさを感じた。相手の気持ちをよく察し、苦しみを感じ取り、気遣いできる優しさ。

彼はためらいがちに言葉を続けた。「まだ起こっていないのだろうと思う。ファウヌスはまだラティーヌスに話していない。もしかしたら、そういうことは全然起こらなかったのかも——いや、起こらないのかもしれない。心配することはありませんよ。わたしがつくりあげたことなのだから。わたしが想像したのです。夢の中の夢……わたしの人生という夢の中の……」

「わたしは夢じゃないし、夢を見ているとも思いません」しばらくしてわたしは言った。努めて穏やかな口調で話した。彼が悲しそうだったから。ひどく悲しそうだったから。この人は、死にかけていると自分で言った。すべてを失って漂うかわいそうな魂。わたしは彼に慰めをあげたかった。夢の中に見出す慰めよりもよい慰めを。

彼はわたしを見た。わたしがよく見えるかのように。太陽の光でも月の光でも星の光でも火の光でもない光が、この草地を満たしているかのように。彼はわたしをしげしげと見た。わたしは気にしなかった。彼には横柄なところが少しもなかった。彼を恐れるなんて、しようと思ってもできそうもない。

「わたしはきみの言葉を信じる」と彼は言った。「ラウィーニア、きみは何歳？」

「一月に十八歳になったわ」

「甘く熟れ、摘みとる人を待つばかり、縁《えにし》を結ぶにふさわしく、年も重ねし娘なり」彼は優しい口調で言った。きっと歌の言葉の文句だとわたしは思った。でも、わたしの知らない歌だ。

「ええ、そうですの」と、澄まし顔で言った。この人の前では、気後れせず、ありのままの自分でいられる。

＊1　ギリシア神話での冥界の支配者。転じて冥界そのもの。前出のアケロンと同義。

彼はわたしの反応に驚いて、ふたたび、笑い声を上げた。

「ラウィーニア、わたしはきみを正当に扱わなかったのかもしれない」と彼は言った。彼もまた、わたしには何でも言えるらしかった。わたしがそれを理解しようとしまいと。わたしはそれで、ちっともかまわない。

「あなたのこと、どうお呼びしたらいいかしら?」

彼は名前を言った。「エトルーリア人なの?」とわたしは訊いた。

「マントゥアの出身だ。先祖にエトルーリア人がいる。どうしてわかった?」

「マルとかマロとかいうのは、エトルーリアの名前でしょう?」

「そうだね。でも昔からそうだったのかな? ラウィーニア、きみはどのくらい前に生きているんだろう? わたしときみとの間には、世紀がいくつあるんだろう? ……おお、はるかな昔だ。マントゥアという町はあるのかな——もう? マントゥアという名前を聞いたことがあるかい?」

「いいえ」

彼はちょっと間を置き、知りたい気持ちにせきたてられているような切実な声音で尋ねた。「ローマは? ローマという名は知っているかい?」

「いいえ。でも、エトルーリア人の呼び方で——」わたしは言いよどんだ。父なる川の秘密の名は、誰にでも告げてよいものではない。けれど、生き霊に——死にかけている人に隠しだてする意味があるだろうか? 「ティベリス川の秘密の名のひとつは、ルーモンというの」

「彼女はひとりでアルブネアに来た」彼は暗闇に向かってつぶやいた。「そして、ティベリス川の秘密の名を知っていた。結婚したいとは思っていなかった。そして、わたしはそういうことをまったく知らなかった！　わたしは彼女に目を向けたことがなかった。男たちが何をしているか教えてやらねばならない……もしかしたら、できるかも――」だが、彼はそこでふいに言葉を途切れさせ、すぐまた言った。「いやいや、無理だ」彼は改めて周囲を見回し、ため息をついて言った。「目が覚めたら、あの、糞いまいましい船の甲板に寝ていて、空を鷗《かもめ》が飛び交っているんだろうな。太陽がじりじりするほどゆっくりと空を渡り、あのギリシア人の藪医者《やぶいしゃ》が……」

わたしのこれまでの語りぶりから、彼とわたしはお互いの言うことがわかったのだと、あなたがたは受け取っていることだろう。つまり同じ言語を話していた、と。そう、たしかにわたしは彼の話を理解した。けれどもわたしの知らない単語も出てきた。

しばらくの間、わたしたちは何も言わずにすわっていた。左手から梟《ふくろう》の鳴き声がした。右手から別の梟がそれに応えた。

「教えてくれ」と彼は言った。「トロイア人はもう来たのかな？」

トロイア人というのも、わたしの知らない単語だ。「それはどんな人たち？」

「ラティーヌスの娘よ。それは彼らがやってきたときにわかる。わたしは――」彼はためらった。「わたしはここで自分がなすべき務めは何なのか考えている。きみにどこまで話すべきだろうか？　ラウィーニア、未来のことを知りたいかい？」

「いいえ」わたしは即答した。それから、自分の心を探り、わたしの務め、あるいはわたしの意思を探した。「何をするのが正しいかは知りたいわ。でも、その結果どうなるかは知りたくないの」

「どうなるのが望ましいかわかっていれば、それで十分だ」彼は重々しく同意した。見えなかったけれども、彼の顔に笑みが浮かんだのがわかった。

左手の梟《ふくろう》がまた鳴いて、右手の梟が返事をした。「ああ」彼は嘆息した。「空気はひんやりとして、夜の闇は暗く、梟が鳴く。そしてこの大地、土。これがイタリアだ。わたしの故郷だ。できることなら、ここで死にたい。海の上の木の甲板で日の光にさらされて死ぬのではなく、ここで、この土の上で。だが、これはわたしの体ではない。ただの幻影だ」

「あなたはここにいると思うわ」とわたしは言った。「体がここにないだけよ。でも、わたしにはあなたが見えるし、話もできる。ねえ、トロイア人のことを教えて」

「だめ、だめ、だめ。それをしてはいけないんだ。彼らはこれから来るのだから。正しいことをしなさい。そうすれば然るべき結果がついてくる」彼は笑った。「教えてくれ。きみに言い寄ってくる男たちはいるかい、ラウィーニア？　『甘く熟れ、摘みとる人を待つばかり、縁を結ぶにふさわしく、年も重ねし娘』なのだろう？」

「いるわ」

「その人たちの名は？」

「サビーニ人のクラウスス、テュルスの息子のアルモ、ネルサエのウーフェンス、アウエンティーヌス、ルトゥリアのトゥルヌス」

「で、その中の誰も気に入らないんだね」

「ええ、誰も」

「どうして？」

「どうしてそのうちの誰かを気に入らないといけないの？　男がわたしを連れていく先が、父の館よりもよいところであるわけはないのよ。父の下にいる王や首長に、何を期待できるかしら？　どうしてこのわたしが、自分の一族のラレースではないラレースに、ほかの女の食物貯蔵室のペナーテスに、よその炉の火に仕えなくてはならないの？　どうして、女は育った家から追放されて、死ぬまで異郷で過ごさなくてはならないの？」

彼は「はー」という声を漏らした。今度は笑い声ではなく、長く息を吐いたのだった。

「ラウィーニア。わたしにはわからない。だが、聞いてくれ。ある男が来たら、男の中の男、戦士であり、英雄であり、姿も美しい男が来たら――」

「トゥルヌスはその条件を皆、備えているわ」

「彼は敬虔かな？」

意外な問いに驚いたが、答えははっきりしていた。「いいえ」とわたしは答えた。

「うん。もしも男が来たら――勇敢で責任感が強く、正義の人で真心がある男――多くのものを失い、大いに苦しみ、たくさんの過ちを犯し、そのすべてを償った男――自分の都市が姦計に陥って焼け落ちるのを見て、そしてその焔《ほのお》の中から父と息子を救いだした男――生きたまま地下の黄泉《よみ》の世界に下《お》り、もどってきた男、苦労の末に神を敬うことを学んだ男……そんな男が来たら、きみは彼を好くだろうか？」

「必ず興味をもつと思うわ」

「うん、それでいい」

ふたりの間に沈黙が広がったが、気詰まりではなかった。

沈黙を破ったのは、わたしだった。「こんなのを見たことがある？　若者たちが弓の競技会をするときに、鳩をつかまえて、足に紐をつけ、高い柱のてっぺんに結わきつける。紐にはちょうど、鳩が、飛べるんじゃないかと思うぐらいの余裕をもたせておくの。それから、鳩を的にして矢を射るのよ」

「見たことがあるよ」

「もし、わたしが射手だったら、矢で紐を切ってやるわ」

「それも見たことがある。だが、自由を得て、羽ばたきはじめた鳩を、別な男が射落とした」

しばらく間を置いて、わたしは言った。「女は弓を射るのを習わないけど、あんなこと習ってもしかたがないかもね」

「カミラは習ったよ。カミラのことは知っている？」

「女ながらに弓を射るの？」

「ああ、女戦士だ。誰にも負けないぐらい強くて、しかも美しい。ウォルスキ人だ」

わたしは首をふった。ウォルスキ人についてわたしが知っているのは、父が言っていることだけだ——残忍な戦士で、同盟の相手としては当てにならない。

「そうか」と生き霊は言った。「カミラはきっと、わたしがつくったんだな。だが、わたしは好きだよ」

「あなたがその人をつくった、ですって？」

「ラウィーニア、わたしは詩人だ」わたしはその言葉の響きに惹かれた。だが、彼は私がその言葉を知らないことに気づいて言いかえた。「ウァーテースだ」その言葉なら、もちろん知っていた。予言者、占い師。そう聞けば、この人がエトルーリア人の血を引いていることや、これから起こることを知っているらしいこととも符合する。けれど、それがその女戦士とどういうふうに関係しているのかはわからなかった。女戦士は、わたしにはただの作り話としか思えない。

「これからやってくる男の人のことをもっと教えて」

彼は少し考えこんだ。わたしたちはお互いに完全に信頼しあい、少しも緊張せずに、あけっぴろげに話をしている——まるでふたりともが、ほかに害を与えることも、ほかから害を加えられることもない幽霊で、わたしたちの前には永遠の時があるかのように。それでも彼は、口を開くまえに考えるたちの男だった。

「いいとも」と彼は答えた。「教えてあげよう。何を知りたい？」

「その人はどうしてここに来るの？」

「それはまだ、きみに言うべきではないだろう。時が来ればわかる。だが、どこから来るか、ということを教えるのはかまわないと思う」

「どうぞ、始めて」わたしは羊の毛皮の上で、楽な姿勢をとった。

「おお、ラウィーニア」と彼は言った。「きみはカミラ十人分くらい、おもしろいね。それなのに、わたしはまったく、わかっていなかった。いや、気にしないでくれ。トロイアのことは聞いているかい？」

「ええ。ここから見れば南東の方向にある、アルデアのそばの小さな町でしょう？」

「いや、そのトロイアじゃないんだ。わたしの言っているトロイアは大きな都市だった。ここからははるか東。地中海よりも東、ギリシアの島々よりも東。アシア[*1]の岸にある。トロイアにはパリスという名の美男の王子がいた。パリスはギリシアのスパルタの王妃と駆け落ちした。彼女の夫は妻を取りもどすために、ギリシアのほかの王たちに呼びかけ、彼らとともに、衝角《しょうかく》のついた軍船千隻の船隊を組んでトロイアに押しかけた。その女の名はヘレナといった」

「何のために、ヘレナを取り返そうとしたのかしら？」

「夫の名誉を守るためだ」

「名誉を重んじるなら、奥さんを離縁して、きちんとした奥さんを迎えればよいでしょうに」

「ラウィーニア。その人たちはギリシア人だったんだ。ロー……、いやイタリア人ではないんだ」

「エウアンドルス王はギリシア人だけど、あの人も裏切った奥さんを追いかけるのかしら」

「王の娘、ラウィーニアよ。わたしの話を続けさせてもらえないだろうか？」

「あら、ごめんなさい。もうしゃべらないわ」

「では、いよいよトロイアの陥落について語ろう。アエネーアスがカルターゴの女王に語ったとおりに」そして彼は、影の中の影のように、暗い地面にすわったまま背筋を伸ばし、歌いはじめた。

　歌うといっても、羊飼いの歌や、船の漕ぎ手の合唱とも、アンバルウァーリア[*2]やコンピタリア[*3]の際に歌われる聖なる歌とも違うし、女たちが紡いだり、織ったり、叩いたり、切ったり、拭いたり、掃いたりしながら、一日中口ずさんでいるさまざまな歌とも違う。彼の歌には旋律がなかった。歌の言葉がその音楽的要素のすべてだった。その言葉が、

＊1　小アジア（アジアの西端にあたり、現在のトルコの大半を占める、地中海と黒海に囲まれた半島部分）。
＊2　豊穣を願う祝祭。
＊3　ラーレス・コンピターレス（四辻の守護神）の祝祭。

太鼓の音であり、オールが船腹の穴のふちにあたる音、足音、オールが水をかく音、心臓の鼓動、世界のはてのトロイアの浜辺に波が打ち寄せて砕ける音だった。

巨大な木馬や海から現れた大蛇や、トロイアの陥落について、彼の歌ったすべてをここで語ることはできない。その物語の中で、とくによくわたしの心に残った部分だけをお話ししよう。

木馬の腹の中から出てきたギリシア人たちが軍隊を市内に導きいれたとき、トロイアの戦士アエネーアスは、彼らを相手に街路で戦った。怒りのあまり狂ったようになり、われを忘れて戦ううちに、アエネーアスは王の高殿《たかどの》が火に包まれるのを見た。彼の心は冷静さを取りもどした。彼は自分の館やそこに住む人々のことを思い、走って帰った。その館は市の中心からかなり離れていて、そのあたりはまだ静かだった。

街路を走りぬけているとき、大いなる神々が姿を現わし、暗闇の中を動くのが見えた。この神々はトロイアが焼け落ちることを望んでいるのだ。

館にもどったアエネーアスは、館を棄て、この都市から逃れるように、人々を促した。だが、父のアンキーセスが館を出ることを拒んだ。アンキーセスは足が悪く、ほとんど歩くことができなかった。アンキーセスは自分の館で死にたいと言った。けれどみんな、彼をそこに残すにしのびず、彼抜きで立ち去ることができなかった。アエネーアスは断念して、ふたたび狂気にもどり、街路での戦闘に死に場所を求めようとした。妻のクレウーサが彼を押しとどめ、あなたにはそんなことをする権利がないと言った。館の人々を救うためにに努力することこそ、あなたとわたしの務めなのだ、と。クレウーサは彼らの幼い息子、アスカニウスを抱いていた。クレウーサがしゃべっている間に、誰かが言った。「見て！」――見ると、アスカニウスの髪に火がついていた。金色の焔がアスカニウスの頭の上に燃え上がっている。親たちはその火を消した。だが、兆候を読みとるのに長《た》けたアンキーセスは、これはよい兆しだと言った。そのあと、一同は、流れ星が空を突っ切って都市を見下ろすイーダ山に落ちるのを見た。あの星のあとを追おう、とアンキーセスは言った。そこでアエネーアスは、皆に告げた。ばらばらに館を出て、それぞれに知恵と力を尽くして都市を逃れ、イーダ山が見下ろす城門の外側、穀物の女神の古い祭壇がある塚で落ち合おう、と。アンキーセスは大きな焼き物の壺《つぼ》に館の神々を収めて、携えた。アエネーアスは足の不自由なアンキーセスを背中に負い、幼いアスカニウスの手を引いた。クレウーサがあとに続いた。こうして彼らは館を出て、暗い街路をたどった。

　しかし、アンキーセスが、こちらに向かって脇道を進んでくる兵士たちに気づき、アエネーアスに走れとどなり、アエネーアスはその言葉に従った。角を曲がり、暗闇の中をやみくもに走っているうちに、道に迷った。父を背負い、小さな息子の手を引いてさまよった末に、ようやく見覚えのある通りに行き当たって、城門に向かい、都市の外に出て、館の人々の待つ祭壇にたどりついた。そのとき初めてアエネーアスは、妻のクレウーサがいないことに気づいた。角を曲がって走ったときには、後ろにいたはずだが、アエネーアスは妻がついてきているかどうか、一度も確かめなかったのだった。クレウーサを見た者はいなかった。

アエネーアスはひとり、市内にもどった。もしやクレウーサがもどってはいないかと、館に走った。すでに館は焔に包まれていた。アエネーアスは、クレウーサの名を叫びながら、焼け落ちた建物や燃えさかる火、殺戮と略奪にふける兵士たちの脇を抜けて、町じゅうを走った。ふと見ると、暗い街路にクレウーサの姿があった。彼の前に立つクレウーサは、常の姿より丈が高かった。クレウーサは言った。「わたしがあなたとともに行くことはありません。ギリシア人の奴隷になることもありません。地母神がわたしをここに、おとどめになります。あなたはこれから長い間、長い道のりを旅せねばなりません。愛《いと》しい夫よ。あなたは行かねばなりません。西の国に至るまで。そこであなたは王となり、王妃を得ます。わたしのために涙を流すより、わたしたちの息子をあなたの愛で守ってください」アエネーアスはクレウーサに話しかけようとし、抱きしめようとした――三度試みたが、あたかも風を抱き、夢を抱くかのようだった。見ると彼女はすでに闇の中に消えていた。

アエネーアスはしかたなく、祭壇のある塚にもどった。そこには彼の館の人々に加えて、都市から逃れてきた大勢の人がいた。今のところ、ギリシア人が都市を出て追ってくる気配はなかった。アエネーアスはふたたび父を背負うと、人々の先に立って山地にはいっていった。そこは流れ星の落ちたところだ。もう夜が明けかけていた。

詩人の声が途絶えると同時に、最初の鳥が鳴いたのを、わたしは覚えている。その鳴き声が高く細い声で、遠くから聞こえてきたのを覚えている。まだ空は暗くて、応える鳥はいなかったが、ここでも、もう夜が明けかけていた。詩人の影がいた場所に目をやると、そこには何もなかった。わたしは羊の毛皮にくるまって眠った。まぶしい太陽の光が、木々の幹や茂みの間から暗い森に差しこんで、わたしを目覚めさせるまで。

猛烈におなかが空いていた。狼のようだった。まっすぐ、マルーナの待つ樵《きこり》の小屋に行った。それは昔ながらの建て方の小屋だった。杭を並べてつくった天井の高い丸い部屋がひとつあるだけで、大きな枝で組んだ屋根を藁《わら》で葺いている。樵はすでに仕事に出ていた。わたしは樵のおかみさんに食べ物をねだった。おかみさんはスペルト小麦の粥《かゆ》をほんの少しと、発酵《はっこう》させたヤギの乳をカップに一杯しかもっていなかった。おかみさんはわたしにそれを出すのをためらった。こんな貧しい食べ物を王の娘に出すのは侮辱に等しいことだと考えて、わたしを怒らせてしまうのではないかと心配したのだ。わたしはそれを奪うように取ると、むさぼるように飲み、かつ食べた。お返しにあげるものが何もなかったので、わたしはおかみさんにキスをして、雌狼に餌をやってくれてありがとうと言った。おかみさんはとまどった顔で笑った。

「あなたのもっていたものをみんなわたしが食べてしまったわね。あなたは何を食べるの？」とわたしが尋ねると、おかみさんは表情を和らげて「いえ、うちの人がいつも、兎か鳥を獲ってきてくれますから」と答えた。

「じゃあ、待っていようかしら」とわたしは言ったが、わたしの冗談は通じず、おかみさんはまたおろおろしはじめた。王の館では常に豪勢な食事が出ると思っているに違いない。

それでわたしはマルーナとともに帰途についた。その朝、わたしの心の中には、大きな喜びがあった。マルーナはそれに気づいて尋ねた。「ゆうべあそこで何かいいことがあったのですか？」

「ええ、わたし、自分の王国を見たの」そう答えたものの、その言葉がどういう意味なのか、自分でもわからなかった。「それから、偉大な都市が焼け落ちるのも見たわ。燃える都市の中から、人を背負った男の人が出てきた。その男の人はもうすぐここに来るのよ」

マルーナはわたしの言うことに耳を傾け、信じた。何も問わなかった。わたしの奴隷であり、姉妹であるマルーナになら話すことができた。こんなふうに話しても大丈夫だった。でも、ほかの誰にも話せはしない。

帰り道でずっと考えていたのは、できるだけ早く、アルブネアにもどってきて、しかも、ひと晩より長くいるには、どうしたらいいだろうか、ということだった。詩人がまた来てくれるのは間違いないと思った。だが、いつまでも来てくれるとは思えない。詩人がわたしとともに過ごせる時間は限られている。あの人は影の国への旅の途中なのだ。彼にとって、その旅は長くかかる旅ではないだろう。

わたしは小道から逸れて、プラーティ川がきらきら輝きながら、岩の上を浅く流れているところに行った。喉《のど》が渇いていたので、川の前に膝をついた。あたりには、浅瀬を渡った牛の蹄の跡がたくさん残っていた。水を飲んでから顔を上げて浅瀬を見ると、六年前の夢の中でヌミークス川に血が流れるのを見たとき、立っていた場所を思い出した。畏怖がわたしの心に流れこんできた。立ち上がって、袋の口をあけ、浅瀬の岩の上にサルサ・モラをふりまいた。

顔を上げて、辛抱強く待っているマルーナを見やった。マルーナはわたしと同じ年頃で背が高く、面長で浅黒く柔和な、エトルーリア人らしい顔をしている。袋の口の紐を結びながら、わたしは言った。「マルーナ。わたしはまたすぐ、アルブネアに行かなくてはならないの。今度はひと晩じゃなく、もっと長くなると思うわ」

マルーナはずっと考えていたらしく、半マイル歩いてから、ようやく口を開いた。

「トゥルヌスさまが滞在されている間に行くおつもりではないですよね？」

「ええ。それが無理なのはわかってる」

「トゥルヌスさまがお帰りになったあとですね……。でも、王さまはきっと理由をお尋ねになりますよ」

「そうでしょうね。聖なる事柄について嘘はつけないわね」

「でも、黙っていることはできます」とマルーナは言った。

「わたしは王の娘よ」詩人はわたしをそう呼んだのだった。「したいようにします。王はきっとお許しになるわ」わたしは笑いながら言った。それから、おもしろいものに気づいて、「見て、見て、マルーナ！」と言った。「シルウィアの鹿がいるわ！　こんなに遠いところまで来て何をしているのかしら？」

　大きな雄鹿は、穀物の苗が伸びはじめている畑のすぐ上の、開けた斜面を歩いていた。首に結ばれている白い亜麻布のリボンはぼろぼろになり、汚れていた。だが、生えかわって、まだ毛皮に包まれたままの角は、見事に伸びている。

マルーナは雄鹿の少し前を指差した。ほっそりした雌鹿が草をはんでいる。あとを追ってくる雄鹿には目もくれない。「こんなに遠いところまで来て、あんなことをしています」

「つがいになる季節でもないのにね。トゥルヌスみたい」わたしはまた声をたてて笑った。今朝は、何を見ても、何が頭に浮かんでも気分が沈まない。

　その明るく力強い気分のまま、家に帰るとすぐ、父のところに行った。挨拶をすませて、さっそく話を切り出した。「お父さま。お客さまがお帰りになったら、また、アルブネアに行くことをお許しください。マルーナを連れていきます。もし、護衛が必要だと思われたら、お父さまのお選びになる者を連れていきます。わたしはあそこで、ひとりで眠りたいのです。ふた晩以上」

父はわたしをじっと見た。愛情のこもった目、遠くを見るような目、判断を下そうとしている目だ。何かわたしに訊きたそうだったが、訊かなかった。「娘よ。おまえがわたしの屋根の下に眠っていない夜は、嬉しいものではない。おまえがわたしの手元にいるのは、そう長いことではなかろうから。だが、わたしはおまえを信頼している。あの聖なる場所には、おまえの行きたいときに行くがよい。必要な間、そこにとどまり、もどることができるようになったら、もどってきなさい」

「そういたします」とわたしは言い、父に礼を言った。父はわたしの額にキスをした。それから、父親らしい厳格さをみせて、「今宵の宴《うたげ》には必ず出るように。無愛想な顔も、顔を青くして気が遠くなるのもなしだぞ」と言った。

「でしたら、あのアフリカの変な生き物がわたしのそばに来ないようにしてください」

「いいとも」と父は答えた。父がアフリカの動物だけでなく、それをもちこんだ男も、私から遠ざけておきたいと思っているのが、わたしにはよくわかった。けれど父は何も言わなかった。

　わたしはトゥルヌスの滞在の残りを耐えた。おとなしく、乙女らしくして、宴の席では、ひと言、ふた言、しゃべりさえした。ところが、トゥルヌスは、わたしにはろくに注意を払わなかった。そうする必要がなかったのだ。彼が説得しなくてはならない相手はわたしの父だった。もちろん、母にはすでに取り入り、味方につけていた。トゥルヌスにとって難しいのは、父の機嫌を損じることなく、母の熱を煽《あお》り、いっそう肩入れさせること、そして、なるべく父と会話し、気に入ってもらえるように努力する一方で、母がほったらかしにされたと感じないように、かまってやることだった。トゥルヌスは気が強く、せっかちなたちで、自分のやり方を通すことには慣れていても、言葉を操ることには慣れていない。よく気をつけて礼儀正しくはしていたが、わたしと同じくらい我慢して宴会に耐えているのが、何度か感じられた。わたしは彼に親近感を覚えた。わたしは従兄としては、トゥルヌスが嫌いではなかった。

アフリカから来た動物は、母を強く嚙《か》み、どこかに逃げていった。猟犬たちがつかまえ、内臓だけ食べて、残骸を館の塀のそばに捨て置いたことが、あとになってわかった。妊娠中の紡ぎ女がそれを見て赤ん坊の死体だと勘違いし、泣き叫んだせいで、陣痛が始まってしまい、死産に至ったのだ。わたしの人生で不吉な生き物というものを見たことがあるとすれば、まさに、あれがそうだったと思う。

アルブネアの祭壇にふたたび詣でたのは五月のついたち《カレンダエ》の夕方だった。わたしたちは家を遅く出た。動物がいたずらしないように、持参した食べ物の籠を木の枝にかけ、礼拝をすませ、眠るために羊の毛皮を敷いたときには、暗くなりはじめていた。この日も、火があったらいいのにと思った。火があったら、心が明るくなるだろう。けれども、火桶はマルーナに預けてしまったのだ。わたしはすわって、耳を澄まし、一日の最後の光が消えるのを見ていた。闇が垂れこめると、木々は互いに寄り添い、力を増したように見えた。はるか右手で梟《ふくろう》が鳴いた。応える声はなかった。

大いなる静寂《しじま》に包まれていると、心が沈んだ。どんどん沈んだ。ここに来るなんて、なんと愚かだったのだろう。前に来たときのことで、何を覚えているのか？　違う時間、違う場所で死にかけている男の人の夢を見たのだ。わたしには関係のないこと。それなのに、わたしはここにもどってきた。食料のはいった袋までもって。ばかみたい。

わたしは横たわった。疲れていたので、すぐに寝入った。

星の光もない暗闇の中でわたしは目覚め、祭壇の向こうに目をやった。あの人がいた。

「詩人さん」とわたしは言った。

「ラウィーニア」と彼は言った。

小雨が地面と森の木の葉を叩いた。その音はやんだかと思うと、また始まり、またやんだ。

彼はわたしのところに程近い、この前すわっていた場所に来て、地面に腰をおろし、膝をかかえた。

「寒くないかい？」と彼は尋ねた。

「いいえ。あなたは？」

「寒い」

雨よけに羊の毛皮を差し出したかった。けれどもそんなことをしても、無駄だとわかっていた。

「船は港にはいろうとしている」と彼は言った。彼の声は穏やかで笑みを含み、情熱をたたえながらも、静かに淀《よど》みなく流れた。詩を歌っているのでないときでもそうだった。詩。彼の歌はそう呼ばれるのだそうだ。最初の晩に教えてくれた。叙事詩。「かつてポンペイウス[*1]が端から端まで、ずらりと船を並べた、まさにその突堤の間を今、通り抜けたところだ。波のために上下する幅が減ったのを感じる。外の海にいたときは、激しく浮き沈みするのがいやでたまらなかったが、今ではそれがなくなって物足りない。もうじき陸に着くだろう。そこにはもう波はない。ただ、熱く平らなベッドがあって、汗をかき、痛みに耐え、熱が上がったり下がったりするだけだ……。しかし、どなたか親切な神がわたしにすばらしい逃げ場を与えてくれた。ここに――暗闇の中に、雨の中にいて、寒さに震えることができるなんて。――きみは震えているのか、ラウィーニア?」

「いいえ、わたしは元気よ。あなたが……」わたしは何と言っていいかわからなかった。

「あなたも元気だったらいいのに」

「わたしは元気だよ。元気そのものだ。ほかの詩人がまず、経験できないことを、経験させてもらっているんだから。たぶん、あの詩を書き終えていないからだろうね。だから、わたしはあの中に生きることができる。死んでいく最中《さなか》でも、あの中に生きられる。そしてラウィーニア。きみもあの中に生きることができる。ここにいて、わたしに語りかけてくれる。わたしがそれを書き記すのは無理だが。話してくれ。話してくれ、ラテイーヌス王の娘よ。ラティウムでは何が起こっている?」

「春になったばかり。子牛も子羊も順調に生まれているわ。スペルト小麦と大麦はこの季節にしては丈が高いわ。ペナーテスが守ってくださっているから、うちの食物貯蔵室には食べ物がいっぱいよ。でも、塩がなくなりかけているから、近いうちに、父なる川の河口の塩田におりていかなくては。土にまみれた塩をもちかえって、きれいにして、濾過《ろか》して、焼いて、濡らして、乾かして、叩いて……まだあるのだけど、正しいやり方に従って、塩をつくるの」

「そういうこと、みんな、どうやって学んだんだい?」

「年取った女奴隷たちから」

「きみのお母さんからではなく?」

「母はアルデアの出身なの。あのあたりには塩田がないので、アルデアの人たちは、うちのような一族と取引をして塩を手に入れるの。わたしたちは塩をほかのものと交換するわけ。それでうちの館の女たちは、塩のつくり方を知っているの。けれどサルサ・モラに使う聖なる塩は特別で、わたしが自分でつくるの。最初から最後まで」

「塩つくりよりも、したいことは?」

「あなたと話したいわ」とわたしは言った。

＊1　共和政末期ローマの政治家、将軍。前四九年三月、イタリア半島を南下するカエサル派から逃れるために、ブルンディシウムから船団とともにイタリアを脱出した。

「何について？」

「トロイア人のことを教えて」

「トロイア人についてどんなことを知りたいんだい？」

　何から話しはじめたらいいかとまどった。だが、なんとか言葉が出た。「トロイアが焔《ほのお》に包まれていたとき、その人の奥さんのクレウーサが……みんなで逃げようとして通りを進んでいたときに……彼が子どもの手を引いていて、クレウーサは彼の後ろにいたのでしょう？　ふたりは別れ別れになり、彼女はギリシアの兵士に殺された。燃える街の暗がりで、彼女は彼の前に姿を現わした。生きていたときよりも背が高かった。彼女は彼に言ったのね。行きなさい、と。街から逃れて、身内の人々を助けなさい、と。彼は三度、彼女を抱こうとしたけれど、彼女は空気と影に過ぎなかった」

　詩人はうなずいた。

「でものちに……彼は地面の下の黄泉《よみ》の世界に下りていって、死者の影たちと話したと言っていたわね？　そのとき、彼は奥さんと再会したの？」

　詩人は黙っていた。それから、「いや」と答えた。

「死者が大勢いすぎて、見つけられなかったのね」わたしはたくさんの死者を思い浮かべようとした。

「彼は妻を捜さなかった」

「わたしにはわからないわ」

「わたしにもわからない。わたし自身が黄泉の国に行っても、わかるようになるとは思わない。わたしたちはそれぞれに自分の後生《ごしょう》に耐えなくてはならない。彼は妻を失った。火の中で、殺戮の中で、トロイアの街路で。彼女を永久《とわ》に失ったのだ。ふり返ることはできなかった。身内の人々の面倒を見なくてはならなかったから」

しばしの沈黙のあと、わたしは尋ねた。「トロイアから逃れたあと、彼らはどこに行ったの？」

「長い間、地中海の海岸線に沿ってさまよっていた。どこに行くべきかを知らず、ときには勘違いもした。一行はシキリア[*1]に着き、しばらくとどまった。彼の父親はそこで死んだ。一行は約束の地を求めてふたたび出発した。だが、嵐が来て船団をばらばらにし、アフリカの無人の海岸に船を打ち上げた」

「彼らはそこで何をしたの」

「助かったことを神々に感謝した。鹿を射て、肉を手に入れ、宴《うたげ》を催した。アエネーアスと彼の友、アカーテスはそこがどのような国なのか調べに行き、まさに建設されつつある都市に至った。その都市はカルターゴと呼ばれていて、住民はフェニキア人だった。女王がいて、名をディードと言った。ディードは一行を温かく迎えた」

「詳しく教えて」

詩人はためらっているようだった。そのためらいは女王と関係があると、ぴんと来た。

＊1　現シチリアのラテン語名。

「アエネーアスはディード女王に恋をしたのね」そう言いながら、なぜかつまらないような、がっかりしたような気がした。

「彼女が彼に恋をした」と詩人は言った。詩人の声は生真面目だった。「ラウィーニア、この話は、女の子に話すのにふさわしい物語ではないと思う」

「でも、わたしは女の子じゃないわ。『甘く熟れ、摘みとる人を待つばかり、縁《えにし》を結ぶにふさわしく、年も重ねし娘』なんでしょう? それに、結婚した女だってほかの男に――夫より年下の男に恋をすることがあるぐらい、知っているわ」わたしの声に含まれた辛辣さを詩人が聞き取ったとは思わない。彼はアフリカの女王のことを考えていた。

「ディードは寡婦《やもめ》だった。その点は問題ない。ただ問題は、激しい感情と強い意志に引きずられて、冷静な判断ができなくなったことだ。ディードは王を切実に必要としていた。彼女は優れた統治者で、民に慕われていた。彼らは美しい都市を建設中で、何もかもうまくいっていた。しかし、女性が長く、単独で統治することはまれだ。男たちは愉快に思わない。近隣の王や首長は皆、彼女を求めた。求婚し、彼女の権力をほしがり、口説くのと脅《おど》すのを同時におこなった。そこに現れたアエネーアスは、彼女にとって救い主だった。近隣の王たち、首長たちも納得せざるをえない解決策だった。歴戦の勇士で、自分自身の軍隊をもっている。王になるべく生まれたが、自分の王国をもたない男。ディードは彼を愛する前に、彼を必要としていた。ディードが最初に恋に落ちた相手は、アエネーアスの息子だった。ディードはひと目でアスカニウスが気に入って、彼を抱きあげ、ぎゅっと抱きしめ、心を引きそうな約束をたくさんした。母のいないアスカニウスがディードを――心の温かい、美しく親切な、子どものいない婦人を――慕うようになったのは言うまでもない。アエネーアスはそのことに、無頓着ではいられなかった。息子は彼に残された唯ひとりの家族だったから。彼はディードに、彼女の都市を軌道に乗せる手助けを約束した。そして……」

詩人の言葉が途切れた。

「なるようになったのね」とわたしは言った。

「身も蓋もない言い方をするね。女は生まれながらの現実主義者だと知ってはいるんだが、つい忘れてしまう。男はいろいろ経験を積んで初めて、そういう目でものが見られるようになる。ところが女は、幼児だって、男に、そういうものの見方を教えてやれる」

現実主義者という言葉は知らなかった。それでも、彼の言いたいことはわかった。

「軽蔑して言っているのではないのよ。ひとつのことが次のことにつながり、なるようになる。それでまったく問題はないわ。そうじゃなかったら、世の中の妻と夫は皆、どうやって愛し合うようになるの？　彼女は男を必要としていた。そして彼は親切で高潔で美男で、乗っていた船が難破した。彼女は彼に恋をした。女なら誰でもそうなると思うわ」

「それは予言として聞いておこう」

「でも、彼のほうはどうかしら？　彼は彼女に恋したの？」

「ああ。したとも。ディードは美しく、強く、情熱的だった。男なら誰でも恋するだろう。しかし……」

「彼はやはりクレウーサが忘れられなかった」

「いいや、違う。彼の妻、彼の都市。それらはすべて彼の背後にあった。はるか後ろに。彼とそれらの間には、長い年月と広い海が横たわっていた。アエネーアスはふり返らなかった。だが、彼は前を見る方法を知らなかった。彼は瞬間に――現在に捉えられていた。父のアンキーセスの死は、彼にとって大きな打撃だった。アエネーアスはそれまでずっと、父に頼り、父に従ってきた。老いたアンキーセスが彼らを導こうとして、却って迷わせたこともあったけれど。死んだとき、アンキーセスは過去を自分とともにもっていった。アエネーアスは未来も同時に失われたと感じた。彼はどう進んだらいいかわからなかった。彼の船団をばらばらにし、彼らを航路から引き離して、見慣れぬ土地に連れていった嵐――彼の心の中にもそのような嵐があった。彼は行くべき道を見失っていた」

「彼の行くべき道って？」

「それはここ、イタリアに、ラティウムに通じる道だ。アエネーアスはそのことを知っていた」

「どうして彼の未来はアフリカにはなかったの？　とどまって女王が都市を建設するの

を手助けして、彼女と幸せになればいいのに」わたしは理屈を言っていた。でも、心の中では彼がそうしなかったことを喜んでいた。わたしは詩人が反論するものと思っていた。

だが、詩人は言い返さず、首をふっただけだった。しばらくして詩人は、自分の考えを追いながら言った。「ふたりを一緒にしたのも嵐だった。狩の途中で、ふたりはほかの人たちからはぐれた。雨が降り、雹《ひょう》が降った。ふたりは洞穴《ほらあな》に避難した。そして……」

「ふたりは結婚したの？」しばらくしてわたしは尋ねた。

「ディードは自分たちの愛を結婚だとみなし、そう呼んだ。彼はそうしなかった。彼が正しかった」

「どうして？」

「ラウィーニア。必要と愛をもってしても、運命を打ち負かすことはできない。アエネーアスの天分は、自分の運命を知ることだ。しなければならないことを知り、それを行うことだ。必要に反しても。愛に反しても」

「それで彼はどうしたの？」

「彼は彼女のもとを去った」

「こっそりと？」

「ああ、こっそりと」

「彼女はどうしたの？」

「自殺したよ」

わたしには思いもよらないことだった。船を出してアエネーアスを追わせるとか、彼を説得するとか、復讐を果たすとか、ならわかる。そういうことをする女王だったら、好きになれないけれど、軽蔑することは絶対にできない。だけど、裏切りに対して自殺するなんて、卑怯者のすることではないかしら……。わたしは思い切って、そう言った。

「きみは絶望とはどういうものなのかを知らない」詩人は優しく言った。「ずっと知らなくてすみますように」

わたしは納得した。わたしは絶望とは何かを知っていた。それは、弟たちの死んだあと、母が住んでいたところだ。けれどわたし自身はそこに住んだことがなかった。

「苦しい死だった」と詩人は言った。「ディードの剣は心臓を大きく外れた。傷が命を奪うには時間がかかった。ディードは人々に命じ、自分が横たわる薪《たきぎ》の山に火をつけさせた。大きな焔が燃え上がり、アエネーアスは海からそれを見た」

「なんの焔なのか知っていたのかしら？」

「いや、たぶん知らなかっただろう」

「アエネーアスはディードのことを思い出すたびに、心から恥じ入るべきだわ。彼の身内は彼のことを恥ずかしく思わなかったのかしら？」

「アエネーアスがカルターゴで王を自称したとしても、トロイア人たちは、カルターゴを自分たちの国だとは決して思わなかっただろう。それにディードは、都市の建設を中断し、統治の務めを投げ出していた。彼女は自尊心を失い、アエネーアスのことしか考えられなくなっていた。要するにうまくいっていなかったのだ。カルターゴの人々は彼を厄介払いできて喜んだ」ちょっと間を置いて、詩人は言った。「アエネーアスはディードには会ったのだ、黄泉の国で。彼女は顔をそむけ、彼と話そうとしなかった」

当然だと思った。でも、その物語には、圧倒的な悲しみがあった。恐るべき恥と悔い。耐え難い不公正。わたしは、クレウーサ、ディードー、アエネーアスの三人全員が気の毒でたまらず、何も言えなかった。詩人とわたしは長い間、黙りこくってすわっていた。

「もっと楽しいことを話しておくれ」詩人は持ち前の美しく優しい声で言った。「毎日、何をしているの？」

「家庭にいる娘たちが何をしているかなんて、ご存じでしょうに」

「うん。そうだね。マントゥアの家には姉がいた。でも、ここはマントゥアではないし、わたしたちの父は王ではなかった……」詩人はわたしの言葉を待った。わたしが黙っていると、彼が口を開いた。「祝祭の日には、都市の主だった男たちがやってきて、王と食事をともにする。ラティウムのほかの都市からの訪問者もいるだろう。そして、おそらく、もっと遠くから来る同盟相手たちも――それから、もちろん、きみに求愛している男たちも。その男たちについて話してくれ」

わたしは暗闇の中に黙ってすわっていた。雨は通り過ぎ、星が見えはじめた。頭上にも、わたしたちを囲む木々の葉の間にも。「あの人たちから逃れたくてここに来たの。

あの人たちのことは話したくないわ。どうしてもいや」

「トゥルヌスの話もいやかい？　彼はとても美男子で勇敢なんだろう？」

「ええ」

「女心をかき乱すほどではないのかな」

「母に訊くといいわ」

その返事を聞いて、詩人は黙りこんだ。ふたたび口を開いたときは、口調ががらっと変わっていた。「じゃあ、きみの友だちは誰？」

「シルウィア、マルーナ。それに、ほかの女の子たちの中にも、おばあさんたちの中にも、仲良しがいるわ」

「シルウィアって、雄鹿をかわいがっているシルウィアだね？」

「ええ。この前、マルーナとわたしは、その鹿がこのあたりまで来ているのを見たのよ。雌鹿を追いかけていたわ。雄犬が雌犬を追いかけるみたいに。角の生えた犬ね。おかしくて笑っちゃった」

「恋をしている雄も男も愚かしいものだ」と詩人は言った。「自分ではどうしようもないんだ」

「どうして、シルウィアの雄鹿のことを知っているの？」

「頭に浮かんだんだ」

「あなたは何でも知っているのね」

「そんなことはないよ。ほとんど何も知らない。たとえば、きみについて知っていると思っていたこと――わずかながらも考えていたことは――愚かしいことばかりだ。型にはまっていて、想像力が少しも働いていなかった。わたしはきみが金髪だと思っていたよ！……だが、ひとつの叙事詩に、恋愛話はふたつ入れられない。そんなことをしたら、戦闘場面のはいる余地がなくなってしまう。いずれにせよ、物語を結婚で終わらせることが可能だろうか？」

「結婚は終わりというよりは、始まりという感じがするけれど」とわたしは言った。

ふたりとも考えこんだ。

「大まちがいだった」と詩人は言った。「燃やすように頼もう」

彼が何を言っているのかわからなくとも、わたしはその言葉の響きが気に入らなかった。「そして、海に出てからふり返って、火葬の焔が燃え上がっているのを見るの？」とわたしは言った。

詩人はいつものように短い笑い声をたてた。「きみには残酷なところがあるね、ラウィーニア」

「そうは思わないわ。そうならよかったのに、という気がするけど。残酷になることが必要なときが来るかもしれないし」

「いや、いや。残酷さは弱者の特性だ」

「あら、残酷なのは弱者に限らないわ。奴隷を鞭打つ主人は、奴隷より強いじゃありませんか。それに、ディードを棄てたアエネーアスは残酷じゃなかったかしら。でも弱者はディードのほうだわ」

　詩人は立ち上がった。おぼろな影は背が高かった。ちょっと歩きまわってから、彼は言った。「黄泉の国で、アエネーアスは旧友のトロイアの王子、デイポブスに会った。ヘレナと駆け落ちしたパリスは戦死した。それで、トロイア人たちはヘレナをパリスの弟のデイポブスに与えた」

「どうして、ヘレナを城門の外に押し出して、夫のもとにもどれと言わなかったのかしら」

「トロイアの女たちも同じことを言った。だが、トロイアの男たちの耳にははいらなかった。……そういうわけで、ギリシア人はトロイア市を占拠した。ヘレナの夫だったメネラーウスは、戦《いくさ》の原因となったヘレナを捜しに来た。ヘレナは彼に会った。そして、新しい夫がぐっすりと眠っている寝室に、昔の夫を引き入れた。新しい夫、デイポブスは戦闘の騒ぎに気づかなかったのだ。ヘレナはデイポブスを起こさなかった。ヘレナは彼の剣を隠した。だから、彼は目覚めたとたんに死に直面した。メネラーウスは彼を刺し、切り刻んだ。両手を切り落とし、顔を真っぷたつに縦割りにした。メネラーウスは狂ったように血を求めた。女はその光景を眺めていた。そうして、デイポブスは闇の世界に下りたのだ。何年も経ってから、その黄泉の国で、アエネーアスはデイポブスに――彼の影に会った。無残に切り裂かれて、両手を始め、さまざまな部分を切り落とされたままで、傷は少しも癒えていなかった。ふたりは少し言葉を交わした。だが、案内人が言葉をはさんでやめさせた――このようなことをしている時間はない、アエネーアスは急がねばならない、と。すると、殺された男が言った。『行くがよい、わが誉《ほま》れよ。わたしもすぐにいなくなる。群れに加わり、闇に帰る。そなたは、よりよい運命に恵まれよ』と。そう言いながら、彼は踵《きびす》を返した」

わたしは黙ってすわっていた。泣きたかったが、涙が出なかった。

「わたしもじきにいなくなる」詩人が言った。「わたしも群れに加わり、闇に帰る」

「でも、まだ……でしょう？」

「わたしをここにとどめておくれ、ラウィーニア。生きているほうが良いのだと、生きている奴隷であるほうが、死んだアキレスであるより良いのだと。わたしは作品を完成できると、言ってくれ！」

「完成させなければ、永遠に終わらないわ」とにかく何かしゃべって、彼を慰めようと思い、頭に浮かぶままを口にした。「いずれにしても、結婚で終わらせないのだったら、どういうふうに終わらせるの？　殺人で終わらせる？　終わりに到達する前に、どう終わるのか決めないといけないでしょう？」

「いや」と詩人は答えた。「決めなくていいんだ。終わりは、決めるものじゃなくて、見つけるものなんだ。あるいは――今の状態のように――諦めるものなんだ。わたしにはもう、続ける力がないからね。それが問題なのだ。わたしが弱っているということが。

だから、残酷な結末になるだろう」詩人はわたしと祭壇との間を今一度、行ったり来たりした。地面を踏む足音は聞こえなかった。やがて彼は長い、やや耳障りなため息をつくと、ふたたびすわりこんで、膝をかかえた。「きみとシルウィアがどんなことをするか、教えてくれ。どんな話をするかも。シルウィアの鹿のことを話してくれ。塩のつくり方を教えてくれ。どんな時に糸を紡ぎ、布を織るか教えてくれ。それらの技は、お母さんから習ったのかい？　初夏に、食物貯蔵室の鍵をあけ、中のものを出し、数日開け放して、ペナーテスに祈るだろう？　食物貯蔵室が収穫物でふたたび満たされますようにと。そのときのことを話してくれ」

「何もかもよくご存じだわ」

「いや。きみだけが、ぼくに教えることができる」

それでわたしは、訊かれたことに答えた。詩人は、すでに知っていることを私から聞いて、心の慰めを得た。

次の日はアルブネアの森で一日、ひとりで過ごした。木々の下の空気は重く、泉に近づくと硫黄のにおいで息がとまりそうだった。ぶらぶら歩いているうちに、森を見下ろして、岩だらけの急な斜面を登っていく小道を見つけた。登りきって頂上の空き地に立つと、西の見晴らしがよく、海岸線が見えた。日を浴びて、まばらな草の上にすわり、倒木にもたれて背中をまっすぐにした。わたしは錘《つむ》と羊毛の袋をもっていた。女は常に自分の仕事の一部を持ち歩くのが習わしだから。今、紡いでいるのは、夏物のトガやパラに用いる極細の糸だから、袋にはいった羊毛は軽いけれども、かなりの時間が稼げるはずだ。わたしはすわって糸を紡ぎ、考え事をしたり、五月の緑に彩られたラティウムの丘や森を眺めたりした。昼時になると、チーズとスペルト小麦のパンを少し食べ、泉を探して水を飲んだ。泉にはチシャとクレソンが生えていて、それも食べた。食べるのは控えめにするつもりで、いっそ断食しようかと思っていたぐらいなのに。断食はわたしには難しいとわかった。それから、もう少し丘のてっぺんを歩きまわった。太陽が天頂と大地の真ん中まで来たころ、ふたたび、はるか下の、森の中に下りていった。硫黄のにおいのする泉の風上側を通って、祭壇のある聖地にもどった。そこで少し眠った。ゆうべはほとんど眠れなかったのだ。目が覚めると薄暗くなっていて、聖地の囲いの内側を、大きな白い蛾《が》が何匹も、ひらひら飛んでいた。空中の見えない迷路をたどっているかのように、上がったり下がったりしながら、お互いの周りを飛ぶ姿は、見るも不思議だった。わたしは寝ぼけ眼《まなこ》で、蛾のダンスを眺めた。そしてその向こうに、祭壇に寄り添って立つ詩人が見えた。

「蛾が舞い飛ぶようすは、黄泉《よみ》の国の魂みたいね」とわたしは言った。まだ目が覚めきっていなかった。

詩人は言った。「黄泉の国は恐ろしい場所だ。暗い川の向こうには湿地が広がっていて、足元の地面のいたるところから、泣き声が聞こえる——小さく、弱々しい、むせび泣きが。それらは誕生と同時に死んだか、揺りかごの中で死に、人生を生きなかった赤ん坊たちの魂だ。彼らは泥の上に、葦《あし》の茂みの中に、暗闇の中に寝て泣いている。いくら泣いても誰も来ない」

わたしはようやくはっきりと目を覚まして言った。「どうしてそんなことをご存じなの？」

「そこにいたから」

「黄泉の国にいたの？　アエネーアスと一緒に？」

「違うような気がするけど、だったら、誰と一緒だったのかな？」と詩人は言い、自信なげにきょろきょろした。声は低く、けだるかった。詩人はためらいがちに続けた。「アエネーアスを導いたのは、シビュラだ。……わたしが導いてやった男は誰だったかな？　わたしは彼にこのような森で会った。暗い森で。彼の人生の半ばに。わたしは黄泉の国から上がってきて彼に出会い、案内した……。だが、あれはいつのことだったか？　ああ、この死ぬというやつは、大変な苦労だな。ラウィーニア。わたしはとても疲れた。もはや、きちんとものを考えることができない」

「赤ちゃんたちについての考え方は変だと思うわ」とわたしは言った。「どうして、生きなかったことで、罰せられなくてはならないの？　魂を育てる時間を与えられなかったのに、どうして赤ちゃんたちの魂がそこにあるの？　死んだ子猫の魂や、わたしたちが生《い》け贄《にえ》にした子羊の魂、それに流産した胎児の魂もそこにあるのかしら？　もし、ないのだとしたら、赤ちゃんの魂だけがあるのはおかしいわ。死んだ赤ちゃんの魂でいっぱいの湿地があなたの発明だとしたら、それは出来損ないの発明だわ。だって間違っているもの」

わたしはかんかんに怒っていた。わたしは自分が知っているなかで二番目に強力な単語を使った。それはネファース。間違っているということだ。物事の道理に反している。口にするのもおぞましい。穢《けが》れている。そういうことを意味する語はたくさんあるだろう。でも、わたしの知っているのはネファースという語だ。この言葉こそ、正しいこと、人がしなければならないことを意味する大いなる言葉、ファースの影だ。ファースの正反対、ファースの逆。

詩人は背の高い黒い影のような体を二つ折りにして、すわりこみ、消耗しきった男、うちのめされた男のように頭《こうべ》を垂れた。その動きから、くたびれはてていることがわかった。でも、わたしは同情する気になれなかった。

「あなたが言ったように、残虐さが弱さから来るものだとしたら、あなたはとても弱いのね」とわたしは言った。

彼は答えなかった。

長い沈黙のあと、わたしは言った。「あなたは強い人だと思う」そう言う唇も声も震

＊1　彼とはダンテのこと。ウェルギリウスは、ダンテの『神曲』に登場し、ダンテを案内して冥界を巡る。

えていた。こんな人に同情なんかしたくないのに、気の毒に思う気持ちが抑えられない。わたしの心は涙でいっぱいだった。

「そこが間違っているなら、詩から除くよ」と詩人は言った。「もし、そうすることが許されるなら」

この人のために何かしてあげられたら、どんなにいいだろうと思った。羊の毛皮を下に敷いてあげたい。トガを肩に巻きつけてあげたい。だって、まるで寒さに震えるかのように背中を丸めてすわっているから。けれどわたしは、この人のために何もしてあげられない。できるのは、声で触れることだけだ。

「いったい誰があなたに対して、許したり、禁じたりするの？」

「神々が。わたしの運命が。友人たちが。アウグストゥスが」

運命という言葉、友人という言葉で、彼が何を意味しているかはわかった。少なくとも、そのふたつの言葉の意味はわかった。あとのふたつについては、自信がもてなかった。友人にしても、彼の友人が誰なのか、その人たちは彼が信頼できる相手なのか、わたしにはわからない。運命について言うならば、彼がどんな運命を定められているかなんて、誰にもわからない。

「でも、あなたは自由な人間なのよ」わたしはたまりかねて言った。「あなたの作ったものはあなたのものでしょ」

「病気になるまえはそうだった」と詩人は答えた。「その後、わたしはあの作品に関する権限を失いはじめた。今はもうすっかり失ってしまったと思う。あれは未完のまま、世に出てしまうだろう。それを止めることはできない。そして、わたしには完成させる力が残っていない。きみの言ったとおり、あれは殺人で終わる。トゥルヌスの死で。どうしてそうなのか？　みんなトゥルヌスなど、どうでもいいからだ。この世は、殺したり、殺されたりしたがっている、恐れ知らずの、ご立派な若者たちでいっぱいだ。戦《いくさ》があるたびに、そういう若者には不自由しない」

「誰がトゥルヌスを殺すの？」

詩人はわたしの問いに答えなかった。長い間黙っていて、ようやく口を開いた。「あれは適切な終わり方ではない」

「どういうのが適切な終わり方なのか教えて」

詩人はまた、長い間、沈黙した。「わたしにはわからない」と彼は答えた。

あたりは暗くなっていた。藍色の空を背景に黒々と目立っていた葉や枝は、夜の闇に溶けこみはじめた。金星《ウェヌス》の輝きが、西方の低いところの幹の間から、東の間、見えた。わたしはその美しさがもつ力に祈りを捧げた。風はまったくなく、鳥や動物もまったく音を立てなかった。

「どうして自分がきみのところへ来たかわかる気がするよ、ラウィーニア。ずっといぶかっていたんだ。わたしの詩に登場する多くの人々の中で、きみがわたしの魂を呼んだのはなぜだったのか？　どうして親愛なる偉大なアエネーアスではなかったのか？　わたしが自分の技《わざ》の目を通して、しょっちゅう見ていた彼を、生身の目で見ることができないのはなぜなのか?」

詩人の声は極端に低く、ほとんど息切れしているように聞こえた。わたしは懸命に耳を澄ました。そのとき、わたしは彼の言っていることがほとんど理解できなかった。

「わたしがきみではなく、彼を見ていたからなのだ。きみはわたしの詩では端役に過ぎない。とるにたらない存在だ。破られた約束に過ぎない。今さら、それを修正することはできない。ディードの名にしたように、きみの名を命で満たすことはできない。だが、それが——その与えられなかった命が、きみの中にある。そして今、最後の最後に——遅すぎるときになって、きみはそれをもってきて、わたしにくれる。それはわたしの命。イタリアのわが大地。ローマに託すわが希望」

詩人の声に含まれる絶望の響きに、わたしは切なくなった。彼の言葉は途絶え、彼はうなだれて、静かにすわっていた。わたしはつらくて彼を見ることができなかった。

彼がわたしから離れて、自分の悲しみの中に、死に至る病の中にもどっていこうとしているのがわかって、わたしは怖かった。彼の影すら失ってしまうのではないかと怖かった。わたしは彼を自分のそばに引き止めておきたかった。わたしは彼ほどには、わたしたちを結びつけている絆を理解していなかったし、理解できるはずもなかったが、それでも、それがどういう絆なのか、彼をとりもどすのにそれをどう用いたらいいかわかっていた。

わたしは言った。「アエネーアスについて知りたいわ。アフリカを去ったあと——火葬の焔《ほのお》が燃え上がるのを海の上から見たあと、彼はどこへ行ったの？」

詩人はしばらくの間、さっきからの、うちのめされた人の姿勢のままだった。やがて首をふると、かすれた声で言った。「シキリアだ」彼はあたりを見回し、凝《こ》りをほぐすかのように、ゆっくりと肩をすくめた。

「たしか、前にもシキリアにいたことがあったわね？」

「父のために慰霊祭《パレンターリア》を行うためにもどったのだ。彼がアフリカでディードと一緒にいる間に、アンキーセス死後の一年が過ぎていた」

「どのように霊を慰めたの？」

「ちゃんとしたやり方で。儀式を行い、生け贄を捧げ、競技会を催して人々を競わせ、それから宴《うたげ》を催した」詩人の声はさっきより力強くなっていた。音楽が彼の声音にもどってきた。「アエネーアスは何が適切かについて鋭い感覚をもっている。そして、彼は自分に従う男たちに気晴らしが必要なことを知っていた。なにしろ、七年も放浪したあげく、一年前にいたところにもどってきたのだから。だから、競技会を催した。ただ、アエネーアスは女たちのことを失念していた」

「そう聞いても、別に驚かないけど」

「手厳しいね、現実主義者さん。だが、アエネーアスは迂闊《うかつ》な男ではない。彼は自分に従う人々すべてのことを考える。トロイアから逃げるとき、たくさんの女たちがアエネーアスを信頼してついてきた。アエネーアスは長い船旅の間、彼女たちができるだけ快適に過ごせるように心を砕いてきた。だが、アエネーアスが、約束の地を求める旅に今一度、出発すると宣言したとき、それは女たちの許容範囲を超えていた。ユーノ[*1]が女たちの心の中にはいりこんで、女たちを扇動した。女たちは反乱を起こした。海岸に行き、船に火をつけたのだ」

「ユーノが女たちの心の中にはいりこんで、ってどういう意味？」

「ユーノはアエネーアスを憎んでいた。彼女は常に、アエネーアスの妨げになることばかりした」詩人はわたしがとまどっているのを見てとった。

わたしは聞いたことについてよく考えた。女はそれぞれ、自分のユーノをもっている。男が自分のゲニウスをもつように。ユーノもゲニウスも、わたしたちそれぞれがもつ聖なる力、言いかえれば、神聖な火花の呼び名だ。わたしのユーノは、わたしの心の中に「はいりこん」だりしない。それはもともと、わたしの一番奥深いところにある、自分自身なのだから。詩人はまるでユーノが、人であるかのように話していた。好き嫌いの激しい女、嫉妬心の強い女であるかのように。

もちろん世界は聖なるものだ。世界は、神々、霊たち、大いなる力と気配に満ちている。わたしたちはその一部に名前をつける――畑と戦のマルス、火のウェスタ、穀物のケレス、母なる大地のテルス、食物貯蔵室の神々ペナーテスなど。川にも名があり、泉にも名がある。そして、嵐雲と稲妻の中におわすのは、父なる神と呼ばれる大いなる力だ。けれども、この方々は人ではない。愛することも憎むこともない。味方をすることも、邪魔をすることもない。この方々はそれぞれにふさわしい礼拝を受け取られる。礼拝はこの方々の力を増す。そのお力の恵みを受けて、わたしたちは生きる。

まったくわけがわからなかった。わたしはなんとか尋ねた。「どうしてそのユーノという人はアエネーアスを憎むの？」

「彼の母のウェヌスが憎いから」

「アエネーアスのお母さんは星なの？」

「いや。女神だよ」

わたしは用心深く言った。「ウェヌスはわたしが春の庭に見出す力よ——万物が成長する季節に。それから、宵の明星をウェヌスと呼ぶわ」

詩人はわたしの言ったことをじっくり考えていた。わたしと同じように田舎で育ったから、わたしの当惑が理解しやすかったのではないかと思う。「それはわたしたちも同じだ」と彼は言った。「だが、ウェヌスは同時にもっと……ギリシア人の助けもあって……。ギリシア人はウェヌスをアフロディテと呼ぶ。ラテン語でウェヌスを讃美した偉大な詩人がいた。その詩人はウェヌスを『人々と神々の喜び』と呼んだ。親愛なる育《はぐく》み手とも。空を渡る星座の下、船をちりばめた海と実り豊かな大地を、ウェヌスは自分の存在で満たす。ウェヌスからは、嵐雲も逃げる。技量確かな創り手である大地は、ウェ

＊1　ローマ神話では最高位の女神。ギリシア神話のヘラに相当。

ヌスに花を差し出す。大海原はウェヌスに微笑む。穏やかな空は輝き、光を降らせる[*1]……」

それはまさに、わたしが祈りを捧げるウェヌスだった。それはわたしの祈りだった。わたしはそのような言葉はもっていないけれど。耳を傾けているうちに、わたしの目は涙でいっぱいになり、私の心は言い表わせない喜びにあふれた。わたしは言った。「誰にせよ、いったいどうして、ウェヌスを憎んだりするのでしょう？」と。

「嫉妬から」と詩人が答えた。

「聖なる存在が、もうひとつの聖なる存在に嫉妬するの？」理解できなかった。川はほかの川に嫉妬するだろうか？　大地は空に嫉妬するだろうか？

「わたしの詩の中で、ある男が問う。『神々がわたしたちの心に、この火をつけたのか、それとも、わたしたちのそれぞれが強い望みから、神を形作ったのか』と」

詩人はわたしを見た。わたしは何も言わなかった。

「ギリシアの偉大なホメロスは、神が火をつけると言う。イタリアの若きラウィーニアは、火が神だと言う。ここはイタリアの地、ラテン人の地だ。きみとルクレティウスが正しい。讃美の言葉を捧げ、祝福を請い、異国の神話は気にかけるな。あれはただの文学に過ぎない。……だから、ユーノのことは忘れよう。トロイアの女たちは相談を受けなかったことに怒り、シキリアにとどまることにした。そこで、船に火を放った」

それならば納得できる。わたしは耳を傾けた。

「もしも嵐がやってきて雨を降らせ、焔を消さなかったら、船団全体が燃え落ちていただろう。彼らは四隻の船を失った。無論のこと、女たちは逃げ、山に登った……。だが、アエネーアスは彼女たちを罰しようとは思いもしなかった。彼は彼女たちに苦労をかけすぎたのだと悟った。みんなを集めて話し合いをして、それぞれの人に自由に選ばせた——シキリアにとどまるか、アエネーアスとともに航海するか。年寄りと多くの女たち、とりわけ幼い子どもを抱えた母親たちがとどまることを選んだ。ほかの人々は約束の地を探しつづけることを選んだ。九日間の宴が果て、そして、もう一日を別れの涙に濡れて過ごしたあと、彼らは船出した」

「こっちに向かったの？　ラティウムに？」

詩人はうなずいた。「だが、まずクーマエ[*2]に寄港した」

わたしはそこに黄泉の国への入り口があることを知っていた。「黄泉の国に下りていくために？　でも、どうして？」

「幻を見たのだ。父のアンキーセスが彼に、暗い川を越えて会いに来いと言った。常に父と運命に従ってきたアエネーアスは、クーマエに行き、案内人を見つけて、黄泉の国に下りた」

＊1　ルクレティウス（前九四年頃～前五五年頃）の哲学詩『物の本質について』の冒頭に近い部分からの引用。
＊2　イタリア南部カンパニア地方ガエタ湾沿岸にあった都市。

「そして、赤ちゃんたちが泣く湿地を見たのね」わたしは言った。「そして、むごたらしく殺されたために、亡霊になっても傷の癒えない友に会った。そして、顔を背けてしゃべろうとしないディード女王にも。けれど、妻のクレウーサを捜しはしなかった」

「うん」詩人は恥ずかしそうに言った。

「別にいいのよ。わたしは、黄泉の国での再会はないと思うわ。影は影に触れることができない。長い夜は眠りのためにあると思うの」

「ラティーヌスの娘よ！　さすが、ルクレティウスのご先祖さまだ。きみはわたしに、もっとも望ましいものを約束してくれた」

「眠りのこと？」

「ああ、眠りだ」

「でも、あなたの詩は——」

「いいんだ。ほうっておけば、わたしの詩は自分で自分の面倒を見るだろう」

わたしたちはふたりとも黙りこんだ。暗闇が濃さを増し、風はやんでいた。何も動かなかった。

「彼はもう、クーマエを去ったかしら？」

「そう思うよ」と詩人が言った。

わたしたちは声を潜めて話していた。ささやき声に近いぐらいだ。

「彼はキルケーイイに上陸するだろう。乳母のカイエータを葬るために。乳母は彼についていくと言ってきかなかったが、年をとっていて病身だったので、船の中で死んだ。彼は乳母を葬るために陸に上がる。そのために数日の遅れが生じることになる」

すっと背筋が寒くなった。あまりにも大きなものがわたしのところに来る。それも、ごく間近に迫っている。わたしは詩人に何が起こるのか教えてほしかったし、教えてほしくなかった。わたしは言った。「また、ここに来られるかどうかわからないわ」

「わたしもだよ。ラウィーニア」

詩人は暗い夜の向こうからわたしを見た。彼が微笑んでいるのがわかった。

「ああ、愛《いと》しいラウィーニア」彼は穏やかな口調のまま、そう言った。「未完成で不完全な、書ききれなかったラウィーニア。わたしがついにもたなかった子ども。もう一度、もどってきておくれ」

「ええ」


わたしが女を代表して男に対する憤りを表明する語り手であると、あなたがたは思っているかもしれないが、その期待には添えない。この物語を書くよう、わたしを駆り立てるものは、憤りではない。怒りだろうか？　ある意味ではそうかもしれない。だが、単純な怒りではない。わたしは正義に憧れる。だが、正義とは何なのか知らない。裏切られることはつらい。裏切りを避けられなくした原因が自分だと知ることはなおつらい。

それなら、どちらがわたしの真の恋人なのだろう？　英雄か、それとも詩人か。ふたりのどちらがより多くわたしを愛したかと言っているのではない。いずれも、長くは愛さなかった。でもわたしの心が満ち足りるだけ愛してくれた。あれで十分だ。わたしの問いは、ふたりのいずれを、わたしがより心をこめて愛したか、ということだ。この問いに答えることは不可能だ。ひとりはわたしの夫だった。美しい男。わたしの肉が彼の肉を包み、わたしの中に息子が生じた。彼はわたしの女としてのあり方、わたしの誇り、わたしの誉《ほま》れの創り手。もうひとりは影。暗がりの中のささやき。乙女の見た夢、もしくは幻。けれども、わたしの存在そのものの創り手。どうして選べようか。わたしはふたりとも、すぐに失った。わたしが彼らを知っていた度合いは、彼らがわたしを知っていたのをほんの少し上回るだけだ。それにわたしは常に忘れない。自分が偶然の産物だということを。

もちろん、彼らもそうなのだ。小さなプーブリウス・ウェルギリウス・マロが六歳か七歳で死に、マントゥアの小さな墓石の下に遺骨が納められるということはいくらでもありえたことで、そうであれば、彼は詩人にならず、彼とともに、英雄の誉れも死んでいただろう。英雄は何千もの戦士の名に紛れて名を残すだけで、イタリアの岸の神話となるなど、到底ありえなかっただろう。わたしたちは皆、偶然の産物だ。憤りは愚かで狭量だ。怒りでさえ、的外れだ。わたしは海面の光の斑点、宵の明星の送るきらめきだ。わたしは畏《おそ》れの中に生きている。もし、一度も生きたことがないとしても、それでもわたしは、風に乗る沈黙の翼、アルブネアの森に住む体なき声だ。わたしは話す。けれど口にするのは、「行け」という言葉だけだ。

次の日、マルーナとうちに帰ると、館の女たちが、口々にわたしに教えようとした。女王さまのところにトゥルヌスさまから使いが来ました。女王さまが姫さまにすぐに会いたがっておられます、と。

母を怖がるのが癖になっているので、そう聞いて、ちょっと怖気《おじけ》づいた。とはいえ、もうかなり前から、母が昔のように、わたしに対して金切り声をあげたり、暴言を吐いたりすることはなくなっていた。わたしは自分の気弱さが情けなかった。足を洗って旅の汚れを落とし、服を着替えるとすぐ、母の部屋に行った。母は人払いをして、心からいそいそとわたしを迎えた。わたしの額にキスをしてから、わたしの両手をとり、自分の傍らにすわらせた。そのような愛情表現は見せかけだけの偽りのものに見えるかもしれないが、母は策略家ではない。いつも自分の感情にふりまわされている人だから、実際に感じていないことを感じているような演技はできない。母は本心からわたしに会えて嬉しいのだ。母の喜び方に、わたしは胸が熱くなった。美しくて不幸せな母に自分を認めてほしい、優しくしてほしいといつも願っていたから、そうしてくれそうな気配が少しでも感じられると、嬉しさを抑えられなかった。わたしは喜んで、母の傍らに腰を下ろした。

　母はわたしの髪をなでた。その手が少し震えていた。とても興奮しているのだ。大きな黒い目はきらきら輝いていた。

「トゥルヌス王からのお使いが来たのよ、ラウィーニア」

「ええ、みんなから聞きました」

「あなたと結婚したいと正式に願い出たのよ」

　母はわたしのすぐそばから期待をこめた目で、じっと見ていた。わたしは黙って目を伏せるしかなかった。わたしは肌に血がさすのを感じた。熱の波が体じゅうに広がった。罠《わな》にかかって、なす術《すべ》もなく、身をさらしているような気がした。

　わたしが何も言わず体を硬くしていることに、母は驚きもしなければ、気分を害しもしなかった。わたしの手をとり、握ったまま、話しはじめた。「ちょっと変わった申し込みなの。トゥルヌス王は心の広い人だから、自分の話だけじゃなくて、あなた目当てで来ている、ほかの若い王や戦士たちの代弁もしたの。メッサープス、アウェンティーヌス、ウーフェンス、そしてサビーニ人のクラウススの。トゥルヌスの使者の口上はこうだったの。これらラティウムの有力な臣下や同盟者が互いに争い、血を流すのを避けるために、ラティーヌス王が、ラウィーニア姫の夫をこの中から選び、対立を終わらせる時が来た、と。彼らは皆、あなたのお父さまの選択を受け入れることに同意しているの。お父さまがまもなくあなたをお呼びになり、決定を告げられるでしょう」

わたしはうなずくしかなかった。

「あなたのお父さまにとって、その決定を下すのは容易なことではありません」正式な申し込みがあった今では、母の声は以前ほど、せっかちな感じではなく、温かみがあった。「お父さまはあなたがかわいくてたまらないから、手放したくはないのよ。でも、トゥルヌスの言っている対立のことを、前からずっと、心配していらしたの。若者たちがあなたをめぐって暴力沙汰を起こすのではないか、王国を混乱に陥れるような選択を迫るのではないかと、夜も眠れなかったの。あの若者たちは、まるで箱に入れた付け木のようなもの。ひとりが暴走すれば、すぐに全員が武器をとるでしょう。お父さまは、長年、平和を維持してきたことを誇りに思い、これからも維持したいと心から願っていらっしゃる。お年を召していて、ご自分では戦うことがおできにならない。だから、味方について守ってくれる若い男の誠と力を、必要としていらっしゃる――よい婿《むこ》がほしいのです。あなたの考えでは、その名誉に与《あずか》るのに、彼らのうちの誰がもっともふさわしいかしら？」

わたしは首をふった。喉がからからに渇き、言葉が出てこなかった。

「お父さまはあなたにお尋ねになるわ、ラウィーニア。心準備をしておきなさいね。お父さまは、あなたが嫌う男にあなたを嫁がせたくないの。そのことはわかっているでしょう？　でも、あなたが結婚しなくてはならない時が来たの。今でも、もう遅すぎるくらい。そのことは、変えることのできない事実よ。だから、あなたは選ばなくてはいけないの。それは真実、あなたの選択になるわ。お父さまは決して、あなたの気持ちに反した決定をなさらないから」

母は立ち上がり、部屋の中を少し歩いた。テーブルから小さな香油の瓶をひとつとると、わたしのところにもどって、わたしの手首に薔薇油をつけた。

「若者たちが自分をめぐって争うのは、見ていて悪い気はしないでしょ」母は笑みを浮かべて言った。「わたしにも覚えがあるわ！　そういったことをすべて終わりにしなければならないのは残念ね。……でも、永遠に続けるわけにはいかないのだから。それに、難しく思える選択こそ、どうしても急いで決めなくてはならなくなったら、自然に決まるものよ。たくさんの候補者たちがいても、夫になるのはひとりだけ。運命の人、定められた人よ」

母はふたたび微笑んだ。輝くばかりの微笑み。まるで自分の許婚者のことを話している若い娘のようだ、とわたしは思った。

わたしは無言のままだった。母は少し待ってから言った。「まあいいわ。あなたの選択をわたしに告げなくてもいいわ。でも、お父さまには申し上げないといけないわ――そうでなかったら、すべてお任せするか」

わたしはうなずいた。

「わたしとお父さまに選んでほしいの？」

母の声には、そうしたい気持ちがあふれていた。わたしは何も言えなかった。

「まあ、そんなに怯えているなんて」母は優しい声で言い、ふたたびわたしのすぐそばにすわって、抱きしめた。こんなことは、わたしが六歳だったとき以来だ。わたしは母の腕の中で安らぐことができず、身を硬くした。「ラウィーニア、あの方はあなたによくしてくれるわ。優しくしてくれるわ。それにとてもりっぱな――申し分のない男ぶりだわ。何も心配しなくていいのよ。里帰りだって頻繁にできるわ――彼を連れていらっしゃいね。それに、あちらもわたしの訪問を歓迎してくれるし――彼がそう言ったのよ、二度も三度も。アルデアはわたしの故郷ですもの。美しい都市よ。行けばわかるわ。あなたにとって、ここにいるのと、さして違わないはず。あの方はお父さまがしてくださるのと同じように、あなたの面倒を見てくださるわ。幸せに暮らせるわよ。何も心配しなくていい。わたしも付き添うし」

わたしは母の腕から抜け出し、立ち上がった。母の腕から自由にならずにはいられなかった。「お母さま。お父さまからのお呼びがあったときに、お父さまにお話しします」わたしは急いでその部屋を出た。耳鳴りがした。肌の火照りは去り、骨の髄に冷たいものが走った。

足早に柱廊を歩いていたとき、中央の中庭で大変な騒ぎが起こっているのに出くわした。あの月桂樹の木の周りに大勢、人が集まっていた。わたしは誰にも気づかれないで通り過ぎたかったが、まずウェスティーナが、次いでティタがわたしに気づいて、「ご覧ください。ご覧ください。こちらにいらして見てください」と大きな声で言いながら、わたしを木のほうに引っ張っていった。大きな木の上のほうの枝の間に何かが見えた。あれは何だろう。黒っぽい色の太った動物かしら。それとも、何か生き物がはいった袋がくねくね動いているのか。いや、濃い黒煙でできた雲だろうか。とにかく、何かが枝の間にあって、そこから、ぶんぶんとうなるような音が聞こえてくる。人々がてんでに指さし、「蜜蜂だ。蜜蜂の群れだ」と叫んでいる。

父が中庭を横切ってやってきた。謹厳で陰鬱な面持ちで、背筋をしゃんと伸ばして歩いてきた。父は木のてっぺんで、脈打つようにふくらんでは、へこみ、また、元にもどる大きな蜂の群れを見上げた。そして夕焼けの色に染まりはじめた遠い雲をちらりと見た。

「あれはうちの蜜蜂か?」と父は尋ねた。

いくつもの声が、違います、と答えた。群れは遠くから飛んできたのだ。「風になびく太い煙のように」と誰かが言った。

「カストゥスにこのことを伝えよ」と、父はおつきの少年奴隷に言った。「蜂は夜を前に、集まってきている。カストゥスなら移動させることができるだろう」。少年は矢のような勢いで駆け出し、養蜂家のカストゥスを呼びにいった。

「兆《きざ》しでございますよ、ご主人さま。兆しでございます」マルーナの母親が叫んだ。「ラウレントゥムを見下ろして聳える木のてっぺんに、蜂が来るなんて。いかなる前兆でございましょう?」

「蜂はどの方向から来たのか?」

「南西からでございます」

みんなが息をのんで待った。父は言った。「見知らぬ人々が、その方角からやってくる——おそらくは海路で。彼らは王に会いに、王の館を訪れる」

この世帯の父として、この都市、この国の父として、ラティーヌスは前兆を解釈することに慣れていた。エトルーリア人の占い師が用いるような神秘的な手段や道具は一切、用いなかった。ただ、兆しを見て、意味を読み取り、重々しく簡潔な言葉でためらいなく告げた。

人々はそれで納得した。彼らの多くが中庭にとどまり、群れから迷い出た蜂が、鈍い動きで髪にまつわりつくのを払いながら、兆しについて語り合い、蜂を捕らえて、うちの巣箱に入れるためにやってくるカストゥスの到着を待った。

父はわたしに気がついていて、「娘よ、ついておいで」と言った。

わたしは父に従って、父の寝起きする区画にはいった。

「おまえのお母さんから話は聞いたかな、ラウィーニア?」

「はい」

「では、求婚者たちが申し合わせて、彼らの中からおまえの夫を選ぶよう、わたしに求めたのは知っているな?」

「はい」

か?」

「それならば」父は笑顔をつくった。「わたしに誰を選んでほしいか、教えてくれない

「できません」

生意気な口調で言ったのではなかったが、断られて、父はひるんだ。父はわたしの顔を見つめた。「だが、彼らの中に、おまえのお気に入りがいるだろう?」

「いいえ、お父さま」

「トゥルヌスではないのか?」

わたしは首をふった。

「おまえのお母さんから、おまえはトゥルヌスを愛していると聞いたぞ」

「違います」

ふたたび、父は驚きの色を見せた。だが、父はわたしに対して寛容だった。父は優しく言った。「ほんとうにたしかなのか、ラウィーニア? おまえのお母さんは、トゥルヌスがおまえのところに通いはじめてからずっと、おまえは彼を愛している、と言っていた。そして、わたしに注意したぞ。おまえがそのことを認めるのをためらっても、真に受けるな、と。そのような内気さは、未婚の乙女にはふさわしいし、むしろ、そうあるべきだ。おまえは、この話について、余計なことをいろいろ言う必要はない。ただ、わたしが彼をおまえの夫として受け入れたら、おまえは嬉しい、ということを示してくれさえすればよい」

「ですから、いやだと申し上げているのです！」

これには父もさすがに当惑し、不安を抱いたようだった。「トゥルヌスがいやなら、ほかの誰がいい？」

「誰も」

「わたしに全員を拒絶しろ、というのか？」

「できますか、お父さま？」

厳しい表情で、父は部屋の中を歩きまわりはじめた。たくましく広い肩を丸めて顎をなぜた。きょうはまだ髭を剃っておらず、白髪混じりの無精髭が生えていた。父は足をとめて、わたしと向き合った。「できるとも」と父は答えた。「わたしはラティウムの王だ。なぜ訊いた？」

「トゥルヌスの申し出が脅迫を含んでいることを知っているからです」

「そのようにとれるかもしれないな。だが、おまえはそんなことを気にせんでよい。ラウィーニア、おまえは何を望んでいるのか？　どうするつもりなのか？　おまえは十八歳だ。独り身のまま、ずっと家にいるわけにはいかないぞ」

「あの人たちの誰かと結婚するぐらいなら、ウェスターリスになったほうがましです」

ウェスターリスとは、自ら、結婚しないことを選ぶか、誰にも選ばれないかして、父親の家にとどまり、炉の火を守る女のことだ。

父はため息をつき、テーブルの上に置いた自分の手を――傷だらけの大きな手を見下ろした。父の中に、そのようにしてわたしを手元に置いておきたいという気持ちがあり、それと戦っているのだと、わたしは思った。やがて父は口を開いた。「わたしが王でなかったら――ほかにも娘がいたら――おまえの弟たちが生きていたら、そういう選択もありえただろう。だが、ラウィーニア、おまえはわたしにとって、ただひとりの子だ。結婚しなくてはならない。おまえの中には、わたしの力が伝わっている。わが一族の力が。そのことから目をそらすわけにはいかないのだ」

「もう一年、待ってください」

「一年後に同じ選択を迫られるだけではないか」

わたしは返事のしようがなかった。

「娘よ。あの中ではトゥルヌスが一番だ。メッサープスは常に、トゥルヌスに顎で使われることだろう。アウェンティーヌスは美男子で、ライオンの毛皮のケープをもっているが、判断力に欠ける。ウーフェンスの山の中で生涯を送るわけにもいくまいし、油断のならないサビーニ人どものところにはやりたくない。あの中ではトゥルヌスが一番だ。おそらくラティウムじゅう探しても、あれに優る男はおるまい。領国をうまく経営しているし、戦士としては恐れられている。裕福でもある。その上、男前だ。女はみんなそう思うらしいぞ。それに親戚でもある。おまえのお母さんに聞いたが、トゥルヌスはおまえに首ったけだそうじゃないか」

父は期待をこめてわたしを見た。わたしは目をそらすしかなかった。

「おまえのお母さんが言うには、やつはおまえをほめそやしているそうだ。やつはおまえを妻にすることに心を決めているから、わたしが彼らの中のほかの誰かに、おまえを娶《めと》らせれば、取り決めを破って反乱を起こすに違いない、とおまえのお母さんは言う。そうかもしれん。やつは野心的で、自信の強い男だ。だが、そうなるのも無理はない。おまえのお母さんがやつを盛んに煽《あお》っているからな。実際、わたしがほかの誰かを選んだら、反乱を起こすのはおまえのお母さんかもしれんな」父は冗談めかして言ったが、それは冗談ではなかった。父の目に悲しみの色が見えた。「おまえのお母さんが、おまえとこの国によかれと思ってやっていることは確かだよ」と父は言った。

反論のしようも、返事のしようもなかった。

「お父さま、五日の猶予をください」とわたしは言った。かすれて弱々しい声になった。

「五日経てば、おまえの選択を聞かせてくれるのだな？」

「はい」

父はがっしりとした両腕にわたしを抱き、額にキスをした。わたしは父の体の温もりを感じ、よく知っている父のにおいを吸いこんだ——夏の日の丘の地面のにおいのような、鼻につんと来る、なつかしく、心慰めるにおいを。「娘よ。おまえはわたしの宝だ」父はぼそぼそと言った。その言葉はわたしを泣かせた。わたしは父の手にキスをして、泣きながら、館の女の居住区に走った。みんな、まだ夕闇に包まれた中庭にいて、カストゥスの仕事ぶりを見ていた。蜂たちは、カストゥスに促されて、噴水の上に集まり、ぶんぶんとうなる大きな塊をなした。ゆらゆら揺れる影のようなその塊は、カストゥスが網を構えて呪文を唱えるにつれて凝集し、どんどん小さくなった。

その後の五日間はとても長く思えた。わたしはできる限り、ひとりきりでいた。一度だけ、テュルスの農場に走っていった。シルウィアは乳を加工するところで働いていた。わたしはシルウィアにせがんで、外に出てきてもらった。自分がしなければならない選択について、相談に乗ってほしかったのだ。もちろん、シルウィアはこの件を知っていた。それは誰もが知っていることだった。王の館で起こったことを秘密にしておくのは、ほとんど不可能だから。そして、シルウィアの兄のアルモが、トゥルヌスが父に差し出した求婚者のリストに含まれてすらいないことも、誰もが知っていた。わたしがシルウィアに会いに行ったとき、シルウィアはわたしが、アルモこそわたしの選ぶ人だから、アルモを励まして、直接、王に結婚許可を求めるように言ってほしいと頼むのではないかと期待した。一家は希望を膨らませすぎていた。わたしとシルウィアとの友情が、シルウィアの兄の地位を引き上げてわたしと同等にすると考えたのだ。そのような論理はわたしたち若い者の間では通用しても、王たちや女王たちの間では通用しないのに。

わたしがあの求婚者たちの誰も選ばないことを理解したシルウィアは、アルモの気持ちを代弁しはじめた。わたしが首をふって、「無理よ、シルウィア。アルモを選ぶことはできないわ」と言うと、理由を知りたがった――あなたはいつもアルモ兄さんに親切にしてくれたじゃない。だから、兄さん、あなたに恋するようになったのよ。兄さんではあなたにふさわしくないというの？

わたしは言った。「ほかの人たちの誰よりも、アルモが好きよ。でも、夫にしたいとは思わない。そう思ったとしたら、そしてアルモを選んだとしたら、それはアルモを殺すのと同じことよ。トゥルヌスが鼠を狙う鷹のように、襲いかかるに決まっているもの」

それは愚かな比喩で、シルウィアは悪くとった。「あなたのお父さまがわたしの兄を保護するのを拒んだとしても、うちの家にも腕に覚えのある者がいくらかはいるのよ」シルウィアは、きっとして言った。

「ごめん、シルウィア。鼠はわたしよ。草刈のあとのむき出しの地面にいる野鼠よ。みんなに見られていて、どこにも逃げていく場所がない。頭の中で、駆け回って、駆け回って、隠れ場所を探すのだけど、見つからない。どこを見てもトゥルヌスがいるの。あの笑みを浮かべて、あの青い目でわたしを見てる。そしてわたしの――」わたしは言いよどんだ。「そしてわたしの母は彼を信頼している」

「あら、あなたは違うの？」シルウィアが興味深げに言った。

「あんな人、信頼しないわ。あの人には敬虔さがないもの。自分しか見てないわ」

「敬虔さなんかいらないんじゃない？　裕福だし、美男子だし、王だし」シルウィアの皮肉は底意地の悪いものではなかったが、わたしに同情していないことには変わりなかった。アルモのことで気分を害していて、わたしを簡単に許す気になれないのだ。

わたしが怖がっていることはわかっていたと思う。だが、シルウィアはわたしに、何を恐れているの、とは尋ねてくれなかった。だから、わたしは話せなかった。ほんとうは彼女に打ち明けたくてたまらなかったのに。

それでもわたしたちは友だちとして別れた。アルモが恋に夢中になって分別を失っていることも、もし、彼がトゥルヌス王のほしがる女を勝ち得ていたら、彼も家族も命にかかわる窮地に陥っていたに違いないということも、シルウィアはよく承知していた。シルウィアは名残惜しそうにわたしを抱きしめ、キスをして言った。「ああ、こんなことになってしまって、ほんとうに残念。世の中に男なんていなければいいのに。去年の春に行ったように、一緒に川辺まで遊びに行けたらいいのに！」

「また、行けるかもしれないわ」とわたしは言った。だが、心は重かった。わたしはシルウィアにキスを返した。こうしてふたりは別れた。泣くまいと歯をくいしばり、農地を抜けて家路をたどった。それでも館に着くまでの時間の半分は、泣きそうになっているか、泣いているかだった。わたしはそのことにうんざりした。世界中に打ち明け話ができる人も、わたしの気持ちを理解してくれる人もいなかった。あの詩人だけは別だけれど。マルーナなら、話せばわかってくれるだろう。いや、今でも察してくれているかもしれない。でも、わたしは彼女に、母のことを相談できなかった。主人の不名誉になることについて、話したり、聞いたりするように、奴隷に頼むのは間違っている。そういうことをするのは、奴隷を危険にさらすことだ。家内奴隷の集団の中には、金棒引きやおべっか使いが必ずいるものだ。それはどうしようもない。王の館の部屋のドアには、必ず耳がついている。マルーナが同情してくれているのはわかっているし、それが大いに助けになっているけれど、彼女を守る手だてがない以上、打ち明け話をしてはならないのだ。

マルーナ以外の女たちのほとんどは、どうしてわたしがトゥルヌスの求婚に飛びつかないのか、単純にいぶかっているだけだった。ウェスティーナは毎日、トゥルヌスをほめそやし、みんなのため息と、くすくす笑いを引き起こしていた。

母は引き続き、情のこもった圧迫を続け、トゥルヌスの求婚を受け入れるよう説得した。四日目が過ぎ去るまではそうだった。選択の期限が翌日に迫った夜、母のわたしに対する苛立ちが、急に爆発した。何年も前の怒りの発作のようだった。わたしが寝床に横たわってすぐ、母がわたしの部屋にはいってきた。母は寝間着姿で、ケイパーのつぼみほどの焔《ほのお》しかでない、小さな灯油ランプを手にしていた。突然現れたその姿は、白いゆるやかな寝間着のせいで、丈高く、嵩張《かさば》って見えた。ほどいた黒い髪が白い顔を丸く囲んでいる。「ラウィーニア。おまえがどういう駆け引きをしているのか、どこまで、父親の鼻面を引き回すことができると思っているのかは知らない」母は低く凄んだ。「だけど、これだけははっきりしている。おまえはトゥルヌス王と結婚し、ルトゥリアの女王になるのよ。怖気《おじけ》づいたり、めそめそしたりする必要はない。おまえはトゥルヌスが好きじゃないかもしれないけど、心配はご無用。あっちだって似たようなもので、おまえを大して好きじゃないかもしれないからね。これはただの政略結婚よ。手籠《てご》めにされるわけじゃない。若い娘にできることといえば、これしかない。上手な結婚をすることよ。おまえは、ほかの娘たちと何ら違わないし、ほかの娘たちより優れているわけでもない。だから、自分の務めをお果たし。わたしがしたように。おまえがこの好機をつぶしたら、わたしは絶対におまえを許さない。絶対に許さない」母の言った言葉の内容よりも、その言い方のほうが怖かった。母はベッドのすぐそばに立っていた。今にも、わたしに殴りかかるか、はるか昔にしたように、爪で引っかくかしそうだった。怒りに震えた声が苦しげな息とともに、歯の間から漏れた。

「トゥルヌスと結婚すると言いなさい」と母は言った。「そうしますと言いなさい」

わたしは何も言わなかった。何も言えなかった。

甲高いうなり声とも言うべき、奇妙な音を母は発した。そして背を向けると、部屋から出ていった。

しばらくして、わたしは立ち上がった。このベッドでは眠れない。足音をしのばせて中庭に出た。みんな寝静まっているようだ。月桂樹の下の木のベンチにすわり、レーギアの屋根の上を星々が、ゆっくりと動いていくのを見つめた。夜気の冷たさがわたしの頭にはいって、冷静に、明晰にしてくれるように思えた。トゥルヌスと結婚しなくてはならない、とわたしは理解した。それは避けられないことだ。新たに別の求婚者を受け入れたら、この王国に内乱が起こるだろう。トゥルヌスとほかの求婚者たちとの合意など、何の意味もなかった。トゥルヌスが素直に負けを認めることなどありえない。必ず競って勝ち、自分の思うままにふるまうだろう。自分の求めた女を、ほかの男が自分のものにすることなど、決して許すまい。トゥルヌスとの結婚がわたしの務めで、わたしの運命なのだ。母の言うとおりだ。たとえ母がわたしのためを思ってではなく、自分の都合でそう言っているにしても。

朝になったら、トゥルヌスを夫として受け入れる心の準備ができたと父に言おう。

大熊座が父なる川の上に、エトルーリアの上の空に、高くかかっていた。穏やかな夜風に吹かれて、月桂樹の葉がひそひそとささやく。わたしはアルブネアでの奇妙な三つの晩のことを思い出した。あそこでは、夜気の中に、硫黄を含んだ水溜りのにおいが、いつもかすかに感じられた。あそこでわたしは、影と話したのだ。それは、まだ生まれてもいないのに、わたしの過去と未来と魂を知っていて、わたしが結婚するべき人が誰なのか知っていて、その人が真の英雄であることも知っている瀕死の男の生き霊だった。だが、今こうして、自分の館の中庭にいると、そういうことすべてが、はるか遠くにあって、あいまいにぼやけているように思われる。起きているときの生活とは関わりのない、偽りの夢だという気がしてくる。もう、あのことについては考えるまい。アルブネアには二度と行くまい。

一瞬、わたしの耳にあの声が聞こえた。聞き間違いようのない、あの声、わたしの記憶の中の声が。詩人が初めて来たとき――祭壇のある聖なる場所に初めて立ったとき――彼は言った。先祖ファウヌスがアルブネアの木々の間から、ラティーヌス王に語りかけ、娘をラティウムの男と結婚させることを禁じた、と。そして、わたしがその言葉に驚き、動揺したのを見て、「まだ起こっていないのだろうと思う。ファウヌスはまだラティーヌスに話していない。もしかしたら、そういうことは全然起こらなかったのかも――いや、起こらないのかもしれない」と詩人は言った。さらに、たぶんそれは自分が想像力でつくりあげたことなのだと言った。言わば、夢の中の夢だと。

そして、その詩人との会話は、わたしが想像力でつくりあげたものだ。あれは起こらなかったのだ。そして、これからも起こらない。偽りの夢。幻。愚かな営み。

東の空がしらみはじめ、それを背に屋根が黒々と浮かびあがるころ、わたしは部屋にもどって、わずかな時間、横になった。

その日は礼拝日だった。わたしは太陽よりも早く起きだした。子どものころと同じように、今も儀式のときに着る赤いふちどりのトガをまとい、父を起こしに行った。父の部屋のドアの前に立ち、儀式用の言葉で呼びかける。「目覚めたもうか、王よ。目覚めたまえ!」ほどなく父が出てきた。父も赤いふちどりのトガを着ていた。礼拝のときの習わしで、後ろのたるみを引き上げて、頭を覆っている。わたしたちはアトリウムの祭壇に向かった。

館の人々が大勢、わたしたちについてきた。その中に母もいた。母はふだんなら、日常的な儀式に参列しない。母は、祭壇にサルサ・モラを撒くわたしのすぐ後ろにいた。わたしは直感した。母はきょう、一日じゅう、わたしを自分の目と手の届くところに置くために、わたしに張りついているつもりなのだ。望むものが得られるまで。母の体がわたしのすぐ後ろにあるので、その熱が圧迫感となって、はっきりと感じられた。わたしはそれから逃げ出したかった。わたしは父との間合いを詰めた。父は松脂《まつやに》に浸した棒をウェスタの火の中に突っこみ、それを持ち上げて、聖なる言葉を唱えながら、祭壇の炬《たいまつ》に点火しているところだった。松脂が飛び散ったか、風が吹きこんだか、手が動いたかは、わからない。ただ、突然、自分のまわりに不思議なものが見えた。何か明るいものがちらちら動いている。人々が口々に叫び、金切り声をあげた。「ラウィーニア姫、ラウィーニア姫」「姫の髪が燃えている。姫が燃えてしまう」わたしは両手を上げた。わたしの頭の周囲の空中で揺らめいている何かに手が触れた。わたしの周りで火花が踊り、飛び跳ねた。煙のにおいがした。ふり返ると、黄色っぽい、おぼろな雲を透かして、手を伸ばせば届く近さに立っている母が見えた。母はわたしの頭上の何かを、食い入るように見ていた。わたしは母に背を向けて、走った。人々の間を走りぬけ、アトリウムを走りぬけ、中庭に出た。焔と黄色い煙がわたしに従い、わたしの周りに火花が飛び散った。人々が悲鳴をあげた。父がわたしの名を呼んでいるのが聞こえた。わたしは月桂樹の下にある噴水まで走って、水盤に倒れこんだ。顔も髪も水の中だ。

気がつくと、父がわたしの傍らに膝をつき、助け起こしてくれていた。「ラウィーニア。かわいい子。わたしの娘」父はささやいた。「やけどしてしまったか？　やけどしてしまったか？　見せてごらん」

わたしはうろたえていたけれど、父の顔に浮かぶ恐怖の中に、驚きの色が兆《きざ》したのを見てとった。父は水の滴るわたしの頭をなで、びしょびしょの長い髪へと手を動かした。

「まったくやけどを負っていないなんて、こんなことがありえようか？」

「何だったんでしょう、お父さま？　火が燃えていましたよね」

「火はおまえの頭上にあった。焔がめらめらと燃えたっていた。おまえの髪が燃えて踊っているのだと思っていた――炬の火が髪に移ったと思ったんだ。ほんとうに、何ともないのか？　少しのやけども負っていないのか？」

わたしは手を頭にあてた。くらくらする。だが、ぐっしょり濡れていることを別にすれば、頭も髪もいつものとおりだ。焔に焼かれてはいなかった。ただトガの、頭にかぶさるように引き上げていた部分だけは違った。赤いふちのついた白いウールのトガの、その部分全体が黒く焦げていた。

今では、館じゅうの人たちが、父とわたしを取り囲んでいた。中庭いっぱいの人々はどなったり、叫んだり、問いを発したり、答えたりしていた。母は月桂樹の幹のそばに立っていた。その顔はすえつけられたように動かず、何の表情も浮かんでいない。父が母を見上げて「アマータ。ラウィーニアは無事だ。やけどひとつしていない」と言った。

母が何か返事をした。何と言ったかはわからない。マルーナの母親が人々を押し分けて前に出た。彼女は父とわたしのそばにひざまずき、わたしの額と頬にそっと触れた。癒し手だからこそ、許されている行為だった。それから彼女は、わたしの父に目を移し、断固とした口調で命じた。「兆しです。王よ。予言なさいませ」

父は奴隷の言葉に従った。立ち上がって、わたしを見下ろし、大いなる木を見上げて、口を開いた。「戦《いくさ》だ」と父は言った。

その言葉に、人々は静まり返った。

「戦だ」と父はくり返して言った。それから、父が言葉を探しているかのように、いや、むしろ、言葉が父の意思とは関係なく喉を這い上がってくるかのように、次の言葉が漏れた。「輝かしい名声、輝かしい栄光がラウィーニアの頭《こうべ》を飾る。だが、ラウィーニアはおのれの民に戦をもたらす」

物の動きも人の心も次第に静まり、騒ぎは収まった。人々はしゃべりながら、それぞれの朝の仕事をしに散らばっていった。ウェスティーナはわたしを中庭から連れ出して、館の女の居住区で、濡れた髪を拭いながら、泣いたり、わたしに労《いたわ》りの声をかけたりした。一方、一部が黒く焦げた赤いふちのトガは女たちの手から手へと回された。誰もが驚きに目を丸くした。

中断された儀式は、再開し、完遂しなくてはならない。そのことがとても気にかかったので、わたしは止める女たちの手をふりほどいて、父を手助けしに行った。だが、父はただちに、わたしを女の居住区に送り返した。父は代わりにマルーナを寄越すように命じた。おまえは休んでいなさい、そしてあとでわたしのところに来るように、と父は言った。

わたしはそれを聞いてほっとした。動くと足元がおぼつかなく、頭がくらくらすることに、気づいていたからだ。女の居住区にもどって「何か食べたほうがいいみたい」と言うと、ウェスティーナが「もちろんですとも。食べて元気を出していただかなくては」と嬉しげに言い、凝乳《カード》と蜂蜜とスペルト小麦の粥をもってこさせた。それをみんな食べると、気分がましになった。

母はずっと、わたしたちみんなと同じ部屋にいた。だが、おしゃべりには加わらなかった。母は大きな機《はた》の前にすわっていた。わたしは紡ぐのが得意で、誰にも負けないくらい丈夫で均一な糸を紡ぐ。けれど、機織りとなると、鈍《のろ》い上に、ぶきっちょだった。母は織り手たちの中でも飛びぬけて優れた技量の持ち主だ。目の前の機だけに集中して、正確なリズムを刻み、速い速度で織る。織っているときには、ほかのことは何も意識にのぼらないらしい。そういうときの顔は穏やかで、うっとりしているかのようだ。わたしがこの春ずっと紡いでいた、とても細い羊毛の糸を使って、母が今織っているのは、広幅の白い薄物だ。この布は何ヤードもたぐって、ぎゅっと握っても、指輪の穴に通せそうなほど薄い。女たちがあの不思議な焔《ほのお》のことや、わたしが走る後ろに黄色い煙が渦巻いていたこと、わたしが館を抜ける間じゅう、火花が飛び散っていたのに、まったく火が燃え移らなかったことなどを、かしましく、しゃべりたてているのをよそに、母は機織りに没頭していた。だが、女たちがようやく、ほかの話題に移ると、機の前にすわったまま、ふり返って、わたしを手招きした。わたしは母のところに行った。

「ラウィーニア、わたしが何に使う布を織っているかわかる？」母はとても奇妙な笑みを浮かべて尋ねた。初々しくさえ見える、満面の無邪気な笑み。

その問いを聞き、その顔を見たとたんに、答えがわかった。だが、「夏のパラでしょう？」と言った。

「あなたの婚礼衣裳よ。結婚するときにこれを着るの。見てごらん。こんなに薄い」

「お母さまの機織りの腕はすばらしいわ！」

「結婚するときに着るのよ。あの人と結婚するときに」とまるで、歌のくり返し部分のように言うと、母は機に向き直り、杼《ひ》を手に取った。そして、織りながら、その歌のようなものをささやき声でくちずさんだ。「結婚するときに着るのよ。あの人と結婚するときに」

正午ごろ、わたしはひとりで父の居住部分に行った。中庭を横切るときに、月桂樹の下で立ちどまり、木の霊と泉の霊、この館の守護神《ラール》[*1]とペナーテスに、お願いをした。わ

＊1　ラールはラレースの単数形（29ページ注参照）。

たしとともにいてくださいますよう。ご助力いただけますように。ゆうべ、星空の下でベンチにすわっていたときに、あれほど明確に、考え、理解したこと、理性の力できっぱりと割り切って決心したこと、そのすべてが跡形もなく消えていた。熱をもたない焔の揺らめきの中で燃え尽きたのだ。わたしは父に何を言わなくてはならないかわかっていた。だが、それを口にするには助けが必要だった。

父はわたしを抱きしめた。そして、やけどがないこと、傷ついていないこと、震えていないことを今一度、確認しようとした。

「お父さま、わたしは元気です。ただ、すごくおなかが空いていました。台所からもってきてもらったものを、そっくりみんな食べました」思ったとおり、父はそれを聞いて安心した顔をした。「わたしの求婚者たちのことを話していいですか？」とわたしは言った。

父は壁際に置いた木箱の上に腰をおろし、重々しくうなずいた。

「きょう、彼らのうちのひとりとの結婚の許しを願いでると、お約束しました」

父はうなずいた。

「けれども、けさ、あのようなことが起こりましたから――兆《きざ》しが示されましたから、わたしに選択を求めるのは、おやめください。その代わりに、アルブネアに行き、あそこの方々に尋ねてください。どのようなお告げであろうと、わたしはそれに従います」

わたしが話しはじめると、父は白髪混じりの太い眉の下から、重たげに目を上げて、わたしを見た。父は一心に聞いていた。わたしの言葉が終わると、父はしばらく考えこんだ。そしてまた、うなずいた。

「今日、行く」と父は言った。

「お供してもよろしいですか?」

父はまた考えこんだ。「いいとも」と父は言った。それからまた、わたしを見上げた。その顔には微笑を思わせる気配があった。「昔、よくしたように一緒に行こう。最初のときのことを覚えているかい? おまえはまだ子どもだった……」だが、父の顔は悲しげだった。わたしは父がとてもやつれてみえるのに気づいた。

わたしは父の手にキスをした。「いつでも出かけられるように準備をしておきます、お父さま」

「生《い》け贄《にえ》の用意をせねばな。このたびは……ううむ……子羊を一匹、いや二匹だな。白い子牛はいるかな? 子羊が二匹に、白い子牛が一頭。少なくともそれだけは必要だ」

「テュルスのところのドロに命じます。放牧地で雌牛と子牛の面倒を見ているのはドロですから。生け贄のことはわたしが手配します」

「うん。頼んだぞ。わたしは出かけるまえに、ここのことを手配しなくてはならぬ——いや、やはり、できれば、黒い子牛がよい。あの場所には黒がふさわしい」

あの場所。アルブネア。黄泉《よみ》の国のすぐ上にあり、死者の影がたやすく行き来できるところ。あの場所には黒がふさわしい。

この春は羊の出産時期が早かったので、羊飼いが見せてくれた子羊はかなり大きかった。老ドロが連れてきた子牛は小さく、ありていに言えば、発育が悪かった。その上、全身真っ黒ではなく、脚と顔が茶色っぽかった。申し分のない生け贄とは言えない。父はその子牛を見て眉をひそめた。

わたしは言った。「お父さま、この子は敬虔です。おとなしくつき従うようすをご覧になりましたか？　それに、この子は精一杯、黒くあろうと努めたのですよ」

ドロが重々しくうなずいた。「王さま、これが今いる中で、もっとも黒い子牛でございます」

王はうなずいた。わたしたちは出立した。

わたしは焦げ跡のあるトガをまとった。聖なるトガはほかにもっていなかった。聖なるトガを新調するのに必要な赤い染料をつくるのを、母が毎年、先延ばししてきたせいだ。動物を引いていくためと、おそらくは、父が不穏な気配を感じていることもあって、かなりの人数になった。はるか昔、父が子羊を抱えて、わたしとともに詣でたときや、わたしがマルーナと詣でるときとは、ようすが異なっていた。マルーナはわたしの供として、今回も同行したが、それに加えて、子牛を連れたドロに、二匹の子羊を連れた羊飼いの息子、ほかの供え物を運ぶふたりの奴隷、そして、レーギアの扉を守り、父が馬でほかの町やほかの王を訪れる際に、護衛をする男たちの中から三人が同行していた。こういう男たちは、王の騎士と呼ばれ、それぞれが王家の廏《うまや》に一頭、馬をもっている。

だが、今回は聖なる旅なので、みんな徒歩だった。

一行が縦列で歩くうちに、昼の光が去り、夕暮れになった。プラーティ川に着いたあとは、上流に向かって川沿いを歩いた。わたしは夢の中で、川に血が流れるのを見た岩だらけの渡り場を思い出した。

騎士たちとマルーナと奴隷たちは、森の手前で足を止めた。男たちはここで野営する。マルーナは樵《きこり》の小屋に行く。ドロと羊飼いの少年は動物たちを引き、父とわたしはほかの供え物をもってアルブネアの森にはいっていった。

生け贄を捧げ終わるころには、夜になっていた。暗い森の中に、光をもたらすのは、祭壇の火と炬《たいまつ》だけだった。ドロと少年は皮を剝いだ死骸を野営地に持ち帰った。そこで、男たちはその肉に最初に与《あずか》ることになる。父が炬を逆さにして地面に刺し、焔を消した。父は祭壇の前に立った。祭壇では、生け贄の脂に勢いを得て、火が燃え続けていた。父はトガを引き上げて頭を覆い、讃美とへりくだった願いの言葉をつぶやいた。わたしは生け贄の子羊たちの一方の毛皮にすわって耳を澄ました。暗く、静かな森の木々の間から、ファウヌスの声が父に応えて話すのを聞きたくてたまらないのと同時に、それが怖くもあった。

けれど前の晩、ろくに寝ていなかったし、その日は長い奇妙な一日だったから、疲れがひどく、目をあけていられなかった。祭壇で踊る焔の金色の輝きが震えてぼやけた。わたしは仰向けに寝て、木々の梢に囲まれた空を見上げた。砂浜に砂が密集しているように、星が密集している。白い火を敷き詰めたみたいに。そして、それも震えてぼやけた。

わたしは目覚めた。星々が輝いている。しかし、さっきのとは違う星々だ。祭壇の火は消えている。はるか右手から小型の梟《ふくろう》の鳴く声がする。ヒイイ・イイ。さらに遠くから、それに応える声がする。イイ、イー。

彼がいた。あの影が。彼はわたしと祭壇の間に立っていた。灰色の星明りを浴びて丈の高い姿がおぼろげに浮かび上がっている。祭壇の反対側、つまり囲いの際で、青銅がきらめいた。地面の上に盛り上がって、じっと動かない塊は、父が眠っているのだ。空気の感じは、夜明けの始まる一時間前のそれだった。

「死にかけの男に死ぬ時が来た」わたしの詩人は言った。とても静かな声で。

わたしは上体を起こし、彼をもっとよく見ようと目を凝らした。わたしは恐れていた。そしてつらかった。なぜかはわからない。いや、わからないと同時にわかっていた。わたしはささやいた。「死んでしまうの？」

詩人はうなずいた。

うなずくことはささやかな仕種だ。ほとんど何も意味しないこともありうる。それでもやはり、うなずきは、そういうことが起こってもよい、そうなるがよいという同意《ヌーメン》を示す仕種だ。うなずきは、意思を示す仕種。神々や霊たち、聖なる存在も、同じくヌーメンと呼ばれる。

「もう長くはない」と詩人は言った。

「ああ、わたしの願いが叶うなら――」しかし、願いは何の役にも立たない。

「きみのお父さんはファウヌスが語るのを聞いた」詩人が言った。彼の声の影は、笑いの影を含んでいた。

「それで――」

「きみはトゥルヌスとは結婚しない。それについては、心配はいらない」

わたしは立ち上がって、詩人と向き合った。詩人の口調はとても穏やかだったが、わたしはまだ怖かった。

「何が起こるの？」

「戦争だ。蜜蜂が大いなる木に群がった。王の娘が燃える髪をなびかせ、火花と煙を撒き散らしながら、館を駆け抜けた。戦争と栄光が彼女のあとを追う」

「どうして戦争をしなくてはならないの？」

「ああ、ラウィーニア。いかにも女のしそうな質問だな。理由はね、男は男だからだ」

「アエネーアスは攻めてくるの？」

「とんでもない。彼は穏やかにやってくる。きみのお父さんに同盟を申し出て、きみと結婚し、ここに落ち着いて家族をつくるために。彼はここに彼の家の神々をもたらす。だが、彼は剣ももってくる。そして戦争が起こることになる。戦闘、包囲、殺戮、奴隷狩り、焼き打ち、強姦、得意満面で大言壮語する癖に、眠っている男を殺すやつら、子どもを殺すやつら。実りかけている穀物畑が焼かれる。人間がなしうるすべての悪がなされる。正義、慈悲――マルスがそのようなことを気にかけようか？」

詩人の声は強くなった。声高ではないのだが、妙に耳障りな響きを帯びはじめた。父に聞こえはしないかと、ちらりと見た。父は眠りつづけていた。「ラウィーニア、その戦争の物語を語ってあげるよ。いいね？」詩人はわたしの返事を待たなかった。「戦争は、少年が森で鹿を射たことから始まる。戦争を始めるには、十分な理由だよ――ほかの理由と同じくらいに。最初に死ぬのは若いアルモだ――アルモを知っているね？ 彼の喉に矢が刺さり、言葉と息の通り道を血で塞《ふさ》ぐ。次は老ガラエスス。彼は裕福で、場を仕切るのに慣れている。戦いをさせまいとして、双方の間に割ってはいる。だが、骨折りが仇《あだ》となって、顔がくぼむほど殴られる。そんなこんなでトゥルヌスが、やるなら今だと思いこみ、戦争が本格的に始まる。この戦闘では、敵が命乞いをしても、見逃してやる者は誰もいない。イリオネウスがルケティウスを殺し、リゲルイがエマティオンを殺す。アシーラスがコリュナエウスを殺し、カエネウスがオルテュギウスを殺す。トゥルヌスがカエネウスとイテュス、そしてクローニウス、ディオクシップス、プロモルス、サガリス、イーダスを殺す。刺し貫かれた肺から、血の泡があふれ出る。眠っている間に殺された男は、末期《まつご》の苦しみに身をよじらせながら、血とワインを吐く。アスカニウスは鋼《はがね》の鏃《やじり》の矢でレムルスの頭を射貫き、トゥルヌスの投げ槍はアンティパテスの喉元に刺さって、肺に進み、穂先が温まるまでそこにとどまる。トゥルヌスの剣はパンダルスの頭蓋を両こめかみの中間で切り裂く。脳にまみれた鎧《よろい》を着て、二つに分かれた頭を首のつけねからぶらさげて、パンダルスは地面に倒れる。そして、アエネーアスが戦いに加わるや、彼の槍はマエオンの楯と胸当てと胸を貫き、次いでアルカーノルの腕を肩から切り離す。そしてパラスは怒りにふくらむヒスボの胸に剣を深く沈め、テュンベルの頭を首筋からなぎ払い、ラリーデスの手を切り落とす。切り落とされた手は痙攣《けいれん》し、死にかけの指で剣をつかみ直そうとする。ハラエススがラードン、ペレス、デモドクスを殺す。そして自分に向かってふりあげられたストリュモニウスの手を切り落とす。そしてさらに、トアスの顔に岩を打ちつければ、飛び散る頭蓋骨のかけらは脳と血にまみれている。さて、トゥルヌスは鋭い穂先をつけたオークの槍を投げて、パラスの楯と胸を貫く。年若いパラスはうつぶせに倒れ、血まみれの口で土を噛む。トゥルヌスはその亡骸《なきがら》に足を置き、金の剣帯を奪いとる。トゥルヌスが自慢する、この略奪品こそが、やがて彼の命取りとなるのだ。パラスの死の一部始終を聞いたアエネーアスは、ふたたび、敵に対する激しい怒りにわれを忘れて、飛び出す。マグスはアエネーアスに慈悲を請うが、アエネーアスはこの男の首を後ろに捻じ曲げ、喉笛を切る。そしてさらに、アンクスル、アンタエウス、ルーカス、ヌマ、金髪のカメルス、ニパエウス、リゲル、ルーカグスを殺す。トゥルヌスがアエネーアスに命を奪われないのは、ひとえに、彼をいとおしみ、戦いの中から連れ出す女神のはからいによる。一方、カエレの暴君メゼンティウスはヘブルスを殺す。また、ラタグスの顔に正面から巨大な石を打ちつけて殺す。

パルムスの膝裏の筋を切って、力なく這い回らせておく。エウアンテスとミマスを殺す。メゼンティウスの投げる槍に傷つき、瀕死のアクロンが黒い地面を踵《かかと》で打つ。カエディクスがアルカトウスを殺し、サクラートルがヒュダスペスを、ラポがパルテニウスとオルセスを殺す。落馬して横たわるクロニウスをメッサープスが殺す。アーギスがヴァレールスに、トロニウスがサリウスに、サリウスはネアルケスに殺される。双方入り乱れ、殺し、殺される。運命と神々に従う敬虔なアエネーアスは、メゼンティウスの内腿《うちもも》を槍で突き刺し、父を助けようとするメゼンティウスの息子ラウススを殺す。アエネーアスの剣はこの若者の体に、柄元《つかもと》まで押し入る。その剣は楯も母親の織ったトゥニカ*1も貫いて、若者の肺を血で満たす。彼の命は肉体を離れ、悲嘆に暮れて、黄泉の国に飛んでいく。アエネーアスは若者を哀れに思う。しかし、メゼンティウスが挑みかかると、アエネーアスは喜びの声をあげて迎える。メゼンティウスはアエネーアスめがけて、雨のように投げ槍を降らす。だが、アエネーアスはメゼンティウスの馬を殺し、地面に落ちた男を嘲り、喉を切る。そして翌日、アエネーアスはパラスの亡骸に、墓場で生け贄にする囚われ人を四人つけて、父のエウアンドルスのもとに送る。さて、どうかね、ラウィーニア。わたしの作品を好きになれそうかい？」

　わたしは長い沈黙の末にようやく、返事をしぼりだした。「結末がどうなるかによるのじゃないかしら」

「もちろん、輝かしい英雄が敵を打ち負かして終わるさ。彼は、傷を負って無抵抗なトゥルヌスを殺すことになる。メゼンティウスを殺したのと同じように」

「英雄って誰のこと？」

「わかっているくせに」

「家畜を殺すように人を殺して、どうして英雄なの？」

「やらなくてはならないことをやるから」

「どうして、無抵抗な人を殺さなくてはならないの？」

「帝国というものは、そのようにして打ち立てられるものだから。少なくとも、アウグストゥスがそのように理解してくれたらいいと思っている。だが、どうも無理な気がする」

詩人はわたしから顔をそむけた。わたしたちのどちらもしゃべらなかった。詩人が殺戮の歌を歌いはじめてから、わたしは泣き出してしまい、まだ顔が濡れていた。詩人がふたたび口を開いたとき、彼の声は優しさを帯びていた。「でも、それはきみにとっての結末じゃないよ、ラウィーニア」

わたしは詩人に近づいた。もう彼の顔が見えなくなっていたから。「どういうことなの？」

「アエネーアスが王であったのは、三つの夏と三つの冬の間だけだったが、その治世が

＊1　長細い布に頭を通す穴をあけ、脇を縫って袖をつけたもの。男性用は半袖で丈は膝まで。女性用は長袖で丈は足元まで。トガやパラを上に重ねる場合もある。

終わっても、きみの物語は終わらない。ヌミークス川の血に汚れた渡り場ですべてが終わると、きみは思うかもしれない。だが、そこでは終わらない。ラウィーニウムでも、アルバ・ロンガでも終わらない。きみの死でも、きみの息子の死でも終わらない。王たちが現れて消え、執政官たちが現れて消えても終わらない。カルターゴが滅んでも、ガリアが征服されても終わらない。ユリウス・カエサルが暗殺されても、アウグストゥスが権力を一身に集めても終わらない。大いなる時代がもどってくる……たぶん……わたしはかつてそう考えたが……。だが、とにかく、気を落とさないで。わたしの娘よ。年若いわたしの先祖よ。トロイアの神々はよい家に来る——ラティウムのきみの家に。そして、きみは春の息子、宵の明星の息子と結婚する」

彼が殺戮の物語を語っている間は、大嫌いだった。だが、今にもこの人を失ってしまうのだと思うと、愛《いと》しさがこみあげた。好きでたまらなかった。「待って。……これだけは教えて。あなたの詩は——わたしの詩は、書き終えたの？」

詩人はうなずいたようだった。だが、よく見えなかった。影たちに囲まれた背の高い影は見分けにくい。

「まだ行かないで」

「行かなくちゃいけない、わたしの誇りよ。わたしはもういない。群れに加わり、闇に帰る」

わたしは大きな声で彼の名を呼び、前に進んだ。彼を抱きしめようとして、彼を死に赴《おもむ》かせまいとして、両腕を差しのべながら。けれどもまるで、夜風のひと吹きを抱くかのようだった。そこには何もなかった。

温もりを求めて、膝を腕で抱き、焦げたトガにくるまって羊の毛皮の上にすわってい た。やがて、祭壇の上の空が明るくなってきた。父のところに行き、「目覚めたもうか、王よ。目覚めたまえ！」と言った。父は起き上がった。わたしたちは飲み水を少しもってきていた。この近くに飲める水はないからだ。わたしは父にその瓶を渡した。父は一口飲み、掌に水を受けて顔をこすった。

「ご先祖さまが話すのを聞かれましたか？」とわたしは尋ねた。

まだ、目が覚めきっていない顔でわたしを見上げて、父は言った。「木々の間から声がした」

わたしはその続きを待った。

父は暗い木々の間に目を移し、祈りを唱えるような、低い平坦な声で、だがはっきりと言った。「ラティウムの娘をラティウムの男に妻合《めあ》わせるな。やってくるよそ者に娘を与えよ。その男は今、まさに来ようとしている。彼女の子孫の王国はラティウムの王国よりもはるかに大きなものになるだろう」

父はわたしの顔に目をもどした。わたしはうなずいた。「わかりました。従います」

父はぎくしゃくした動きでのろのろと立ち上がった。硬い地面の上で野宿することなど近年はほとんどなかったからだ。痛そうな顔をして、腿《もも》をこすり、腕を伸ばした。「娘よ。わたしは年を取った」と父は言った。「この老いた身で、あの若い連中に拒絶をつきつけねばならんとはな」父は首をふった。その背中が丸かった。「息子たちが生きていてくれたらなあ。わたしのような老いぼれには荷が重い」

父らしくもない弱音だった。わたしは何と言っていいかわからなかった。まだ若すぎて、ものがわかっていなかったから、ただ驚いて、気の毒に、と思うしかなかった。だが、王である父に対して、気の毒に、などと思うのはいやだった。

父は小用を足しに、木々の間にはいっていった。もどってきたときには、さっきよりしゃんとしていた。「心配するな」と父は言った。「やつらに無礼な真似はさせぬ。今だって、自分の娘と館と都市ぐらい守れるさ」わたしたちはもってきたわずかな荷をまとめた。その作業をしながら、父が言った。「おまえのお母さんが、おまえをトゥルヌスにやると決めこんでいなければよいのに、と言いたいところだが、あれの気持ちもわかるのだ。トゥルヌスはあれの甥だから、息子たちがもどってくるのと同じような気がしているのだろう。さあ、帰ろうか」父は重い足取りで歩きはじめた。わたしはあとに続いた。

男たちが野営しているところに来ると、彼らはちょうど起きだしたところだった。東の山並みの後ろの空はまぶしく、世界中の鳥が鳴いているかのようだった。そこには小さな流れがあり、父とわたしは膝をついて、手と顔を洗った。騎士たちがそばに来たときに、父が彼らに、どんなお告げを受けたか話すのを聞いて、わたしはまたもや驚かされた。わたしは父が、館に帰ってから、正式な形で発表するものと、思いこんでいたのだ。おそらく求婚者たちを一堂に集めて、彼らの要望が神々とご先祖さまたちによって拒否されたことを説明するのだろうと思っていた。今、あけっぴろげに話すということは、一行が館にもどるやいなや、このことがラウレントゥムじゅうの住民全員の知るところになるのを確実にするということだ。父が母にこのことを自分で知らせることができず、母がわたしから聞くか、女たちの噂話によって知るのを望んでいる、ということ以外に、こんなことをする理由は思い浮かばなかった。

だが、母は中庭を駆け抜けるようにして、わたしたちを出迎えた。興奮のあまり、頬に血が差して、いっそう美しく見えた。「教えてもらわないでも知っているわ。あなたたちを夢に見たの」と母は叫んだ。「すごく嬉しいわ」

父とわたしは足を止めた。牛のように目を丸くしていたに違いない。母はわたしの両手をとり、キスをした。「すごく嬉しいわ」

「何のこと？」

「あら！　初夜の床のことよ。アルデアの。わたしの夢に出てきたのよ」

あっけにとられていると、大きな声で、無骨な物言いで、父が言った。「お告げはラウィーニアがラティウムの男と結婚することを禁じた。ラウィーニアは異国から来る求婚者を待たねばならない」

「いいえ、そんなお告げは下っていないはずよ。わたし、見たもの！　聞いたもの！」

「アマータ。落ち着きなさい」と父は言った。「このことはあとで、ふたりきりで話そう。ラウィーニア、女たちを呼んで、お母さんを部屋へお連れするように」父は自分の居住部分に去っていった。

母は父を追いかけようとしたが、当惑顔で立ちどまった。そしてわたしに言った。

「お父さま、どうかなさったの？」

「何でもありません、お母さま。参りましょう」わたしは母を女の居住区に連れていこうとした。だが、母は何か隠していることがあるのだろうとくいさがった。おつきのシカーナとリナが迎えにきて、ようやく母は口を閉じた。その顔からは喜びの輝きが消えはじめていた。母はわたしに従って、部屋にもどった。

言うまでもなく、噂はすぐに館じゅうに、街じゅうに広がった。王の娘はトゥルヌスとは結婚しない。メッサープスとも、彼らの中のほかの誰とも結婚しない。王女は異国人がやってきて求婚するまで待たねばならない。それが、蜜蜂の意味することであり、髪に火がついたのに、燃えなかった理由だ。戦争が起こる。戦争が起こる。誰が戦うのか？　やってくる異国人とは誰なのか？　トゥルヌス王はその男に対して何と言うだろう？

みんなが噂話に興じている傍らで、わたしはいぶかった。その男に対して、わたしは何と言うのだろう。

母のアマータは衝撃を受けたようだった。母が正夢だと信じ、お告げが容赦なく、逆夢だと断じた夢が、どんな夢だったのか、わたしたちには語らなかった。噂話の中にははいらず、わたしにもまったく話しかけなかった。母とわたしはお互いに距離を置いた。それはたやすいことだった。十二年間、ずっとそうしてきたのだから。

夜が来るころには、わたしはみんなのおしゃべりと大騒ぎにうんざりしていて、家を離れ、女たちから自由になりたかった。外に出て、ひとりで過ごし、考えることのできる時間を持ちたかった。母は機《はた》に向かっていた。わたしはそこに行って、明日、河口に塩を取りに行く許しを請うた。

「王にお願いしなさい」母は仕事から目を離さずに言った。そこでわたしは父のところに行った。父はちょっと考えて、「安全だろうと思う」と答えた。

「安全でないかもしれない理由がありますか？」わたしは驚いて言った。塩田を所有していることは、わたしたちの国の大きな強みのひとつで、わたしたちは塩田を堅固に守っていた。誰かが侵入しようとすることなど、何十年もの間、一度も起こっていない。

「ガイウスをつけてやろう。それから、側仕《そばづか》えの女をふたり連れていきなさい」

「何のために、ガイウスが必要なのですか？　塩を持ち帰るために、ピコと驢馬《ろば》を連れていきます」

「ガイウスを同行させる。西の道を通っていきなさい。暗くなるまえにもどってくるように」

「無理です、お父さま。塩を掘り出さねばなりません」

父は眉をひそめた。「一日のうちに、掘ってもどってくるのはたやすいはずだが」

「お父さま。あそこで一夜を過ごしたいのです。ティベリスのそばで」

わたしが父に願い事をするのは、めったにないことだった。「ああ、いいとも」父は長い沈黙の末に言った。「わたしの心は悩んでいる。苦しんでいる。わたしにはよくわからない……。行きたいなら、行くがいい。父なる川に礼拝してきてくれ。だが、ひと晩だけだぞ」お礼を言って、立ち去ろうとするわたしに、父が声をかけた。「エトルーリア人に気をつけろよ」

それは、ティベリスに行くと言うと、みんなが言うことだ。まるでティベリス川の北岸に、待ち伏せしているエトルーリア人がいっぱいいて、わたしたちを見つけると、川に飛びこみ、泳いでつかまえにきて、連れ帰って拷問すると決まっているかのように。エトルーリア人の拷問については身の毛もよだつ話がたくさんある。だが、メゼンティウスがカエレを支配していたときを除いて、わたしたちはカエレの人々と良好な関係を保ってきた。それに河口あたりで川を泳いで渡るには、泳ぎの名手であることが必要だ。ティベリス川に行く人に「エトルーリア人に気をつけて」と言うのは、山に登る人に「熊に気をつけて」と言うようなもので、要するに習慣から来るものだった。

それでもティタを捜したり、ティタに、ピコを見つけて、朝になったら出られるように驢馬の支度をするよう伝えてほしいと頼んだりしているうちに、わたしが結婚する相手はエトルーリア人なのかしらという考えが浮かんだ。

というのは、アルブネアにいるのでないとき——ここの人々の間にいるときには、詩人が言ったことが、わたしの心の中にずっとあるわけではなかったからだ。心に浮かぶ折にも、ときには、詩人から聞いたときと同じくらい生々しく思えたが、むしろ、思い出そうとすればするほど消えていく夢の断片のように、薄れかけていることが多かった。それは真《まこと》の夢、正夢だった。けれど、たとえ正夢であろうとも、夢の中で生活することはできない。一番思い出しにくいのは、詩人がゆうべ語ったことだ——あれは、ほんとうに、ゆうべだったのかしら？　詩人は死にかけていた。わたしはそれを思い出したくなかった。詩人が歌ったこと——はてしなく続くおぞましい死の歌を、わたしは思い出したくなかった。わたしが結婚する男の名、その妻の名、息子の名を教えてくれたのはわかっていた。遠い都市、トロイアの出身だということもわかっていた。戦争が起こること、男たちが殺しあうこともわかっていた……それでもやはり、ここレーギアの中庭の、女たちが集まって、仕事をしながらしゃべったり歌ったりしている月桂樹の傍らを過ぎるとき、それらの名は皆、わたしの頭から抜け落ち、わたしの結婚相手はエトルーリア人なのかしらと思うのだった。

エトルーリア人は、よそもの、異国の人たちと呼ぶのに十分なほど異質だった。彼らは羊の肝臓の中に未来を見る。マルーナの鳥占いは好きだけれど、拷問や羊の肝臓などとは、できれば関わりをもちたくない。

河口に行ってよいという許可をもらったおかげで、わたしはたちまち元気になった。翌朝、街を出たときには、罠から解放された雀《すずめ》のような気分だった。求婚者たちを巡る厄介事、脅《おど》し、奇妙な兆《きざ》し、暗い予言。わたしはそれらを皆、忘れた。わたしはティタに、そういうことについて話すのを禁じた。ティベリスに着くまでずっと、冗談を言いあったり、物語を語ったりしながら進んだ。生真面目なマルーナでさえ、子どものように声をたてて笑った。それは楽しい一日だった。そしてその夜、わたしは星空の下、砂丘の上ですやすや眠った。

そして明くる朝、ひとりで、ティベリス川の岸の泥に膝をついていたとき、大きな船の船団が方向を変えて、海から川にはいってくるのが見えた。わたしの夫が最初の船の高い船尾に立っているのを、わたしは見た。彼にはわたしが見えなかったけれども。彼は暗い川の川上に目を向けて、祈り、夢見ていた。前途にあるたくさんの死、ローマまでの川筋を埋め尽くす死も、彼には見えなかった。


その日一日、レーギアでも街でも、人々は騒ぎ、話し、動揺する以外に何もしなかった。ラティーヌス王にどんなお告げが下ったか誰もが知っていて、そのことについて、とめどなく話さずにはいられなかった——そこへ、船団が川を遡《さかのぼ》っているという知らせ、そして、武装した異国人たちがラティウムの岸辺に野営地を設営しているという知らせが、野を越えて届けられた。それについてみんなが話すのを聞いて、わたしはぶんぶんと、重苦しい大きな音をたてていた蜂の群れを思い出した。

翌朝、とても早く、許可も得ず、誰にも言わず、レーギアを抜け出し、ラウレントゥムを抜け出した。そしてオークの木立を抜けて、テュルス農場に走った。シルウィアはひんやりとした石造りの乳の加工所で、数人の女たちとともに、乳からクリームを取っていた。わたしは言った。「シルウィア、川へ行きましょう。噂の異国人たちをひと目見たいの」

いつもなら、大胆なことや危険なことをしようと言い出すのは、わたしではなく、シルウィアのほうだった。だから、シルウィアは驚いた顔をした。

「どうして、異国人たちを見たいの？」とシルウィアは尋ねた。もっともな問いだ。

「彼らのひとりと結婚しなくてはならないからよ」

シルウィアはもちろんお告げの内容を知っていた。最初は、眉をひそめた。アルモのことを考えたに違いない。だがすぐに口許を緩めて、わたしの顔を見た。「頭が二つあるかどうか、知りたいのね？」

「ええ」

「あなたが結婚する異国人って、その中のひとりとは限らないんじゃないの？」

「いいえ、その中のひとりに違いないと思うわ」

シルウィアは網杓子《あみじゃくし》を手に立っていた。髪を後ろで結わえ、冷え冷えとした薄暗い場所で、袖をまくった腕を白々と見せ、濡れた床にはだしで立っている。乳の加工所では清潔さを保つために、常時、床に水を流している。シルウィアは脱出の誘惑に勝てなかった。「いいわよ！」とシルウィアは言い、ここの女たちの頭《かしら》に網杓子を渡し、二、三の指示を与えると、わたしと一緒に陽光の中に出た。シルウィアはサンダルを履いた。わたしたちは道から外れて放牧地を横切った。川までは六マイルかそこらだ。わたしたちはぶらぶら歩きや探検で、川まで行ったことが何度もあり、森を抜ける道を知っていた。

異国人たちはどこに上陸したのだろうか、とわたしたちは考えを巡らせた。正確な情報は聞いていなかったからだ。シルウィアは、シルモにある木造の船着場に船をつないだのではないかと考えた。わたしはそんなに上流までは行っていない気がした。川が北に大きく曲がっているウェンティクラというところの河原に、船を引き上げたのではないだろうか。ふたりとも口には出さなかったが、わが同胞の誰かがわたしたちを見かけたら、身分を知っていようがいまいが、すぐに家に帰れと言うに違いないとわかっていた。わたしたちがちゃんと帰ると確信できるような手配をするかもしれない。シルモやウェンティクラには、荷車道が通じている。密生した森や小溝《フォッスラ》周辺の湿地を通りぬける道だ。わたしたちは、その荷車道も耕作地の間のまっすぐな通路も使わず、農家や羊飼いの小屋も避けた。小道をたどって芝草の生えた砂丘の上をぐねぐねと走り、川の近くでは、茂みの生えた沼地の周りを回った。やがて、ウェンティクラを見下ろす低い丘の森に出た。

丘のてっぺんを越えると、森の中にいるのがわたしたちだけではないことに、ふたりとも気づいた。まず、男たちが話したり、呼びかけたり、木に斧を入れたりしているのが聞こえた。それから、ミルテ[*1]の茂みの向こうに、冑《かぶと》をかぶった頭がふたつ、みっつ見えた。シルウィアが忍び笑いの発作に襲われ、それがわたしにも伝染した。わたしたちはうずくまり、肩を震わせて、狂ったように笑った。男たちは騒々しく斜面を降りていき、斧の音が遠くから聞こえる以外には静かになった。わたしたちは少し待ってから、身を低くして茂みの向こう側に回った。そこから斜面を見下ろすと、木々の間を透かして、川岸の空き地まで見通しがきいた。わたしはシルウィアにささやいた。「いる、いる」シルウィアはわたしの横を這った。わたしたちは腹ばいのまま、トロイア人たちを観察した。

わたしはひと目で、夫がわかった。彼は一群の人々の中で、際立っていた。装身具や贅沢な服を身につけていたからではない。彼らは皆、行軍中の兵士——長い間、軍務につき、また海上の船に詰めこまれていた人々に似つかわしい身なりだった。ぼろぼろに擦り切れ、汚れた質素な服を着ていた。夫はただ、際立っていたのだ。星々のうちで明けの明星がひときわ目立つように。彼は四十代の男で、男らしい顔立ちをしていた。悠

＊1　銀梅花《ぎんばいか》。女神ウェヌスの神木。

然と地面にすわり、ほかの男たちの誰かが言ったことに笑っていた。彼らは草の上で食事を取っているのだった。ほとんど全員が男だった。彼らは船からパン種を使わない薄いパンをもってきていた。船は艫《とも》をこちらに向けて河原に並べてあった。パンに載せるために、大きな籠いっぱいに野生の菜っ葉が集めてあった。明らかに、肉もチーズもなかった。皿もテーブルもなかった。彼らの間にわずかながらいる女たちは、いずれも若くなかった。上品な年配の婦人が、微笑みを浮かべて、アエネーアスに菜っ葉を載せたパンを差し出した。アエネーアスはそれを丸めて、かぶりついた。彼の近くに十五ぐらいの少年がすわっていた。顔立ちがアエネーアスによく似ていたし、いかにも父を見るような目で彼を見ているので、息子のアスカニウスに違いないと思った。同じくらいの年齢のかわいらしい少年と、二、三歳年上に見える美しい若者がアスカニウスとともにいた。若者は、先っぽが前に垂れた、布製の赤い三角帽子をかぶっていた。食事を配っていたさっきの婦人が彼の隣にすわり、帽子の向きを直してやった。いかにもいとおしそうな、その仕種は、まぎれもなく母親のものだった。

「この人たち、想像していたより、ずっと見栄えがいいわ」シルウィアがわたしにささやいた。「あの赤い帽子の男の子なんか、すごい美男子！」わたしはシルウィアを肘でつついて、シーッと言った。聞かれないか心配だった。彼らの声ははっきりと聞き取れたからだ。もっとも、向こうが風上で、こちらは風下ではあるけれど。

赤帽子が、この食事は人間向きというよりは兎向きだとか何とか言った。すると若いアスカニウスが「まあ、いいじゃないか。たまには、テーブルごと食べる食事もおもしろいよ」と言った。平たく薄いパンをテーブルになぞらえた冗談だ。

その言葉にはっとしたように、アエネーアスは息子を見た。身じろぎもせず、見つめてから、彼は立ち上がった。みんなが驚いて見上げた。

「今の言葉は兆《きざ》しだ」アエネーアスは言った。朗々たる声だった。「『食卓を食べるまでに、飢えに駆りたてられないうちは、旅は終わらない』みんな、ハルピュイア[*1]がそう言ったのを、覚えているか？」

川岸の草の上にすわる旅に疲れた男たちと少年たちと数少ない女たちの間に、同意と畏《おそ》れのつぶやきが広がった。彼らはアエネーアスを見つめつづけた。

「エウリュアルス。ミルテの枝をもってきてくれ」とアエネーアスは言った。赤帽子が走っていき、枝を折り取った。アエネーアスはその枝を曲げてリースをつくり、自分の頭に載せた。そして両腕を伸ばし、掌を空に向けた。彼は言った。「トロイアの家の真心あふれる神々よ。ようやく、あなたがたの約束したもうた地に着きました。同胞よ。われらは帰ってきた。わが家に帰ってきたのだ」アエネーアスは人々を見回し、ひとりひとりに視線を注いだ。彼の顔は涙で光っていた。彼はふたたび祈った。「われらの声を聞き給え。この地の霊よ。われらがまだ知らぬ霊たちよ、川たちよ。夜よ。そして昇

＊1　女の顔をもつ鳥の怪物。アエネーアス一行は、かつてイオニア海の群島でハルピュイアたちに遭遇し、この予言を聞いた。

る星々よ。黄泉《よみ》の国のわが父よ。天におわすわが母よ。われらの祈りを聞き給え！」それから彼は、人々のほうに向き直って、深呼吸をした。「アカーテス！」朗々たる声で叫んだ。「船からワインをもってこさせよ」

そのとき、シルウィアがわたしをつついた。見ると、弓矢をもった七、八人の男が一列に並び、わたしたちの左手の空き地を足早に歩いて、もどっていくところだった。わたしたちはそろそろ退場したほうがいい。

わたしたちは身をかがめてコルク樫《がし》の若木の下を進み、右手の密生した森の中にはいった。そして、木々の間を抜けて丘のてっぺんを越え、さっき来た道をもどった。夕方前に農場にもどった。シルウィアは別れ際にわたしと向かい合って、ぎゅっと抱きしめてくれた。長時間急ぎ足で歩いたせいで、ふたりとも汗みずくで、抱き合うと肌がくっついた。わたしたちは声をたてて笑った。シルウィアが言った。「おもしろかった！行ってよかったわ」そうしてわたしたちは別れ、それがシルウィアと会った最後になった。


レーギアにもどったわたしは、父がお触れを出したことを知った。異国人たちが何者で、なにゆえにラティウムの懐《ふところ》に、ガレー船と武装した男たちを持ちこんだかが明らかになるまでは、何ぴとも彼らの野営地に近づいてはならぬ、というのがその内容だった。

わたしはもちろん、自分の軽はずみな偉業については何も言わなかった。こっそりと館にはいって顔と手足を洗い、清潔なトゥニカに着替えると、生まれてこの方、外に出たことはありませんとでもいうような慎ましやかな顔で、隅っこにすわり、糸紡ぎを始めた。

王は朝になったら、ドランケスに一団の男たちをつけて、異国人たちと話しに行かせるおつもりだと、人々は噂していた。けれど翌日、ドランケスが出かけてもいないうちに、人々が走ってきて告げた。「彼らがやってきます」と。ほどなく、馬に乗った異国人の小集団が城門にやってきた。

航海のあとなので無理もないが、彼らの馬はくたびれて見えた。しかし、銀箔を押した馬具で飾られていた。人もまた、刺繡を施したマント、青銅の胸当て、馬のたてがみや尾や鳥の羽根を飾りにつけた高い冑《かぶと》で美々しく装っていた。すぐに、女は奥へ行けと、ほかの女たちとともに追い払われたので、王の道《ウィア・レーギア》をやってくる一行をわたしが目にしたのは、戸口から垣間見た一瞬だけだった。だが、アエネーアスが一行の中にいないのはわかった。

ドランケスそのほかの家臣が一行を迎え入れ、王の謁見室に案内している間に、わたしは王の居住区を通り抜け、王座の背後にある王専用の扉から謁見室にはいった。父に命じられてはいなかった。だが、以前に、訪問者を手厚く迎えるために、そして、訪問者の妻や娘をもてなすために、母とともに、あるいは母抜きで謁見の場に出たことが何度もあった。今回、父がわたしにいてほしくないなら、退出を命じればいいだけの話だ。

最初のうち、父はわたしがいることに気づいていなかったと思う。父はすでにトロイア人使節に話しかけていた。威厳に満ちた礼儀正しい態度で歓迎の意を表し、丁寧な言葉遣いではあるが、単刀直入に、どこから来たのか、ラティウム来訪の目的は何かを尋ねた。もしや、荒波にもまれて航路を見失い、打ち寄せられたのではないかと。

背が高くすらりとしたトロイア人が、イリオネウスと名乗り、恭《うやうや》しく優雅な表現を駆使して事情を説明した。自分たちは運命に導かれて、大いなるラティウムにやってきた。故郷である高雅な都市トロイアは、ギリシア人による十年の包囲に耐えたが、姦計によってついに陥落した。自分たちはトロイアが燃える火の中から逃れ出た。

使節が語るのを聞きながら、わたしにはそれに重なって、かの詩人の声が聞こえてきた。海岸に打ち寄せる波が、前の波に追いつき、ひとつになるように。そのときわたしは知った。王の館も、そこに住むわたしたちみんなも、その言葉の中にだけ存在してきたのだと。そう知ったからといって、何も変わるわけではない。使節は口上を述べねばならない。王は耳を傾けねばならない。王の娘は自分の運命に従わねばならない。

使節は語りつづけた。トロイアの神々を、海を越えてイタリアまで運ぶよう、お告げが自分たちに命じた。自分たちの主《あるじ》のアエネーアス、アンキーセスの息子のアエネーアスが自分たちを率いて、海や陸を旅した。ほかの王たちにとどまるように求められても肯《がえん》ずることのなかったアエネーアスが、今、ラティーヌス王にのみ、同盟を申し出る。

ラティーヌス王こそ、お告げによって自分たちに約束された土地を支配する王であるから。そしてアエネーアスは真心をこめて、ささやかな品々を差し上げる。もとはアエネーアスの父の兄、トロイアのプリアムス王の持ち物で、陥落した都市の焔《ほのお》を免れたものである。

トロイア人のひとりが進み出て、父の足元に、品々を置いた。ひとつは神事に用いられる、背の高い見事な杯。純金製らしく、彫刻と宝石に飾られている。そして銀の笏《しゃく》。繊細で古めかしい金の冠。金糸の刺繡を施した気品ある真紅の織物。

父はそれらの品々を受けいれも拒絶もせず、しばらくの間、眺めていた。それから、使節にトロイアについて、そしてトロイア人とギリシア人との争いについて、もっと詳しく語るように頼み、地中海を渡る七年の航海についても尋ねた。イリオネウスはそのすべてに答えた。父が、あなたがたはシキリアに滞在したのかと問うと、イリオネウスは、そこには自分たちの一部が残り、今も住んでいると答えた。父はまた、ラティウムの南方に移住した、ディオメーデスを王とするギリシア人たちには連絡をとったかと尋ねた。連絡をとってはいないと、イリオネウスは答えた。ディオメーデスはかつてトロイアを包囲して戦った人で、トロイア人を嫌っているであろうから、と。イリオネウスの言葉はすべて率直で、しかも品位があった。

父はふたたび、沈黙が生じるにまかせた。下に向けた視線は、考えを追うようにせわしなく動いた。

父はようやく目を上げた。「お告げがあなたがたをこの国に連れてきたとあなたは言う。実のところ、こちらでも、あなたがたの来訪は予言されていた。友よ。わたしたちとあなたがたは、運命が用意していることを、実現していくだろう。あなたがたの指導者、アエネーアスが同盟を求めるならば——わたしたちとともにここで暮らしたいと考えるなら、わたしは彼に求める。わが都市に来て、手を差し出してくれることを——これらの高貴な品々をわたしに差し出してくれたように。わたしはその手を握るだろう——これらの品々を受け取るのと同じように。友情の印として。平和の誓いの証《あかし》として。そしてこのことも、アエネーアスに伝えていただきたい。わがひとり娘は、わたしたちの受けたお告げによって、異国人と——お告げが語っていた最中《さなか》に、まさにここに来ようとしていた男と——結婚することを命じられている、と。あなたがたの指導者アエネーアスこそ、その人だとわたしは思う。わたしの心が真実を見極めているならば、この結婚こそ、わたしの望むものだ。だから、彼に来てほしい」父は立ち上がった。そして、そのとき初めてわたしを見たのだと思う。けれど、父は驚きの色を示さなかった。ただ、愛情に満ちた静かな目で、確信に満ちた眼差しでわたしを見て、ちょっと微笑んだ。

父はわたしを使節団に紹介することなく、彼らの間にはいっていき、高貴な贈り物をほめ、トロイア人たちに贈る品を用意するよう、家臣たちに命じた。わたしは静かにあとずさりをして、はいってきたドアから退出した。

自分自身の身が、杯や布のように交換物として与えられることが、協定の一部として約束されるのを耳にするのは、人間の魂に加えられる最悪の侮辱のように感じられても不思議ではない。だが、奴隷や未婚の娘は誰でも、そのような侮辱を予期している。自由であるかのように周りも自分も錯覚するほど、わがまま勝手を許されている娘であっても、それは変わらない。わたしは気随気儘《きずいきまま》にふるまってきたので、それが終わるのが怖かった。その気随気儘はトゥルヌスによって、あるいはほかの求婚者によって終わるしかなかったから、わたしはそういう侮辱を感じていた。わたしを待っている束縛を意識し、唯一可能な結末を予期していた。わたしは柱のてっぺんに縛りつけられた鳩で、まるで飛べるかのように、愚かな翼を羽ばたかせており、下にいる少年たちは、指差して叫び、矢を射つづけていた。矢が命中するまで、それは終わらないはずだった。

ところがいまや、わたしは、そのように、罠にはめられた感じや無力感、情けなさをまったく感じなかった。わたしは父の目に、わたしと同じ確信を見出した。事態は定められたように進行し、その流れに従っている限り、わたしは自由だ。わたしを柱に結びつけていた紐は断ち切られた。飛ぶとはどういうことかを初めて知った。空を、来《きた》るべき年月を、自分の翼を頼りに飛ぶ——飛びつづけるとはどういうことかを。

「わたしはあの人と結婚する」レーギアの部屋部屋を通り抜けながら、心の中で言った。「わたしはあの人を夫にする。あの人の家の神々をここにお連れして、わたしの家の神々と一緒にする。わたしはあの人をこの家に連れてくる」

わたしは中庭を横切った。大いなる月桂樹の前を通り、アトリウムの後ろの丸天井の部屋部屋に行った。そこは食物貯蔵室。わたしの領域。わたしとペナーテスが取り仕切るところ。ほどなく、四番目の月、ユーニウス[*1]になる。貯蔵庫の扉をあけて、空っぽにし、新しい収穫物を収められるように浄める時。わたしは手伝いをしてくれる女をふたり呼び、儀式の下準備を始めた。わたしたちはウェスタとケレス、つまり火とパンを讃える歌を、思い出すままに、かわるがわる歌いながら、空っぽの容器を外に出して、床を掃き浄めた。

父が用意するよう命令した贈り物を運び出し、それを運ぶ男たちを選ぶのに、館でも街でもひとしきり、騒ぎがあった。父は自ら廏《うまや》に行き、二、三の駿馬《しゅんめ》を選んだ。それから、優良な雄の子牛をひと群れと、子羊をひと群れ、駆りたてて、ウェンティクラに連れていくよう、テュルスに命じた。トロイア人が生け贄《いけにえ》と肉を得られるように、という心遣いだ。父は王たるもののもてなしがどうあるべきかわかっていて、自分の気前の良さを楽しんでいた。中庭を大股に歩く父は若々しく、わたしはそんな父を誇らしく思った。

けれど母のアマータが、女の居住区から足早に出てきて、父をつかまえた。母は髪をふり乱し、青い顔をして、声を張り上げた。

「夫よ、噂はほんとうですか？　あなたがわたしたちの娘をよそ者に――異国人に――見たこともなく、聞いたこともない男に与えたというのは？　自分の娘に、なんとひどいことをなさるのでしょう。わたしに対してもあんまりではないですか。ひと言の相談もなく――」

　父は立ち止まり、気をつけの姿勢で、母と向かい合った。機嫌のよさは影を潜め、老齢が父の顔にもどっていた。「アマータ、場所柄を考えてくれ」

「もう、黙っていられないわ」

「ならば、わたしと一緒に来なさい。ラウィーニア、おまえも」父は王の居住区に歩いていった。母が、そしてわたしも、そのあとを追った。わたしは母に追いついて言った。

「お母さま。お父さまはお告げの命じるとおりになさったのです――そして、わたしがお願いしたとおりに。そうなんです。わたしがお願いしたのです。こうするしかないのです。これでいいのです！」

　わたしの言葉は母の耳にはいらないようだった。父の執務室にはいるやいなや、母はまくしたてた。非難が滝のように流れ出た。トゥルヌスやほかの求婚者たちの言い分に理解を示していたのに、なぜかくも無慈悲に切り捨てたのか？　彼らは当然、約束違反だと考えるのではないか？　お告げが、結婚は異国人とすべしと告げたとしても、それがどうだというのだろう――ルトゥリアはラティウムとは違う国で、トゥルヌスは異国人ではないか？

「トゥルヌスはラテン人で、わたしたちの同胞だ。そなたの一族の一員ではないか」父

＊1　ユーニウス（六月）は「ユーノの月」の意。マルスの月であるマルティウス（三月）を一年の始まりと考えているため、四番目の月にあたる。

は眉をひそめて言った。母の非難に反応するなんて間違いだとわたしは思った。そんなことをしたら、火に油を注ぐようなものだ。ドランケスの率いる重臣団の言うことに耳を貸しすぎだと、母は父を非難した。ドランケスはトゥルヌスを憎み、トゥルヌスに嫉妬している——真心あふれるトゥルヌスは、老いたラティーヌス王の王権をもり立て、助けることしか考えていないのに。母は父を、約束破りだ、軟弱だ、優柔不断だと罵り、同時に、父に嘆願して、父のもつ力と知恵に訴えかけた。父は言葉の洪水に耐え、ときおり、頭をふるだけで、何も言わなかった。ようやく、母の声がかすれがちになり、うわずりはじめたころ、父は同じようにかすれた声で、言葉を挟んだ。「事はもう決まったのだ。受け入れよ、アマータ。そなたが女王であることを思い出すがよい」そして、父はわたしに言った。「おまえのお母さんを部屋に連れていき、お相手をしなさい。ラヴィーニア」

「行かないわ。行くものですか」母は腕をふり回して、独楽《こま》のように回転しながら中庭を横切り、甲高い声でわめいた。王は娘を異国人に——敵に与えた、王は気が触れている、と。そして、母はレーギアの正面の出入り口に向かった。

　出入り口を守る騎士たちは、女王に触れる勇気をもたなかった。だが、わたしに仕える女たちがわたしとともに迅速に行動した。まるで申し合わせていたかのようだった。街路に出た母があまり行かないうちに、わたしたちは母を取り囲み、なだめすかしてレーギアに連れ帰り、女の居住区の母の部屋に入れた。そこで、母の狂乱は激しいすすり泣きに変わった。やがて母は泣き疲れて、静かになった。

わたしはこれで母の興奮は収まったのだと思っていた。諦めたのだと思ったのだ。そう思ったわたしは愚かだった。同じように、愚かさゆえに、わたしは母の言葉を聞いて、単に望みが叶わなかったことに怒り狂っているに過ぎないと誤解した。だが母は、わたしたちの民が、トロイア人の使節に対して王が与えた言葉を聞いて考えたこと、おぼろげながら恐れていることを代弁していたのだ。王は侵略者を歓迎し、忠実な臣下や同盟者を軽んじた。異国人に、娘を与える約束をしたのは、王の財産と国を与える約束をしたのと同じではないか。

わたしはその夜、疲れはて、震えてはいたが、安らかな気持ちで床につき、熟睡した。そして目覚めたときは狂気の世界にいた。その世界のことは、ところどころ、わずかに覚えているだけだ。その世界には正気や明晰さがかけらもなく、理解不能だった。目覚めたところは母の世界だったのだ。

暗夜だった。灯油ランプをもった女たちがわたしの部屋にいて、そのひとりがわたしの肩を叩いて叫んだ。「目覚めなさい、王の娘よ、目覚めなさい」わたしの周りのそこいらじゅうで、あわただしく動く気配、ささやき声、笑い声がする。眠い目をこすってみると、そこにいるのは皆、母の側仕《そばづか》えの女たちだった。わたしに仕える者たちはいない。そしてその女奴隷たちは皆、儀式用の美しい薄物をまとっていた。母の着物だ。母の声が聞こえ、母その人がやってきた。母は奴隷が着る粗い生成《きな》りの布のトゥニカを着ている。「早く起きて」とにこやかに言う。「山羊祭りよ。無花果《いちじく》祭りよ。山に登って礼拝をするの。わたしの一族のやり方で。お父さまがあなたをよそにやるなら、わたしだって、あなたを連れ出すわ。さあ、行きましょう。夜明けまでに着いていなくてはならないの」わたしは起き上がり、古ぼけた灰色のトゥニカを着せられ、ぼろぼろのショールをまとった。笑う女たちに囲まれ、せきたてられて、裏口から外に出た。静まり返った街路を通り、ラウレントゥム市の裏門を抜け出て、農地を突っ切り、市の東になだらかに隆起する低い山地の森に向かう。小さな灯油ランプの光が、小道を行くわたしたちの前後で揺れた。東の空は夜明けの最初の兆《きざ》しに明るみ、はるか遠くの地形の輪郭をくっきりと浮かびあがらせていた。アルバ山がひときわ長くひときわ黒く、暗い世界にそびえている。

農地が終わると、すぐ森だった。夜の闇がふたたびわたしたちを取り囲み、行く手もよく見えない。ゆらゆら動くランプの光が、木々の間にも、でこぼこ道の上にも、さまざまな影を投げかける。着物が棘《とげ》に引っかかったり、枝にからまったりしたのを外すために、女たちが立ち止まると、母がせかす。「そんなのはほうっておきなさい。服が裂けても、あとで繕えばよいのだから。早く登らなくては。日の出前に無花果の泉に行っていなくてはならないのよ。さあ、急ぎましょう」母は行列の末まで行って、女たちを励ました。側仕えの者たち、掃除係、洗濯係、料理人の助手、雑用をする下働き。女たちは食べ物や飲み物のはいった籠や壺などの重い荷にあえぎながら、歩を進めていた。

母はひとりひとりを名前で呼んで励ますと、笑い声をたて、元気よくしゃべりながら、軽い足取りで行列の先頭にもどった。わたしのそばを通るときも、母は上機嫌で声をかけた。「いよいよ、待ちに待った大冒険よ！」と。たしかに、この急な、秘密の山行きには、わくわくするような非日常の興奮があった。衣装の取り替えっこ、灯りを手に、暗い森の中を行く女たちの行列――すべてが非現実的で、幻想的だった。わたしは、その興奮のるつぼの中にいた。

空が明るくなるころ、無花果の泉に到着した。山地の懐、斜面の深いひだの側面に突き出た岩棚に、泉が湧き出ている。その下には平らな草原が広がり、野生の無花果の大きな木が何本も生えて、天然の果樹園ができている。わたしは一度、夏にシルウィアとこの木々の黒い実を食べにきたことがある。だが、猪が落ちた実に引きつけられて、ブーブー鳴きながら押し寄せてくるのに気づいて、早々に立ち去った。シルウィアも猪だけは苦手なのだ。

わたしたちはてんでに、木の下の草の生えている平らなところに這い上がり、荷物を置いて、ひと息入れた。母が立ち上がって宣言した。わたしたちは、カプロティーナの祭りを、ルトゥリ人がルトゥリアの山で祝うのと同じやり方で祝うのだ、と。それは女たちの祭り、女だけの祭りになる、と。「見張りを置くの」と母は言った。「近づく男はすべて追い払うのよ。男が立ち去ることを拒んだり、わたしたちのようすを覗き見したりしようとしたら、それはそいつにとって身の破滅になる。死よりも悪い運命が待っているわ。女たちの聖なる秘密を覗き見したら、男でなくなるのだから――去勢されて山を下りることになるわ！　バリーナはよく切れる剣を四振り、もってきた。昼も夜も四人の屈強な女たちが、小道の警備につくの。そして、わたしたちに敢えて近づく男たちを呪うべく、山と荒野の霊たちが待ち構えている。マルスは農地の端に、森の入り口に控えていなければならない。マルスは自分の領分の終わる境界線に立つ。山地と人の手のはいらない森は、わたしたちのもの、わたしたちだけのもの。わたしたちが崇め、祭りの宴《うたげ》を捧げるもの。ほら、見てごらん。日が昇る！　姉妹たちよ、新しい一日に挨拶をなさい。シカーナ、ワインの瓶の蓋をあけ、みんなに回しなさい」

こうして、その日は飲酒とともに始まり、昼ごろには、酔いが回りすぎて踊れない者も出てきた。彼女らはげらげら笑い、甲高い声を上げ、へどを吐き、倒れこんで、そのまま眠った。母はみんなに、自分の知っているカプロティーナの祭りの歌と踊りを教えた。それから聖なる遊戯も教えた。その遊戯では、年長の女たちが若い女を捕らえて、無花果の枝で打とうとする。そうしながら、年長の女たちは終始、男根と女陰についての露骨な戯《ざ》れ歌《うた》を大声で歌う。荒野の女神ファウナや、女たちの女神ユーノ、命の糧として生まれさせるために、大地の子宮で種を膨らませるケレスのために築いた祭壇で、ほかの儀式も執り行った。さらにワインを取ってくるために、奴隷たちが街に使いに出された。この日に、新しく加わった女たちもいた。市内のほかの館の女たちが、目新しい女だけの儀式への好奇心に駆られるとともに、女王に肩入れする気持ちもあってやってきたのだ。わたしは自分がこれらの名家の女たちに対して奇妙な立場にいることに気づいた。彼女たちは皆、わたしのために憤慨していて、わたしの父に怒りを覚えていた。それで、わたしにまつわりついて、同情の言葉を述べたり、優しくなでたりしては、アルデアのトゥルヌスへの愛と真心を貫くように励ました。彼女たちの憤りと親切心は本物であり、心に響いた。だが、同時に、この逃避行、この過ちのすべてがそうであるように、現実のこととは思えなかった。

山中で行われたこの仮装舞踏会の間じゅう、わたしはおとなしく無口な乙女の役を演じていた。わたしに同情してやまないご婦人方に、わたしはトゥルヌスにはこれっぽっちの愛情もなく、ただ父とお告げとに従いたいだけだと、告げる勇気はなかった。そんなことをしたら、母を裏切ることになり、母は怒りの矛先をわたしに向けるだろう。わたしは卑怯者だった。自分を偽っているという気がして、怖くてたまらず、疑い深く、冷笑的で、そして孤独だった。

母はわたしの側仕えの女は誰ひとり、山に連れてきていなかった。自分に仕える女だけを連れてきていた。そして、どはずれて陽気で、これ見よがしに奔放にふるまっている一方で、決してわたしから目を離さなかった。あとで加わった女たちの最後の集団にマルーナがいるのに気づいて、わたしは心からほっとした。マルーナはわたしの一番いいパラを着ていた。召使が主人の服装をして、主人が召使の服装をするという決まりどおりに。わたしはマルーナに、彼女を見たことを知らせるために、そしてそのパラも見たわよ、と知らせるために、ウィンクをした。けれども、わたしたちは距離を詰めず、言葉も交わさなかった。ほっそりとして物静かなマルーナは、目立たないという才能をもっていた。奴隷にとっては、とても役に立つ才能だ。マルーナは一緒に来た集団の女たちのそばにとどまり、ほかの女たちと同じことをした。母はマルーナにまったく気づかなかったと思う。

夕暮れになると、母は本格的に飲みはじめた——それまでは、味見程度に飲むだけで、多量に飲んでいるふりをしていたに過ぎなかった。夜の闇が降りるころ、母は酔いしれてはいなかったが、いい気分になっていた。せかせかした調子がなくなり、それまで装っていた以上に、この逃避行をほんとうに楽しみはじめていた。おなかの底から笑っていた。わたしは母がこんなふうに笑うのを聞いたことがなかった。見知らぬ人のような、別人のような感じがした。もしかしたら、本来はこういう人だったのだろうか。わたしは母が気の毒なあまり、胸が痛くなった。

「ラウィーニア」母がわたしを呼んだ。わたしは、ちらちら光る灯油ランプを避け、低く垂れる無花果の枝の下をくぐり、草の上にひっくり返っている女たちを踏まないように気をつけて、近づいていった。「ラウィーニア。ゆうべ、彼に迎えを出したの。出発する前に。馬で使いを出したのよ。きっと明日にはこちらに来るでしょう。明日の晩はあなたがたの新婚初夜ね」

彼というのが誰を指しているのか、母が何を言っているのか、すぐにわかった。みんな、この狂気の、この非現実の一部なのだ。けれど、母の主催する遊戯に参加している以上、わたしもその規則に合わせてふるまわなくてはならない。「どこに来たらいいか、あの人にわかるでしょうか？」

「女たちが教えるわ。彼が来ないか目を光らせているから、市内にはいる前に見つけるでしょう。明日の今ごろは、ここに来ているはずよ」

「でも、男はここに、はいれないのでしょう？」

「彼は別よ」母は笑いを含んだ蕩《とろ》けるような低い声で言った。

母はわたしの手を引っ張って、自分の傍らにすわらせた。そして、体をすり寄せ、耳元でささやいた。「山の中の素敵な初夜！　それから、アルデアに行くのよ。アルデアに帰るの。計画はすっかりできあがっているわ！」

母はひと晩じゅう、わたしを離さなかった。わたしは母のそばで——母とともに酒を飲み、賭け事をする一団の女たちのそばで、低い枝にぶらさげられたランプの光に照らされて、眠らなくてはならなかった。ときたままどろんだかと思うと、すぐにびくっと目が覚めて、そのたびに心臓が激しく打っていた。心配しなくていい、と自分に言い聞かせつづけた。母のやりたいようにさせておけばよい。母の遊戯が混乱と幻滅のはてに尻すぼみになって、自然に消滅するまで——そう、そうなるに決まっているから。でも、母はトゥルヌスを呼びにやったと言っていた。トゥルヌスが来たらどうなるかしら？　もし母がわたしを彼に手渡したら——婚礼を装った強姦のために？　彼がわたしをアルデアに連れていったら、どうするの？　何もない。わたしにできることは何もない。そう思っただけで、わたしの体はこわばり、手は固い拳をつくった。わたしは両腕に顔を埋《うず》めた。ここから逃げ出さなくちゃ。逃げ道を見つけなくちゃ。でも、ここの女たちの中からなんとか抜け出せたとしても、暗い森の中をどう通り抜けたらいいかわからない。来た小道には見張りが立っている。それに、自然のままの険しい山道がくねくねと続くのだ。わたしの望みうる最善は、夜の間はどこかに隠れていて、夜が明けたら、流れに沿って低地に下りることだろう。けれども、母のおつきの女たちがわたしを取り囲み、まだ目覚めている。小さなランプの灯がまだ、ちらちらしている。そしてその向こうに見張りが立っている。

考えは何度も同じ流れをたどった——自分を安心させようと努力し、トゥルヌスが来るかもしれないと考えて衝撃を受け、逃げる方法を考え出そうとあがく。わたしはひと晩じゅう、頭の中で何度も何度も、それをくり返した。わずかにまどろんで、わたしの詩人を夢に見ることもあった。詩人はアルブネアにいるのではなく、この山にいる。すぐそばにいるような気がした。灯油ランプのひとつの脇にいるような気がした。だが、彼の姿は歪められ、縮められ、短い影になり、わたしにはわからない言葉をつぶやいていた。わたしは目覚めて、考えの堂々巡りを始め、それが際限なく続く。

夜明けの最初の光を感じて、起き上がった。母も女たちもようやく寝入ったのを見て、わたしは彼女たちの間を抜け出し、小用を足すのに使っている谷間の木立に向かって歩き出した。このままどんどん歩いていこうという考えが頭をかすめた。だが、谷間のすぐ先で、ガイアが見張りに立っていた。抜き身の剣を地面に立て、杖代わりにもたれている。ガイアは大きな声でわたしに挨拶し、間の抜けた笑みを浮かべた。ガイアは掃除人で、頭のたがが少し外れている。母に仕える女たちの多くがそうであるように、母に身も心も捧げている。もし、母がわたしを通すなと命じたのなら、ガイアは決してわたしを通さないだろう。母はとくに親切な女主人ではなく、愛情を示すことはほとんどなかった。けれども、けちでも残酷でもなく、えこひいきをしなかった。女たちの忠誠心を得るには、それで十分だった。それに、ふたりの息子を亡くした母の悲しみを知るがゆえに、女たちは、母を何か聖なる存在のように扱っていた。「お気の毒な女王さま」わたしはそれまで、女たちがそういうのを千回も聞いていた。そして、女たちが今も母に同情していることを、少しも変に思っていなかった。実際、母は不幸な女性だったから。

多くの者が寝坊をし、起き上がるときも足元がおぼつかなかった。食べ物、飲み物がそろそろ底をついてきたので、いくつかの集団が、自分たちの館の食物貯蔵室の、あるいはレーギアの食物貯蔵室の貯えをとってくるために山を下りた。人の出入りがかなりあった。騒ぎに紛れて抜け出すか、山を下りる女たちに混じるかして、街へ帰りたいと思ったが、できなかった。母がわたしのそばにくっついていないときも、大柄なシカーナや厳しいリナがいつもそばにいて、見張っていたからだ。

山に来ている女たちの中で年若なのは、わたしを除けば、奴隷の少女たちだけだった。市内の名家の夫人たちは、未婚の娘を安全なわが家に置いてきていた。だが、乳飲み子を抱えた女たちは、無論のこと、赤ちゃん連れだった。それで、わたしはその日の大半を、機嫌の悪い赤ちゃんを揺すって、疲れた母親を休ませてやることに費やした。生酔《なまよ》いの大人たちとしゃべらなくてもよいので、わたしも助かった。それに赤ちゃんを抱いていると、ここで行われていることの胡散臭さや異常さから逃れることができた。赤ちゃんは実体のある現実で、手のかかるものだから。そして妄想にふけるには幼すぎる。赤ちゃんの世話をすることはわたしには慰めだった。けれどもその行為によって、わたしが買いかぶられ、ほめそやされたのは言うまでもない——ほら、見てごらん。お姫さまが奴隷の子になんと親切にしてくださることとか、奴隷の子が王の娘になんと親切にしてくれることか、とわたしは心の中で思った。ほら見てごらん、くたびれはてた小さな女の子が、わたしを見上げて微笑み、わたしの腕の中で眠りに落ちていくのを見ながら。

午後になると、母が女たちを仕切って、踊りや無花果の枝で打つ遊戯が始まった。だが、最初の日のように、自然な勢いで盛り上がることはなかった。今では誰もが、母がトゥルヌスの到着を待ちわびていること、わたしを彼と結婚させるつもりであることを知っていた。女たちの多くはトゥルヌスが来ると考えただけで、不安を感じていた。若い雌牛が柵を飛び越えたら、そこは雄牛の放牧場だった、というふうに感じたのだろう。

館からも、一族のペナーテスやラレースからも、街からも、こんなに遠く離れたところで結婚するという発想は、全員を驚かせ、とまどわせた。自然の中では、家に宿る神々の助けは得られない。この地の神々や霊たちは人間の事情など知ったことではないだろう。人間に対して悪意をもっていることだってありうるではないか。そんなところで結婚などできようか。そんなわけで、母は結婚という言葉を使いつづけたが、ほかの女たちは、それを婚約と言い換えるという解決策をとった。婚約ならば許容範囲内のこととして待ち望むことができたのだ。そういうわけで、午後ずっと、そして夕方にはいっても期待感は高く保たれた。夜は来たが、トゥルヌスは来ていないという段になって、母はふたたび飲みはじめ、わたしたちみんなに、飲むように勧めた。歌と踊りはほどなく、ばらばらになり、目的もなく意味もない騒々しさに成り果てた。その間じゅう、母はわたしを自分のそばから離さなかった。リナとシカーナもそばにいた。剣をもった見張りたちは酒を飲まなかった。交替しながら、夜通し誰かが、わたしからは見えない小道の先に立っていた。

次の日、多くの女が静かに姿を消した。食べ物と飲み物を取りに山を下りた集団のいくつかは帰らなかった。わたしは、彼女たちは行ったり来たりする気力を失ったのだろうと思ったが、母は、また山に行ったら痛い目に遭わせると男たちに脅《おど》され、閉じこめられているのだと言った。そういう男たちがここにやってこようとしたら、こちらこそ、そいつらを痛い目に遭わせてやると、母はいきまいた。母がレーギアに送ったうちの女たちはみんな、もどってきた。彼女らはワインとパンを山ほど持ち帰った。誰も彼女たちが食物貯蔵室を漁るのを妨げなかった。山で宗教行事をおこなっている女たちの邪魔をしてはいけないという王の命令が出ているとのことだった。けれども、彼女らはまた、ラウレントゥムと川の間の森で、異国人たちの狩の集団との間にいざこざが生じたという噂も聞いてきた。

ろくに食べずに多量のワインを飲み、何の責任も果たさないという慣れない状況のせいもあって、その日、わたしたちの多くは気分が不安定になっていた。あっちでもこっちでも、泣いたり、狂ったように笑ったり、どなったり、喧嘩したりしていた。

歯が生えかけているせいで機嫌の悪い一歳の男の子をなだめようとして子守唄を歌っていると、マルーナがわたしのそばに現れた。「今晩？」とマルーナは小声で言い、わたしは彼女の顔を見ずにうなずいた。「梟《ふくろう》」とささやいて、マルーナはたちまち姿を消した。

「ねん《ドロ》、ねん《ドロ》、ねんね《ドルミウ》」わたしは赤ちゃんに歌ってきかせた。「パパが指輪をくれるよ」マルーナはどういうつもりであぁ言ったのだろう？　忍耐強く待って、ようすを見るしかない。

「赤ちゃんが好きなのね」すぐ前に母が立っていた。母の着ている奴隷のトゥニカはぼろぼろに裂け、ひどく汚れている。脚は白く形がよい。細く柔らかな黒い毛が生えている。母はわたしの抱いている赤ちゃんを見下ろし、歯が痛むかのように顔を歪めた。

「彼なら、はらませてくれるわ」と母は言った。「それはあてにしていい。役立たずの爺《じじい》とは違うわ。彼なら、生き延びる息子を与えてくれる」

冷ややかで明確な口調だった。母は宴席で男たちが酔うように酔っていた。昼も夜もぶっつづけで飲んで、骨の髄まで酔っ払っていた。わたしは返事をせず、小声で子守唄を続けた。赤ちゃんはようやく落ち着きはじめていた。わたしは母の顔を見たくなかった。母の怒りが高まって爆発寸前になっているのが感じられた。母はトゥルヌスが来ないとわかったのだ。わたしは母が怖くてたまらなかった。

「ねん《ドロ》、ねん《ドロ》、ねんね《ドルミウ》」母がからかいを含んだ声で歌った。「なんておとなしい子羊嬢ちゃん。さすがは役立たず爺の娘ね。ミルクのように真っ白。自分に都合のいいようにお告げをでっちあげるお父さまのいいなりね。けれども、今度ばかりは、あなたたちの思いどおりにいくと思ったら大間違いよ。わたしは自分の行きたいところに行く。あなたも来るのよ。わたしの娘なんだから。明日、一緒にアルデアに行くわよ」

わたしはうなだれて、黙っていた。緊張が腕に伝わり、赤ちゃんがまたむずかりはじめた。

「そのちびを黙らせなさい」母は言い捨てて、そっぽを向いた。「シカーナ！　ワインはどこ？」

時の経つのが遅い夕暮れだった。子どもを引き取りに来た母親に赤ちゃんを返したあと、わたしは無花果の老木にもたれてまどろんだ。頭が痛み、筋肉が凝り、頭は疲れて空っぽだった。はてしなく続く森の向こうに日が沈み、夜の闇が下りた。大方の女たちは早く寝ついた。わたしも横になった。母とその取り巻きだけが遅くまで起きていて、くたびれはてるまで、ワインを飲み、賭け事を続けた。やがて、母が来てわたしに寄り添って、横たわった。「もう寝たの、子羊嬢ちゃん?」と母は言った。母は小さな灯油ランプを自分の頭の近くに置いた。「ゆっくりお休み。ゆっくりお休み。いよいよ明日はアルデアに出発するから。ゆっくりお休み。ゆっくりお休み」そう言うと、片腕をわたしの体に渡して(腕をそわせて抱くのではなく、単に体の上に置いて)、静かになった。わたしは母の腕の重みと温かさを、ぴたりとくっついている体の圧迫と温かさを感じた。横たわって暗闇を見つめていると、ランプの小さな焔が投げかける影が、葉や枝の間で踊った。母はため息をつき、一度だけ大きな鼾《いびき》をかいたが、動かなかった。わたしは横たわったまま、影が死ぬのを見ていた。いつしか眠りに落ちたが、目覚めてもいたのだろう。近くで、梟《ふくろう》が細く震える声で鳴くのが聞こえたから。イイイ、イー、イー。

何も考えず、間も置かず、わたしは静かに立ち上がり、眠っている女たちの間を、その方向に歩き出した。ランプはもうひとつもともっていなかったが、いつしか雲が薄くなり、夏の星々が草原を灰色に照らしていた。梟の柔らかな鳴き声がさっきより遠いところから聞こえる。わたしはそれを追った。木の下で、ガイアがうずくまって眠っている。闇の塊のようだ。傍らの地面に、抜き身の剣が刺さっている。

わたしは無花果の木立から離れ、細い流れを渡り、滑ったり、よろめいたりしながら、木々が密集して闇が濃くなっているところに這い上がった。マルーナがいた。姿はろくに見えなかったが、彼女だとわかった。マルーナに手をとられ、一緒に歩き出した。大して行かないうちに、マルーナが言った。「迷ってしまったみたいです」

たしかに、わたしたちは迷子になっていた。だが、半マイルも下らないうちに、川の流れる小峡谷に出た。そこには木の枝が覆いかぶさり、茂みが繁茂していたので、暗い中を前に進むことができなくなった。わたしたちは丸めた体をくっつけて温め合い、うとうとしながら数時間待った。やがて、夜明けの一時間ほど前によくあることだが、凪が起こって雲を吹き散らし、顔を出した月の光で歩けるようになった。わたしたちは山を下りる小道に出会い、その道をたどった。小道はやがて、樵《きこり》が馬に材木を引きずらせて運ぶ道につながり、そこからは走っていけるぐらい、開けていた。わたしたちは駆け出した。

周囲が明るくなるころには、山を下り、放牧地にはいっていた。シルウィアと遊びに来たことのある土地で、どこにいるのかがすぐにわかり、まっすぐに街を目指すことができた。朝日のまぶしい早朝、市の南門に着いた。門は閉ざされていて、警備の男たちがいた。

わたしはマルーナを伴って父の部屋に行った。そしてドアの前で呼びかけた。「目覚めたもうか、王よ。目覚めたまえ」父はシーツを体に巻きつけ、眠たげな顔でどたばた出てきた。そして、ものも言わずにわたしを両腕で抱いた。

抱擁を解いて、父は言った。「おまえのお母さんはどこに？」

「無花果《いちじく》の泉に」

「一緒に帰ってこなかったのか？」

「わたしはあの人から逃げてきたのです」とわたしは言った。

父は事情が飲みこめず、とまどっているようだった。灰色の髪が寝乱れてもつれている。「逃げてきただと？」

「あんなところに、いたくなかったんです！」わたしは心の苦しさをぶちまけた。そのあとは、冷静に話そうと努力した。もっとも、うまくはいかなかった。「お父さま。あの人はトゥルヌスに迎えをやったと言っていました。わたしと彼を婚約させる――結婚させるつもりだったんです――むちゃくちゃでしょう？　トゥルヌスがほんとに来るんじゃないかと思って心配でした。見張りをつけられて、逃げ出すことができませんでした。マルーナが来てくれなかったら、とても逃げられなかったと思います」

「トゥルヌスに迎えをやっただと？」

単に寝起きで頭が働かないのではなかった。妻が自分を裏切ろうとしたことを、父は理解していなかった。理解しようとしなかった。わたし自身、すでに母を裏切ったと感じていたので、わたしは何も言えなかった。

「おまえのお母さんとほかの女たちを森から連れもどさなくては」ようやく父は言った。「揉め事があったのだ。紛争だ。あんなところにいたら、危険が及ぶかもしれない。あれは――あれはきょうもどってくるつもりなのか？　いったい何をしているのだ？」

「女たちの祭りを。あちらの人たちに伝わる踊りを」わたしは何がほんとうに重要なのか考えようと努めた。「戦いがあったこと、そこにいては危険だということを告げれば、もどってくると思います。でも、女の使者をたててください。男は近づけません。女たちの何人かは武装しています」

「狂気の沙汰だ」と父はつぶやいた。

わたしは数日来の昼夜にわたる馬鹿騒ぎと不安に神経をすり減らし、くたびれはてていた。わたしは父を見据えて言った。「あの人はこの十二年間、ずっと狂気の世界にいます」

かの詩人はトロイアの陥落を語ったとき、王の娘、カッサンドラの話もした。これから起こることが予見できるカッサンドラは、トロイア人たちが巨大な木馬を都市の中に引き入れるのを防ごうとしたが、誰も彼女の言うことに耳を貸さなかった。カッサンドラには、真実を見て、それを告げても、誰にも信じてもらえないという呪いがかかっていたのだった。そういう呪いは、男よりも女にかけられることが多い。男たちは真実が自分たちのものであることを望む。自分たちが発見し、所有するものであってほしいと願う。父はわたしの言葉に耳を貸さなかった。

「待っていてくれ」父は背を向けて室内にもどった。わたしは待った。

マルーナが抜け出して、中庭の井戸で水を汲み、水差しに入れてもってきてくれた。わたしはありがたく一滴残らず飲んだ。——一番にペナーテスに捧げた分と着物の布の端《はし》を濡らして顔を拭った分を別にしての話だけれど。わたしたちは全身、泥と、乾いた汗にまみれていた。夜中に走ったせいで、粗い布の古いトゥニカは裂けて汚れていた。マルーナとわたしがパラの鉤裂きや破れ目を見て嘆いていると、身支度を終えた父が出てきた。マルーナがまとっている、わたしの一番良いパラもめちゃくちゃになっていた。父はわたしたちを見て今更ながらに驚いて、間の抜けたことを言った。「着替えをしておいで、ラウィーニア」

「ええ、わたしも着替えたいのですけど。でもその前に。どんな揉め事が、どんな紛争が起こったのですか?」

「トロイア人たちが狩をしていた。彼らには、ウェンティクラとラウレントゥムの間の森で自由に狩をしてかまわないと言ってあった。彼らも食べものを得ないといけないからな」そこで父は言葉を途切れさせた。

わたしは待ちきれなくて尋ねた。「うちの狩人たちの誰かが、妨害したのですか?」

「トロイア人たちは鹿を射た。あの雄鹿を」そういう父の顔は憂いに満ちていた。わたしはどういう意味かといぶかった。狩で雄鹿を射て、何がいけないのだろう?

父は言った。「シルウィアの雄鹿だ」

「まあ、ケルウルスを」とマルーナが小さな声で言った。

「雄鹿は脇腹に矢が刺さったまま、血を流しながら、家に――テュルス農場に駆けもどった。子どものように泣いていたそうだ。シルウィアは自分の子どもが射られたかのように、泣き叫んだ。慰めようもなかった。兄たちと父は報復を誓った。だが、雄鹿を射たのは、トロイア人の王の息子だったのだ」

「アスカニウスね」とわたしは言った。

戦争は、少年が森で鹿を射たことから始まる……。

潮が満ちるときには、海岸に波が次々と打ち寄せる。

「それがその王子の名前ならな」父がこれほど困惑しているのを、わたしは見たことがなかった。父は言葉を探し、ようやく言った。「テュルスは激怒して、物事の見境がつかなくなった。ふだんからかっとしやすい男だからな。やつと息子たちは、農場の連中を引きつれて、狩の一行をやっつけようと出かけた。剣と斧と弓をもって。ウィリア尾根の向こうのどこかで、小競り合いがあった。テュルスたちはトロイア人を見つけて、殺そうとした。だが、あっちは戦士だ。自分たちの王子を守るだろうさ。彼らはまず――」

父はわたしの顔をじっと見て、ふっと目をそらした。「テュルスの長男が殺された」

最初に死ぬのは若いアルモだ――アルモを知っているね？　彼の喉に矢が刺さり、言葉と息の通り道を血で塞《ふさ》ぐ……。

わたしは彼の名をささやいた。マルーナが鹿の名をささやいたように。

「そして、ガラエススもだ」

彼は裕福で、場を仕切るのに慣れている。戦いをさせまいとして、双方の間に割ってはいる。だが、骨折りが仇《あだ》となって、顔がくぼむほど殴られる……。

父は言った。「むごい話だ。ガラエススは双方をなだめようと割ってはいっただけなのだ。戦おうとしている若い連中が自分の言葉に耳を傾けると、期待したのだろうな」

わたしは押し黙って、立っていた。潮が満ちてくるときに海の浅瀬に立っているかのように。波が次々に打ち寄せて、わたしを押し流そうとする。表面の波とは反対の、強い底流が足の下の砂をさらっていく。世界がきらきら輝き、滑り去っていこうとする。

わたしはマルーナの腕につかまった。マルーナのおかげで何とか立っていることができた。「さがらせてくださいませ」マルーナが小声で父に言った。父は改めてわたしたちの服の破れや汚れ、腕の擦り傷に目をやり、わたしたちと一緒に中庭に出て、誰か手を貸してやれと呼ばわった。


「どうしてもわからなかったことがあるの。教えてちょうだい」とわたしは言う。レーギアのわたしたちの住まいの一番奥、小さな中庭に、ふたりはすわっている。六月の暑い朝。単純な喜びを味わうことに長《た》けているわたしの夫は、まだ若い日の光を浴びてくつろいでいる。わたしとともに、蜂蜜で甘みをつけたしぼりたての乳と白無花果《いちじく》の朝食をとりながら。

「答えられるかわからないが、最善の努力をするよ」と彼は言う。

「そうかしら。あてにならない気がするわ」

「まあ、言ってごらん」

「わたしの父が同盟を確認するために、あなたに来るように求めたとき、どうしてすぐに会いに来なかったの？」

その質問は彼の興味を引いた。一年前をふり返るために、彼はやや姿勢を正した。できる限り、真実を語ることは彼にとって大切なことだ。過去の事柄について真実を語ることは常に難しい。だから彼は話しはじめる前に、考える時間をとる。「持参する贈り物を集めていた」と彼は言う。「なにかきみにふさわしいもの――婚約の贈り物が必要だった。プリアムスの杯と王冠と笏《しゃく》はすでに、使者に託して贈っていた。それらはわたしがもっていたトロイアの至宝の最後のものだった。わたしたちの神々を除いては、もう何も残っていなかった。だが、わたしは何ももたず、物乞いのように行くのはいやだった。エウリュアルスの母親は銀糸で織ったショールをもっていた。息子が結婚するときに、その花嫁に贈ろうと、大切にしまっておいた品だ。彼女はそれをもってきて、わたしに差し出した。気の毒に、ひどく思いつめて。とにかく、わたしが贈り物のことであれこれ悩んでいるうちに、農民の集団がわたしたちの狩の一行を襲ったという知らせが届いた。アスカニウスが、飼い主のいる鹿を射てしまったためだという。ギュアスが腕に矢傷を受け、こちら側はふたりの農夫を殺した。悪い知らせだった。なんとも幸先が悪い。これではラティーヌス王が何と言おうと、地元の人たちはわたしたちを受けいれまい。そのとき、ドランケスが船に乗ってわたしたちの野営地に来た。そのことは知っていたかい?」

「いいえ」

「ドランケスは、ラティーヌス王に遣わされたとは言わなかった。王が知っているとすら言わなかった。彼は自分の責任でわたしに警告しに来たのだ。トゥルヌスが、農民との揉め事を利用して、国全体をわたしたちに敵対させようとしていると。トゥルヌスはウォルスキ人やサビーニ人、はては南のディオメーデスにまで使いを送り、戦いに参加するよう促したのだ」

「ドランケスはいつもトゥルヌスを羨んでいたの」

「どうして彼がわれわれのところに来たのか不思議だった。だが、わたしが彼とともにラウレントゥムに行ったとして、戦争を防ぐことができただろうか?」

「いいえ、無理だったわ」とわたしは言う。

彼はわたしの確信に異議を唱えない。わたしがときおり、普通の方法では知るはずのないことを知っているということを、彼は受けいれている。どうして知っているのかと問うことはない。父とともにアルブネアの神託所に行っていたということは話した。けれども、かの詩人のことは話していない。これからも話さないような気がする。

わたしにとって、自分が虚構の存在であると考えることは難しくなかった。結局のところ、わたしの存在なんて小さなものだから。けれど彼にとっては、とても困難なことだろう。たった今は、このように家庭になじんでのんびりしているにしても、ひなたにすわって妻と語らうことで心満ち足りているにしても、かの詩人が描くように威風堂々として、情熱にあふれ、野心に富み、恐るべき力をもつ英雄である彼にとって、自分の存在が偶発的なものであり、自分の意思や良心が無意味なものだということを受けいれるのは、さぞ難しいことだろう。敬虔さ、真心、正義、すなわち「ファース」の遵守を、彼は心から願う。自分が自分の良心に従うというよりは、むしろ詩人に従ってきたことを知るのは、彼にとって、ひどくつらいことだろう――かの詩人が自分の良心に従い、「ファース」を遵守していることを、わたしと同じように理解したとしても。どうして、そんなことで彼を煩わせる必要があるだろうか？　彼の悩みはとても大きく、彼に残された時間はとても短いのに。

彼はうなずいて、わたしの判断に同意する。「戦わなくてはならない時だった。マルスが行軍していた……。あのときドランケスも、わたしが街にはいろうとしたら、挑発ととられるだろうと言っていた。そういうわけなので、来られなかったからといって、きみやきみの父上に対して負っている義務をないがしろにしたとは、考えないでほしい。もしかしたら、そういうふうにとっていたのかな？」

これまでは気にかけていなかったにせよ、今は、気を揉んでいる。それを見ると、いとおしさに胸を衝かれる。あっさり勘弁してあげてもいいとは思いながら、意地悪を言ってみる。「でも、父に使いを送ることはできたでしょうに。一括取引の一部として王の娘を引き受けたいと本心から思っているのかしらと疑ったわ」

彼はあっけにとられた顔をした。なすべきことを十分に果たせなかったと彼自身が思ったときにいつも見せる顔だ。「もちろんだよ」と彼は言った。「もちろん、きみと結婚したいと思っていた」

「そんな疑いを抱くのは、あなたに対して不公平だったわね。わたしのほうが判断を下すのに有利な立場にあったのだから。ほら、あなたはわたしを知らなかったけれど、わたしはすでにあなたを見ていたでしょ」彼の一行が川べりで食事をしているところを、シルウィアとわたしが覗き見たのを、彼は知っている。前に話したから。ふたりの少女が茂みに隠れて、男たちを観察したという話を聞いて、彼はあきれながらもおもしろがった。「それに父だって、あなたに使いを出してもよかったのよね。でも、父も使いを出さなかった。この話はもういいから、あのころのことをもっと話して」

彼が珍しく話したい気分、回想したい気分になっているのが、わたしにはわかる。彼はもう一度考えこみ、話しはじめる。「その夜、わたしはなかなか腹が決まらなかった。途方に暮れていたのだ」自分に従う民の命がかかっている決断を下すことについて話すときにも、大げさな物言いをしない。わたしは彼のそんなところが好きだ。「わたししたちを追い払おうと決意を固めている土地の人たちみんなを敵に回して戦えるほど、こちらの兵力は大きくなかった。とるべき解決策は、船にもどって出発することだったかもしれない。だが、どこへ行くのだ？　わたしたちは来《きた》るべくして、ここに来たのだ。それだけは間違いなかった。それでわたしは外に出て、川のそばに下りて考えた。さまざまな考えが同時にあらゆる方向に走って、何をなすべきか、答えを探し求めた。わたしの心は、鉢にはいった水で、灯りを映していて、誰かがその鉢をいろんな方向に動かすと、無数の反射光が天井じゅうで踊る。だが、決して一点には集まらない。そんなふうだった……。わたしは川の水面に映った月が、震えてばらばらになるのを見つめた……。それから、わたしは川に、ティベリスに祈りを捧げた。ポプラの下の葦《あし》の中に立って祈っている間に、わたしの心は静まった。川がわたしに答えをくれた。わたしは考えた。上流にギリシア人の王のいる町があると、ドランケスが言っていたではないか。その町はラティーヌス王と同盟関係にあるが、すべてのラテン人とうまくやっているわけではないという。その王はわたしたちと同じ異国人だ。わたしたちに味方してくれるかもしれない。そして、その考えがなすべきこととして、わたしの心にはいった。ばらばらの像がひとつになったのだ。わたしは睡眠をとり、翌日、いくらかの人数を二隻のガレー船に分けて乗せ、上流に向かった。攻撃に備えて陣営を強化する仕事は、息子に託した。

彼はそろそろ本当の責任を担ってよい年頃になっていた」

「まだ少年のアスカニウスには、かなり重い責任だったでしょうね」

「そうだね。もちろん、彼の傍らにはムネーステウスとセレストゥスがいて、頼ることができた。経験豊かな、優れた男たちだ。わたしは彼らに留守中の全権を委ねた。だが、ラテン人たちがあれほど速やかに、自軍と同盟軍を束ねて攻撃してくるとは思ってもいなかった。おまけに船を焼いて、こちらの逃げ道をなくすとは！　ああ！」思い出して、彼は拳を固く握り、苦しげに顔を歪めた。「わたしは、自分の味方をまとめるのに、八日ないし十日かけても大丈夫だと思っていたんだ。トゥルヌスは信じられないほど速く動いた。非常に才のある男だ」

自分が殺した相手をほめることは自分をほめることではないかしら？　自分が殺した相手の器を量ることは、自分の器を量ることではないかしら？　わたしは言う。「トゥルヌスには勇気があったわ。でも、徳はなかった。欲張りだったわ」

「若い男に、無私無欲を求めるのは難しいよ」憂いを含んだ笑みを浮かべて、アエネーアスは言う。

「若い女にそれを期待するのは、ありがちなことだけど」とわたし。

彼は考えこむ。「女は、男よりも複雑な自己をもっているんじゃないかな？　女はふたつ以上のことを同時にする。男にそれができるようになるのは、年を取ってからだ。一生できない男もいる。わたしだって、すでにその術《すべ》を身につけたかどうか、自信がない」

彼は眉をひそめて、物思いにふける。自分の最悪の欠点だと思っているもののことを考えているのだろう。戦闘中に彼をとらえる血に飢えた怒りだ。それは彼を心ない無差別殺戮者にしてしまう。「羊たちの群れの真ん中で、牧羊犬が発狂したみたいになる」と彼は言う。もちろん、戦士としての彼の高名さは、この戦闘中の狂気によるところが大きい。彼と向き合った男は怖気《おじけ》をふるう。それにこの戦闘中の狂気が、彼がこの上ない称讃の気持ちをこめて、その勲《いさおし》をわたしに語ってくれた英雄たち——トロイアのヘクトルやギリシアのアキレスの中に彼が見出し、尊敬する勇敢さとどう異なっているのか、わたしにはわからない。しかし、それは彼にとって疑いもなく悪徳であり、能力の濫用であり、「ネファース」なのだ。彼が近隣からの戦《いくさ》のほのめかしをひどく恐れていることをわたしは知っている。戦うことが嫌いだからではないし、戦うことを恐れているからでもない。それどころか、彼は戦うのが大好きだ。彼が恐れているのは自分自身だ。彼はトゥルヌスを殺したのは不当だったと考えている。この点について彼に反論したことがある。あれは公明正大な戦いの中でのことだった。あなたは不倶戴天の強敵を生かしておくわけにはいかなかった、などと。彼はわたしの論拠を否定することができなかった。わたしは彼を沈黙に追いこんだ。けれどもやはり、彼は自分を許していない。

ウェスティーナばあやが部屋から出てくる。赤子を抱いて柱廊に立っている。赤子は短く力強い叫びを発しながら、ばあやの腕の中でもがき、ぐんぐん身を乗り出す。「赤ちゃんがおなかを空かせています。女王さま」ウェスティーナは厳しい口調で言う。赤子の姿を見たために、わたしの胸からは、すでに乳があふれはじめている。「こっちに寄越して」とわたしは言い、赤子を胸元に抱える。乳がほしい一心の赤子は焦りすぎて、なかなか乳首が見つけられず、腹立ち紛れに小さな拳を叩きつける。「欲張りというのは、まさにこの子のことね」とわたしは言う。

夫の黒い目がわたしとシルウィウスに向けられる。穏やかな安らぎに満ちた優しい眼差し。彼は自分のために、甘みをつけた乳のお代わりを鉢に注ぎ、捧げ物として地面に数滴垂らす。飲む前に、息子に向かって鉢を掲げて言う。「おまえの健康に」と。

わたしは入浴して、無花果《いちじく》の泉で過ごした三晩の汚れを洗い流した。二、三時間昼寝をしようと寝床にはいったが、ゆっくり休んでいることは難しかった。中庭や館の建物のあちこちで、大騒ぎが起こっていたからだ。「トゥルヌスが、トゥルヌスが」その名がしょっちゅう聞こえた。結局、起き上がって、何が起こっているのか調べに行った。トゥルヌスが到着していた。山で彼を待っている母のところに、ではない。みんなの話では、彼は、大勢の牧童、農夫、街の人たちを従えて、城門の前にいるそうだ。わたしはそのさまをひと目見ようと、物見の塔の屋上に上がった。

それは大群衆だった。しかも、野を突っ切ってこちらに向かう人々が途切れなく続いている。農具であれ、狩の弓であれ、剣であれ、青銅の穂の槍であれ、武器になるものを誰もが携えている。彼らはひとつの集団として、際限なく続く暗い騒音を発していた。

わたしは屋上から、中庭の月桂樹のてっぺんを見下ろした。蜂が群れていたところだ。だが、この人たちは、蜂が予言した異国人たちではない。彼らはラテン人だ。ラウレントゥム人、イタリア人だ。わが同胞。それが今、わが敵になろうとしているのか。

その夜はずっと、武装した男が野にあふれていた。彼らは演習場のすみずみまで、そして城壁の外側の盛り土の防御壁の際まで、びっしりと野営していた。翌朝、わたしは正面の扉の真上の屋根に上がって、ようすを見た。群集は二倍にふくれあがっていた。城門の前にも、市内にも人があふれ、レーギアの周りの街路は立錐の余地もなかった。ときおり、叫び声が上がる。戦争だ！　異国人を追い払え！　人殺しどもは、もといたところに追い返せ！　一団の人々がほかの人たちに道を譲らせて、前に進み出るのが見えた。その中には見覚えのある顔がいくつかあった。牧童たちだ。彼らは長く、重そうなものを運んでいた。それを包む白い布には血がにじんでいる。「アルモ！　アルモ！」彼らは唱えるように叫んだ。「兄さんの仇《かたき》を討とう！　死んだ身内の仇を討とう！」アルモの父であり、シルウィアの父でもあるテュルスがちらりと見えた。白い髪、鋭い眼光の老人が、ほかの男たちに支えられるようにして、よろよろと近づいてくる。この行列はレーギアの正面玄関に向かって通りを進んでいた。レーギアの前で、彼らは荷を下ろした。いまや叫び声は狂乱のきわみに達し、空気を震わせ、揺り動かした。そして、わたしはトゥルヌスを見た。彼は群集と向かいあって、王の館の門の前に立っていた。「よそ者の支配を受けるのか？」と彼は叫んだ。群集全体が叫んだ。「否《いな》！」通りに雷が落ちたかのような轟《とどろ》き。「わたしに約束された花嫁は、異国人に与えられるのか？」「否！」「ラティウムの王、ラティーヌスよ！　われわれは正義を求める！　われわれは戦争を求める！」群集は一斉に叫んだ。「戦争を！」

　長い時間が経ったように思われたころ、ようやく、レーギアの扉が開いた。父が姿を現わした。ドランケスら、二、三の重臣を伴い、騎士たちに守られている。叫び声が収まった。遠近《おちこち》で声がした。「王だ。王がお話しになる」

　わたしは屋根のふちの飾りの陰に膝をついて身を隠し、ほとんど真上から父を見下ろしていた。白髪混じりの上に、髪の量も減ってきた頭頂部しか見えなかった。

「ラティウムの男たちよ。わたしの子どもたちよ」父は持ち前の力強い声で言った。それから、長い間をあけた。あまりに長かったので、もうしゃべらないのかと思ったぐらいだ。人々は落ち着かなく体を動かしはじめた。ようやく父は言葉を続けた。さっきよりも年寄りじみた口ぶりになっていた。「お告げが語り、約束が与えられた。そなたたちが、われわれを導く声に抗《あらが》い、わたしの結んだ盟約を破ろうとするならば、それは間違っている。その誤りの代償を血で払うことになるだろう。そのことはわかっているはずだ。わたしがそなたたちに言えるのはそれだけだ。トゥルヌスよ。わが友、ダウヌスの息子にして、わが妻の姉の息子であるそなたに言う。そなたがわれらの民を率いて、その罪を犯させようと心に決めているなら、わたしは止めることができない。わたしに言えるのは、これだけだ。そなたはわたしから奪おうとしている。わたしが晩年に望んだ安息と、わたしの願った正当な死を」

沈黙が続いた。父は返事を待たず、人々に背を向けてレーギアの中にもどった。騎士たちが扉を閉め、トゥルヌスと群集は外に残された。しばらくは静かだったが、やがて、つぶやきが始まり、暗い騒音が復活した。それはどんどん膨らんで大きくなり、館を包みこみ、街じゅうに充満した。

そして今度は、館の背後の通りに混乱が生じた。高いところに上がっているのは、わたしだけではなかった。マルーナ、ティタ、そしてほかにも数人の少女が、館の南東のすみにそびえる物見の塔に登っていた。そのうちのひとりが東門を指した。わたしは急いで、彼女たちのところに行った。そこからは、新たな行列がこちらに向かうのが見えた。女たちだ――女奴隷たちと女主人たち。昂然としていたり、穏やかだったり、恥じ入っていたり、誇らしげだったり、いずれも髪をふり乱し、汚れて裂けたパラやトゥニカを着ている。わたしの母の率いる一行だった。

母はいつものように堂々とした物腰で、レーギアの正面にやってきた。トゥルヌスが急いで、母を迎えた。ふたりは抱き合い、少し話をした。ほどなく、群集の中から新たな声が上がった。「戦《いくさ》の門を開け！　戦の門を開け！」

ラウレントゥムの戦の門は、本物の城門から程遠からぬ、小さな四角い広場にある。それは、シーダー材の枠の中に、青銅の飾り鋲を打った背の高いオークの扉が一対、はまっているもので、その東にヤーヌスの祭壇があるのを除いて、周囲は空いている。この扉はいつも閉じていて、閂《かんぬき》がかけられて、古めかしく、厳《いか》めしく、意味もなく立っている。わたしの知る限り、毎年ヤーヌアーリウス（一月）*1のついたち《カレンダエ》に、ワインを地に注いでヤーヌスに捧げる以外に、ここで儀式が行われたことはなかった。だが、今は誰もが叫んでいた。「女王さま、女王さま。戦の門を開いてください」と。そして群集は戦の門に向かって移動した。わたしは人々の間に、一瞬、母の姿を認めた。トゥルヌスの高い冑《かぶと》の飾り毛も見えた。だが、すぐに木々が視界をさえぎり、叫び声が聞こえるだけになった。「マルス、マーウォルス、万歳！」と歓声が上がった。やがて、人々は踊りながらもどってきた。戦の門が開いた、と呼ばわりながら。

　父がレーギアの扉の前にほんの少しの間、姿を現わしたのは、わたしの目に、いや、わたしたちのほとんどの目に、退位の意思表示のためだと映った。父はあのとき、正式な呼びかけをしたのに、返事を待ちさえしなかった。「わたしはそなたを止めることができない」と父はトゥルヌスに言った。父がその言葉を口にしたと思うだけで、わたしは頭に血が昇った。どうしてそんなことが言えるのだろう？　どうして、自分の権力をトゥルヌスに渡して館の奥に逃げ帰ったりできるのだろう？

　今ふり返って思うのは、父はトゥルヌスに呼びかけるという形をとりながら、実は群集に、人々に、彼の民であるラテン人に呼びかけていたということだ。実際、力をもっているのは民なのだ。トゥルヌスは民が許す限りにおいて、人々を利用することができる。だが、父が民を思いのままにすることができないのと同じように、トゥルヌスも民を思いのままにすることはできない。だからこそ、父は民に呼びかけたのだ。いつの日か、自分の言葉を思い出してくれることを期待して。今、人々は火がついている。興奮して熱くなっている。人々が今、見ているもの、望んでいることは何か？　戦いが始まりそうだということ。暴力を、復讐を、正当な怒りを爆発させることができそうだということ。それだけだ。農民は誰でもよそ者を嫌う。ところが、どこからか、洒落た連中がやってきた。やつらはラティウムを乗っ取れると思っている。鹿を射たり、王女と結婚したり、善良な男たちを小突き回したり、なんでもやりたい放題だと思っているらしい。それが勘違いだということを思い知らせてやろうじゃないか。老いた王は彼らに立ち向かう勇気がない。だが、若い王ならやってくれるのではないか。ルトゥリ人だってかまやしない。われわれは皆、ラテン人だ。西の国々の民は皆、一致団結していこうじゃないか？　われわれの農地、われわれの祭壇、われわれの女たちを守ろう。うちわの問題を解決するのは、よそ者どもを海に追い返したあとでいい。

＊1「ヤーヌスの月」の意。この作品の世界で用いられている暦がどういうものかは定かでないが、マルティウス（マルスの月。英語の March にあたる）に始まり、十番目の月、デケンベル（英語の December）のあとに、ヤーヌアーリウス（英語の January）とフェブルアーリウス（英語の February）が続いて一年が終わる、「ヌマ暦」というローマの古い暦を思わせる。

父は戦争が人を熱狂させることをかつての経験から知っていた。だから、戦争がもたらす最初の熱狂に水をさそうとはしなかった。判断力を失った人々に向かってしゃべっても無駄だからだ。

けれども、わたしは平和しか知らない子どもだったので、馬鹿者どもが通りでわめいている間、打ち負かされた老人が自分の居所に隠れているぐらいにしか思っていなかった。そして、その妃《きさき》はどうかといえば、汚らしい奴隷の着物をまとい、日常の暮らしを踏みにじって、自分の好きなようにやってやったとばかりに勝ち誇り、恥知らずにのし歩いているのだった。

母はわたしを好きなようにすることはできない。わたしが母から逃げていられる限りは。父は自分の権力を使うことを放棄したが、わたしが母に抵抗するには、父が頼りだった。わたしは身の回りのものを集め、マルーナ始め三、四人の女たちに、わたしと一緒に女の居住区を出て、王の寝起きしている区画に移るよう命じた。そこには母が何年も使っていない寝室がある。リナやシカーナなど、母に献身的に仕える女たち、いわば女王派の女たちはすでに館の中にもどりはじめていた。ガイアはこれみよがしに剣を携えて廊下を歩いていた。わたしは、この女たちに支配されるのは、もう二度とごめんだった。

ウェスティーナばあやは驚き悲しみ、本来の居場所にとどまっていてくれと涙ながらに頼んだ。わたしが拒むと、弱々しく怒りを見せた。でも、わたしには、とどまると言ってやることも、連れていくこともできなかった。ウェスティーナの忠誠心は母とわたしの間で引き裂かれていた。わたしは選んだ女たちを従え、裏手の部屋を通って、王の居住区にはいり、王の騎士に、わたしが女王の部屋を使いたいと言っていることを父に伝えてくれるよう頼んだ。

父はわたしを呼んだ。父は謁見室で、ドランケスやほかの重臣たちと話をしていた。人払いはせず、自分が立ち上がって、王座の背後にまわり、そこでわたしと話をした。疲労の色の濃い、厳しい顔をしていた。頬や目の周りの皺が目立つ。「部屋を替えるつもりなら、どうして前もって相談してくれなかったのだ？」

「女王が耳にしたら、わたしに移動を禁じるだろうと思いました」

「おまえには母に従う義務があるのではないか？」

「母に従うことが父に背くことになる場合は違います」

父は眉をひそめ、半ば顔を背けた。怒りをこらえているのだ。「どういう意味だ？」

「お母さまはできれば――わたしを自分の支配下に置いておければ――トゥルヌスと結婚させるつもりでいます」

父は苛立たしげに、鼻で笑った。

「わたしを山に連れていったのも、そのためです。山で彼に会わせるつもりだったのです。お告げに逆らい、王がトロイア人に申し出た同盟を踏みにじって」

「まさか」と父は言いかけたが、「まさか、そんなことはするまい」とは言えなかった。

母が戦《いくさ》の門を開いたのを知っているから。父は態度を決めかねて、苦渋の表情で立っていた。「わたしをおそばに置いてください、お父さま。王の騎士のうちから誰かひとり、わたしのドアの前に立たせてください。わたしはお父さまとお告げに従いたいのです。トゥルヌスとは結婚しません」

しばらくして父は言った。「そんなにやつが嫌いか？」

父の声は弱々しく、その問いかけも情けなかった。わたしはいらいらするのを、ぐっと我慢した。「お父さまはトロイア人たちの指導者に、わたしを与えると約束したではありませんか。わたしがほかの男を夫に迎えることはありえません」

「みんな、それを阻止するために戦争をしたがっているように見えるがな」父はことさらに軽く言った。

「お父さま。自分がなすべきことが何か、わたしにはわかっています。そしてそうするつもりです。お母さまにはわたしを止めることはできません。王国じゅうの男たちが戦争をしたいと叫んでも、わたしを止めることはできません」止めることができるのは、お父さま、あなただけです、と心の中で思ったが、口には出さなかった。しかし、そう思ったことで、固い決意が揺らぎ、次の言葉を口に出すとき、声が震えた。「お願いです。わたしに、なすべきことをさせてください。そして、そうすることができるように、わたしを守ってください」

父の心を何がよぎったかはわからない。父が何と答えようとしていたのかもわからない。ドランケスがこちらに来たからだ。彼はもちろん、父とわたしの話を聞いていた。彼は常に自分の頭に自信があり、好きなようにものを言うたちなので、許しも請わずに、わりこんできた。「王よ」とドランケスは言った。「姫は正しく、賢くあられます。そして勇気をお持ちです。もし、トゥルヌスがこの混乱のときに、女王の寵《ちょう》をよいことに、お告げをないがしろにし、王に逆らうならば——そのような罪は、取り返しがつかない結果を招きます。破滅の運命がわが国に下るでしょう。心を強くおもちください。国民は必ず正気に返ります。けれども王ご自身がおっしゃったように、その前に、血を見なくてはならないでしょう。乙女である姫を、おそばに置いて守ってください。危険から。あのルトゥリ人から。王の騎士たちに命じて、姫を警護させてください。姫はわたしたちの名誉のしるしです。姫がいてくだされぱこそ、聖なる方々がわたしたちに味方してくださいます」

ドランケスは常に言い過ぎる。やり過ぎる。だが、このときはしかたなかっただろう。声を張り上げなければ、王に聞いてもらえなかっただろうから。

「わかった」父は暗い声で、のろのろと言った。「ラウィーニア。おまえのお母さんの部屋に寝泊りすることを許す。ドアの前に警備の者を立たせよう。だが、女王について、敬意を欠いた、生意気な口を利くのはやめなさい。わかったな？」

わたしは頭《こうべ》を垂れて、礼を述べ、静かに退出した。

王の騎士たちと話すのは、王本人と話すより、よほど気楽だった。ウェルス、アウルス、アルビヌス、ガイウス……。わたしは赤子のころから、彼らを知っていた。何人かは今でも、わたしをカミラという子どものころの肩書きで呼ぶ。カミラは祭祀の助手を務める少女のことだ。父が盛んに戦争をしていた時代に、戦士たちの中でも選《よ》り抜きの勇士たちだった彼らも、いまや皆、中年で、髪に白いものが混じり、青銅の胴鎧《どうよろい》の下の腹はたるみ気味だ。飲んだり食べたりするのが何よりの楽しみだが、頭の回転も決して悪くない。彼らはレーギアがふたつに分かれてしまったことをはっきりと理解していた。もっとほっとしたことに、彼らはわたしと同じようにトゥルヌスに反感を抱いていた。もっとも王妃のことは悪く思いたくないらしい。「あのルトゥリ人ときたら、女王さまを自分の指に紐で結びつけてやがる」とウェルスは言う。「女王さまは、姉上の息子だから、ご自分の息子のようにお思いになって、トゥルヌスが間違ったことをするはずがないと考えていらっしゃる。世間のおっかさんたちと同じですね」彼らがこの一件をどのように解釈しようとわたしはかまわない。王妃のせいで、わたしが危険にさらされる恐れがあると理解してくれればそれでよかった。彼らはちゃんとわかってくれた。いちいち頼まずとも、わたしがレーギアの中で祭祀の務めを果たしたり、家政の切り盛りをしたりする際には、必ず誰かひとり、そばにいてくれた。

なんとも奇妙な日々だった。わたし自身の家の半分が、わたしにとって得体の知れないものになっていた。女の居住区には決して足を踏み入れなかった。長い間ずっとわたしの居場所だったところなのに。母にはまったく無視され、生まれたときから知っている女たちとも気まずい関係になった。それらの女たちのほとんどは、わたしが異国人たちの指導者との婚約に執着していることが信じられないか、その理由が理解できないかのどちらかだった。女たちの間に、わたしが何も考えずに奴隷のように父親に従っているのだという噂が立ち、王は老いてぼけてきたのだというささやきが交わされるのを、母は放置していた。たしかに、自分の居室にひきこもって、ひとりで食事をとり、ほとんど誰にも会わない父の暮らしぶりは、弱々しさの証拠を見せているかのようだった。わたしが父に会うのは、父が館の中や市中で儀式を執り行う手助けをするときだけだった。父は決して、城門の外に出なかった。

城門の外に出ないのはわたしも同じだった。もっともわたしはしょっちゅう屋上や物見の塔に登り、城壁の外を眺めた。高いところに登っていれば、人々の好奇心や、一部の者の悪意から自由でいられた。ウェルスやほかの騎士の誰かを階段の下に控えさせて、市内で一番高い場所である南東のすみの塔に登ると、テュルスの農場まで続いていく演習場や野原や放牧地や森が見えた。東には青い山並みが、西には、湿地の間を蛇行して砂丘に流れこむ川が見える。わたしは羊毛と錘《つむ》をもって、マルーナやほかの少女たちの誰かと塔に上がる。わたしたちは日除けを立てる。じきに夏の日差しが暑くなるからだ。ときおり、仲間入りをさせてもらってもいいかと女たちが訊き、手仕事をもちこんだり、子どもを連れてきたりして、しばらくわたしと一緒にすわる。何も以前と変わっていないかのように。女たちは勇気をふるって、そうしたのだった。というのは、彼女たちは女王の支配下にあり、そんなことをするのは女王の意に添わないことだから。女王のふるまいに心を痛め、わたしにこぼす者もいた。女王は毎日、宴会の間を整えさせ、家畜を潰すことを命じるという。トゥルヌスが同盟者の首長たちと宴をもつことができるように、ということだ。しかし、首長たちは皆、馬で駆け回り、兵を募るのに忙しい。そして、トゥルヌスがいかに傲慢であろうとも、王に招待されていないのに、王の食卓で食事をするのはさすがにためらう。トゥルヌスは女王のところに人をやり、来られない言い訳を伝えさせる。女王は落胆しながらも言う。「明日はきっと来るわ。準備をしておかなくちゃ」と。そういうわけで、掃除人や廏《うまや》の下働きが、牛や羊の特上の肉を毎日食べているのだと、女たちは言い、首をふって、無駄遣いのもったいなさと愚かさを嘆いた。

塔の上では、自分は安全なところにいると感じながら、城壁の外を眺められた。演習場では訓練が行われていた。剣術の稽古をしたり、指揮官の号令に従って、隊列を組んで突進する練習をしたりしている。すべて、子どもが戦争ごっこをしているように見えた。ときおり、ウェルスやアウルスがわたしとともに塔の胸壁に立ち、何のための訓練なのか教えてくれた。「喇叭《らっぱ》を使っていないな」あるとき、ウェルスが指摘した。かつて父から聞いた話によれば、父はずっと以前、エトルーリアとの戦闘で、敵方が攻撃や撤退のための援軍がほしいときに、鳥の鳴き声のような合図を交わして連絡をとっているのに気づいたという。父はエトルーリアの喇叭手をふたり捕らえて、自軍の少年たちに、その伝達方法を教えさせた。その後、その喇叭の合図のおかげで戦闘を勝利に導いたことが一度ならずあったそうだ。だが、トゥルヌスはどうやら、新工夫や、外国流のやり方が好きでないらしい。彼の配下の男たちは、どなりあって指示を伝えた。はてしなく続く耳障りなどなり声は、聞いているわたしたちの神経にこたえた。

ラウレントゥムの北と東で野営する男たちの数は日増しに増えた。ウーフェンスは荒々しいアエクイ族を率いて到着した。さらに荒々しい一行はプラエネステから来た狼の毛皮の帽子をかぶった男たちだ。彼らは片方の足にだけ革の靴を履き、もう一方の足ははだしで戦う。首長たちが会議をしているのを、塔から見ることができた。その中には、わたしの求婚者だった男たちもいた。ウーフェンスもそうだし、ライオンの毛皮のケープを翻す美男のアウェンティーヌスもそうだ。カエレの暴君だったエトルーリア人のメゼンティウスは、息子のラウススを伴ってアルデアから来ていた。神をないがしろにする残虐な暴君というのはどんな顔や姿をしているのかと思って、わたしはメゼンティウスに視線を注いだ。禍々《まがまが》しい風貌を予期していたのだが、そこにいたのは、単なる古強者《ふるつわもの》に過ぎなかった。ほっそりした体つきで黒い目をした息子を、少しの間もそばから離さず、非常にかわいがっているのが明らかだった。

トゥルヌスはメッサープスが騎馬隊を率いてソラクテからやってくるのを心待ちにしていた。彼がとうとうやってきた同じ日に、ウォルスキ族の一隊も到着した。彼らは皆、馬に乗り、黒い馬の毛の冑飾りを風になびかせていた。わたしは、ウォルスキ族を率いて馬に乗ってくると詩人が言った女戦士の姿を探した。だが、どこにもそれらしい人はいなかった。彼女は自分がつくりあげたものだと、詩人は言っていたから、いなくて当然かもしれない。でも、それを言うなら、詩人はわたしたちみんなをつくりあげたのではなかったか？　わたしはそのことに慰めを見出そうとした。みんな、偽物なのだと思おうとした。指示を伝えるどなり声も、がちゃがちゃと音をたてる武具も、研がれた剣も、気が立っている馬たちもいばりくさった男たちも。最後の夜に詩人が際限なく並べたてた、おぞましい殺戮――この男たちはあれの準備をしているのだ。けれどいったい何のために？　ペットの鹿のため？　ひとりの女のため？　あのようなことをして、何の益があるのだろう？

戦争がなかったら英雄もないからさ。

英雄がいなくって、何か困ることがある？

ああ、ラウィーニア。いかにも女のしそうな質問だな。

翌朝、彼らは集合した。城壁にもっとも近いところには同胞のラティウム人がいて、その向こうに、オスキ人、サビーニ人、ウォルスキ人が、それぞれ隊列を組んでいる。一番前にはルトゥリ人がおり、見事な雄馬にまたがったトゥルヌスが先頭に立っている。城壁の上では、女たちと子どもたち、老いた男たちが歓声を上げ、北方に――ティベリス川のほうに向かって出発する戦士たちに花を投げた。

わたしの詩人は、頭が割られ、飛び散った脳が鎧を汚すさまや、肺に剣を突きたてられた男たちがもがき苦しみ、血と命を吐き出すさま、誰それが誰それを殺すさまを、わたしに語って聞かせることができた。彼は肉体の目で見ていないことを、ありありと語ることができた。それが彼の才能だから。わたしにはそのような才能はない。だから、人から聞いたことと、自分の目で見たことしか語れない。

次に述べるのは、わたしがその当時に、または、あとになって人から聞いた話だ。

援軍を連れて帰るという希望を胸に、アエネーアスが川の上流のギリシア人の入植地を目指して旅立ってから、八日が経っていた。トロイア人たちは彼から、まだ何の知らせも受け取っていなかった。彼らは野営地の周りに深い溝を掘り、土塁をつくった。野営地は川の湾曲したところに設けられていたので、ふたつの側面はティベリス川によって守られていた。彼らの船は艫《とも》を手前に、土塁の内側の川原に引き上げられていた。

ラティウム側がその野営地を襲った。トロイア人のうちの年配の者は、トロイアの十年間の包囲を経験しており、猛烈に、かつ巧みに防御した。血気にはやる若いアスカニウスは、突撃して敵を追い散らしたくてたまらなかった。だが、アエネーアスは攻撃されても攻撃するなという命令を残していった。ラティウム側が、塁壁の後ろに隠れている卑怯者めと嘲りはじめると、若いトロイア人を抑えるのは大変な苦労だったが、アエネーアスが後を託した指揮官たちは、彼の戒めを守った。「イタリアの土地がほしかったんだろうに、それっぽっちで満足なのか?」とラテン人たちは大声で言った。「そんなわずかな川っぷちの土地だけで。早くそこから出てくるがいい。土くれを食わしてやるぞ」ラテン人たちは入り口の門を打ち破るか、塁壁をよじ登るかしようと、何度も試みたが、トロイア人たちは彼らを撃退した。格闘によって。そしてまた、投げ槍と投げ矢の雨を降らせて。「鉄の雨」——ルーフス・アンソはそれをそう呼んだ。

わたしたち、レーギアの女たちは、できる限り多くの負傷者を運びこませ、できる限りの看護をした。ルーフス・アンソは市のすぐ西にある王の所有地の農夫だった。彼は負傷して市内に運びこまれた。わたしと同じくらいの年頃だ。投げ槍が臍のすぐ下のところで腹を貫き、背中から抜き取られていた。女治療師は、助かる見込みがないと言った。彼はまだ、あまり痛がってはおらず、ただ怯えていた。ひとり取り残されるのがいやで、しきりに話をしたがった。それでわたしはその夜、そばについていた。母親を呼びに人をやったが、次の日にならないと来られなかったのだ。ルーフス・アンソは言った。「あたりが急に暗くなった。雨が降るときのように。まるで鉄の雨だった」

ルーフス・アンソの片腕の肘の近くに、投げ矢による傷があった。彼は、もうひとつの大きな傷よりも、その小さな傷の痛みを訴えた。そもそも自分が負傷したということが信じられないかのようだった。どうして男は、自分だけは負傷するはずがないと思って戦に出るのか、そもそも戦とは何だと思っているのかと、わたしはいぶかった。ルーフス・アンソはトロイア側の防御の固さに感心し、あいつらは大した戦上手だと言った。その癖、殺す側になるつもりで出ていき、殺されるつもりはまったくなかった。そして、あてが外れた今は、傷ついて横たわり、こんな理不尽なことがあっていいのかと困惑している。翌朝、母親が来て、彼は家に運ばれていった。数日後、悶え苦しみながら死んだそうだ。

武器が人に与える痛手が、わたしがそのとき戦争について目にしたすべてだった。戦いの現場は目にしなくてよかったのだ。まだ、このときは。

暗くなってすぐ、報告が届いた。部下たちがトロイア人の陣営の門に華々しい攻撃を加えている間に、トゥルヌスはただひとり、土塁の外側をぐるりと回って川辺に到り、炬《たいまつ》に火をつけ、陸に揚げられた船から船へと走って、放火した。船の木材は乾いていた。水漏れ防止のために隙間に樹脂が詰めてあった。しかも船と船はくっつけて置かれていた。火はたちまち燃え上がり、川下に向かって吹く風によって広がり、船団全体が焔《ほのお》に包まれた。トロイア人が自分たちの背後の川辺に、焔が高く燃え上がっているのに気づいたのは、トゥルヌスが逃げたあとだった。彼らはただ、船をつなぐ綱を切って、ひと塊に燃え上がる船団を水上に押し出すことしかできなかった。そして流れていく船が傾きながら燃えて崩れ落ち、水に沈むのを見守るしかなかった。

ルーフス・アンソは、この話を私たちに報告する男の声に耳を傾け、「ふん、あのトロイア人どもめ、『もといたところに帰れ』と言われても、これじゃ、帰りようがないな」と言った。彼自身、うまい言い方だと思っていたし、事実、負傷した男たちとレーギアの女たちの間に、歓声が沸き起こり、高揚した雰囲気になった。

わたしは混乱し、困惑した。その豪胆な離れ業を聞き、同胞にとっての勝利を耳にしても、嬉しくなるのはいけないことだろうか？　同胞に囲まれていて、侵入者たちに傷つけられた同胞の男たちの手当てをしていて、どうして侵入者たちの側に立てるだろう？

けれども、わたしたちの目標が、異国人たちを追い払うことであるなら、どうして船を燃やすのか？　トゥルヌスは明らかに、彼らを追い返すことではなく、彼らの息の根をとめることを意図しているのだ――直接的な危害を加え、勇ましい行為をやってのけるという以外の意図が、彼にあるとしての話だけれど。

父のラティーヌスがトロイア人と結び、わたしたちラテン人が違反した盟約のことを、わたしは何度も何度も考えた。テュルスと牧童たちは怒りに任せてトロイア人を攻撃した。トロイア人は自衛のために応戦した。ここで終わりにすることもできたはずだし、終わりにすべきだったのだ。神聖なものが世の中にあるとすれば、それは盟約だ。わたしたちがお告げにさからうだけでなく、もっとも邪悪な行為のひとつ――故意に盟約を破ること――をするならば、この地、この国の神々や霊たちが、わたしたちとともにいてくださるはずがない。

わたしの頭はこういうことを考えて、堂々巡りをくり返した。わたしの心はぼろぼろに引き裂かれていた。自分の周りの人たちと喜びを共にしたいと思いながら、そうすることができなかった。自分のことを裏切り者だと感じた。まるで何かとんでもない悪いことをしてしまったかのように。わたしがこのようなわたしであることによって、最悪の事態を引き起こしてしまったかのように。こういう自己憐憫にまみれた罪悪感をわたしに植えつけたのは母だ。そしてわたしはごく小さなときから、それを感じてきた。そんなのは子どもっぽいし、間違っていると思って、そういう感じ方をするまいと抵抗するのだが、今のような大変な事態になると、つい、子どもっぽくなって、判断力を失い、ずるずると、そんな泥沼に陥ってしまう。

その夜遅く、ラウレントゥムにもどってきた少数の男たちによれば、わがイタリア勢は、敵の陣営の周りに歩哨を立てた上で、飲んだり、食べたりしはじめたとのことだった。彼らはきょう一日の戦果に満足し、いよいよ明朝には、防御を破ってトロイア人を片づけようと英気を養っているのだ。ということはやはり、トゥルヌスに計画というほどのものがあるとすれば、それは皆殺しの計画なのだ。

その晩、起こったことについて、わたしが最初に知ったのは、翌朝、ラウレントゥムにもどってきた男たちがした話からだった。そして、ずっとのちになって、友人になったトロイア人のセレストゥスからも話を聞いた。セレストゥスは宵のうちにトロイア人の陣営で開かれた会議に出席した。トロイア人たちは、アエネーアスが待ちに待った援軍を連れてもどってくるまで持ちこたえられる見込みについて、沈鬱な面持ちで論じた。アエネーアスがパランテーウムからさらにエトルーリアに行ったことを知らない彼らは、アエネーアスがなかなか帰ってこないことに非常な不安を覚えていた。

ふたりの兵士――若いエウリュアルスとその年長の友人のニーススが会議の席にまか

りでて、こっそり敵陣を通り抜け、アエネーアスのもとへ使いに出たいと申し出た。船を失ったことを嘆き、父が早くもどってきて助けてくれることを心から願うアスカニウスは、このふたりを大いにほめ、多くの褒賞を約束して送りだした。アエネーアスがもどってきて、戦いを勝利に導いた暁には、エウリュアルスはラティーヌス王のものである土地のすべてを褒賞として得る上に、十二人のラティウムの婦人を思うままにすることができる、とアスカニウスは言った。セレストゥスからそれを聞いたときに、わたしの体を震わせた、混じり気のない怒りの波を、わたしは今も忘れない。

そういうわけで、ふたりは深い夜の闇にまぎれて、塁壁を乗り越え、燃え尽きた篝火《かがりび》の間を歩いていった。彼らの敵は、たらふく飲み食いした末に手足を投げ出して熟睡していた。急いで敵陣を通り抜け、川上に向かう代わりに、ふたりは眠っている男たちを殺し、杯や甲冑《かっちゅう》を盗む作業にとりかかった。十人ないし十二人の、酔っ払って眠る無抵抗な男たちの喉をかき切り、血への渇望と物欲を満たしてから、ふたりはようやく、盗んだ品をかつぎ、急いで立ち去ろうとした。通りかかった巡視の者が、暗闇の中に光る甲冑のきらめきと、それらがぶつかり合う音に気づいた。巡視の者はふたりに襲いかかって仕留めた。ふたりの首は切り落とされ、棒の先に刺されて、夜明けにトロイア人たちの塁壁の真ん前を行進した。

シルウィアと一緒にこっそりトロイア人たちを覗き見したとき、エウリュアルスは草の上にすわり、アスカニウスと冗談を言い合っていた。「すごい美男子」——シルウィアはエウリュアルスのことをそう言ったのだった。そしてわたしたちは彼の母親が、彼の頭の赤い帽子をまっすぐにしてやるのも見た。息子の妻になる人に贈ろうと思ってトロイアからもってきた織物を、アエネーアスに差し出した人だ。その母は、棒に刺さったふたつの首を見なければならなかった。

朝日の中で、イタリア勢は全員による突撃をおこなった。圧倒的に少数であるにもかかわらず、トロイア勢は健闘した。トロイア勢の射手が、溝を渡るルトゥリ人やアエクイ人を射殺す。塁壁を乗りこえようとする者たちを剣士たちが迎え撃ち、剣と剣で戦って、はねかえす。トロイア側が実に巧みに戦ったので、昼ごろまでにイタリア勢の半分は退却し、溝と塁壁に再度挑む気力を失っていた。トロイア側はますます勢いに乗った。若いトロイア人の一部が防御に飽きて、勝ち鬨《かちどき》をあげ、突撃して敵を退けようと、陣営の門をあけた。すると恐れ知らずのトゥルヌスが、剣をふりまわして、開いた門に突っこんだ。部下があとに続いているかどうか、確かめることさえしなかった。敵陣の中、トゥルヌスはただひとり、剣で道を切り開いて進んだ。その殺気の凄さにトロイア人は皆、避けて逃げた。トゥルヌスは川に至った。重い甲冑をまとったまま、川に飛びこみ、下流に向かって泳いで、仲間のいる岸にたどりついた。

この大胆そのものの離れ業は一日の最後を飾るものだった。両軍ともに疲れはて、それ以上の攻撃は行われなかった。夕闇が降りるころ、どちらの陣営も静かになった。

その日一日じゅう、そして夕方になっても、ラウレントゥムに運びこまれたり、自力でもどってきたりする負傷者が絶えず、そのたびに、少しずつ情報がもたらされた。夜になってからも、足を引きずってもどってくる男たちがいた。負傷はしておらず、ただ、疲れたり、怖がったりしているだけの者もいた。ようやく包囲陣から離れ、戦闘から離れ、もう戦いたくないのだった。これらの人々はラウレントゥムの市内にまたはその近くに家のあるラティウム人たちだ。身内の人たちが迎えいれてくれるのだろう。ルトゥリ人やアエクイ人やウォルスキ人で、そういう者はいなかった。

王の家畜の面倒を見ている牧童のウルソが腿《もも》に剣の傷を受けて連れられてきた。わたしは彼にテュルスと息子たち——シルウィアの兄たちのうちの残っている二人——のことを尋ねた。三人とも、両日とも戦闘に参加していたと、ウルソは答えた。「親父さんは猪のように猛《たけ》り狂っていた。だが、力尽きた」と彼は言った。わたしはウルソのことをよく知らなかったし、ウルソもわたしが誰だかわからなかった。だが、女たちのひとりがわたしの名前を呼んだ。それを聞くとウルソはわたしをにらみつけた。彼の顔は真っ赤になり、顔じゅうから汗が噴き出した。ウルソは片肘をついて体を起こした。「みんな、あなたのせいだ」と彼は言った。「アルモと結婚したらよかったのに。アルモがいやなら、トゥルヌス王でもいい。ひとりの女の気まぐれのせいで、こんなに大勢、死んでいるんだ！」

女たちが駆け寄り、非難がましくシーッと言って黙らせようとした。けれど、わたしは言った。「言わせてあげなさい。この人は、わたしのせいで戦わなければならなかったのだから」わたしの声は震えていた。話しているうちに、顔も体も恥ずかしさと怒りのために、かっと熱くなり、赤くなった。「わたしは自分がしなくてはならないことをしています。みんなそうなのよ、ウルソ」ウルソは横たわったまま、わたしをじっと見つめた。しかしそれ以上、何も言わなかった。

館の中庭が俄《にわ》か仕立ての看護所になっていた。そこは今では負傷した男たちでいっぱいで、女たちがその世話をしていた。大きな月桂樹の木の葉が落ち着きなく震える下で、低い声で言葉が交わされ、それにうめき声が混じり、温かい夜気の中に灯油ランプの灯りがちらちらと光っていた。女の居住区の扉は閉ざされ、母は終日、そこに籠《こも》っていた。尋ねられると、必要な品のあれこれをもってくるように命じたが、自分から部屋の外に出てくることはなかった。

翌朝早く、日が昇るずっと前に、わたしは母が王の居住区に向かって柱廊を歩いていくのを見かけた。扉の前で警備に当たっていたウェルスが頭を下げ、母を中に入れた。わたしはずっと瀕死の男につきそっていて、頭が朦朧《もうろう》としはじめていたが、急いで立ち上がって、母のあとを追った。なぜそうしたのかはわからない。父を母から守らなくては、と思ったのかもしれない。

廊下を歩いていくと、父の部屋から母の声が聞こえてきた。最初は機嫌をとるような口調だったが、やがて強く激しい物言いになった。「遅すぎることはないわ、ラティーヌス」と母は言う。「異国人たちはきょうにも全滅するでしょう。もうこれ以上、もたないわ。彼らの偉大な指導者は川上に逃げてしまったわ。もどってなんかくるもんですか。早くトゥルヌスに使いを出して。そなたはわたしの息子だ、わたしの娘の夫だと言うのよ。権力の手綱を彼の手に委ねなさい。あなたはすでに自分の権力を放棄したんだから。さあ、何をぐずぐずしているの？　どうしてレーギアに隠れているの？　せめて、外に出て戦闘を見守るぐらいのことは、すればよかったのに。そうしたら、国を守るのに少しは貢献したと言えたかもしれないのに。ずっとここに隠れて何を考えていたの？　異国人たちが来て、あなたとラウィーニアを救出してくれるとでも思っていたの？　あなた本気で考えているの、あいつらがトゥルヌスを打ち負かすと？」母は情熱をこめて、その名を発音した。

わたしは開いたドアの前を通り過ぎ、廊下の暗がりに立っていた。寝室の中はもっと暗いに違いない。

「アマータ。おまえは何がほしいのだ？」父は眠たげな低い声で、のろのろと言った。

「自分の望みは何だと思う？」

「わたしはあなたに、わたしたちの誇りを少しでも守ってほしいの。トゥルヌスが義理の父親を恥じなくてはならないなんて、そんな情けない話はないわ。起きて、戦場に赴きなさい。王にふさわしい行動をなさい」

「何をすればいいのだ？」

それを聞いて、わたしはほんとうに情けなかった。

「せめて、一度くらいは男らしくふるまいなさい。王にふさわしい行動が無理ならね。王がどのようにふるまうか知りたければ、トゥルヌスを見るといいわ」

沈黙があった。それから、何か物音がした。暗闇の中で移動するような、あるいは、こすれあうような音。そして母の短く鋭い叫び。

「もうたくさんだ」父の声はさっきよりさらに低いが、口調が変わっている。「トゥルヌスの話なぞもうたくさんだ。やつはわたしの息子ではない。おまえの息子でもない。ラウィーニアの夫でもない。おまえの夫でもない。自分の部屋に帰って、おとなしくしていろ。これ以上、トゥルヌスに使いを送るのはやめろ。おまえの出した使いをわたしの部下たちがつかまえたぞ。トロイア人たちが敗れるとしても、それによってトゥルヌスがラティウムの王になるわけではない。わたしはやつをラティウムの王にはしない。おまえにもそんなことはさせない。さあ、出ていけ！」

父は母をつかまえていて、今、部屋の外に押しやったに違いない——母が激しくよろめき、転びそうになりながら出てきたから。母はすぐにまた、部屋にはいっていこうとした。だが、父がなんらかの方法で脅《おど》したのだろう。母は立ちすくみ、握った両の拳を胸の前でぶるぶる震わせた。切れ切れの言葉が口から漏れたが、何と言っているのか、わたしにはわからなかった。母は怪我をした犬のような奇妙なうめき声をあげて、くるりと向きを変え、廊下を走り去った。入り口をはさんで反対側にいたわたしには気づかなかった。わたしは体ががくがくして歩くのが難しかったが、なんとか暗い部屋の入り口を行き過ぎ、母のあとを追って、負傷して死にかけている男でいっぱいの中庭にもどった。空が明るみ、小さなランプの光が薄くなりはじめていた。

「最悪の時はいつだったかって?」アエネーアスはちょっと考えて言った。「最悪の時は、エトルーリア人の船に乗って、川を遡《さかのぼ》っていた時だ——わずかな数のわたしの部下と、エウアンドルスがつけてくれたギリシア人たちと、カエレから来たエトルーリア人たちと。わたしは日の出のころに陣営に帰り着けるだろうと考えていた。もちろん、そこで何が起こっているかなんて知る由もなかった。だが、不安だった。若いパラスはあの夜ずっと、わたしにまつわりついて、話したり、質問したりしていた——ほら、エウアンドルス王の息子のパラスだよ」

「パラスには会ったことがあるの。どちらもまだ子どものときに」とわたしは言った。「パランテーウムの近くにある狼の巣穴に案内してくれたわ」

「いい若者だった。すごく張り切っていた。初陣《ういじん》の前夜だというので。ああ、かわいそうに。エウアンドルスにも気の毒なことをした……。とにかく、パラスはしゃべりづめにしゃべっていた。だが、何か変だという感じが、わたしの中でどんどん大きくなっていった。わたしたちが河口近くの浅瀬を越えて、ティベリス川にはいったころ、闇が灰色に変わりはじめた。何かが川上からわたしたちの周りに流れてきた。流木だろう、上流で嵐があったのかな、とわたしは思った。だが、その木は真っ黒だった。大きな一片が、われわれの船の舳先《へさき》にぶつかった。それは船の艫《とも》だった。焔《ほのお》に貪《むさぼ》られ、残った部分も炭になっていた。川は焼け落ちた船のかけらでいっぱいで、それらは皆、流れに乗って海に向かっていた。

カエレのタルコンとアステュルがわたしの傍らに来た。しばらくしてアステュルが『これはあなたがたの船か？』と尋ねた。わたしは、そうだと答えた。イーダ号の船首像が流れていくのが見えたと思った。このとき一緒にいたアカーテスが、しばらくして、『船団全部がやられたと見て、まず間違いないでしょう』と言った。わたしもそう思った。

『死体はないな』とわたしは言った。流れてくるのは焼け焦げた船の残骸だけだった。だからといって、気持ちは少しも明るくならなかった。敵がわが陣営を占拠して、船を焼き、人々を殺したのではないかと思った。

わたしはタルコンに言った。『あなたがたを負け戦《いくさ》に引きずりこんでしまったようだな』だが、タルコンは首をふった。エトルーリア人は風変わりな人たちだ。半分、もうひとつの世界に生きているかのようだ。さて、わたしたちは、陸に上がったとたんに矢の雨を降らされる場合に備えて甲冑《かっちゅう》をつけ、焼けた木材のかけらで厚く覆われた川を漕ぎのぼった。焦げくさいにおいが鼻をついた。

ちょうど日が昇るころ、長い湾曲部にさしかかった。船団はなくなっていたが、土塁は健在で、見張りの者が立っていた——トロイア人の冑《かぶと》をかぶって。わたしの心は躍った。楯をできる限り高く掲げて、陣営の同胞に大声で呼びかけた。一日の最初の光が青銅の楯に当たって、華々しい輝きを放ったはずだ。岸辺の男たちが叫びを返した。まず、見張りの者たちが叫び、次いで陣営の全員の叫びがひとつの大きな吼《ほ》え声のように轟《とどろ》いた。死んではいなかった。眠ってもいなかった。彼らは皆、いつでも戦える準備ができていた。このあと、わたしは戦いの結果がどう出るか、大して気にならなくなった」

わたしはアエネーアスの言葉を覚えている。かの詩人の言葉を覚えているのと同じように。ひとつひとつの言葉をみんな覚えている。アエネーアスの言葉はわたしの人生を形作るものだから。それらは機《はた》に張られた縦糸で、わたしは縦糸の間を通って往復する杼《ひ》に導かれて布を作っていく横糸だから。アエネーアスが死んだあとのわたしの人生は、まだできあがっていないのに、無理やり機から外された織物のように——何の役にも立たない、もつれあった糸の塊のように見えるかもしれないけれど、決してそうではない。杼がもどるたびに、わたしの心ももどり、模様を見出し、織りつづけるからだ。わたしは紡ぎ手で、織り手ではなかったけれど、いつしか織ることを身につけた。

わたしがトゥルヌスの人物をどう見ているかというと、現在の一瞬を越えてものを見ることのできない人だったということだ。緊急事態への対応は素早く、積極的で、思い切りがよかった。彼がしくじったり、迷ったりするのは、やり遂げること、最後まで目的を追いつづけることにおいてだった。そういう点ではもちろん、アエネーアスが優っていた。緊急時や選択しなくてはならないときには、アエネーアスはためらったり、混乱したり、結果を気にしたり、両立不可能な要求や選択肢の板ばさみになったりすることがあった。なかなか決断を下せない苦しさの中で、彼は自分の目的、自分の運命を、見つかるまで探し求めた。ようやく見つけると、選択をなし、それに基づいて行動した。いざ行動を始めたら、彼の目的が揺らぐことはなかった。しかし、あとになって、くよくよ悩み、際限なく、自分の良心を問いただすことはよくあった。自分は正しいことをしたと完全に満足していることはなかった。

一方、トゥルヌスは決してふり返らず、決して前を見なかった。

今も思う。トゥルヌスはほんとうに怖いもの知らずだった。けれど、恐れを知らぬ人は、人間の特性を欠いている人だ。トゥルヌスの華々しい大胆不敵さに惹かれて、人々は彼に従った。けれども、トゥルヌスはそれらの人々の面倒を見なかった。長期的なものの見方のできないトゥルヌスは、事が起こって初めて気がつき、対応する。しかし、事は次々と起こるものだから、トゥルヌスは対応に追われるうちに混乱し、疲労困憊《こんぱい》した。何をすべきなのかわからなくなり、その場の思いつきによる行動しかとれなくなってしまったのだと思う。そういうわけで彼は、よく考えもせず盟約を破ったことが二度あった。そして一度ならず、何の指示も残さず戦場から立ち去り、部下を見捨てた。そしてついに、情け容赦のないものと向かい合わねばならなくなったとき、彼は度を失ったかのようにふるまった。だが、そのときでさえ、恐怖に駆られていたわけではなかった。ただ、無謀な者が無謀なままに、相応の報いに直面しただけの話だった。

冷静で公平な見方だと思うけれど、自分自身を許さないアエネーアスは、わたしがそういう見方をするのを喜ばないだろう。彼はただトゥルヌスについてこう言うだけだろう。「彼は若かった」と。

いずれにせよ、トゥルヌスは思いがけない事態への対応が素早かった。日の出にエトルーリアの船がすべるように川をのぼってくるのを見ると、ただちに部下のルトゥリ人や同盟者たちをまとめて、アエネーアスとその同盟者たちが上陸するやいなや迎え撃つ態勢を整えた。

船団の一部は、トロイア人の塁壁に守られた川岸に着いた。しかし、ほかの船は流れによって、その外側の川岸に押し寄せられ、これらの船から上陸しようとする人たちは、非常な困難を強いられた。最初からトゥルヌスの配下の攻撃を受けたからだ。船上に残った射手や槍の投げ手が上陸する人々を援護し、陣営のトロイア人たちも、彼らを守るために打って出た。イタリア人、トロイア人、ギリシア人、エトルーリア人のいずれも、生きて正午の太陽を見なかった者が大勢いた。殺し合いは延々と続いた。川岸で、緑の草地で、木立の中で。トロイア人たちは指導者がもどってきたことで、元気百倍だった。アエネーアスは彼らが血気にはやって大胆な突撃をしたがるのを抑えねばならなかった。

突撃すれば、兵力が分散してしまうからだ。新たに到着した援軍を勘定に入れても、彼らはまだ、数において、はるかに劣っていた。のちにセレストゥスから聞いた話によれば、アエネーアスは、陣営とエトルーリアの船団の周りに、防御の隊列を配置した。いざというときの逃げ道を確保したのだ。六月の暑さの中で、戦闘が続いた。何時間も何時間も。人と人とがじかにぶつかりあう戦闘が。

トゥルヌスはエウアンドルスがトロイア人に味方して、自分に刃《やいば》を向けたことに激怒していた。エウアンドルスの息子のパラスが、若いラウススと戦っているのを見かけたとき、トゥルヌスは復讐の好機だと思った。こいつの相手は俺だとどなって、ラウススに手を引かせた。パラスは勇敢にも戦おうとしたが、トゥルヌスは青銅の穂先のついたオークの槍の猛烈なひと突きで、パラスの楯と体を貫いた。そして、パラスを見下ろして言った。「こいつを裏切り者の親父のところに、送り返してやれ。当然の報いだと思い知るだろう」と。トゥルヌスは瀕死の少年の体を片足で踏みつけ、少年が肩から掛けた金箔を施した剣帯を力任せに引きちぎった。そして歩み去った。その戦利品をふり回して、笑いながら。

アエネーアスはこのことを知って、怒り狂った。トロイア軍をひとまとめにしておくように、セレストゥスに命じると、自分はトゥルヌスを捜しに行った。左右にいる者を情け容赦なく斬り殺しながら、彼は進んだ。羊の群れに飛びこんだ狂犬のように。トロイア人の陣営に斬りこんだトゥルヌスを避けてトロイア人が逃げたように、ラテン人たちは皆、アエネーアスを避けて逃げた。

しかし、トゥルヌスその人はどこにもいなかった。パラスを殺したあと、彼は姿を消した。アエネーアスがトゥルヌスを捜し求めて戦場を歩きまわり、彼を名指して罵り、出てきて戦えと叫んでいた、その長い時間の間、トゥルヌスがどうしていたのか、わたしの聞いた限りでは、誰も知らなかった。もちろん、彼は休んでいたに違いない。どこか、山のほうの木立の下でひと息入れていたのだろう。だが、休むにしても、妙な時を選んで休んだものだ。

アエネーアスと対決したのは、かつての暴君、老いたエトルーリア人のメゼンティウスだった。それを目撃した人々によれば、互角の戦いぶりだったという。やがて内腿《うちもも》にアエネーアスの槍を受けたメゼンティウスを、部下が取り囲み、馬に乗せた。メゼンティウスの息子のラウススは父親を逃がすために、若輩ながらも勇敢にアエネーアスに立ち向かった。アエネーアスは来るな、やめろとどなったが、聞き入れられず、やむなく剣のひと振りで、ラウススの命を奪った。それから彼はメゼンティウスを追って川岸に行った。息子の死を知ったメゼンティウスはふり返って、アエネーアスに呼びかけた。「さあ、来い。もはや、わたしの命など惜しくはない」そして、アエネーアスに襲いかかった。アエネーアスは馬の両目の間を殴って殺さなくてはならなかった。傷を負っている上に、倒れた馬の下敷きになったメゼンティウスは、熊のように暴れたが、アエネーアスに喉をかき切られた。

この戦いを見た多くのイタリア人は、トロイア勢の大将と戦っているのは、どうしてメゼンティウスなのか、どうしてトゥルヌスではないのかといぶかった。

そして、怒りはアエネーアスから離れた。アエネーアスはパラスの横たわるところにもどると、涙を流しながら命令を下し、若者の亡骸《なきがら》が包まれて、儀仗兵を供に父のもとに送られるよう手配した。ただし、かの詩人が言ったように、生《い》け贄《にえ》にされる奴隷たちが同行することはなかった。どうして詩人が、ギリシア人ならともかく、自分の先祖のイタリア人たちがそんな野蛮な風習をもっていたと考えたのか、わたしにはわからない。詩人が歌ったことはすべて真実だったし、いまも真実だけれど、その真実の中には、いくつかの些細な間違いがある。わたしは自分がどう関わったかを語りながら、この偉大な布の中の小さな綻《ほころ》びを繕おうと努めている。さて、アエネーアスは自分の配下を戦場から引き上げさせた。イタリア人たちはすでに退却を始めていた。トロイア軍の陣営を囲む包囲の態勢にもどったのではなく、何マイルも後方へ——ラウレントゥムのほうへ退いた。

ラウレントゥムは負傷者と避難民でいっぱいで、さらに多くの人が流れこんでいた。街じゅうに疲労感が充満し、混乱が極まり、誰もが目的を見失っていた。しかし、トゥルヌスが来たとき、彼はそのような雰囲気にまったく気づかぬようだった。見事な雄馬に乗って城門をくぐり、レーギアの前の通りで馬丁に手綱を渡すと、笑みを浮かべて、姿勢よく、堂々と歩いてきた。冑《かぶと》の飾りも高々と、肩から掛けたパラスの金の剣帯を輝かせて。トゥルヌスがメッサープスならびにルトゥリ人の占い師、トルムニウスを従えて到着するのを、わたしは物見の塔から見ていた。ほどなく、母が負傷者の横たわる俄《にわ》かづくりの寝床の間を縫って、小走りに中庭を通り抜け、応接室に急ぐのが見えた。わたしは下におりた。父は居室にいなかった。ということは、引きこもるのをやめて、トゥルヌスやほかの首長たちに会いに行ったのだろう。わたしはそれを喜んだ。レーギアの人々のためにしなければならないことがたくさんあり、その夕方、わたしはずっと忙しく働いていた――穀物の貯蔵室にいるのを、ドランケスに見つけられるまでは。

わたしはドランケスがあまり好きではなかった。父をとりまく友人や重臣たちの多くは、農民と戦士を兼ねた人々だったが、ドランケスはそうではなかった。彼は人当たりがよく、融通が利き、はつらつとしていた。ほかの人たちは、テーブルに大きな石を置き、どかせるものなら、どかしてみろとけしかけるように、無造作に意見を述べるが、ドランケスは違った。ドランケスの意見は小さくて軽くて、ふわふわしているように――言葉でできた湯気のように――思われた。しかし、彼はたいてい自分の意見を押し通した。彼は街の人であり、策士だった。ドランケスにとって、母もわたしも、戦略上重要な立場にいる、とるにたらない人間だった。管理するべき対象だった。彼は犬や牛などほかの種を見るような目で女を見ていた。役に立つか、危険であるかのどちらかの場合にのみ、考えに入れるのだ。彼はわたしの母を危険だと思っていた。そしてわたしのことは、利用できるかもしれないという以外の点では無視してよい人間だと思っていた。

とはいえ、ドランケスは人間関係について、鋭い洞察力をもっていた。それは男には珍しい種類のもので、むしろ女のそれに近かった。わたしが母を恐れていること、母から逃げるために王の居住区に住んでいること、母がトゥルヌスを愛していること、私は彼を愛していないこと、父と母が喧嘩をしたことを、ドランケスは知っていた。それらのすべては、彼にとって利用可能な材料だった。ドランケスは最初からずっと、わたしとトゥルヌスの婚約に反対していた。トゥルヌスが母の寵愛に後押しされて、ラティーヌス王の権力を脅《おびや》かすと考えているのと、まばゆいばかりの男らしさを傍若無人に誇示するトゥルヌスを妬み、彼が思いのままにふるまうのを阻みたいと願っていることが、その理由だったと思う。わたしが穀物の貯蔵室から出てくるところをつかまえて、ドランケスは言った。話の聞こえる距離には誰もいなかった。「ラティーヌス王の姫よ。お父上があのルトゥリ人にあなたを与える心配はありません。王は盟約が破られるのを防ぐことができませんでしたが、神々を冒瀆する結婚がそれに続くことはありません。ご安心ください。わたしを信頼してください」

わたしはドランケスに礼を言い、目を伏せて立っていた。彼がわたしのことをどう思っているかはわかっていた。何もわかっていない娘。皆がしている戦争の真ん中にいる、とるにたらない人間。

それでもやはり、そういうふうに声をかけてくれたのはありがたかった。戦争は人々の期待どおりには展開せず、多くの人が破られた盟約や、ないがしろにされたお告げのことで心を痛めていた。それでもまだラティウムの人々のほとんどが、女王とそのお気に入りの地元の英雄を支持し、よそ者に反感を抱いている。そして人々は、何であれ、わたしの両親の選択がわたしの選択だと思いこんでいる。父の弱さのせいで、わたしはひとり、孤立してしまった。わたしにはほんとうのことを話せる相手、本心を打ち明けられる相手が、誰もいなかった。もちろんマルーナは忠実そのものだ。しかし、無力な者の肩に、わたしの重荷を担わせてはならない。マルーナはわたしの心のうちを察していたけれど、わたしたちは自由に語り合うわけにはいかなかった。

翌朝、父はトロイア人の陣営に使いを出し、弔いの儀式と埋葬を行うための休戦を申し入れた。川岸から内陸へ一マイルはいるあたりまでの地面には、至るところに死体が横たわっていた。

ドランケスは使節団の一員だった。彼はラウレントゥムにもどると、わざわざわたしに会いに来て、交渉がどのように進められたかを話した。「『死んだ者に、怒りをもってはおられますまい。あなたの部下を客として迎えたかもしれず、その人々の義父となったかもしれぬ男たちがちゃんと葬られるよう、配慮していただけないだろうか』と、あのトロイア人の指導者に申しますと、彼はただちに答えました。率直な物言いでした。『死者のための平和を求めなさるか。わたしはむしろ、生きている者に平和を与えたい――できることならば。われわれはなぜ、戦っているのでしょう？　トゥルヌスが彼の王の結んだ盟約を軽んじるなら――わたしたちトロイア人をラティウムから追い出すことを望んでいるならば、彼とわたしに一対一の剣の勝負をさせていただきたい。ああ、もっと早くそうしていれば、こんなに大勢の人が死なずにすんだのに！』お見せしたかったですよ、そう言ったときの彼を。なんという大した人でしょう。あなたの夫になるお方は」

「彼を見たことがあります」

ドランケスは驚いて、目を瞠《みは》った。

「丘からトロイア人の野営地を覗き見しました。一行が上陸した翌日に」とわたしは言った。「アエネーアスは背の高い人で、胸板が厚く、大きな手をしています。話し方は穏やかです。目には火がめらめらと燃えています。いいえ、煙と火ね。あの方は自分の街が燃えるのを見たから」

ドランケスはまじまじとわたしを見つめていた。犬がしゃべったぞ！

「おっしゃるとおりです。姫」ドランケスはようやく言った。

わたしは手にした錘《つむ》に目を落とし、それが手を離れるに任せた。錘は羊毛を捩じらせ、糸をつくりながら落ちていった。「交渉のことをもっと聞かせて」

ドランケスは気を取り直し、話を進めた。自分はアエネーアスに礼を言い、アエネーアスとラティーヌス王との間の盟約を復活させることを約束した、とドランケスは言った。「わたしはアエネーアスに言いました。『トゥルヌスは勝手に同盟者を探せばよろしいでしょう。われわれはむしろ、あなたがあなたがたのトロイアをこの地に再建するのを手助けしたいと思います』こうして、双方は十二日間の停戦を取り決めました。今ではトロイア人たちも、トゥルヌスがラティウムの支配者になったわけではないことを承知しています。一日の仕事としては大した成果でした。ラティウムの民衆がふたたび戦う気を起こすとは思いにくいですな——トゥルヌスとメッサープスが戦うと決めたとしても」

「それは王が決めることです」わたしは小さな声でたしなめた。

「たしかに。たしかに。でも、ラウィーニア姫。元気を出してください。お父上はお告げに逆らうようなことは決してなさいません」

この男は思いこみが強すぎるのではないか、とわたしは思った。わたしは軽くお辞儀をして、彼から離れた。犬をなでても、しっぽをふらないこともあるのがわかっただろうか。

その午後、農場から、街から、人々が野に出て息子や父や兄が骸《むくろ》となっているのを見つけた。遺骸を家に運んで、洗ってやり、弔いをして埋葬する家族もいれば、倒れていたところに薪《たきぎ》を積み、火葬にする家族もいた。そのため、その夜は、ラウレントゥム以北の野の至るところで火が焚かれ、煙が立ち昇って、星の光をぼやけさせた。ラティウムじゅうの樵《きこり》が森の木を切って持ち寄り、翌日には、市の城壁の外側に、うずたかく薪が積まれて、住んでいたところが遠すぎて運ぶことのできない死者が共同火葬に付された。その火は一日じゅう、燃えつづけた。その煙と同じように、悲しみが暗く重く、街じゅうに垂れこめた。

トロイア人も彼らの死者を川岸で火葬に付していると、わたしは耳にした。実際に儀式を見た者たちの報告によれば、若い男たちが火葬の薪の周りを、はだしで走って三回まわり、それから騎馬の男たちが速駆けで三周したという。その間、人々は声をあげて泣き、ほら貝を吹き鳴らした。戦士たちは彼らの敵から奪った武器を、友を燃やす焔《ほのお》の中に投げこんだ。その儀式はわたしたちのものとは異なるが、似通った点もあり、不可解に感じられる要素は何もなかった。

それからの数日は、何も起こらず、奇妙な不安と興奮のうちに過ぎた。わたしたちはレーギアで、そしてラウレントゥムじゅうの家々で、負傷者の看護をした。回復に向かう者もあれば、死ぬ者もあった。トロイア人からは何も言ってこなかった。トゥルヌスとの一騎打ちと盟約の復活についてのアエネーアスの提案に、こちらがどう答えるか、返事を待っているに違いない。しかし、父はトロイア人に使いを送らなかった。ラティウムの人々と同様、王たる父も、何をすべきか確信がもてなかったのだ。

ドランケスは、アエネーアスが彼に言った言葉が、至るところで聞かれるように仕組んだ。悲しみのあまり怒っている多くの人が、この戦《いくさ》は呪われていると叫んだ。トゥルヌスの過ちのせいで、こんなことになったのだ。やつはラティーヌス王の結んだ盟約を破ったではないか。トゥルヌスが王の娘を所望するなら、あのトロイア人に一対一の戦いで勝って、姫をわがものにすればよいではないか。ひとつの命によって、多くの命が助かるのだ、と。一方、同じくらい多くの人が、異国人を恐れ、戦こそが、われわれにとっての救いの道だ、と言った。トロイア人とその同盟者たちは、このラティウムの国土を蹂躙《じゅうりん》したではないか。ラティーヌス王がラティウムを救う方法はただひとつ。トゥルヌスにラティウムの全軍をつけてやり、侵入者を滅ぼすか、追い払うかさせることだ、と。

父がようやく諮問会議を召集したとき、重臣たちの意見も、同じように割れていた。そして彼らはすぐに、ディオメーデスからの悪い知らせを聞かされることになった。ディオメーデスは南に都市を創設したギリシア人で、ラティウム側は援軍を求めて彼に使いを送っていた。ディオメーデスは援軍を出すことを拒否した。言葉遣いは丁寧だったが、ディオメーデスはラティウムからの使者に、トロイア人と戦うなんて、あなたがたはどうかしていると告げた。「わたしたちはトロイアと十年間戦った。わたしたちは勝ったが、わたしたちのうちのどれほどが故郷に帰れただろうか？　わたしたちの勝利は、難船や死や放浪をわたしたちにもたらした。アエネーアスは普通の人間ではない。彼の行くところ、彼の神々がついてくる。平和を保て。交わした盟約を守れ。あなたがたの剣を鞘に収めよ」

母とわたしはその集まりに出席した。ヴェールをまとい、王座のはるか後方の薄暗がりに控えていた。わたしたちの傍らにユトゥルナ姫がいた。ユトゥルナはトゥルヌスの妹で、兄のそばにいるためにアルデアから来ていた。とても美しい人で、兄と同じく青い目をしていたが、彼女の目は不思議な目で、まるで水を透して世の中を見ているかのようだった。ユトゥルナは純潔の誓いを守っているという噂だった。そういう誓いをたてた理由については、ユトゥルナの名づけの元になったユトゥルナ川が、彼女に特別な力を授けていて、彼女が純潔である限りはその力が維持できるからだと言う者もいれば、少女のころ、手籠《てご》めにされ、それ以来兄以外の男に口を利こうとしないのだと言う者もいた。それらの噂話の真偽は知らない。ユトゥルナはかろうじて礼を失しない程度に、わたしたちと話した。その声はとても穏やかだった。彼女はわたしの母を叔母さまと呼び、わたしをいとこと呼んだ。そして今は、透ける生地の灰色のヴェールで頭と肩を覆い、会議に耳を傾けていた。

ディオメーデスの返事が伝えられると、重臣たちはひそひそと言葉を交わしはじめた。それがやがて議論になり、じきにどなり合いになるのではないかと思われたとき、王が立ち上がって、掌《こうべ》を天に向け、ゆっくりと両腕を差し上げた。祈る姿だ。人々は口をつぐんだ。父は頭を垂れた。人々はいっそう静まり返った。父はふたたび王座にすわり、話しはじめた。「この重大な問題にもっと早くけりをつけられなかったことが悔やまれる。敵が門に押し寄せてから会議を召集するのはよろしくない。わが民よ。われわれは、誰も打ち負かすことのできない敵を相手に、正義のない戦をしている。その相手は、大地と天の意思に従っているが、われわれはそうではない。わたしたちは自分たちの義務を疎《おろそ》かにしたが、彼らは自分たちの義務に忠実だった。わたしたちは彼らに勝てない。この点についてわたしの心はたしかに揺れ動いた。だが、今は確信をもっている。わたしの提案を聞いてくれ。シカーニ人の土地の先にわたしが所有している土地を、トロイア人たちに与えよう。斜面の痩せた農地と高山地帯の松林を。そこに都市を建て、ひとつの王国として、わたしたちとともに暮らさないかと誘ってみよう。だが、もし立ち去りたいと望むなら、わたしたちが燃やした船を再建しよう。この約定を固めるために、今すぐトロイア人たちに使いを送ろう。たくさんの贈り物をもたせて。わたしの言ったことをよく考えてくれ。この機会を活かしてくれ。傾いた国を敗北から救うために」

父の言葉が終わると沈黙が広がった。だが、冷ややかな沈黙ではなかった。人々は知っていた。自分たちの王が勇敢な男であることを。軽々しく降伏しない戦士であることを。そして同時に、お告げを明快に読み解き、お告げに従わねばならぬと主張する敬虔な人であることを。人々は王の言ったことについて懸命に考えた。

あいにくなことに、ドランケスが立ち上がって、しゃべりはじめた。精彩にあふれ、淀みのない話しぶりはいつもと同じだが、今は、敵意を燃えたぎらせて、直接トゥルヌスに語りかけた。「戦はおぬしの仕業、敗北もおぬしのせいだ、ゆえに、それを終わらせる責任はおぬしにある——だが、栄誉に目がくらみ、王の姫の結婚持参金がほしくてたまらぬなら、わが軍を率いてふたたび戦をするがいい。われらの価値なき命は戦場にばらまかれ、葬られもせず、泣いてももらえず、誰にも知られず、朽ち果てるだろう。だが、おぬしにいささかでも真の勇気があるならば、おぬしに挑む男に向き合え」と。

これを聞いてトゥルヌスはいきりたち、ドランケスを卑怯者と罵った。「戦場に出たこともないくせに。おぬしの舌が勇気を語っている間にも、おぬしの足は逃げはじめている。ラティウム方は敗れてなどおらぬ。とんでもないことだ。ティベリス川の流れはトロイア人の血で赤く染まったのではなかったか？　ギリシア人のディオメーデスはアエネーアスを恐れているかしらぬが、メッサープスもトルムニウスも、やつを恐れてはおらぬ。ウォルスキ族に至っては、恐れとは何なのかすら知らぬ。かの英雄は一対一で戦えと俺に挑んでいるのか。結構なことではないか。俺の死をもって、怒れる神々をなだめるも良し。俺の勇気によって、生きて名声を勝ち得るも良し。俺でなくてはならぬこと。ドランケス、おぬしにはできぬことだ」と。

これを聞いて、年配の重臣たちから、うなるような称讃のどよめきが寄せられた。しかし、父が間にはいって、自慢と侮辱のやりとりをやめさせた。そして、ふたたび話しはじめようとしたとき、ウェルスに付き添われて、斥候《せっこう》が駆けこんだ。「トロイア軍がわが都市に向かっております」その後も報告が続々届いた。そしてその部屋の、扉を開け放した入り口から、人々の驚き騒ぐ声が聞こえてきた。まるで湿地の雁や白鳥が、何かに驚いて鳴きながら飛び立つような騒ぎだった。

トゥルヌスは何のためらいもなく、この機を捉えた。「武器をとれ！」と彼は叫んだ。「敵が襲ってくるのに、座して平和を讃えているのか？」トゥルヌスは駆け出しながら、配下の隊長たちに呼ばわって、おまえは街を守れ、おまえは俺とともに騎馬で外に出よと命じた。父がやめろと言ったとしても、止められなかっただろう。父は止めようとはしなかった。身じろぎもせず、王座にすわっていた。重臣たちはあわただしく席を立ち、何が起こっているのか見に行った。ドランケスが父に話しかけようとしたが、父は彼を見ようともせず、あっちへ行けと手ぶりで示した。やがて父も立ち上がり、女のわたしたちの横を通って、自分の居室に消えた。わたしたちのほうを見ようともせず、言葉もかけなかった。

母がわたしの手をとった。

まるで氷か火に触れられたかのように、わたしは反射的に手を引っこめた。わたしは母と向かい合った。また触ろうとするなら、押しのけるか、逃げるかするつもりだった。

母はまじまじとわたしを見た。

「痛いことなんかしないのに」母は子どもじみた口調で言った。

「すでにさんざん痛い目を見ました」とわたしは言った。「何をお望みですか？」

ろくに知らない人を見るかのようにわたしをまじまじと見つめたまま、母はためらいがちに言った。「あのね、今わたしたち……民に姿を見せなくてはならないのじゃないかしら……民のラール《ラール・ポプラーリス》の祭壇で」

母の言うとおりだった。王は隠れ、敵が襲ってくるという今こそ、自分たちの王の一族と都市を守る神々が健在であることを示して、民衆を安心させてあげなくてはならない。わたしはうなずいた。歩き出してすぐ、ユトゥルナをふり返って言った。「あなたも一緒に来てください」わたしにはほかの王の妹に命令する権限などない。だが、ユトゥルナはひと言も発せず、灰色のヴェールを身に引き寄せて同行した。

わたしたちは館を出て、この都市を守ってくださる神の社《やしろ》がある広場に向かった。通りを歩いていると、家々から女たちが出てきて、わたしたちに駆け寄り、ついてきた。社の広場に到着するころには、大群衆に囲まれていた。母が先に立っていた。そして母が香を焚いた。けれど、王とともに何百回も祭壇の前に立ったことがあるのはわたしだった。境界に宿る神であり、城壁に囲まれたこの都市とその民の守り神であるラールに、民を代表して奉仕し、敬意を捧げるために王が唱える言葉を知っているのもわたしだった。わたしは、その言葉を唱えた。

周りの女たちは頭《こうべ》を垂れたり、ひざまずいたりした。通りにひしめく人々も、城壁の上や屋根にのぼった人々もしんと静まり、耳を傾けた。

人々から自分の中に、温かい信頼が流れこむのが感じられた。そのあふれるほどの思いは、わたしの心をへりくだらせるとともに、大きな力に支えられているという感覚を与えた。わたしは民の娘だ。人々が未来と交わす約束。無力な少女ではあっても、民の代弁をして、神々と話すことができる。政治的駆け引きの道具でありながら、わたしたちみんなにとってほんとうに価値あるものの象徴でもある。儀式が終わったあとも人々は静かだった。その中にわたしは立っていた。わたしたちは身じろぎもしなかった。夜の浜辺に何百羽も立っている鳥たちのように。皆で礼拝をしているかのような、あの鳥たちのように。

だから聞こえてきたのだ。城壁の外から。重い物を転がす響き。金属のぶつかりあう音、馬のいななき。雷鳴のような蹄の音と人間の足音。戦支度をする軍隊のたてる音が。

民のラールの社《やしろ》での礼拝のときに感じた温もりの記憶は、それに続く暗い時間にわたしを守る楯となり、心の慰めとなった。何かが大きく変わっていた。もはや、民衆の感情の流れから取り残されて身を潜めている必要はなかった。わたしはその流れに支えられ、その上に浮かんでいた。持ち前の勇気がもどってきた。

とはいえ、わたしがそのように自信をもつ根拠はなさそうだった。お告げに従い、詩人が語ったようなわたしの運命に従うことのできる見込みはもはやないように思われた。父は、土地を与えるか、船を造ってやるかしてトロイア人を懐柔することを提案したとき、元の取り決めでのわたしの役割にまったく触れなかった。まるで、わたしなど、話題にする値打ちもないかのようだった。母は望むものを得ていた。異国人に対する戦《いくさ》をすること、その戦の指揮をトゥルヌスがとること――王国と王の娘の主《あるじ》として。しかし、母は相変わらずとまどいの表情を浮かべたままレーギアにもどり、自分の部屋にとじこもった。一方、わたしは隔離状態から解き放された。通りを行く男たちや館の女たちがわたしを見る目に温かさが感じられた。わたしの名を口にする声も優しげだった。わたしは自分が喜んで受け入れられ、守られている気がした。わたしの街は、ふたたびわたしのものになった――たとえ、包囲されているとしても。

わたしは父の居室を訪れ、ほんの短時間、話をした。父は腫《は》れぼったい赤い目をして、老いてやつれて見えた。何か重大な知らせがあるなら来てほしいが、そうでない場合はほうっておいてくれと父は言った。体の具合が良くないのだ。わたしは、ゆっくり休んで眠るように勧めた。使者や報告者には、わたしとウェルスが応対し、必要なときには、お知らせしに来ますから、と。そういうわけでわたしは、ガイウスほかの王の騎士たちとともに、アトリウムやレーギアの入り口に待機し、戦場からの報告を聞いた。

ラウレントゥムとその前に広がる田野との間を、人と知らせが忙しく行き来した。目の前の野では、数人の隊長に率いられたウォルスキ人と、メッサープスが指揮しているラティウム人が、戦陣を布《し》こうとしていた。斥候《せっこう》に出した兵によれば、アエネーアスは騎馬隊とエトルーリア人を前線に送りだし、自分は軍の残りを率いて、ラウレントゥムの北東の山地にはいったという――ラティウム勢を二方向から攻撃するのが狙いのようだな、とウェルスが言った。それで、トゥルヌスも配下のルトゥリ人を率いて山に登った。トロイア人を山道の両端で待ち伏せし、挟み撃ちにしようというのだった。その場所をわたしは知っていた。羊飼いたちが「ゴーロ道」と呼ぶ、狭くて暗い渓谷だ。たしかに軍隊をとじこめて身動きをとれなくさせるには恰好の場所だった。

しばらくの間は、そういう知らせがわりあい頻繁に届いた。午後の早いうちだったか、半ばごろだったかに、切れ目があった。正面の扉のところにいたわたしは、ウェルスに仕事を任せて、いつものように物見の塔に登った。ちょっと様子を見てみようと思ったのだ。

わたしは胸壁の前に立ち、屋根屋根を越え、市を囲む城壁を越えて、演習場や市の北の野に目を向けた。空堀とその外側の盛り土の向こうに、数本の不規則な長い筋が見えた。冑《かぶと》に黒い飾り毛を立てたウォルスキ人の列とその後ろにいるラティウム軍だった。ラティウム軍の冑は種々雑多で、鎧《よろい》もお下がりや借り物の古びた品だった。馬たちはそわそわしていて、乗り手は馬たちが動いたり、跳ねたりするのを止められないでいた。弓の射手や、軽くて長い槍をもった男たちが、一番前に、ウォルスキ人たちをぐるっと囲む形で並んでいるが、馬と同じようにそわそわしている者もいれば、退屈したのか、槍にもたれて談笑している者もいる。

物見の塔は市内で一番見晴らしのよい場所だ。北の野のはてに、槍の穂先に日が反射したきらめきを最初に見たのは、塔に登っていたわたしたちだったかもしれない。

ポニーに乗った少年が牧草地を駆けてきた。ポニーは白い泡汗にまみれていた。少年は叫んだ。わたしにはその声は聞こえなかったが、間違いなく、こう言っていた。「敵が来ます！」――そして、敵が来た。

　はるかかなたに林立する槍の穂先が、きらめきながらずんずん近づいてくるさまは、たいそう美しかった。早駆けする馬の蹄は心騒がす太鼓の響きのように、空気を震わせた。都市の前に並んだ戦士たちの列に沿って、日差しの中に槍が突き上げられる。馬たちがいななないて、落ち着かなく体重を移動させ、手綱を嫌って、首をふる。やがて、エトルーリアの角笛や喇叭《らっぱ》が、戦闘の合図を鳴り響かせる。低くて太い音もあれば、澄んだ美しい音色のものもある。その合図に従い、攻め手が押し寄せ、守り手は一歩も退かない。一瞬だけ、すべてが静止したように思われた。角笛が響きわたり、どっと叫び声があがると、双方から矢と投げ槍が放たれ、長槍が繰り出された――ふたつの軍隊の間を、迅速な闇が行き来する。鉄の雨の下で、彼らは顔と顔を突き合わせる。地面に立つ男たちや騎馬の男たちの体と体が出会う。

　自分の見たことを、見たままにお話ししよう。何もわからないで見ていたあのとき、目に映ったとおりに。男たちが都市めがけて走ってきて、門のところに集まるのが見えた。わたしは攻め手だと思った。彼らが急に方向転換し、ほかの男たちのほうに走っていき、出会いがしらに、剣をふりおろし、ふりあげ戦うのを見たときには、わけがわからなかった。しばらくすると、楯で背中をかばって、都市から遠ざかる方向に走り出す男たちがあり、騎馬の男たちと乗り手のない馬たちが彼らとともに走った。ほかの男たちがそのあとを追った。ところが追われている男たちが不意に、方向を変え、ふたたび剣が上がったり、下がったりして、おぞましい悲鳴が響きわたった。同じことが、何度もくり返された。まるで海の波が都市に近づいては、引いていくようだった。だが、飛び散るしぶきは、水ではなく土埃《つちぼこり》だった。黒くて重い夏の土だった。やがて、走って方向転換するということはなくなった。もっぱら、集団と集団で、あるいは一対一で、土埃の中、剣で斬り合ったり、重い槍を相手に向かって投げたり、突き出したりするばかりで、剣が斬ったところ、槍の穂先が当たったところから血が流れ出た。「マルス、マーウォルス、マルス、万歳！」それがどのくらい続いたかはわからない。わたしは塔の胸壁を強くつかんでいた。マルーナを始めとする数人の女たちがわたしとともにいた。屋根という屋根に、そして城壁の至るところに女や子どもがいて、男たちが殺しあうのを見ていた。

けたたましい喇叭の音がまた響き渡った。はるか野のはての騎馬の一団が、影のような塊になり、もうもうたる土埃を照らしだして斜めに差す暑い日の光を浴び、実り間近な穀物畑を踏み荒らして前進してくる。この一団に直面した戦士たちは、列をなしていた者も、群がっていた者も皆、ばらばらと脇へ逃れた。この動きはたちまち全員を巻きこんだ。皆一斉に都市に向かって走った。ウォルスキ勢も黒い馬の毛の冑飾《かぶとかざ》りをなびかせ、城壁に向かって駆けもどった。双方の軍隊が——この戦場にいる男たちのすべてが城壁に向かって走っていた。もうもうとたつ土煙が、彼らの姿を半ば見えなくした。耕地の細かい土が金茶色の渦を巻き、日の光がその中に奇妙なトンネルをつくった。光のトンネルの中に馬に乗った男たちの影が浮かび上がった。

城壁の門は開いていた。戦闘が始まってからずっと開いていた。わたしは思った。降りていって、門を閉めるよう命令しなくちゃ、と。マルーナがわたしの腕をつかまえた。マルーナの言っていることが聞こえない。なぜだろうとわたしはいぶかった。マルーリはわたしの耳に口をつけんばかりにして叫んだ。「門は衛兵が守ります。ここにいてください。塔の上に！」マルーナがわたしから離れたとたんに、まったく音もなく、何かがわたしたちの脇を通り抜けた。床を見ると、それはそこに落ちていた。鳥だと思った。鳥が射落とされたのだと。だが、それは鳥ではなく一本の矢だった。長い青銅の鏃《やじり》はぴかぴか光り、硬い矢羽根はきれいに切りそろえられて、人を傷つけるもののようには見えなかった。門のあたりの騒ぎと屋根や城門の上の人々の騒ぎがやかましくて、何も聞こえなかった。悲鳴とわめき声が、世界を、そして頭の中をいっぱいにしていた。物見の塔からは、門で何が起こっているのかは見えなかった。けれども門の真上や門のそばの城壁に立ち、それを見ている人たちのようすは見えた。その中には息子や夫が自分の都市の、閉ざされ、閂《かんぬき》のかかった門の前で、青銅の剣に斬り倒されて息絶えるのを目の当たりにしている人たちもいた。

エトルーリア人たちが退却し、黒い冑飾りのウォルスキ人たちも退却した。ウォルスキ人は数が減り、動きがのろくなっている。ウォルスキ人は空堀《からぼり》と盛り土のすぐ外側で止まった。エトルーリア人たちは百歩あまり遠ざかったところで、止まった。彼らは馬の向きを変えて、こちらを向き、身じろぎもせずに立っていた。彼らを包む土埃が徐々に収まり、薄れていく。時とともに戦場に充満していた叫び声が弱まり、弱まるにつれて音調が高くなり、やがて聞こえるのは、仲間に死なれ、自らも傷ついた兵たちの嘆きの声だけになった。

「見て、見て」一緒にいた女のひとりが言った。指差す先を見ると、山地の西側から男たちが一列縦隊で降りてくる。遠くなのでゆっくりとしか動かないように見えるが、歩調は速いと思われる。「トゥルヌスさまだ。トゥルヌスさまがもどってくる」人々は屋根から屋根へと叫んだ。「一日じゅう、どこにいたんだい?」と老人の声がどなった。だがその声は、トゥルヌス率いるルトゥリ人たちを迎える歓呼の声にかき消された。歓呼の声は大きくはならず、じきに消えた。門のそばのどこかで、女が泣いている。苦痛に満ちて、痛ましく震えるその声は、聞く者の心をかき乱した。

わたしは塔から下りて、持ち場であるレーギアの入り口にもどった。だから、わたし自身は目にしていないのだが、見た者の話では、そのときトロイア人たちを率いたアエネーアスが、トゥルヌスと同じ道をたどり、さほど間を置かず山から下りてきたという。

エトルーリア人はさらに後方に下がり、トロイア人たちと合流した。ラティウム人と、ウォルスキ人の生き残りとトゥルヌスたちルトゥリ人とが、盛り土の防御壁と城壁の間に野営した。彼らは暗くなるまで、空堀をさらに深く掘り、門の守りを強固にした。

そういうことも、自分の目で見たわけではない。わたしは最初のうち、中庭で女たちとともに、新たに運びこまれた負傷者の手当てをしていた。そのとき、母が柱廊を通って、会議室に向かうのを見かけた。わたしはすぐに――とはいえ、まず、月桂樹の下の噴水の水で手と腕の血を、急いで洗い流し、冷たく気持ちのいい水の中に顔を浸してから――母のあとを追った。

会議室の奥の、王座の後ろに行き、母とユトゥルナの傍らに立った。湾曲した脚が交差する王の椅子にすわっている父は、この前見たような弱々しい老人ではなかった。赤いふちどりのトガに身を包み、背筋をしゃんと伸ばした堂々たる態度で、トゥルヌスの話を聴いていた。ドランケスがいた。ウェルス始め数人の騎士や衛兵もいた。だが、重臣たちは、ほんの二、三人しかいなかった。ほとんどの人たちは、身内の負傷者を看護したり、身内の死者を哀悼したり、包囲に備えて城壁の防御を固めるのを手伝いに行ったりしていた。

トゥルヌスはいまも戦闘のいでたちだった。もっとも彼はこの日はまだ戦っていないのだった。土埃にまみれ、硬い顔つきで青ざめていた。いつもの気取りを忘れている。若々しく不安げに見え、ふだん以上に美男子だ。母とユトゥルナはトゥルヌスにみとれている。トゥルヌスはイタリア勢の現状について、王に報告しているところだった。自分の待ち伏せ作戦が失敗したことをごまかそうとはしなかったし、ウォルスキ人たちが敗走し、危うく、あとを追ってきたエトルーリア人を市内に入れてしまいかねない状況だったことを否定しようともしなかった。むしろ、門の前で再結集し、門を固く守ったことについて、メッサープスとトルムニウス始め、ラティウム側の将兵を讃え、ラウレントゥムの市民をも讃えた。

「明日は」と父は言った。「そなたとそなたの配下は、彼らに合流するのだな。アエネーアスとその配下も、エトルーリア人に合流するだろう」

「おっしゃるとおりです」とトゥルヌスは言った。そして少し間を置いた。トゥルヌスは姿勢を変えた。脚の開きを少し大きくして立ち、頭を後ろにそらした。「怖気《おじけ》づいてなどおりません。遅れをとることなどありえません」なんとなく変な口調だった。そして声がだんだん大きくなった。「盟約が破られたと人々が言うなら、トロイア人がそう信じるなら、わたしがその嘘を暴《あば》いてやります。ラティーヌス王よ、もう一度、儀式をおこなってください。協定の条件を新たにして。明日の朝、すべての人々の目の前で。王よ、わたしは今、ここで、あなたに誓います。わたしひとりで、われわれの民に着せられた卑怯者の汚名を拭いさります。あのトロイア人――征服された自分の都市から逃げ出したあのトロイア人とこのわたしに、公正な一対一の戦いをさせてください。すべてのラティウム人に城壁の上から見物させてやってください。わたしの剣に、われわれの上からすべての恥辱を拭い去り、ラウィーニアをあの男から奪う機会を与えてくださ い。さもなくば、あの男は敗れた民を支配し、ラウィーニアを妻とするでしょう」

トゥルヌスは語り終えると、王座の後ろに立つわたしたち、三人の女に目を走らせた。しかし、彼とわたしの視線は合わなかった。

考え抜いた末の揺るぎなさをもった、ゆっくりした口調で父は答えた。敗北を目の前にして、自信が父の中にもどってきていた。わたしの中にもどってきたのと同じように。「トゥルヌス、そなたの勇気は何ぴとも疑わぬ。むしろ、そなたの勇気が大きすぎるからこそ、なおさら、わたしは慎重に動き、自分を抑えねばならないのだ。考えてみよ。そなたの父は、りっぱな王国をそなたに与えた。そなたは豊かな上に、良き隣人たちに恵まれている。そなたも知っているように、わたしはそなたの友であり、アマータとの結婚によって親戚にもなっている。そしてラティウムには、まだ結婚していない良家の娘がたくさんいる。そういったことすべてをよく考えて、判断を下してくれ。何が起ころうと、わたしは娘をそなたにやるわけにはいかぬ。それは禁じられているのだ。してはならぬことなのだ。そなたとの絆を強めたいという思いと、妻の願いと、わたしの心弱さから、わたしは間違いを犯してしまった。わたしは誓いを破った。夫に定められた男から、妻に定められた女を取り上げることができると、そなたに思わせてしまった。この戦を始めさせてしまったのは、わたしの過ちだ。だから今、決定的な敗北をこうむる前に、この戦を終わらせよう。どうしてわたしは、避けられない運命から身を隠し、ぐらぐらと決心を変えたのか？　わたしがそなたの生きている間に、トロイア人とすでに一度同盟し、今一度同盟する気でいるならば、どうして、そなたの死を待つ必要があるだろうか？　わたしにとってその決闘に同意することは、そなたを死に売り渡すことだ。そんなことをさせないでくれ。わたしの旧友であり、そなたの父であるダウヌスが、そなたが生きて帰る姿を見ることができるように」

「わたしの剣だって血が吸えるのですよ！」トゥルヌスは言った。さっきまで青ざめていた顔に血が昇り、青い目がぎらぎら輝いた。「わたしを守ろうとしてくださるには及びません。心の父よ。伝え聞くところでは、ある神が、戦闘中、アエネーアスの姿が敵から見えぬようにするとのことです。だが、ここは、われわれの土地。神々はわれわれの味方です。やつを打ち負かしてみせます」

これを聞いて母は、トゥルヌスに駆け寄り、腕をとった。半ばしがみつくように。半ばひざまずいて嘆願するかのように。黒髪をふり乱し、涙ぐみ、声は上ずり、震えている。「トゥルヌス。あなたがわたしを愛してくれているなら……あなたこそ、わたしたちの唯一の希望、頼みの綱、恥辱を受けたこの家に残された、ただひとつの誉《ほま》れ。わたしたちの力のすべてはあなたの手の中にある。どうか、その力を投げ捨てないで！　あなたの命を投げ捨てないで！　あなたの運命はわたしの運命。異国人の奴隷になど、なってたまるもんですか！　わたしにはあなたしかいない。あなたが死ぬなら、わたしも死ぬわ」

母の懇願を聞いて恥ずかしさのあまり、顔が熱くなり、目に涙があふれた。顔も首も胸も、わたしの体はすみずみまで、赤い血の色を帯びていたはずだ。動くことも話すこともできなかった。

けれどもトゥルヌスは、母の頭を越えて、まっすぐにわたしを見つめた。初めて会ったときにわたしを怖がらせた、何も見えていないような、明るい眼差しで。トゥルヌスはわたしを見つめたまま、母に言った。「泣かないでください。心の母よ。涙は不吉ですから。それに誰だって、死を自由に先延ばしすることはできない定めです。すでにトロイア陣営に使いを出しました。明日の朝、戦闘は行われず、盟約が結び直されます。やつとわたしだけが一対一で戦います。やつかわたしの血が、この戦の決着をつけます。その決闘の場で、ラウィーニアは夫を見出すでしょう」

トゥルヌスはわたしに微笑みかけた。明るく強烈な微笑。彼は母の両手を押しやり、母の体を押しのけた。母はうずくまってすすり泣いた。

「使いを出したのか？」父が尋ねた。乾いた声だった。

「今ごろは向こうに着いているでしょう」トゥルヌスは誇らしげに答えた。

父は一度、首を動かした。是認の印のうなずきだった。「ならば行って、戦いの支度をするがよい。息子よ」と優しく言うと、立ち上がって、一同を解散させた。人々が退出しはじめると、父は後ろをふり返った。母の世話をするようわたしに命じるのかと思ったが、そうではなかった。「娘よ。傷を負ったのか？」

わたしは父の視線の先をたどった。わたしのパラに、生乾きの血のしみが大きく広がっていた。夕暮れの中庭では気づかなかったのだ。「いいえ、お父さま。負傷者たちを世話していたためです」

「ご苦労だ。今夜は少しでも体を休めなさい。明日は長い一日になる。わたしたちの何人かにとってはな。ユトゥルナ、そなたもゆっくり眠りなさい。兄と一緒に行くがよい。もし、説得して決闘をやめさせることができるなら、そうしてほしい。決闘などする必要はないのだ。盟約を復活し、平和を回復するのだから」

ユトゥルナは急いで、トゥルヌスのあとを追った。ほかの者がいなくなると、父は母のところに行った。母は床にうずくまったまま、髪をかきむしっていた。父は母のそばに膝をつき、優しく話しかけた。何と言っているのかはわからなかった。わたしはふたりを見るのに耐えられず、中庭を通って自分の部屋に行った。

わたしたちの館の中庭に出ると、アスカニウスが父のアエネーアスに、冗談っぽく言っている。「ほら、父上がご自分でおっしゃったでしょう？　苦労がしたいなら、わたしのところへ来い。幸運を求めてきても駄目だぞ、と」それから、アスカニウスは、何か知らないが、アエネーアスが彼に頼んだ仕事をしに行く。そこでわたしはアエネーアスに訊く。「今のどういう意味なの？」

「ああ、あの鏃《やじり》がわたしの脚からどうしても取り出せなかったときに、わたしが彼に言ったことだ。『息子よ、苦難がどういうものかは、わたしから学べるだろう。だが、幸運がほしいなら、誰かほかの人のところに行け』と言ったのさ。機嫌が悪かったのだ」

「鏃って？」

「戦《いくさ》の最後の朝の」

わたしにはちんぷんかんぷんだった。「だけど、トゥルヌスは弓をもっていなかったわ。剣を使っていたでしょう?」

「トゥルヌス?」

「あなたの脚の傷は――」

「トゥルヌスは一度もわたしを傷つけていない」アエネーアスは気難しい顔で言う。それから不意に表情が変わる。「ああ、そうか。わたしはきみに嘘をついたんだ。まあ、ちょっとだけだが。実のところ、みんなに嘘をついたんだな」

「何のこと。わかるように教えて」

月桂樹の若木の下のベンチに、並んですわる。「あの鳥占い師《アウグル》が――トルムニウスが槍を投げて停戦を破ったすぐあとのことだった。わたしはやつが槍を投げるのを見た。やつの槍によって、若いギリシア人が即死した。もちろん、大混乱になった。わたしは配下のものをまとめてそこから連れ出そうとした。戦わせたくなかったのだ。そこは祭壇の前で、きみがいたから」そのときの気持ちを思い出して、アエネーアスの表情が暗くなる。「その混乱の最中《さなか》に、誰かがわたしの脚を矢で傷つけた」

「誰だかわからないの?」

「誰もその名誉は自分のものだと申告しなかった」わずかに笑いを含んだ口調で言う。「セレストゥスとアスカニウスが手を貸してくれて、陣営にもどった。総大将が弱っているところを見せては士気にかかわるから。わたしは生《い》け贄《にえ》のように血を流しながら、槍を杖にして片足跳びしなくてはならなかった。老イアーピュクスができるだけのことをしてくれた。矢柄《やがら》は抜けたが、鏃が残った。棘《とげ》のある鏃だったのだ。しかし、あとにしてきた場所では、戦いが始まってしまっていた。それでわたしは、イアーピュクスに言った。傷を縛ってくれ。ここで一日じゅうじっとしているわけにはいかない。トゥルヌスを見つけて、けりをつけなくては、と。傷口に薬草を詰め、包帯をきつく巻いてもらうと、もう痛まなかった。戦いの最中では、そういうことは気にならないものだ。わたしはもどって、トゥルヌスを捜した。だが、どうしても見つからなかった。きっとわたしは知らずじまいになるだろう。あのとき彼は何をしていたのか？　それほど離れていないところに彼がいるのが見えたことが何度もあったが、消えてしまうのだ。大きな館のアトリウムの燕《つばめ》のように。すいっと飛んできて、すぐに消えてしまう。わたしは何度も彼のいたところに行った。だが、そのたびに彼はもういなかった。わたしの忍耐が尽きようとしていた、ちょうどそのとき、メッサープスの槍がわたしの冑飾りの羽毛立ての一部を打ち砕き、飾りを落とした。わたしは憤怒に襲われ、都市への攻撃を命じた」アエネーアスは眉をひそめ、膝の間で組んだ手に目を落とした。「そのことについては申し訳なく思っている。あれは間違いだった」

「では、トゥルヌスがあなたを傷つけたのではないのね？　彼と戦いを始めたときには、すでに負傷していたのね」

　アエネーアスは物憂げにうなずく。わたしを欺《あざむ》いていたことを悔いているのか、それがばれたのを残念がっているのか。「あとで、陣営にもどるとすぐ、イアーピュクスが鏃を取り出してくれた——そのときは、勝手に飛び出したと言っていいぐらい、簡単だった」アエネーアスはたくましい褐色の腿《もも》に目を向け、くぼみを指でついた。それは右の膝から掌の幅だけ上方にある。深い上に、赤みを帯びていて、たくさんあるくぼみや傷痕の中でも目立っている。「そして、驚くほど速く癒えた」それがすべての言い訳になるかのように、アエネーアスは言う。

「トゥルヌスが怪我を負わせたように、わたしに思わせたのはなぜ?」

「さあ。なんというか、嘘が勝手に広がってしまったんだろう。戦闘が続いている限りは、大したことはないという顔をしていなくちゃならなかった。さっきも言ったように、みんなが心配するからね。こちらは数においてひどく劣っていて、最後まで危なかった。トゥルヌスを見つけて、すべてを終わらせるのが、唯一の道だった。だから、あとになって、怪我をしていることを認められるようになったときには——きみも覚えているだろうが、そのあとしばらく足を引きずっていたから、認めざるを得なかったのだが——どうやって怪我をしたかということはどうでもよくなっていた。傷を負わせたのはトゥルヌスだと、きみが考えているとは知らなかったよ。まあ、どうでもいいことだとは思わないか?」

　アエネーアスは訊く。言い訳を探す少年のようにではなく、それがほんとうにわたしにとって重大なことなのかどうか知りたくて、真面目に尋ねる。わたしは答えるまえに、少し考えなくてはならない。

「どうでもいいことね」とわたしは言う。そして身をかがめて、アエネーアスの腿のくぼんだ傷痕にキスをする。アエネーアスはわたしの体に腕を回して、自分の体の上に引きずり上げる。わたしの緩やかな長着の下の彼の手は、大きくて温かくて、ざらざらしていて、力強い。アエネーアスは塩とお香のにおいがする。

戦争中の最後の夜、わたしはぐっすり眠った。あまりに深く眠ったので、頭がはっきりするまでに時間がかかった。最初、思ったのは、母のためにしなくてはならないことがあるということだった。けれど、それが何なのか、わからなかった。やがて、眠りの世界からさらに脱け出して、そうだ、儀式があるのだ、お父さまの手助けをしなくては、と思った。それからようやく、はっきりと目が覚めた。わたしの部屋の小さな窓から見える空が、一日の最初の光で明るんでいるのがわかった。無数の血まみれの傷と、死にかけている大勢の男が、わたしの頭の中を駆け抜けた。それとともに、詩人が拍子をつけて物語る声が聞こえた。それから、きょう、ふたたび和平の盟約が結ばれるか、市中で戦闘が行われ、わが同胞が敗れ、滅びるかのいずれかなのだということが頭に浮かんだ。

わたしは起き上がって、焦げ跡のある赤いふちどりのトガをまとうと、父を起こそうと、父の部屋に急いだ。だが、父はすでに起き出していた。父とわたしは、ドランケスや二、三人の年配の男たちに手伝わせて、儀式の準備を整えた。それから、わたしはサルサ・モラの鉢を廏《うまや》の庭にもっていった。ここには、戦闘で荒らされた農場から連れてこられた家畜の群れがいて、その中から生《い》け贄《にえ》にする動物を選ぶのだ。選び終えるころには、すぐに連れ出さなくてはならない時間になっていた。

城門の警護の兵たちは、楯に武器を打ち当てて王を迎え、一行のために門を開いた。彼らはわたしたちが出ると門を閉めようとしたが、「われわれの都市の門はあけておこう」と父が言った。父はオークの笏《しゃく》を槍のようにもち、力強い足取りでわたしたちの先に立った。夜明けの光の中で、父のトガの幅広い赤紫のふちどりが際立って見えた。ラティウム勢は、城壁とその周りを囲む空堀《からぼり》、その外側の盛り土を背にして並んでいた。もうもうと土埃《つちぼこり》のたつ、狭い幅の農地を挟んで、すぐそこに、トロイア人、ギリシア人、エトルーリア人たちが隊列を組もうとしていた。両軍の間の地面は祓い清められ、聖なる場所として外周を定められ、その真ん中には土を盛り上げた祭壇がつくられている。祭壇の傍らには、ラウレントゥムの老人たちがつくった炉があり、老人たちがせわしげに薪《たきぎ》を積み上げていた。

父はまっすぐ祭壇に歩いていき、両手をそろえ、掌を上にして差し出した。侍者を務めるカエススという名の少年が、土ごと切り取ったばかりの芝の切片をもって控えており、それを父の手にきちんと置いた。父はその芝を祭壇の上に置いた。まさにそのとき、東の山並みの上から、太陽が顔を出した。そして、両軍の間を通ってやってきたアエネーアスが、祭壇を挟んで、ラティウム王と向かいあった。よく計画を練り、百回も予行演習をしたかのように、すべてが滞《とどこお》りなく進められた。すべてがきちんと、あるべき形で行われた。

祭壇のところには、アエネーアスが息子のアスカニウスを従えて進み出ていた。父の後ろにはトゥルヌスが来て立っていた。アエネーアスは見事な甲冑《かっちゅう》を身につけ、のちにわたしがよく知ることになる楯をもっていた。冑《かぶと》の飾りは赤い羽根で火山の噴き出す火煙のようだった。トゥルヌスも金めっきの青銅の甲冑をつけ、劣らずりっぱに見えた。冑の上の大きな白い羽根が朝風にたなびいた。妹のユトゥルナが灰色のヴェールをかぶって、彼のそばにいた。父は、わたしと同じくトガを頭に引き上げていた。

ふり返ってわが都市を見ると、城壁の上も屋根屋根も人、人、人で埋め尽くされていた。男も女も子どももいた。みんな沈黙していた。双方の軍の兵たちも沈黙していた。

わたしはサルサ・モラの鉢を捧げもって進み出た。父が両手で掬《すく》い、生け贄の動物たちにふりかけた。若い雄の白豚と真っ白な毛の二歳の羊。アエネーアスが進み出て、両手で杯の形をつくり、私が差し出した鉢からサルサ・モラを掬いとった。彼がすぐそばに来るのはこれが初めてだった。全身、骨と筋肉ばかりの大きな男。日に焼けて浅黒い。長年の苦難にさらされた顔には、皺が刻まれ、やつれてはいるが上品だ。これこそ、わたしがよく知っている人、アルブネアで詩人にその名を聞いたときから、よく知っている人だ。わたしは彼の顔を見上げた。彼はわたしの顔を見下ろした。わたしがラウィーニアだとわかっているのが、わかった。

アエネーアスは横を向き、動物たちにサルサ・モラをふりかけた。わたしは父に儀式用の小さなナイフを渡した。父は豚と羊の額から注意深く毛を切り取り、ナイフを返した。わたしはナイフをアエネーアスに差し出した。アエネーアスはナイフを受け取り、豚の強《こわ》い毛を一、二本と、くるりと巻いた一筋の羊毛を刈り取った。それからふたりはそれぞれ、炉に歩み寄り、それらの供物を火に投じた。カエススがワインの瓶と古い銀の杯をふたつ、盆に載せてもってきた。カエススはふたつの杯を満たし、ふたりの王にひとつずつ渡した。まず父が、次にアエネーアスがこのお神酒《みき》を祭壇の緑の芝に注いだ。父が低い声で儀式の言葉を唱えた。大地と時と場所の神々に祈願する祈りの言葉だ。アエネーアスは厳《おごそ》かに立ち、耳を傾けている。

大勢の人が集まり、見守っているにもかかわらず、それらの人々からはほとんど何の物音もしなかった。屋根の上で赤ん坊が泣く声や、兵士が姿勢を変えるときに青銅の鎧や武器がたてる音、市内の街路の木立で小鳥がさえずる声が、ときおり聞こえるぐらいだった。人々の頭上でますます明るさを増していく空に、朗らかな静けさが広がっていった。

父の祈りの言葉が終わった。父は少し後ろに下がった。アエネーアスが剣を抜いた。

青銅の剣が硬い革をこする音がはっきりと聞こえた。

アエネーアスは剣を祭壇の上に掲げて言った。「太陽がわが申すことの証人となってくださるように。数々の困難を越えてたどりついたこの大地も証人となってくださるように。戦いを司るマルスも、この大地の泉も川も、大地の上の空も、大地に波を打ち寄せる海も、皆、証人となってくださるように。トゥルヌスが勝者となれば、わが民は負けを認めてエウアンドルスの都市まで引き下がる。わが息子はこの地を離れる。戦争をしにもどってくることは決してない。しかし、もしわたしに勝利が与えられたなら、その場合、わたしはあなたがたイタリア人を従えるつもりも、この、あなたがたの地を支配するつもりもない。ふたつの民が、どちらも征服されることなく、永遠の盟約を結ばんことを。わたしとともに、わたしの神々もこの地に落ち着く。わたしの義理の父となるラティーヌス王は、その剣の力と支配の力をもちつづける。わが民は新しい都市をつくるだろう。その都市はわが妻の名にちなんで名づけられるだろう」

アエネーアスはそう言いながら、まっすぐにわたしを見た。微笑んではいなかったが、顔にも目にも輝きがあった。わたしは彼を見つめ返し、一度だけ、かすかにうなずいた。

アエネーアスは剣を下げ、鞘に収めた。父が進み出て、アエネーアスと相対し、重いオークの笏《しゃく》を祭壇の上に掲げた。「アエネーアスよ。同じ聖なる方々にかけてわたしは誓う。大地と海と星々にかけて。稲妻を司るお方、ふたつの顔をもつヤーヌス、そして地の下の影たちにかけて。わたしは祭壇に触れる。わたしはこの火と、わたしたちふたりの間におられる聖なる方々にかけて誓う。何が起ころうと、この平和と真実が破れることはない。わたしの意思は決して変わらない。この笏が――ラティウムの王たちが伝えてきた古《いにしえ》の笏が枝を伸ばし、葉をつけることが起こらぬ限り」

父は動物たちを押さえている男たちにうなずいた。羊と豚が前に連れてこられ、それとともに、生け贄を殺すための長いナイフが二丁、もってこられた。父が羊の喉を切るのと同時に、アエネーアスが豚の喉を切った。いずれも手慣れた素早い動きだった。それを見て人々は――隊列を組んで見守る兵士たちも、城壁の上の市民も、沈黙を破って、あーという嘆声を漏らした。震えながら長く続く、その穏やかな声は、解放と安堵と達成の思いに満ちていた。

そのとき、エトルーリア人の臓卜師《ハルスペクス》が進み出て、生け贄の動物たちの臓物を調べはじめた。エトルーリア人はこのことを非常に重要視する。一方、定めのとおり、動物たちの体を切り分け、肉を串に刺し、火の上で焼くという仕事が始まった。そういったことには、ずいぶん時間がかかる。アエネーアスとアスカニウスは祭壇の前からさがり、沈黙していた。父も同じだった。だが、トゥルヌスは妹のユトゥルナや、ルトゥリ人の首長のひとりで、彼女の脇に立っていたカメルスと言葉を交わしはじめた。金めっきを施した甲冑や華やかな羽根飾りとは不釣り合いに、トゥルヌスはこのときも顔色が冴えず、疲れているように見えた。一睡もしていないかのようだ。彼は悲しげな、すがるような目で、配下の面々を見つめつづけた。やがて、ルトゥリ人たちはトゥルヌスのまわりに集まった。カメルスが彼らに向かって、大きな声ではなかったが、真剣な面持ちで語りかけ、彼らは硬い表情で耳を傾けた。鳥占い師《アウグル》のトルムニウスもまた、彼らの間を動きまわり、何か話していた。臓卜師《ハルスペクス》はいまだに、肝臓や心臓や腎臓をつついていた。一方、肉を焼いていた人々は、あまりにたくさん、一度に火にかけたので、火が消えそうになり、ふたたび、焔《ほのお》を燃え立たせねばならなかった。隊列をなすイタリア人の兵士たちの話し声が次第に大きくなり、ざわざわしてきた。聖なるひとときは失われ、過ぎ去っていた。だんだん日が高くなり、暑くなってきた。

かすかに聞こえる鳴き声に気づいた人たちが、空を見上げて、指さした。白鳥の大きな群れが川のほうから来て、左右にぶれながら、のんびりと飛び、わたしたちを越え、さらに南に向かおうとしている。ギリシア人とトロイア人の戦士たちも、わたしたちイタリア人とエトルーリア人と同様、白鳥の群れを目で追った。東から突然、鷲が矢のように飛んできて、鉤爪で先頭の一羽を捕らえた。白鳥は大量に羽を巻き散らした。鷲は獲物を重そうに持って、わたしたちの真上で緩やかな曲線を描いた。それから、とても奇妙なことだが、白鳥の群れ全体がひとつの塊になり、速く低く飛んだ。わたしたちの上に影を落として、通り過ぎたかと思うと、鷲を追いかけ、追い詰め、一斉に飛びついた。そして、鷲が死んだ白鳥を落として、空高く昇るまで離れなかった。鷲は山地の向こうに飛んでいった。見ていた人々の一部は、ためらいがちに歓声を上げたが、ほとんどの人は黙りこんで、この兆《きざ》しは何を意味するのだろうと考えた。

その沈黙に向かって叩きつけるように、トルムニウスが叫んだ。「兆しだ！　兆しだ！　ルトゥリ人よ、ラテン人よ、神意に従え。攻撃してきた者たちを攻撃せよ。団結して、汝らの由緒正しき王を守れ！」彼を囲む男たちがマルスの仕種で拳をふる中、トルムニウスは六フィートの槍をえいと後ろに引いて構え、聖なる地面の向こう側の戦士たちの真ん中に投げた。人々が息をのむ。

ひとりの男が体をふたつに折って槍の柄《え》の上に上体を倒した。その男の放つ咳とも笑いともつかぬ奇妙な音が、沈黙の最後の一瞬に、誰の耳にもはっきりと聞こえた。

そのあと世界は、耳を聾《ろう》し、心を怯えさせるものすごい騒ぎで満たされた。叫び声、剣を抜く音、剣や槍が楯に当たる音。男たちはわたしの周りをさまざまな方向に走り過ぎた。彼らの肩に阻まれて何も見えなかった。何が何やらわからなかったが、祭壇が目にはいったので、人にもまれながら近づいた。父がカエスス少年とともにそこにいて、震える手で聖なる皿を集めようとしていた。「手伝ってくれ、ラウィーニア」と父は言った。わたしはできるだけたくさんの皿を引き受けた。父とわたしは、なるべくお互いに体をくっつけて、祭壇から離れ、男たちが走り回り、馬たちが突進する混乱の中を城門に向かった。わたしはカエススが一緒でないのに気づいて足を止め、ふり返って彼を捜した。見事な甲冑を身につけたエトルーリア人がよろめいて後ろ向きに倒れるのが見えた。その男は頭をのけぞらせて、手足を伸ばした恰好で、祭壇の上にひっくり返った。たちまち噴き別の男が彼に飛びかかり、大きな穂先の槍をむき出しの喉に突き刺した。たちまち噴き出す血が、甲冑と武器を引き剝がそうと、早くも群がった男たちをびしょぬれにした。ルトゥリ人の中には生け贄を焼く焰の中から、燃えている長い棒を引き出して、武器代わりに敵の顔を突く者もいて、あたりには髪が焦げるいやなにおいが漂った。それらの男たちの向こうに、一瞬、アエネーアスの姿が垣間見えた。ひときわ丈高く、ほかの男たちから抜きん出た彼が、片手を上げ、太い声で叫んでいる。そのとき、誰かがわたしにぶつかってきて、わたしはあやうく倒れそうになった。見ると涙と恐怖に顔を歪めたカエスが、わたしのトガを引っ張っていた。わたしはカエススを連れて、急いで父のあとを追った。城門は開いていた。そのころには、王の騎士たちがわたしたちの周りに集まっていた。騎士たちに囲まれて、わたしたちは市内にもどった。

市内の街頭の混乱ぶりは、城門の外と大差ないぐらいひどかった。トロイア人が盟約を破り、卑怯にも祭壇で王を襲った、と人々は叫んでいた。老人と少年、奴隷までもが、戦闘に加わるために大勢駆け出していく。衛兵たちは、戦いに出て行く者たちのために、そして戦場を逃れてくる負傷者たちのために、城門をあけたままにしていた。女たちは城壁の上に立って罵り、空堀を越えようとする敵めがけて、煉瓦を投げた。敵が乱入したら王を守ろうと、城門とレーギアの間の通りに駆けつける者もいた。かと思うと、熱に浮かされたように、庭に穴を掘って宝物を埋めたり、家の中に潜んでいられるように、ドアや窓の内側に家具を積んだりする者もいた。

わたしは父のあとについて、会議室にはいった。そこにドランケスそのほか、戦闘を逃れてきた重臣たちが集まってきた。ドランケスは恐怖のあまり、言葉も切れ切れで、どこに隠れたらよいのか、ということばかり言っていた。父も息を切らし、動揺したようすで顔色が悪かったが、王座にすわると、ウェルスらの意見を聞き、都市と館の防衛のための指示を与えた。わたしはここでは自分が必要とされていないと知って、女の居住区に行った。そこではみんな、取り乱して、あてにならない噂を交わし、泣き叫んでいるばかりだった。母は自室にいたが、わたしに会うために出てきた。母は軽蔑をむきだしにして言った。「見るがいい。あなたのごりっぱなトロイア人が盟約を守るというのはこういうことだったのね」

「彼は平和を誓いました」とわたしは言った。

「あなたのお父さまを祭壇越しに襲ったじゃないの！」

「そんなことしていません。彼はお父さまに平和を約束し、トゥルヌスと一対一で戦うことを願い出ました。自分が敗れたら、自分たちは去る、勝った場合も、ラティーヌスがラティウムの王であることに変わりはないと誓いました。お父さまもその誓いを認めて、平和を誓いました。けれどもユトゥルナとルトゥリ人たちはそれが気に入りませんでした。トルムニウスが兆しがあったと騒ぎたて、槍を投げて停戦を破りました。わたしはその場にいました。この目で、はっきりと見ました」

「それは真実ではないわ」母は言った。だが、母はそれが真実であることを知っていた。あれだけの惨状を見てきてしまったから、わたしはもう母など少しも怖くなかった。わたしの声が母の声より力強く響くのがわかったし、母と向き合っていて、自分のほうが母より背が高いと感じた。

「もしトゥルヌスが進み出て、アエネーアスと戦っていたら、今ごろ、戦争にはなっていません。この街は安全だったはずです」胸にたぎる怒りを抑えかねて、わたしは言った。「トゥルヌスがわたしたちを裏切ったのです」

母は「トゥルヌスはそんなことをする子では……」と言いかけて口ごもり、それから、声を震わせて、「おまえのせいだ。おまえのせいだ」と言った。

「トゥルヌスはわたしのことなんか、少しも気にかけていません。お母さま、あなたのこともね」わたしは自分の声に、冷ややかな嫌味がたっぷりこめられていることに気づいた。それはかつてわたしが、母の声に、非常にしばしば感じたものと同じだった。ふたりの王が盟約を守ることを誓ったときに、ふたつの軍隊の間の祭壇の上に広がっていた青空が心に浮かんだ。恥ずかしさと狂おしさが湧き上がり、わたしの体じゅうを駆け巡った。わたしは母の前にひざまずき、母の白いパラの裾を手にとった。「お母さま、ごめんなさい。せめて、わたしたちふたりの間に平和がありますように!」

「いいえ、あの子は、そんなことをする子ではない」と母は言い、途方に暮れたように周囲を見回した。「わたしが悪かったの?」と母は叫んだ。母はくるりと背を向けた。パラがわたしの手を離れた。母は足早に自分の部屋にもどり、中にはいって扉を閉めた。

わたしはその場にうずくまり、しばらく泣いた。この恐ろしい数日間、封じこめていた涙が、一度に湧き出た。やがて涙が涸れると、わたしは額に垂れる髪をかきあげ、パラの端で顔を拭って立ち上がった。そして、心配と混乱と畏《おそ》れのこもった眼差しでわたしを見つめている女たちに目を向けた。

「停戦を破ったのはトゥルヌスの配下だけれど、いずれ、トロイア人とエトルーリア人がこの都市を包囲するでしょう」わたしは自分が必要とする真実と、わたしたちみんなが必要とする心の支えを探しながら、女たちに言った。声が震えた。「だから、わたしたちには、外で戦っている同胞のラテン人の男たちと、自分たち以外に、頼れる友はいないの。この館を安全に保ち、包囲の間、もちこたえるために、わたしたちに何ができるかしら？」

みんな黙ってわたしを見つめていた。何人かはすすり泣きをしていた。だが、マルーナが口を開いた。「貯蔵室は食べ物でいっぱいです」

わたしは言った。「わたしたちのペナーテスが讃えられますように。食物貯蔵室はいっぱいで、泉の水は湧き出ている。竈《かまど》にくべる薪は十分にあるかしら？」

まさにそれが問題だった。だが、わたしたちがあれこれ考えることができる範囲の問題だった。いろいろな意見が出た。「月桂樹を切り倒したらどうでしょう？」とティタが言った。それを聞いてシカーナが——母にまめまめしく仕え、母の言うことは何でも正しいと思っている、大柄でおっかない女だ——まくしたてた。「気でも狂ったのかい、ティタ。早く口をすすいでおいで。そして、聖なる方々にお願いするがいい。せめて兎並みの頭を授けてくださるように。王の木を切り倒すなんて！　馬鹿をお言いでない。廏の裏にポプラの老木の木立があるだろう。まず、あれを切ればいい」わたしはすぐに、それらの木を切る男たちの手配をシカーナに命じた。ほかにもしなくてはならないことが山ほどあり、女たちは喜んでそれらの仕事を引き受けた。

その間じゅう——その日の昼までずっと、城壁の外では戦闘が続いた。わたしはまったくそれを見なかった。家政の仕事の合間、合間に、耳に騒音が聞こえてきただけだ。だから、わたしがお話しできるのは、皆、人から聞いた話だ。最初のうちは、不意打ちをしかけたルトゥリ人たちが優位に立ち、トロイア軍とその同盟者たちを後退させた。だが、そのあと、戦闘の行われる場所はじわじわと、城壁の際《きわ》の盛り土の防御壁と空堀に近づいた。メッサープスがルトゥリ軍を指揮し、トゥルヌスは——わたしたちにもっとも明快な報告をもたらした男の言葉によれば——「決して、ひとところにとどまることなく」、さまざまな場所を転々とした。この報告をしたメルスという男は、前の戦闘でひどい切り傷を負い、レーギアで療養していたのだが、ふたたび戦うために出ていった。だが、戦っているうちに、傷口が開いた。彼は這うようにして、まだあいていた城門から市内にもどり、王に次のように報告した。トロイア人たちは盛り土の上に拠点を確保したが、それ以上、城門に近づこうとはしていない。アエネーアスはトゥルヌスとの一対一の戦いで戦争を終わらせる権利を主張して、トゥルヌスを捜し回っている。トゥルヌスは馬に乗って、こちらと思えば、またあちらと戦場を駆け巡り、死を分配している。しかし、アエネーアスとは決して顔を合わせない。

メルスは以上のことを、穏やかなしっかりした口調で述べたあと、多量の失血のため、意識を失った。わたしたちは中庭の臨時の病院でできることをすべてしたが、夜になってメルスは死んだ。彼はラティウムの農夫で、ラウレントゥムの南の丘陵に小さな農場と果樹園をもっていた。

続々と運びこまれる負傷者たちの血で、中庭の敷石がすっかり汚れてしまったので、モップや濡れ雑巾で拭いとるよう、掃除人に指図しようとしたときのことだった。城壁のすぐ外側ですさまじい音がした。館のわたしたちは皆、はっとして仕事の手をとめた。何が起こったのか見ようと、城壁の上や物見の塔に登る者もいた。見てきた者たちの話では、トロイア軍が空堀を越えて城壁に迫り、城門を攻撃しているという。指揮しているのは、冑に赤い羽根飾りをたてた、あの背の高い大将だが、羽根飾りが少なくなっている、と彼女らは報告した。城門の真上の壁に登ってきた少女のひとりが、その大将は、イタリア人は二度も盟約を破った、イタリア人の王は嘘つきだと叫んだと言った。

「そして、大将はウェルスを殺しました」少女は乳漿《ホエー》のように蒼白な顔をして、単調なきんきん声で、同じことを何度もくり返して言った。「大将はウェルスの、く、首を斬りました。首を斬り落としました。胴体からすっぱりと」

「ウェルス」とわたしはつぶやいた。少女の言ったことが、まだ飲みこめてはいなかった。やることがたくさんありすぎた。レーギアの中にいてさえ、外の通りの激しい人の動きが感じとれた。急いで城門に行き、城壁の外に出て降伏しようとする者たちがいる一方で、攻撃軍を街に入れまいと、鶴嘴《つるはし》や棒や包丁を手に城門に駆けつける者もいた。市内のあらゆる声と物音がひとつになり、愚かな獣の吼《ほ》え声のように聞こえた。誰かが「火だ！」と叫んだ。わたしはそれを聞いてすぐ、レーギアが危険にさらされていないか知るために、物見の塔の階段を駆け上がった。あちこちから、火矢が城壁を越えて飛んでくる。だが、街路の人々が急いで駆け寄り、火を消しとめる。それでも、「火だ！」という叫び声は何度もくり返され、街じゅうの人々のたてる悲鳴がひとつの陰鬱な唸りになる。その唸りがあまりに大きいので、ちゃんとものを考えることができない。

街から聞こえてくる騒音を引き裂くように、館の中で女たちの鋭い悲鳴が上がった。わたしは塔の階段を駆けおり、館の女の居住区に急いだ。

そこには金切り声と激しいむせび泣きが響きわたっていた。それで、わたしに寄ってきて、口を四角く開き、うつろな目をして叫んでいるシカーナが何を言っているのか、わからなかった。わたしはシカーナに導かれて母の部屋にはいった。母は布を縒《よ》りあわせてつくった紐を梁《はり》に結びつけ、首を吊っていた。足は素足で、長い黒髪が顔と体の周りに垂れていた。

シカーナとわたしは、テーブルを押して母の体の下にもっていき、シカーナが母の体を支えている間に、わたしが小刀で、母の首の周りの輪を切った。そして、控えの間の長いテーブルに母の体を横たえた。母は今も、わたしの弟たちのものだった小さな金のブラを身につけていた。「きれいにしてさしあげて」わたしはシカーナとほかの女たちに命じた。苦悶のうちに母は衣を汚していて、わたしは母の亡骸《なきがら》がそのような惨めな状態で人目にさらされることに耐えられなかった。

父に告げるのはわたしの仕事だった。

父は女の居住区の悲鳴と泣き声を聞きつけて、中庭を横切り、こちらに来るところだった。ドランケスその他の者が供をしていた。わたしは月桂樹の下で、父の歩みをとどめた。なんと言ったか、覚えていない。父は立ち尽くした。その表情には、疲労と悲しみの色が濃かった。父はわたしを抱いた。わたしは父にしがみついた。「行ってあげてください」とわたしは父に言った。その言葉を聞いて、父は抱擁の腕を解いた。のろのろと膝を落とし、月桂樹の周りの土をつまみあげて、半白の頭になすりつけた。

父を慰めたくて、わたしも傍らにひざまずいた。

女の居住区のむせび泣きは続いていたが、市中の騒ぎや戦闘の物音がすでに収まり、ほとんど静かになっていることにわたしは気づいた。

目を上げると、館の屋根や物見台に、人々は身じろぎもせず立っていた。

彼らは静止していた。時が止まった。

そして、深い息のような、大地の呼吸のようなどよめきが起こった。街を囲む城壁全体から、それは聞こえてきた。地震かと思った。地震が始まろうとしている音かと思った。そうではなかった。それは終わりを告げる音だった。戦争は終わった。トゥルヌスは死んだ。詩は完成した。

いいえ、詩は未完のままなのよね。

わたしの詩人。あなたはそう言ったわね？　この聖なる場所で。きついにおいを放つ、硫黄を含む水が地下から昇ってきて、地上に水溜りをつくるところで。葉と葉の間で星が輝くところで。かつてあなたは言った。この作品は完全ではない。焼却されるべきだと。

でもそのあとまた、最後の最後になって、あれは完成されていると言った。そして、それが燃やされなかったことをわたしは知っている。燃やされていたら、わたしも一緒に燃えていたはずだから。

でも、わたしはこの先、何をすればいいの？　わたしは導き手を――わたしのウェルギリウスを失った。終わりのあとに残されているものの中を、ひとりで進んでいかなくてはならない。道がなく、読み解くこともできない、はてしない世界を。

死のあとには何が残っているのだろう？　死以外のすべてが残っている。日の出を見た男が日の入りを見ることができなくとも、日は沈む。ひとりの女が機《はた》に残した織物を、新たにすわった別の女が織りつづける。

詩人は行くべき道を教えてくれなかったけれど、わたしはこれまでのところ、自分で道を見つけてきた。詩人が言ったことから、詩人がわたしにくれた手がかりから、抜かりなく正しい推測をした。わたしは詩人のあとを追って、迷路の真ん中に来た。さて、これからわたしは、迷路の外に出る帰り道をひとりで見つけねばならない。生身の身で道を探しながら帰るのは、ゆっくりにしか進めず時間がかかるけれど、話すには、それほど長くはかかるまい。

トゥルヌスが死ぬのを見た人はたくさんいる。トゥルヌスがようやく、アエネーアスから隠れるのをやめ、戦うために向かっていったのは、ラウレントゥムの城門の前だったから。アエネーアスとトゥルヌスは槍を投げあった。だが、どちらも外した。それで、彼らは剣と剣を合わせた。だが、トゥルヌスの剣が折れ、彼はアエネーアスに背を向けて、また逃げ出した。

アエネーアスはトゥルヌスを追おうとしたが、脚を傷めていたので、走れなかった。アエネーアスは立ちどまり、野生のオリーブの幹に当たって刺さったままになっている自分の槍を引き抜こうとした。それは聖なる木だった。わたしはそこで、何度もファウヌスへの礼拝をしたことがあった。トロイア人たちは盛り土の上を占拠したときに、何もかも破壊したいという怒りの衝動に駆られて、この木を切り倒してしまい、もはや切り株しか残っていなかった。槍は大きくて重いもので、深く突き刺さっており、木はそれを放そうとしなかった。アエネーアスが槍を抜こうと苦労している隙に、ユトゥルナがトゥルヌスに駆け寄り、ひとふりの剣を渡した。やっとのことで、槍を引き抜いたアエネーアスは、トゥルヌスに向かっていきながら叫んだ。「これは戦いだぞ、トゥルヌス。駆けっこではないぞ」

セレストゥスはそのとき、ふたりの近くにいた。のちに話してくれたが、このとき不思議なものを見たそうだ。真っ昼間なのに、一羽の小さな梟《ふくろう》がトゥルヌスの周りを飛びまわっていたというのだ。トゥルヌスは梟から顔をかばおうとしたそうだ。トゥルヌスはすでに致命傷を負っている人のように、混乱してぼうっとしているように見えた。彼はふたたび、少し走って境石《さかいいし》、つまり境界を示す目印の石のところに来た。トゥルヌスは立ち止まって、方向を変えると、その大石を両腕で抱えてもちあげ、アエネーアスに投げつけた。石はずっと手前で落ちた。トゥルヌスはとまどった表情のまま、剣を握り、しかし何もせずに突っ立っていた。アエネーアスが投げた槍に、腿《もも》を刺されて倒れるまで。

アエネーアスは足を引きずって近寄り、荒い息をつきながら、トゥルヌスを見下ろした。トゥルヌスは立ち上がれなかった。どうにか膝をついて、呼吸を整えると、落ちついた声ではっきりと話しはじめた。彼に取り憑いていた混乱が去ったかのようだった。

「あなたの勝ちだ。慈悲を請うつもりはない。好きなようにするがいい。わたしを殺すなら、亡骸《なきがら》を父のもとに送ってくれ。ラウィーニアはあなたの妻だ。あなたの憎しみをこれ以上、広げるな」アエネーアスはトゥルヌスの言葉に耳を傾けた。そして、命を助けるつもりであるかのように後ろにさがった。そのとき、トゥルヌスのしている金の剣帯がアエネーアスの目にはいった。死にかけているパラスから引きちぎって奪ったものだ。アエネーアスは大声で叫んだ。「おまえはあの若者を生かしてやったか？　これはパラスの一撃だ。パラスがおまえを生《い》け贄《にえ》とするのだ」――そして、アエネーアスは剣を押し進めた。トゥルヌスの心臓に。

ユトゥルナは戦闘の間じゅう、戦場にとどまっていた。人々の噂では、脚を引きずり、血眼《ちまなこ》になって追うアエネーアスから、一度ならず兄を隠したという。さて、ユトゥルナは、ルトゥリ軍の戦士たちの乱れた列をかきわけて進み、トゥルヌスの遺体の傍らにひざまずいて、泣き叫んだ。灰色のヴェールが垂れてトゥルヌスの遺体にかぶさった。

アエネーアスは剣にもたれて佇《たたず》んでいた。アカーテスとセレストゥスが来るのを待って、剣を鞘に収めた。そして、ふたりの肩に腕をかけて、助けられながら歩き出し、ゆっくりとトロイア軍の陣営に向かった。一行が盛り土の防御壁を越えるとき、アエネーアスはふり返って、「ラティーヌス王よ！　われらの盟約は生きている！」と叫んだ。

応えるべき父はそこにはいなかった。髪に土をこすりつけたまま、妻の亡骸とともに館の中にいたからだ。だが、ラティウム軍の多くの声が応えた。「盟約は生きている」

城壁の上の人々も声を合わせた。

ルトゥリ軍の隊長たちのうちの、わずかな生き残りが——というのは、戦闘の最後の怒りに駆られたアエネーアスが、出会う相手をことごとく殺していたからだ——兵士たちを集めて、トゥルヌス、カメルス、トルムニウスの亡骸を運ぶための指示を与え、沈黙のうちに、アルデアへの長い帰路を歩みはじめた。隊長を失った兵士たちは散り散りになり、休息したり、戦友の亡骸を捜したりした。明日には彼らもまた、ルトゥリアへ、ウォルスキアへ、あるいは山の国へと、三々五々もどっていくだろう。

ユトゥルナはひとりで北に向かった。立ち去る姿を見た人はいるが、その後、ユトゥルナを見た人はいない。その夜晩《おそ》く、父なる川に身を投げたのだろうと人々は噂した。

ラティウムの兵士たちも、同盟軍同様ばらばらになった。休息や療養のために市内にはいってくる者もいたが、多くは戦死した兄弟や隣人の亡骸を求めて戦場をさまよった。谷間や尾根の向こうにある農場に連れて帰るためだ。すでに、近くの農場からは、農場主の妻や、年寄りの農場主によって差し向けられた奴隷たちが、負傷者や死者を運ぶのを手伝うために、牛や驢馬《ろば》に荷車を引かせてやってきていた。

市内のわたしたちの耳にも、木に斧を打ちつける音や木の倒れる音が、北や東の森から聞こえてきた。翌朝、樵《きこり》たちは城壁の外に設けられた火葬場に薪《たきぎ》を積み上げるのに忙しかった。

ほかとは離れた場所に、とくに高く積まれた薪の山があった。母のためのものだった。

母は、母自身が織り、わたしの婚礼衣装だと言った美しい白いパラをまとい、白い幕のついた担いかごに乗せられて館から運び出された。市の住民で歩くことができる者は皆、その行列のあとについて歩いた。

死者ともっとも血のつながりの濃い親族が顔をそむけて、薪に火をつけるのが習わしだ。母を焼くための火はわたしがつけた。火がその役目を終えると、わたしは、もうもうと煙の出ている灰の中から、一本の骨を拾い上げた。小指の骨だ。これを地面に埋めれば、母の魂がさまよわなくてすむ。やがて習わしに従って、父が進み出て、母の名を三度呼んだ。わたしとほかのみんなも父と声を合わせた。アマータ！　アマータ！　アマータ！　そしてあとは静かになった。

騎士のウェルスが死んだ。アウルスも死んだ。わたしの求婚者だった若者たちがひとり残らず死んだ。母が死んだ。ラティウムのほとんどすべての世帯が、父や兄や息子が死んだことを、あるいは一生治らぬ不自由な体になったことを悲しんでいた。多くの死に囲まれると、誰しも自分が生きていることを申し訳なく思わずにはいられないものだとわたしは思う。戦士たちは戦争のために罪を犯しても、マルスによって免罪してもらえるそうだ。しかし、戦士ではなく、本人は戦争が起こるのを決して望まなかったとしても、その存在自体が戦争の原因になったといわれる者たちは、いったいどなたが免罪してくださるのか。

母の弔いを終えた日の夕方、わたしはマルーナ、シカーナそのほか、レーギアの主だった女たちを呼んで、同行を命じた。ウェスティーナばあやは悲しみに打ちひしがれていた。母の部屋の床にうずくまり、涙はもう涸れはてて出ないが、体を揺すってむせび泣き、病気の子どものような小さなうめき声をたてる以外には何もできなくなっていた。

わたしたちは通りを歩いて、ヤーヌスの祭壇に行った。そこでわたしは、始まりと終わりを司るお方に、サルサ・モラとお香を供えた。街の人々がまわりに集まってきた。誰もしゃべらなかった。戦争の騒音のあとに訪れた街の静寂は、わたしたちみんなの心に、畏敬の思いをもたらした。喪失感とさめやらぬ恐怖の中で、わたしたちは宗教行為を渇望していた。自分たちが無力であり、自分たちの理解を超えた大いなる方々に頼っていると認めるのを助けてくれる儀式が必要だった。わたしはヤーヌスへの奉献を終えると、「戦《いくさ》の門」のところに行った。館の女たちに加えて、街の人もぞろぞろついてきた。丈高いシーダー材の枠の中で開け放しになっている二枚の扉。開いていようが、閉まっていようが、どこにも通じていない門。わたしは扉のうちの一枚を押し、次いでもう一枚を押した。びくともしなかった。開け放されている間に、蝶番《ちょうつがい》で枠につけられた扉がかしいで、石ころだらけの地面にくっついている。館の女たちがわたしを手伝い、街の男たちも進み出て力を貸してくれた。なんとか、門を閉じることができた。シカーナと男たちのひとりが、オークの角材の閂《かんぬき》をもちあげ、錠前の門受けの鉄の金具の中に通した。それからわたしは、門に語りかけた。「閉じられたままであれ。盟約は生きている！」わたしは敵に向かって話しているような気がした。今は打ち負かされておとなしくしているけれど、これは間違いなく敵なのだ。人々がわたしのあとについて言った。「盟約は生きている」と。

アエネーアスは喪の期間である九日の間、ラウレントゥムに来なかった。礼儀を重んじたのだ。早く来れば、征服者が勝ち誇っているととられ、反発を買っただろう。アエネーアスは王冠と剣をラティーヌスから奪わず、彼の神々だけをラティウムにもたらすと約束していたが、それでも慎重な態度をとるに越したことはなかった。なにしろ、その盟約は成立途上で二度も破られていたから。

そして、そんなアエネーアスの配慮にもかかわらず――「新しい王は、来るのを急いでいないね」と人々は言った。わたしの側仕《そばづか》えの女たちでさえ、彼をそう呼ぶ始末だった。わたしたちのほんとうの王に対して失礼だと、注意したのに。アエネーアスは傷が重くて治るのに時間がかかっているという噂が広まり、人々はある種の満足感を覚えた。「じゃあ、結局、トゥルヌスは彼を痛い目に遭わせたんだね」と。だが、同時に彼らは、アエネーアスが脚を傷めた状態で、二時間も戦場を駆け回ってトゥルヌスを追い求めたことを、称讃の思いとともに語った。アエネーアスがいよいよやってきたとき、彼はたしかに足をひきずっており、どちらかというと痩せてやつれて見えた。

アエネーアスはわたしたちの心の準備ができるように前もって使者を寄越し、十騎ないし十二騎だけを従えてやってきた。彼らはできる限り身なりを整えていた。甲冑《かっちゅう》はおおむね、きちんと汚れをとり、磨きたてられていたし、トロイアからの長い航海に出る前はりっぱだったろうと思われるマントやトゥニカを身に着けていた。見事な風采のエトルーリア人の首長が二、三人、トロイア人とともにいたが、ギリシア人はひとりもいなかった。息子の死に悲しみ、苦しんで、エウアンドルスは部下を全員、パランテーウムに呼びもどしたのだった。アエネーアスは、あの日、父が彼に与えた贈り物のひとつであった馬に乗っていた。そう、最初の盟約が結ばれた日、わたしが彼の妻になることが定められた日のことだ。その美しい川原毛の馬は、よく訓練されているものの、元気がよすぎた。王の厩《うまや》にいる昔なじみの雌馬たちのにおいをかぎつけて、盛んにいななきはじめた。雌馬たちはもちろんのこと、それに応えて、いなないたり、甲高い声を出したりした。そういうわけで一行の入場のこの部分はかなり賑やかだった。ラウレントゥムの城門を通るとき、衛兵たちは一行のために脇にどき、一行は静々と王の道《ウィア・レーギア》をたどった。人々はそれを見ようと競って屋根の上にあがり、ぎゅうぎゅう詰めになった。だが、彼らもまた静かだった。

男たちは館の戸口で馬をおりた。わたしは戸口の真上の偵察場所から急いで下りると、会議室にはいろうと裏手に回った。だが、王の騎士の長としてのウェルスの地位を継いだガイウスが、部屋の入り口でわたしを止めた。「呼ぶまで、待っていてほしいと、土が言っておられます。女王さま」

わたしをその肩書きで呼んだのは、彼が最初だった。彼が自分の言っていることをちゃんとわかっていたものかどうか怪しいと思う。ガイウスは寡黙で内気で生真面目な初老の男で、わたしをとどめなくてはならないことに困惑していたのだ。

そういうわけで、入り口で待っていなくてはならなかった。中で話されていることの大部分は聞き取れなかった。父は王の椅子にすわっていた。父の背中と数人のトロイア人の姿が見えたが、アエネーアスは見えなかった。演説が行われていた。エトルーリア人のタルコンが、ラティウムに弓を引いたことに対して、父の許しを請うた。カエレの住人たちが、暴君メゼンティウスにふさわしい罰を与えるために、保護者であるアルデアのトゥルヌスから奪還しようと決意していたが、そのような遠征には、よそ者の指導者を戴かねばならぬというお告げがあり、折しも、アエネーアスが現れたのだ、とタルコンは説明した。父は礼儀正しく述べられたこの釈明を、同じように礼儀正しく受け入れた。父はエトルーリアと事を構えたくなかった。ドランケスが、父に代わってかなりの部分をしゃべった。トゥルヌスが死んでから、ドランケスはわたしにとって嫌悪の対象にほかならなかった。それは理由のないことだったが、そう感じずにはいられなかったのだ。ドランケスがだらだらしゃべっている間、わたしは拳を固く握って、こみあげる嫌悪感に耐えていた。それから、トロイア人のひとりが何か言って、エトルーリア人のひとりがそれに答え、みんなが笑って、雰囲気が変わった。そして、穏やかだがよく響く声が言うのが聞こえた。「ラティーヌス王よ、姫に贈り物をもってまいりました」「それはご丁寧に。アエネーアス殿」と父は言った。「娘はわが一族の富と誇りにふさわしい財産をもって、あなたのもとに参るでしょう」

「もちろん、そうでしょうとも。わが王よ。しかし、わたしはもってまいりました贈り物を、手ずから姫に渡したいと思います」

父はうなずいた。そして小姓として侍っているカエススに言った。「ラウィーニア姫を呼んでまいれ」

カエススがわたしを連れてこようと向きを変えたちょうどそのとき、わたしはガイウスに付き添われて進み出た。わたしは体裁が悪いほどの速やかさで到着した。父はちょっと、びっくりしたようだった。

ようやく、アエネーアスを見ることができた。彼がすわっていたので、それまで隠れて見えなかったのだ——アエネーアスが足を引きずっているので、父が折りたたみ式の腰掛を彼のために用意したのだった。だが、わたしを見るとすぐに、アエネーアスは立ち上がった。わたしたちは見つめ合った。ちょうど目の高さに相手の顔があった。アエネーアスはわたしよりずっと背が高いが、わたしが王座のある一段高くなったところに立っていたから。

彼を見たとたんに、わたしは幸せになった。喜びが胸に湧き起こった。彼の顔がきらめいたと思った。わたしの歓喜が反射したのだろう。

わたしたちは頭《こうべ》を垂れる正式な挨拶をした。それから、頭も人柄もよさそうな顔つきの浅黒い男が――アカーテスだ――大きな陶器の壺を父とわたしのそばにもってきて、そこに据えた。粘り気の強い赤い粘土を焼いたもので、飾りがなく、底も口も広く、栓には封がしてあった。アエネーアスは両手をその壺の肌にあてた。傷痕だらけの手だった。その仕種には、生まれつき彼にそなわっている品格と、情のこもった優しさのようなものの両方が感じられた。

「ラウィーニア」彼は言った。「トロイアを離れるときに、もってくることができたものはごくわずかですが、なんとか、父と息子、つき従う者たちの一部と、わが家の神々、わが先祖の霊を伴うことができました。今、わが父は黄泉《よみ》の国の神々とともにいます。わが息子、アスカニウスはあちらに立っています。彼とともにいるのは、わが民です。あなたは息子にとっては母、民にとっては女王。皆、あなたに敬意を表するために来ているのです。そして、わたしは今ここに、わがペナーテスならびに、わが先祖の聖なる品々をあなたに贈ります。あなたの名を冠した都市に建つ、わたしたちの館の祭壇に祀《まつ》り、大切にしていただくために。彼らはあなたの炉と心に至るために、長い旅路をたどってきたのです」

わたしは膝をつき、アエネーアスと同じように両手を壺にあてて言った。「あなたの神々とご先祖をお祀りし、大切にいたします」か細い声になった。

「ラウィーニウムをどこに建設しましょうか？」今はもう、喜びをあらわに微笑みながら、彼はわたしから父へと目を移し、張りのある声で尋ねた。

「まず、国じゅうをよく調べて、一番適しているところを見つけましょう」と父は言った。「わたしが考えているのは、父なる川に程近い山裾の丘陵地帯です。地味がよいし、山にはいれば、よい木材がとれる」

「海岸に沿って行ったところの」とわたしは言った。声はまだ弱々しく、かすれていたが、その言葉は淀みなく、わたしの口から出た。「アルブネアから流れてくる川の曲ったところの内側にある丘の上に」

みんなが一斉にわたしを見た。

「そこに、その都市があるのを見たのです」とわたしは言った。「夢の中で」夢に都市を見た場所がどこなのか、わたしは知っていた。

アエネーアスはなおも、わたしを見つめつづけた。真顔になった。「ラウィーニア。あなたの都市を建設しましょう。あなたがその都市を見た場所に」と彼は言った。まだふたりとも壺に手をあてていたけれども、アエネーアスは少し身を引いた。ふたたび笑みを浮かべて彼は言った。「婚礼の日の夢も見ましたか？」

「いいえ」とわたしはささやいた。

「決めてください。ラティーヌス王よ、早く日取りを決めてください」とアエネーアスは言った。「すでに、あまりにも多くの時間が費やされてしまいました。あまりにも多くの死が、あまりにも多くの悲しみが費やされてしまいました。これからはもう少し物惜しみをいたしましょう」

父は長くは考えずに言った。「七月《クインティーリス》のついたち《カレンダエ》に。占いの結果がよければ」

「よいに決まっていますよ」とアエネーアスが言った。


もちろん、占いの結果はよかった。トロイア人たちは六月《ユーニウス》の残りのわずかな日数で、都市を創設し、わたしたちのために新しい館を建てなくてはならなかった。しかし、彼らは驚くほど働き者で、わたしたちイタリア人よりも規律正しく、わたしたちほど休みをとらなかった。五番目の月《クインティーリス》の最初の日、ラウィーニウムの街は存在していた。プラーティ川の細い流れが湾曲して、急傾斜の岩山を半ば取り囲んでいる。この岩山が堅固な砦になったのだ。岩山の西側と南側はより緩やかな傾斜で、空堀《からぼり》と盛り土をした防御壁に囲まれている。その上の木の柵は、石灰華《トゥファ》を用いた城壁が建てられるところを示している。柵の中には、通りがつくられていた。砦に通じる主要道路は、急な坂を登って来て、城門の直前で急に曲がって街の中にはいっていく。戦《いくさ》をよく知っている年配者たちは皆、防御に適したよい構えだと満足げに言った。一番高いところに、石造りの小さな館が建ち、門と向かい合っている。これがレーギアだ。完成している建物はこの館だけで、この館からはテントや小屋や造りかけの建物を囲む足場などが見下ろせる。住居らしい住居がまだ建っていないので、人々はそういったところに仮住まいしている。柵の向こうにはプラーティ川沿いの草地が見え、二、三マイル西方には、海辺の砂丘が見える。都市の東にはオークや松の森が斜面に広がり、長い峰をなす古い火山、アルバ山へと続いていく。

わたしが父の館で迎える最後の日となる七月《クインティーリス》の最初の日、わたしは朝早くから、花嫁として飾り立てられた。生け贄《いにえ》の子羊や子牛を何度となく飾ったわたしだが、今度は自分が飾られる番になった。わたしの役目は、彼らの役目と同じで、おとなしくしていることだった。ウェスティーナが青銅の槍の穂先で、わたしの髪を六つの房に分け、それぞれに赤いウールのリボンを編みこんだ。そして、わたしは、日の出の前に自ら野に出て摘んだハーブと花でこしらえた冠をかぶった。トゥニカのウェストに、ウールの帯が巻かれ、複雑な結び方で結ばれた。どう結ぶのが正しいかを巡って、ウェスティーナとアウラが長い間、議論をした。そして、すっぽり全身を包む、長くて軽い朱色のヴェールをかぶった。これは父の母のマリーカが結婚したときに身に着けていた「焔《ほのお》のヴェール」で、マリーカの前にはその母の婚礼にも用いられた。それから、わたしは中庭に行った。そこには三人の少年が、それぞれに火を点したサンザシの炬《たいまつ》をもち、わたしを待っていた。焔は目に見えない。真夏の日の明るさの中では、空気の微かな震えに過ぎない。カエススがわたしの前を歩き、あとのふたりがわたしの両脇を歩く。そして、彼らの母であり、名家の夫人であるルピーナが花嫁の付き添いとして、わたしの後ろについて歩く。この一団の後ろには、父が続く。その後ろに重臣たちと、騎士たちの生き残りとアエネーアスの送ってきたトロイア人の儀仗兵がつき従う。そしてそのあとを追って、誰でも婚礼に参列したいと思う者が自由についてくる。

王の道《ウィア・レーギア》を進んでいくに連れて、新たな人々が加わり、行列はどんどん長くなった。皆、「タラッシオ！　タラッシオ！」と誰も意味を知らない婚礼の祝いの言葉を叫び、ナッツを投げ、卑猥な冗談を飛ばす。卑猥な冗談は婚礼の儀式の一部だが、トロイア人にとっては驚きであるらしかった。トロイア人に教える時間はたっぷりあった。というのは、全員が六マイルはあるラウィーニウムまでの道のりを徒歩で行ったからだ。婚礼の炬は、何度も火をつけ直したり、新しい炬と替えたりしなくてはならなかった。人々は腹を空かし、クルミやハシバミの実を投げるかわりに食べはじめた。小さな驢馬《ろば》に重い荷を背負わせた水売りは、一行が目的地に着くまでの間に、大いに儲けた。

焔のヴェールにすっぽり包まれて歩き、それを通して世界を見るのは、奇妙な経験だった。わたしのよく知っているこの道のすべてが、山々も野も森も、おぼろげにしか見えず、夕日を浴びているかのように微かな色がついていた。これほどの孤独を二度と感じることはないと思われるほどに、すべての物、すべての人から引き離されているような気がした。

ついに新しい都市の、丘の上の館に着くと、カエススが向きを変え、叫び声とともに燃えている炬をふり、くるくる回るように回転をつけて、できるだけ高く放り上げた。

炬は後ろについてきた群衆の中に落ちた。炬の取り合いで大騒ぎになった。人々は幸運をつかもうと、手にやけどを負いながら、燃える炬を奪い合った。

やがて人々は静まり、わたしがウェスティーナから狼の脂肪の塊を受け取って、戸口の側柱にこすりつけるのを見守った。狼の脂肪は、茶色っぽく、ひどい腐敗臭がした。それからわたしは、ウェスティーナが手渡す、幾本もの赤いウールのリボンを側柱に結びつけ、扉の守り手であるヤーヌスへの祈りを唱えた。

その間じゅう、アエネーアスは戸口の奥の暗がりに立ち、何も言わず、身じろぎもせず、わたしを見ていた。

仕事を終えたわたしは、まっすぐ立って彼の顔を見上げた。

彼は定められた問いをなげかけた。「きみは誰？」

わたしは定められた答えを返した。「あなたがガイウスであるところでは、わたしはガイアです」

とたんに晴れやかな笑顔になり、彼はさっと近づいてわたしを抱き上げた。そして高くふりあげて、敷居を越えると、わたしたちの家の中におろした。

こうしてわたしは、彼の妻になり、わたしたちの民――彼の民とわたしの民の母になった。

　妻になったわたしは、かつて感じていた悲しい怒りを決して感じることがなかった。わたしは一度、アルブネアの森でわたしの詩人に、どうして女の子は、大きくなったら育った家庭を離れ、ほかのところに追放されて暮らさねばならないのか、とその気持ちをうちあけたことがあった。実際には、わたしの追放は小さな問題だった。わたしの行った場所は、実家から——父がいて月桂樹がある大好きなレーギアから——ほんの数マイルしか離れていなかった。だが、わたしが悲しい怒りを感じない理由はそれだけではなかった。男は、女には真心がなく気持ちが変わりやすいという。彼らは恋人や妻に心変わりをされて、自分の体面が損なわれるのを恐れて、予防線を張っているのだが、その言葉にはいくらかの真実がある。わたしたち女は自分の生活を、あり方を変えられる。自分の意思とは関係なく、気がつけば変化している。月が姿を変えながらも同じ月であるように、わたしたち女は、乙女であり、妻であり、母であり、祖母である。一方、男たちはといえば、本人がいかにじたばたしようが、今ある姿でしかいられない。いったん男のトガを着てしまうと、二度とふたたび、変われなくなる。それで男はその融通の利かなさを美徳とみなす。その頑《かたく》なさを和らげ、彼らを解放しようとするものすべてに抵抗を示す。しかし、わたしは乙女としての自分を棄て、女としての責任を引き受けることで、かつて経験したことがないほど、自由になった。夫に対して義務を負っているにしても、それを果たすのはいともたやすいことだった。そして、お互いへの理解と信頼が深まるにつれて、宗教的制約とわたしの民に対する義務を除いて、わたしはいかなる制約も受けなくなった。宗教的制約と民に対する義務について言えば、わたしはそれらとともに育ったのだ。それらはわたしの一部であり、外からわたしを縛るものではなかった。むしろ、わたしの魂と精神の幅を広げ、個でしかない自己の偏狭さに陥らないですむようにしてくれるものだった。

わたしはラウレントゥムのペナーテスを携えてはこなかった。父がマルーナの母親を奴隷の身分から解放し、わたしの代わりに、ペナーテスに仕え、ペナーテスを護る役割を引き受けさせることにしたからだ。アエネーアスの腕に抱かれて、初めて新しい家にはいったとき、アエネーアスの父の家のペナーテスが、アトリウムの奥の祭壇の上におられた。この方々こそ、この館の神々であり、わたしの家庭の神々なのだ。そして、わたしはこの方々の奉仕者であり、護り手だ。とても古くて、すりへったり、欠けたりしている薄手の銀の鉢がペナーテスのそばにあった。サルサ・モラを入れてお供えするためのものだ。ランプは黒い焼き物で、よく磨かれている。食卓には、赤と黒で彩色した平皿があり、その上に空豆が少々盛ってある。食卓をわたしたちとともにしてくださる神々のために、常に用意しなくてはならない食べ物だ。そして、そのそばには、塩入れがある。あるべきものがあるべきように整っている。そして、炉にはウェスタが——清らかな火が小さく、明るく燃えている。

結婚したとき、アエネーアスはわたしのほぼ二倍の年齢だった。初めて彼の体の全体を見たとき、筋肉と腱と骨と傷痕だけのようなその体に、アルモとその弟たちが捕らえて、マルスへの生け贄《いにえ》にするまでの間、しばらく飼っていた狼の無駄のない見事な肢体を思い出した。アエネーアスの肉体は厳しい環境によって鍛え抜かれたものだった。だが、アエネーアスその人は、狼でもなければ、荒くれ男でもなかった。アエネーアスがわたしの前にふたりの女を愛し、その人たちを悼んでいることをわたしは知っていた。アエネーアスが最初にわたしを知ったのは、協約の一条項としてだったが、アエネーアスはその生まれつきの性質から、そして、実践を通して、わたしを妻として――彼自身にとって親《ちか》しいものとして愛するようになった。最初のうち、アエネーアスはわたしの若さを畏《おそ》れていたと思う。彼はわたしを傷つけるのではないかと心配していた。彼はありえないほど嬉しげに、わたしの美しさを讃えた。彼はわたしの無知を尊んだ。けれどもわたしは自分の無知に苛立ち、彼から学びたくてたまらなかった。じきに彼はそのことを理解した。彼と愛を交わすたびに、わたしは、彼は女神から生まれたと詩人が言ったことを思い出した。星座を動かし、海に波をたて、春の野で動物たちをつがわせるお方、情熱のもつ力そのもの、宵の明星の光――その母から生まれたのが、アエネーアスだ。

三年間の結婚生活を詳しく語るつもりはないし、そうしようとしてもできない。わたしたちにとって非常に大切に思われ、わたしたちの日々をあれほど豊かに満たした、さまざまな行為や企てをあまり語るな、とわたしの心がわたしを押しとどめるからだ。それらの行為や企ては、わたしたちふたりにとっても、わたしたちの民にとっても、ほんとうに大切だった。それらの行為や企ては、その当時だけでなく、それからもずっと、わたしに欠けたものを補い、わたしの生を満たしてきた。そのおかげで、寡婦《やもめ》の悲しさを経験しても、心がからっぽだと思うことはめったになかった。思うに、大きな幸せを失った人が、それを思い出そうと努めるとしたら、それは悲しみを求めることにほかならない、だが、その幸せにしがみつこうとしなければ、いつか、ふと気づくと、その幸せが心と体の中にいる――ひっそりと、頼もしく。わたしの知っているもっとも純粋で完全な幸せは、母の胸で乳を吸う赤子と、乳を吸わせている母のそれだ。それを経験したから、完全に満ち足りるとはどういうことか、わたしは知っている。けれども、思い出すことによって、話すことによって、恋しがることによって、それを取りもどすことは不可能だ。その幸せを知っていたということ――それで十分だ。それ以上のことを望んではならない。

アエネーアスが生きられる時間があとわずかしかないことを、わたしは知っていた。アエネーアスは知らなかった。少なくとも、わたしはそう思う。だが、彼が航海の間や、黄泉《よみ》の国で耳にした予言を、わたしがすべて知っているわけではない。仮に長くは生きられないことをアエネーアスが知っていたとしても、そのことが彼の重荷になったり、彼が希望を抱けなくなったりする、ということは起こらなかった。アエネーアスは恐れを知らず、前を見て、未来を形作ろうと努めた。彼は都市を建て、国を創り、民と家族と自分自身の幸福のために、できる限りの方法で努力する男だった。わたしたちの館の入り口の通路にはアエネーアスの楯が掛かっていた。その楯は来《きた》るべき時、さまざまな王、神殿のある丘、英雄たちと彼らの戦いを描いた絵で埋め尽くされていた。アエネーアスはかつて民の未来を双肩に担って戦《いくさ》に出た。そして今度は、平和の中にその未来を見つけ出すつもりでいた。

十年続いたトロイア戦争のあと、求められても望まれてもいないのに、戦は、ここイタリアの岸で彼を待ち構えていた。その戦を終えた今、アエネーアスはもう二度と、戦に出会いたくなかった。彼はラティーヌス王がしたように、長続きのする平和をつくりあげることを心に決めていた。アエネーアスにとって最重要な目標は、配下のトロイア人や彼らとともにラウィーニウムを建設しているラテン人の間に、そして近隣の諸民族の間に、法の支配、交渉と調停の慣行、見境のない暴力に対する理性的な忍耐の優位性を打ち立てることだった。

そんなにあとになってからではない。最初の一年が過ぎようとするころだったろうか、わたしはアエネーアスが、このイタリアでの短い戦争の終わり方について、心を悩ませていることに気づいた。それによって、彼は、自分が何者であり、どういう義務を担っているのかについての考えを揺るがされ、根本から考え直さざるをえなかった。戦争そのものではない——あの戦争は避けられなかった。マルスがいったん人々を支配したら、思うままに服従させるものだから。アエネーアスに重くのしかかっているのは、あの戦いの終わり方――トゥルヌスの死に方だった。それはアエネーアスにとって、ほかのすべてを揺るがすほどの重みをもっていた。

アエネーアスはあれを殺人だと見ていた。自分を殺人者だと考えていた。自分はいったん剣を引き、勇気ある全面降伏をする時間を、トゥルヌスに与えた。しかし、そのあとで、無力な者の命を助け、征服された者を赦《ゆる》すという義務を忘れ、復讐心に燃えて、トゥルヌスを殺した。自分は不正《ネファース》をなした。口にするのもおぞましい悪をなした、と。

わたしたちは夏の朝、働きだす前に話をした。秋の夜長、夫婦の閨《ねや》で話をした。アエネーアスはわたしと語りあうことができるのに気づいた。彼はそういう種類の語らいを、ほかの誰ともしたことがなかった（のだと、わたしは思う）。もし、あったとすれば、それはずっと昔の、アエネーアスがまだ若かったころ、トロイアが包囲されていた暗い日々のことで、相手はクレウーサだっただろう。アエネーアスは自分が何をしたか、何をすべきなのか、真剣に、そしてしょっちゅう考えている人だった。物事を見極めようとして絶え間なく働く彼の良心は、わたしが耳を傾け、黙って考えこみ、答えようと努めることを歓迎した。そしてわたしの無知は、彼の問いかけを歓迎した。彼の問いかけは、問う価値のある問題とは何なのか、わたしに教えてくれたから。

「あなたは怒っていたのよ」とわたしは言った。「怒っていて当然だったわ！　だってトゥルヌスは自分からあなたを挑発したのに、あなたから逃げた。わざとしたのよ。あなたを消耗させるために、自分を追いかけさせつづけた。卑怯者の戦略だわ」

「あれが戦略だったとすればな。戦争ではどんな戦略も許される」

「でも、彼は停戦を破ったじゃない！」

「あれは彼がしたことではなかった。彼は引きずられただけだ。妹やカメルスや、あのトルムニウスに。槍を投げたのもトルムニウスだし。正直、トルムニウスを殺したことについては、まったく後悔していないよ。だが……トゥルヌスは何も言わなかった。あのときも、そのあとも。最後まで何も言わなかった。彼のふるまいは、呪文に操られた人のようだった」

「セレストゥスも同じことを言っていたわ。あの人は梟《ふくろう》を見たの。あなたとトゥルヌスが最後に向かい合う直前に。梟がトゥルヌスの頭の周りを飛び、翼ではたいたんですって。でも、セレストゥスは言っていたわ。ほんとうに梟がトゥルヌスの頭の周りを回っていて、それを見たのか、トゥルヌスが見た幻を自分も見たのか、わからないって」

アエネーアスがかすかに身震いをするのを、わたしは感じた。

長い沈黙の末に、わたしは言った。「トゥルヌスは何か邪悪なものを受けついでいたと思うの。わたしの母の実家の血筋にはそういうものがあるの。狂おしい何かが。狂気のようなもの。闇のようなもの。それが血筋に沿って走っているの。黒蛇のように。光のない焔《ほのお》のように。ああ、すべての良い方々と大地の母とわたしのユーノが、それがわたしとわたしたちの子どもに近づくことを妨げてくださいますように！」

　そのときわたしは、自分がみごもっていることを知っていた。だから、そう言いながら、わたしもまた身震いして、アエネーアスにしがみついた。アエネーアスはわたしの髪をなでてなだめた。

「きみの中には、邪悪なものなんてない」とアエネーアスは言った。「あの山の中のヌミークスの泉のように、清らかな魂だ。純粋で澄んでいる」

けれどもわたしの心に浮かんだのは、アルブネアの泉だった。硫黄のにおいが鼻をつく青白い霧の下で、静かに濁っているアルブネアの泉。

「トゥルヌスは若く野心的で性急だった」とアエネーアスは言った。「だが、邪悪なところがあっただろうか？」

「欲張りだったわ」わたしは即座に答えた。「欲張りで、利己的で――いつも『俺が、俺が』だった。自分がそこから何を得られるかという目でしか、世の中を見ていなかった。剣帯がほしくて、あのギリシア人の若者を殺した。酷《むご》たらしく殺して、それを自慢した。あなたはそれが耐えられなかったのでしょう？　あの剣帯をトゥルヌスがつけているのを見ていられなかった」

「わたしだって、エトルーリア人の若者、ラウススを殺したよ。酷たらしいやり方で」

「あなたは自慢したりしなかった」

「ああ。心が痛かったよ。あんなことをして何かいい事があったか？　彼は死んでしまった」

「でもね、アエネーアス。あの戦闘では誰も、ほかの誰かの命を助けなかった。命乞いをされてもね――あなたもそう言っていたじゃない」あとで思い出したのだが、そう言ったのはアエネーアスではなく、詩人だった。だが、そのときは、アエネーアスもわたしも気づかなかった。そしてわたしは言葉を続けた。アエネーアスを苦悩から救ってあげたい一心で、舌が滑らかに動いた。「あなたたちは命がけで戦っていた。あなたとトゥルヌスだけじゃなくて、みんなが。血に飢えて熱くなっていたか、海の水のように冷たかったかなんて、どうでもいいじゃないの。しなければならないことをしただけよ。パラスがトゥルヌスを殺そうとしたから、トゥルヌスはパラスを殺した。ラウススがあなたを殺そうとしたから、あなたはラウススを殺した。あれはあなたがたのどちらかが死ぬまで終わらない果し合いだったの。そしてあれ以外に戦争を終わらせる方法はなかった。それが定め――戦争の正義《ファース》。ね、そうでしょ？　あなたはそれに従った。しなければならないことをしたの。なされるべきことをしたの。いつもと同じように」

アエネーアスはしばらく何も言わなかった。そして、そのあとも言葉少なだった。わたしは、自分の議論が彼を打ち負かしたのだと思った。だが、彼はむしろ、打ちひしがれていたのだった。

自責の念があればこそ、いくらかの自己正当化が可能になるのに、わたしは彼から、その自責を奪ってしまったのだと気づいたのは、ずっとあとになってからだ。戦場で感じる激しい怒りを、自分の敬虔さの敵——ほんの束の間、良心を圧倒する凶暴さだとみなすことができないとしたら、すなわち、トゥルヌスを殺したことを、致命的な無秩序の瞬間だったとみなすことができないとしたら、その凶暴さを自分の本質の一部、彼が身を捧げて、支え、仕え、守ってきた正しい秩序の一部だとみなさなければならなくなる。その秩序が、トゥルヌス殺しを正当な行為だとするならば、その秩序自体、正当なものといえるだろうか?

トゥルヌスの死は、アエネーアスの大義の勝利を確かなものにした。だが、それは人間アエネーアスにとっては、致命的な敗北だった。

アエネーアスはトゥルヌスにとどめを刺すまえに、生《い》け贄《にえ》を捧げようとしているのだと言った。だが、何に対して、何を捧げたのか?

この忍耐強い英雄に、自分がどのような種類の勇気を求めていたのか、わたしはわかっていなかった。わたしたちはこの問題を、そのあと二度と話し合わなかった。わたしは、自分が彼の心から不必要な罪悪感の重荷を取り払い、彼を慰め、勇気の必要性を軽減してあげたのだと、ずっと思いこんでいた。若い妻というものは、ほんとうに困ったものだ。

わたしたちの小さなレーギアのまわりに、わたしたちの都市は速やかに発達した。あまりに速やかだったので現実のものではないように思われたぐらいだ。幻のよう、わたしがこの都市を見た夢のようだった。けれども、レーギアの扉をあけて、周りの草葺屋根や瓦屋根を見て、そこから立ち昇る竈《かまど》の煙のにおいをかぎ、人々の声を聞けば――ラテン人の若い妻がトロイア人の夫に呼びかけ、職人の頭《かしら》が弟子を指図し、子どもが飛び跳ねながら歌うのを聞けば――すべては現実で、朝に夕にくり返される生き生きと楽しげな情景だった。ラウィーニウムはラティウムの海岸沿いのほかの都市と似たりよったりだった。だが、暗くて細いプラーティ川のほとりに聳える石灰華《トゥファ》の岩山のてっぺんに建つ砦の高さは有数のものだった。トロイア人にすべてを任せたら、異なる建築様式による建て方をしたかもしれないが、大工はイタリア人だったから、昔ながらの当地のやり方に従った。わたしは、城壁の内側に生えている木のうち、残せるものはすべて残すように主張した。最初は変だと思ったトロイア人たちも、真夏になると木陰のあるありがたさを認め、自分の家を囲むオークや月桂樹や柳の木立を自慢に思うようになった。レーギアはほかのたいていのところよりも日陰が少なかったが、わたしは父の館のあの月桂樹の若枝をもってきて、わたしたちの中庭に挿した。それは一年で、わたしたちの頭より高くなった。また、わたしたちは野葡萄を植えて格子に這わせ、中庭の南端に日陰をつくった。

最初の年には、たくさんの婚礼があった。シキリアからラティウムへの旅は長い旅路の最後の一歩にあたるが、その最後の一歩を男たちとともにした女は多くはなかった。だから、男たちは機会がありさえすれば、妻を娶《めと》りたくてしかたがなかった。冬が来るころには、ラティウムには未婚の女がほとんど残っていなかった。ラテン人の独身男たちはそのことを盛んにぼやいた。わたしのシルウィウスはラウィーニウムで生まれた最初の子どもだったが、彼の生まれた五月が終わるまでに、市内のあちこちで、トロイア人を父にもつ赤ちゃんがさらに五人、揺りかごで泣き声をあげていた。出産に立ち会う神々はその年の間じゅう、そしてそれに続く数年間、ずっと忙しかった。

トロイア人と結婚した地元の女たちの家族は、親戚の絆によって、この街に引き寄せられた。職人たちは自分たちの腕が必要とされているのを知って、この街に引きつけられた。その多くがこの新しい街と新しい王を気に入り、住み着いた。ほどなく、ラウィーニウムにはトロイア人よりラテン人のほうが多くなった。アエネーアスに従ってこんなに遠くまで来た屈強な戦士たちは、気がつけばイタリアの家庭の主《あるじ》として、ほかのイタリアの家庭の間で暮らし、地元の農民たちの傍らで農業を営んでいた。彼らの偉大な都市は伝説となり、彼らの高貴な血筋は無意味なものになった。すべての戦闘や冒険、嵐と航海は、異国の小さな都市の小さな家の炉辺の日常生活の中に埋没した。

彼らの中にはそれを受け入れがたいと思う者もいた。とりわけ、若い者にその傾向が強かった。三十歳を超えた男たちは困難と海水に別れを告げて、自分の炉を構え、妻と共寝するベッドをもつことができるのを、おおむね喜んでいた。アエネーアスは十代と二十代の若者に注意を注ぎ、彼らにもっとも困難な仕事を与えるようにした。いかなる意味であれ危険な仕事は、若者たちにさせた。そして、しょっちゅう軍事演習を行い、競技会を催した。競技会で若者たちは、技や運動能力を競い、優勝を争う。そういう競技会が、さまざまな分野について次々に行われ、年配の男たちや子どもたちが観戦し、応援した。競技会では、若いラテン人の参加も歓迎された。ラテン人の若者が大勢、参加し、競争心を大いに発揮した。さまざまなトロイア人の祝祭日にこのような競技会が行われた。アエネーアスはラテン人の祝祭日もできる限り、年中行事表に書き加えた。それで若者たちは常に、何らかの催しに備えて練習をしていることになった。

わたしの義理の息子、アスカニウスはアフリカで馬術を習い、優れた技量をもっていた。乗馬や調教の技を披露する場では常に一番だった。弓、徒競走、跳躍、格闘、投擲《とうてき》などのほかの競技や、剣や槍の軍事教練では、今ひとつ冴えなかった。しかし、彼はそれらにおいても、頭角を現わさなくてはならないと考え、人に優ろうと必死になった。六位になったときには——いや五位でも、二位でさえも——アスカニウスは恥ずかしさと腹立たしさのあまり、判定に異議を唱えたり、ふてくされて立ち去り、ひとりになって自分を責めたりした。狩に出ても、猪や鹿を仕留めたのが自分でなければ、拗ねたようすでもどってきた。アスカニウスは父親の生真面目さと責任感を受け継いでいたが、ほどの良さと忍耐強さは受け継いでいなかった。故郷を離れたトロイア人たちが、長い放浪の間、王子をいとおしんだのは言うまでもないし、カルターゴでは女王が彼をさんざん甘やかしたのだと思う。というのは、アスカニウスは何かというと、ディードはこれこれのことをさせてくれたとか、アフリカはすばらしかったとか、口にしたからだ。そういう話をするたびに、父親の顔が曇るのに気づいていたかどうかはわからない。気づいていたとしても理由を問うことはなかった。ほんの二、三歳しか年上でないわたしに対して、アスカニウスは慎重で控えめだった。彼が失った慈母の代わりがわたしに務まるはずはなかった。わたしは彼にとって――いや自分自身の感じとしても、むしろ姉のような存在で、父の愛を得ようと競い合う、手強《てごわ》い競争相手だった。アスカニウスは、赤子の異母弟を羨んでいた。どんな父親にも、アエネーアスがアスカニウスを愛するほど、息子を愛することはできなかっただろう。けれど、アスカニウスは未熟で、その愛を素直に受け取れるほど心が広くなかった。父の愛を得るには、それにふさわしい者であることを証明しなくてはならないと考えていた。アスカニウスは苛立ちやすく、不幸せだった。息子が幸せではないことが、アエネーアスを悩ませた。幸い、アスカニウスは狩が好きだったので、アエネーアスは、アスカニウスが好きなだけ、狩の一行に加わって山にはいることを許した。わたしたちの家畜の群れはまだ数が足りていなかったので、狩の獲物はありがたいご馳走だった。宴《うたげ》ができるほどの肉や、熊の毛皮や、見事な鹿の枝角や猪の牙を持ち帰るとき、アスカニウスは、自分が必要とされており、父の子にふさわしい英雄であると感じることができた。

わたしの息子、シルウィウスは五月のついたち《カレンダエ》の翌日に生まれた。計算したより少し早くて、大きくはなかったが、申し分ない赤ちゃんだった。この子の小さな赤い顔がまだ子猫の顔のように、平べったくて吊り目だったときから、そこに隠れている父親の目鼻立ちが、わたしには見てとれた。秀でた額、高い鼻。ひと月もしないうちに、紛れもなく微笑み、ほどなくして、ほんとうに涙を流して泣いた。これもまた父親似だった。アエネーアスも快活だが、感動するとすぐ涙を流す。シルウィウスは貪欲に乳首に吸いつき、手のつけられないほど泣くことはほとんどなく、ぐっすり眠った。起きているときは、はっきり目覚めていて上機嫌だった。赤ちゃんについて言葉で言えることはほとんどない。子どもの父親や、乳母や、ほかのお母さんたちと話しているときはそれでも話が通じるけれど。赤ちゃんたちは、ふつうの言語の世界に属するものではない。言葉は赤ちゃんが苦手だし、赤ちゃんは言葉が苦手だ。シルウィウスは、いい赤ちゃんで、母と父にかぎりない喜びを与えた。そう言うだけで十分だろう。

ラティウムの人々の間には、アエネーアス率いるトロイア人たちへの悪感情はさしてなかった。ラテン人は、自分たちはルトゥリ人に利用されて、ラテン人自身のためというよりはトゥルヌスのための戦争をやらされたのだと考えるようになっていた。彼らはさんざん情けない思いを味わったので、すべてを過去のこととして忘れることを望んだ。わたしの父、ラティーヌス王は以前以上に尊敬されていた。平和を保とうとする父の努力は正しかったし、父の予言は実現したと民が考えたからだ。民の寄せる好意は父にとってありがたいものだった。けれども父自身は人生の喜びを失っていた。体調も悪いときが多かった。短い戦争だったが、あれで、父は急に老けた。アエネーアスをラウレントゥムに呼んだり、自分がラウィーニウムにアエネーアスを訪れて、統治や土地利用についての問題や、種蒔き、収穫、商取引を巡る決断について、助言をしたり、相談したりすることが次第に頻繁になった。父はアエネーアスが自分の息子であり、ラティウムの次代の王となること、廷臣がアエネーアスの信頼を失えば父の信頼も失うことを明言していた。父はわたしたちに対して非常に気前がよく、自分の直轄地をこちらの農民に分け与えたり、こちらの放牧地に自分の最良の家畜の群れを供給したりしてくれた。おかげでラウィーニウムは最初から、ぐんぐん勢いを伸ばし、繁栄することができた。

二、三年のうちに、新しい街は古い街から人々を吸い上げはじめた。「プラーティ川のほとりは活気があるよ。あそこに店を出さないかい?」といった言葉が盛んに聞かれた。ラウレントゥムはだんだんに今日ある姿——すなわち、ちっぽけな、まるで眠っているかのような静かな場所に変わっていった。城門に衛兵はおらず、手入れを怠った家々が生い茂る木々の陰に沈み、レーギアにおいても、わずかな数の老いた騎士とその妻と奴隷たちを除いては誰も、館の神々を崇める者も、大いなる月桂樹の下の水盤のそばにすわり、糸を紡ぐ者もいない、そういう街に。

ラテン人のほとんどがアエネーアスとその配下に恨みを抱いていなかったにせよ、老テュルスは確かに恨んでいた。戦争でひとりだけ生き残った彼の息子も、娘のシルウィアも同じだった。彼らはトロイア人を許さなかったし、許すつもりもまったくなかった。テュルスは公然と父に反抗し、王国と娘をよそ者の冒険者に売り渡した卑怯者と罵った。どうしてラティウム人は立ち上がって、王位簒奪者《さんだつしゃ》を追い出さないのか、とテュルスはわめいた。見ろよ、王が何をしているか。あの泥棒連中に、大切な牛をくれてやっているんだぞ――父はテュルスにわめかせておいた。王家の牧童頭の地位から追わず、罰しも咎めもしなかった。ドランケスのような人はそのことに衝撃を受けた。そのような謀反めいた発言を許すことで、ご自分の威厳と権力を危険にさらしていらっしゃる、というのがドランケスの意見だった。だが、父はテュルス同様、ドランケスも無視した。テュルスの悪口雑言は何の反響も引き起こさず、人々は、片意地な年寄りが和らぐことのない悲しみに耐えかねてわめいているに過ぎないと、気にも留《と》めなくなった。ドランケスについて言えば、わたし同様、アエネーアスも彼を信用していなかった。アエネーアスもラテン人たちも、ドランケスに言いたい放題言わせ、彼の言葉が虚空に消えていくに任せた。

アスカニウスが射た雄鹿のケルウルスは、怪我を負ったが死にはせず、その後何年か生きた。不自由になった脚をかばって歩き、臆病になり、常に家の近くで過ごした。それはわたしがラウレントゥムの人々から伝え聞いたことだ。シルウィアには一度、使いを送り、訪問してよいかどうか尋ねた。何の返事もなかった。気持ちが臆して、訪ねて行くことはできなかった。老テュルスはわたしに怒りをぶつけ、夫を侮辱するだろうし、シルウィアには、会ってもらえないかもしれなかった。シルウィアは晩《おそ》く結婚した。相手は、農場の仕事を手伝いに来ていた親戚の男だった。そういうわけで、シルウィアは自分のペナーテスのそばを離れることなく、生涯を自分の生まれた農場で過ごした。わたしとシルウィアが再会することはなかった。

ラティウムの外の、ラティウムに味方した近隣諸国にも、あの戦争は恨みと悲しみを残した。トゥルヌスに援軍を送ったすべての国々は、自国の戦士たちが、王や隊長を殺され、打ちのめされ、傷ついてもどってくるのを見た。戦争をしたこと自体がひどい間違いだった――結ばれたばかりの盟約が破られ、再度の盟約は成立する途中で破られた――うえに、戦争の目的もあいまいだったので、彼らは誰を責めたらいいのかも、はっきりわからなかった。トゥルヌスの野心のせいにするのは容易だったが、それを言うなら、ラティーヌスも自分の民が、あたかもよそ者を追い払うためのイタリア人同士の連帯であるかのように、トゥルヌスと共に戦うのを黙認したのだった。そして、ウォルスキ族やサビーニ族の王や隊長を殺したのは、イタリア人ではなく、トロイア人やエトルーリア人やギリシア人だったのだ。エトルーリア人が南の諸国を支配しようと狙っていることは周知の事実だし、ギリシア人は信頼できない相手だった。そして、はるばる海を渡ってきて、自分たちが受け継ぐべきものとしてイタリア全土を要求するトロイア人とは何者であるのか?

イタリア全土をうんぬんというのは、そのような予言があったという噂が広まっていたからだ。アエネーアスが人前でそれについて語ったことは一度もなかった。けれどもトロイア人の一部はそういうことを口にした。アエネーアスが自分たちをこの地に連れてきたのは、前兆と神託に導かれてのことであり、イタリア全土を支配し、栄光に満ちた、永遠に続く帝国を創設するためなのだ、と彼らは語った。アスカニウスは親しくなったラテン人の若者にその話をした。アスカニウスはラテン人の友人たちを、わたしたちの館のアトリウムに誘い、未来の壮麗な建物や際限のない戦いを描いたアエネーアスの楯を見せた。「この戦士たちは——この王たちは、ぼくの子孫なんだ」と彼は友人に言った。彼がそう言っているとき、わたしはちょうどそのそばを通り過ぎた。肩に載せて楯を担っていたアエネーアスのように、抱っこしたシルウィウスを自分の肩のところで支えて。

ふたつ目の春の三月の後半、ルトゥリ人の一団とウォルスキ人の一団がアルデアの街の外で密かに合流し、夜の間に野を横切って、ラウィーニウムに早朝の攻撃をしかけた。そのころまでに、ラウィーニウムの城壁は堅固に建てられていたが、攻撃に備えた防御の態勢は整っていなかった。夜間閉じられている城門は、羊飼いや牛飼いが動物たちを連れて出入りできるように、夜明け前に開かれていた。最初の警告は、坂を駆けのぼるそれらの少年たちの叫びだった。「軍隊です。軍隊がやってきます」門衛たちがアエネーアスに急を知らせた。緊急の際、アエネーアスは猫のように機敏に動く。わたしが何が何だかわからないでいるうちに、起き上がって外に出て、アスカニウス、アカーテス、セレストゥスに、兵を集め、武装させるよう命じていた。

わたしは館の屋上に登り、城壁の向こうに目をやった。野の向こうから黒雲のように湧き出てきた人の群れが、槍の穂先を光らせて、ほとんど何の音も立てず、迅速に進んでくるのが見えた。わたしの心は恐怖にとらえられた。また戦争だわ。マルスがやってきて、ドアを打ち破る。血と死と滅亡が来る。もうおしまいだ。わたしはシルウィウスをしっかりと胸に抱いて、胸壁の陰に這いつくばり、怪我をした犬のようにうめいた。わたしはもはや、乙女の勇気をもっていなかった。わたしはほかの女たちと同じく、子どもと夫の身を心配する、意気地《いくじ》なしで怖がりの女に過ぎなかった。幸いなことに、マルーナはそうではなかった。ラウレントゥムが包囲されそうになったときと同じように、マルーナは食糧と水と薪《たきぎ》の備蓄の話をもちだして、わたしを臆病の発作から救い出した。わたしはマルーナとともに屋根から下りて、朝の祈りを唱え、必要な手配をした。

攻撃者たちは市内にはいるには至らなかった。ラウィーニウムの男たちが、アエネーアスと古参の隊長たちの指揮のもと、城門から出て、彼らを迎え撃った。トロイア人や若い運動選手たちは剣と楯、槍や投げ槍で武装し、市民たちも鍬《くわ》や根掘り鍬や鎌をふりかざした。ふたつの集団は、城壁の外側の盛り土の防御壁の上で出会い、激しく戦った。だが、戦いは短時間しか続かなかった。若い射手たちが数人、城門の塔から攻撃軍に矢を放つと、攻撃軍は総崩れして、方向を転換し、逃げていった。ラウィーニウム側の男たちのほとんどが追いかけた。近くの放牧地に、追跡のための馬を取りに行く者もいた。だが、アエネーアスは配下のトロイア人ならびに、見かけた若者すべてに声をかけ、市内に連れもどした。わたしが館の前で待っていると、アエネーアスが男たちを率いて通りをやってきた。館の前で、アエネーアスは男たちのほうに向き直って、語りかけた。

「一日の始まりとしては、なかなか活気に満ちていたな」静かに話しているときでも、彼の声はほかの声にじゃまされず、よく通る。男たちは皆、アエネーアスの言葉に、声を立てて笑い、はやしたてた。「やつらには、いい薬になっただろう」と彼は続けた。「わたしたちにとっては、自制心を発揮するよい機会だ。敵の失う人数が少なければ少ないほど、彼らが仇《かたき》をうつ必要も少なくなる。すべてが速やかに忘れ去られるだろう。ところで、敵軍の指揮者は誰だったかね？　わかっている者はいるかな？」

「アルデアのカメルスでした」数人のラテン人が答えた。「死んだカメルスの息子の若いカメルスです」

「そうか。あのお粗末な指揮では、当分は、誰も彼に従うまい。敵は全員、ルトゥリ人だったかい？」アエネーアスはまだ、地元の人間ほど正確には、この地の民族や部族を区別することができなかったのかもしれない。だが、たとえ敵の素性を正しく把握していたとしても、尋ねていただろう。人は誰でも尋ねられるのが好きで、教える立場にいることを好む。それをアエネーアスはよく知っていた。

「ウォルスキ人もいました。大人数で固まっていましたよ」ラテン人たちが口々に言い、ウォルスキ人の性格や体つきの特徴をいろいろと説明した。「馬の尾っぽを冑《かぶと》につけてるやつらです」と、ひとりが大声で言った。ラウィーニウムの男たちは、急に降ってきたような容易な勝利に興奮し、有頂天になっていた。小さな負傷が得意気に見せびらかされた。敵を追いかけていった男たちは、殺したり、降伏させたりした相手から奪った戦利品——鎧《よろい》の胸当てや剣や冑など——を持ち帰った。その日は昼も夜も街じゅうが騒がしくて、若いワインがたくさん飲まれた。自慢話をしながら酒を飲む人々に、アエネーアスは寛容で、夜更けまでレーギアを開放した。「これでみんなの心がひとつになった」わたしが女の居住区にさがろうとしていると、アエネーアスが人々の輪を離れて、そばに来て言った。「わたしの民ときみの民が。彼らは皆、ラウィーニウム人だ。いずれこういうことが起こるとは思っていたが、どうせ起こらなくてはならないことなら、うまい具合に進んでよかった」

「でも、ずっと続くのかしら?」わたしは愚かな問いを発した。「くり返し起こるの?」

その朝、感じた恐怖は、わたしから離れていなかった。骨の中に一筋の冷たい糸がはいりこんだかのようだった。

アエネーアスはわたしを見た。かつて自分の都市が燃えるのを見た目で。死者の国を見た目で。アエネーアスはわたしを優しく抱いた。「ああ。だが、わたしは、自分にできる限り、それが起こるのを防ぐよ、ラウィーニア」

その後しばらくの間、アエネーアスは危険な動きのほとんどを食い止めることができた。包囲攻撃をしかけようとした敵を追い払ったことは、ラウィーニウムの防御の固さを広く知らしめた。アエネーアスはそれに安んじることなく、精力的に動いて、サビーニ族や、カエレを始めとするエトルーリアの諸都市、そしてパランテーウムのエウアンドルス王との同盟を強化した。

　エウアンドルスは息子を失った悲しみからまだ立ち直っておらず、アエネーアスが戦場で息子を護ってくれなかったことを恨んでいた。アエネーアスとわたしは彼を訪問したが、応対は冷ややかだった。わたしがパランテーウムを訪れたのは、パラスとわたしがまだ子どものころ、父とともに行って以来だった。その小規模な入植地が、以前よりも貧しくなっているのを見るのはつらかった。家々は川沿いの泥地に建てられ、女たちや子どもたちはやせ細り、疲れきっているように見えた。だが、ここそは、わたしの詩人が、わたしとアエネーアスの子孫が大いなる都市を創建するところだと告げた場所なのだ。わたしは信じられない思いで、あたりを見回した。ごつごつした山の茂みの間に、楯に描かれている輝かしい宮殿や祭壇が建つことになるのだ。人々があふれ、偉大な支配者たちが、大理石の石畳の上を歩くことになるのだ。それは、草葺屋根の小屋が並ぶ村と、狼が立ち去った洞穴《ほらあな》の間を、わずかばかりの痩せた牛たちが草を求めてさまよう、この土地に起こることとなのだ。

　屋根が低く陰鬱なエウアンドルスの館の中の、わたしたちにあてがわれた部屋でふたりきりになったとき、アエネーアスは暗い顔をしていた。エウアンドルスの悲しみと恨みを目にするのは、アエネーアスにとって耐え難いことだった。わたしはなんとかして彼を元気づけたかった。ちょうど頭の中が、あの大いなる都市の幻でいっぱいだったので、わたしは言った。「わたしには都市をどこに建てたらいいかわかる才能があるって、あなた言っていたわね」アエネーアスはラウィーニウムをつくるときに、わたしがよい場所を選んだことを、何度もほめてくれていた。

「うん、そう思うよ」

「あのね、ここが一番の場所なの」

アエネーアスは上目遣いにわたしを見て、次の言葉を待った。

「わたし、見たの……一種の夢の中で」それまで、詩人のことを彼に話すことはおろか、その話題にこれほど近づいたこともなかった。危ない縁を歩いているという気がしたが、用心しいしい続けた。「あなたの楯に、都市が描かれているでしょう？ 偉大な都市が」

アエネーアスはうなずいた。

「あれはここなの。まさにここなの。あの七つの丘の上にできるの。その都市は父なる川の聖なる名のひとつで呼ばれるのだと思うわ。エトルーリア人の言葉ではルーマ。わたしたちの言葉ではローマ。世界じゅうでもっとも偉大な都市になるのよ」わたしは旅行用の籠の中ですやすや眠っている坊やに目をやった。「その都市は、シルウィウス坊やでいっぱいなの。この子の子孫が何千人もいるのよ」

しばらくして、アエネーアスの顔に笑みが広がった。「運のいい都市だな」と彼は言った。「きみはそれを見たの？」

「あなたの楯に——大方は」

「きみは読み解き方を知っている」アエネーアスは考えこむように言った。「わたしには読めないが」

「ただの当てずっぽうよ。夢のようなもの」

アエネーアスは坊やの籠のそばに立ち、思いを巡らした。やがて、手を伸ばして、まばらな柔らかい髪を、人差し指の背でそっとなでた。「おまえもあの楯をもつことになる」アエネーアスはささやき声で坊やに言った。

「戦いにおいて、ではありませんように」とわたしは言った。

「楯をもたなければならない場合にはいつでも……。いや、その話はやめておこう。さあ、ラウィーニア。その大いなる都市で眠るとしよう」

エウアンドルスの同盟はしぶしぶながらのもので、大した協力を申し出てはくれなかった。けれども、わたしたちがパランテーウムのギリシア人たちと友好的関係にあるという噂は、南東にはるかに大きく豊かな入植地をもつアルピのギリシア人たちの耳に届いた。この入植地を支配している男を、アエネーアスははるかな昔、はるかに遠い地で知っていた。トロイアを包囲したギリシア人の英雄のひとり、ディオメーデス。両者の間に友愛が生まれる理由はほとんどなかった。アカーテスがわたしに経緯を教えてくれた――アエネーアス自身はトロイア戦争についてはまったく語らなかったから。包囲の最後の年、戦闘中にディオメーデスがアエネーアスの戦車の御者を殺した。アエネーアスは御者の遺体のそばに立ち、略奪しようとするギリシア人たちから護った。ディオメーデスが巨大な石を投げつけた。石が腰に当たり、アエネーアスはくずおれて膝をついた。とどめを刺そうとディオメーデスが剣を振りかざしたとき、アエネーアスは土をつかんで、相手の目に投げつけ、逃げ去った。誰も予想しなかった見事な逃げ切り方は超人的な印象を与え、アエネーアスの戦士としての評判はいやがうえにも高まった。怒り狂ったディオメーデスは戦闘の間じゅう、アエネーアスを捜しまわった。アエネーアスが傷ついた体でおぼつかなく歩いているのをようやく見つけたディオメーデスは、殺そうと襲いかかった。だが、勇士ヘクトルがアエネーアスに助太刀しに来て、それとともに、退却していたトロイア兵の隊列がもどってきて戦った。

アカーテスがわたしにこの話をしてくれたのは、ギリシア人たちとその入植地についてふたりで話していたときのことだった。わたしはお返しに、ディオメーデスがトゥルヌスを助ける同盟軍に加わるのを断った際に、アエネーアスには気をつけろ、彼は大いなる方々の加護を受けている、とトゥルヌスに警告したという話をした。「賢い男ですな、ディオメーデスは。少なくとも昔より賢くなった。昔は喧嘩っ早いやつで、人とも神とも、よく争った……。今はもう、あの男とまた顔を合わせるのがいやではありませんよ。こんなに長い年月が過ぎたのですから」

わたしたちがパランテーウムからもどってほどなく、アルピからの使節がやってきた。使節は十頭の見事な雌馬を贈り物として届けるとともに、「ラティーヌス、アエネーアス両王の治下にある」ラテン人と、自分の民との同盟関係を願うというディオメーデスの言葉を伝えた。

父のラティーヌスは無条件で喜んだ。父はアエネーアスに言った。「行きなさい。アルピに行って、彼と盟約を結ぶがよい。彼とわたしたちは、ルトゥリ族とウォルスキ族を間に挟むことができる。胡桃《くるみ》割《わ》りのようにな」

「こういう言い習わしがあります」アエネーアスは言った。「贈り物をもってくるギリシア人には気をつけろ」そして悪戯っぽくつけ加えた。「とりわけ贈り物が馬であるときには」

「では、馬はわたしがもらっておこう」と父は言った。「きみは行って演説してくれ」

その夏、父は人当たりが穏やかだった。体調がよくなり、ラウィーニウムを数回訪れて、父の言う「孫息子の祭壇」で礼拝を行っていた。

アエネーアスはアルピに行くときには、わたしを同伴しなかった。アルピは遠いし、途中、危険な国々を通らねばならない。それにアエネーアスは、ディオメーデスが信頼できるかどうか確信をもっていなかった。アエネーアスの留守の間、わたしは彼の身が心配だった。だが、気が気でならないというほどではなかった。まだふたつ目の夏だから。ほんとうに心配しなくてはならないときは、まだ来ていない。

アエネーアスと堅固に武装した供《とも》の一隊は、二十日後、無事に帰ってきた。アエネーアスの話によれば、ディオメーデスとは話がはずみ、「トロイア戦争をそっくりもう一度戦った」とのことだった。両者は祭壇で、和平と助け合いの盟約を結び、十頭の猪と十頭の雄牛、十頭の雄羊を生け贄として捧げた。ディオメーデスは豊かなのだ。

帰路、旅の最後の夜を、アエネーアスはアルバ山で過ごした。「聖なる場所というものをわたしが見たことがあるとすれば、あの場所こそ、そうだ」と彼は言った。「あそこはわたしにイーダ山を思い出させた。もっともアルバ山には誰も住んでいないが」

「アルバ山は聖なる場所よ。父は冬至にあそこに行くの。冬至には、窪地《カルデラ》の縁の裂け目から朝日が昇るの。それに日照りが続いたり、季節はずれの雨が降ったり、落雷で人が死んだりすると、人々はあの地を訪れ、礼拝するの。どうして誰も住んでいないのかはわからないわ。土地が痩せているのじゃないかしら」

「湖のそばに村があるそうだ。本格的な町があっても不思議ではないのに。もっとも、たしかに土が白っぽいね」

「白いのは灰ですよ」とアスカニウスが言った。「灰は葡萄栽培に適しているんですよ」

秋の初めに、アエネーアスは船で北西のカエレに行った。戦争のときに味方してくれたことへの感謝をこめて、タルコンとその民に、心尽くしの贈り物を携えていった。白い雄牛と白い雄羊が三頭ずつ、葦毛《あしげ》の雄の子馬が二頭。馬はいずれも、わたしの父が用意した、金箔を押した革と金箔を張った青銅でできた見事な馬具をつけていた。ふたりの王からの贈り物としてはりっぱとはいえないかもしれないが、わたしたちの現状に見合ったものだった。富や工芸においてエトルーリア人と張り合うのは無駄なことだ。決して同等ではないことを、向こうも承知しているし、わたしたちもよくわかっていた。アエネーアスたちはカエレで歓待を受けたのち、ひと月以上の間、エトルーリアにとどまって、ファレリイやウェイイなどの都市を訪れ、どこでも歓迎された。彼は旅行の成果に満足し、船で帰ってきた。

わたしはアエネーアスの満足感を台無しにしたくはなかった。けれど、人々から離れて寝室にふたりきりになり、本心が語れるようになると、思いのたけをぶつけずにはいられなかった。「こんなに長く留守にするのは、もうよして。お願いよ、アエネーアス。いいえ、もう二度と旅に出ないで！」そして自分でも驚いたことに、わたしは泣き出してしまった。

もちろん、アエネーアスはわたしを慰め、なだめて、何がそんなに心配なのかと尋ねた。わたしたちが一緒にいられるのは、この冬と、次の夏と、次の冬だけなのよ、とはもちろん言えなかった。

わたしは言った。「あなたがこういう旅をしなくてはならないのはわかっているの。でも、少しあとに延ばしてもらえないかしら――。もう一、二年して、シルウィウスがもう少し大きくなるまで。今年はいやなの。今年はもう旅をしないで。できたら来年もしないで。そしてこんなに長く留守にしないで。まるまるひと月なんていやなの」

当然ながら、アエネーアスは何のことか、さっぱりわからないでいた。彼は懸命に考えていたが、やがて嘘をつかないで言える精一杯のことを言った。「どうしても行かなくてはならない場合だけにするよ、ラウィーニア」

わたしはうなずき、嗚咽《おえつ》をこらえようとした。自分の弱さと、運命を欺《あざむ》こうとするあがきが恥ずかしくて、体が熱く赤くなった。
「きみが泣くのを見るのは耐えられない」とアエネーアスは言った。彼自身の目から涙をあふれさせながら。

アエネーアスの長期不在について、わたしの悩みの種がもうひとつあった。それについても、やはり口には出さなかった。それは、アエネーアスの留守中のアスカニウスのふるまいだった。アエネーアスは館をアスカニウスに託し、ラウィーニウムのあらゆる問題を彼に委ねた。それは当然の処置だった。長男であり、跡継ぎである彼は、責任を担うことによって、経験を重ねていかなくてはならないのだから。無理もないが、アスカニウスは父親の権威を引き継ぐことに恐れを感じて、不安を募らせ、その結果、やりすぎてしまった。アスカニウスは高圧的に支配した。人々には、彼の若さに免じて大目に見る気持ちが十分にあった。だが、アスカニウスは彼の年頃の若者としても、並外れて不思慮だった。せっかちでわがままで高慢だった。思うようにいかないと不機嫌に黙りこみ、いかなる助言にも耳を貸さなかった。アカーテスの助言にさえ、耳を傾けなかった。いや、むしろ、アカーテスの助言をことさらに軽んじた――アカーテスはアエネーアスの、忠実な補佐役であり、友人であったから。恐れを知らぬ勇士であることを証明するために戦いを待ち望むのか、戦いを恐れるがゆえに却って、そこに足を踏み入れてしまうのか、どちらだったのかわたしにはわからないが、アスカニウスは争いの種の見出せるすべての場所で、争いを引き起こした。アエネーアス不在のひと月の間に接したほぼすべての個人、ほぼすべての集団の憤慨と反感をかきたて、彼らとの関係を、修復に何か月もかかるほどひどく損なった。

わたしはアエネーアスの統治がもたらした平和と、アエネーアスの心の安らぎの両方を台無しにしたことについて、アスカニウスがどうしても許せなかった。アエネーアスの短い治世が、彼の長年の苦労に報いるものであることを、彼に幸せな安息の場を与えてくれることを、わたしは心から願っていた。わたしの愛する明けの明星の息子が、静穏の中で最後の輝きを放つのを見たかった。アエネーアスがエトルーリアにいる間、わたしは自分の知っていることをアスカニウスに話すべきではないかと考えた。あなたの父上に残された命はそう長くないのよ、と。アスカニウスがそのことを知れば、父に対する自然な情愛から、父に苦労や悲しみを与えまいとするのではないか、一年やそこら、我の強さを抑えることができるのではないかと思ったのだ。けれども、アスカニウスはわたしに対して強い猜疑心と嫉妬を抱いており、わたしが知っていることを伝えても、それが真実だと信じさせるのは不可能に思われた。へたをすれば、鼻先で笑われる。アスカニウスは、わたしたちの神託や聖なる場所といったことも含めて、ラテン人にかかわるすべてを見下《みくだ》す傾向があった。その上、わたしは、ギリシア人の一番いいところは、女どもに身のほどをわきまえさせていることだと、彼が言うのを聞いたこともあった。

少年の青臭いたわごとに過ぎないと自分に言い聞かせ、表面はぶっきらぼうで可愛げのないアスカニウスだが、心根は良いのだと信じようとした。だが、それでも、自分の知っていることを打ち明ける気にはなれなかった。彼が怒りに駆られて、あるいは、自分の力を誇示しようとして、その秘密を父に対する武器として用いることをしないという確信がもてなかったのだ。

アスカニウスとわたしはお互いに、なるべく関わりをもたないようにした。妻と息子の気が合わないことに気づいたアエネーアスは、わたしたちのいずれかがもう一方に誤解されるような状況を注意深く避けた。気弱さや八方美人と混同されることが多いが、気配りは、国であれ、家であれ、上に立つ者にとって重要な資質だ。支配下の人々ひとりひとりを知ることによって、それぞれに敬意を払うことが可能になる。人々は支配者の敬意に応えて、支配力を承認し、敬意を返す。アエネーアスは気配りによって人々を治め、気配りのゆえに人々に愛されていた。

その冬から春にかけて、アエネーアスはアスカニウスが損なった、土地所有者たちや周辺の部族、近隣諸国などとの関係を修復するために、気配りの能力を大いに発揮しなくてはならなかった。その相手には、わたしの父も含まれていた。反抗的なアスカニウスだが、同時に先祖や父親について、子どもっぽい誇りをもっていて、世界の西のはての一地方の老いさらばえた首長を、王と仰ぐことはおろか、対等のものとみなすことにも我慢がならなかったのだ。

アエネーアスの不在中に、アスカニウスはラティーヌス王からの使者を、何の返事も与えずに追い返したり、ラティーヌス王の命令とは逆の命令を下したりした。父はその時は何も言わず、アエネーアスがもどってから、彼に話した。父は——彼自身、気配りのできる人だったので——「若いの」にラウレントゥムやラウィーニウムとは別の所領を与え、統治させてはどうか、と提案した（父はアスカニウスを「若いの」と呼び、アエネーアスの息子として扱った。一方、自分の孫はシルウィウスと呼び、小さな王さまとして遇した。気が回るからと言って、必ずしも頑固さが減るわけではないのだ）。

アエネーアスは父の案に基づいて、迅速に動き、アスカニウスにアルバ山地、アルバ湖、アルバ・ロンガの村、古い都市ウェリトラエの統治権を与えた。そして、そこでの彼の任務は、南イタリアじゅうから人がやってくるアルバ山の祝祭が滞りなく行われるよう、近隣の荒々しい人々との間の平和を維持することと、農業を振興すること、そして、平時は農業にいそしみ、戦時にはラティウムの王たちのために戦う忠実な集団の育成をはかることだと教えた。万一、揉め事を収拾する代わりに自ら引き起こすようなことがあったら、ただちに統治権を奪い、ラウィーニウムに呼びもどすと、単刀直入に警告したよ、とアエネーアスはあとでわたしに言った。

アスカニウスは腹心の友アテュスと小規模な隊を従えて旅立った。全員が良い馬に乗り、武器も十分に携えていた。冑《かぶと》の羽根飾りを上下させて進む姿は、誇らしげで凜々しかった。アスカニウスはアルバ・ロンガに滞在し、父のもとに申し分のない報告を送った。試みは功を奏したかに見えた。

アスカニウスがいなくなって、わたしは大いにほっとした。これで、この夏の残りと秋と冬の間、アスカニウスに煩わされることなく、アエネーアスを独り占めできる。春のことは考えなかった。春は来るに決まっている。いつものようにヤーヌスが門を開き、マルスが春を連れて中にはいる。それについてわたしが心を悩ませる必要はない。

ラティウムの東にある山国やルトゥリアから来る貧民が、牛泥棒や山賊と化して、ラティウムの周辺部の農場をしょっちゅう脅《おびや》かしていた。ティベリス川の上流や、ティベリス川の支流アリア川の川沿いに住むアエクイ族やサビーニ族はしばしばエウアンドルスの入植地を襲い、ときには、戦《いくさ》用のカヌーで父なる川をさらに下って、塩田を狙った。アエネーアスはそれらのカヌーを寄せつけないように、かつての野営地、ウェンティクラに、人員を配備した船を停泊させていた。とはいえ、こういったことは、父が常に抱えていた厄介事を越えるものではなく、ラティウムはわたしの子どものころのような平和をとりもどしていた。アエネーアスは街づくりや農耕や牧畜に、そして狩や、頻繁に執り行われる礼拝の儀式に、心を向けることができた。狩はアエネーアスとアスカニウスの両方が好むことであり、礼拝は、アエネーアスとわたしの両方が好むことだった。

わたしたち、王族と呼ばれる者は民に代わって、大地と天の大いなる方々に話しかける。大いなる方々はわたしたちを通して、民に意思を伝える。わたしたちは仲介者だ。王たる者の第一の務めは、神々を讃え、なだめる儀式を、しかるべきやり方で執り行い、それによって、わたしたちより偉大な方々の意思を理解し、人々に知らせることだ。土を耕す時、種蒔きの時、収穫の時、牛の群れを山に登らせる時期、谷間にもどす時を農夫に教えるのも王だ。王は自分の経験ならびに大地と天の祭壇での奉仕からそれらのことを学ぶ。同様に、いつ起床し、どんな仕事をするか、どのような食べ物を用意し、どのように料理するか、いつそれを食べるか、世帯の人々に指図を与えるのは、一族の母の役割だ。母は自分の経験ならびに、ラレースとペナーテスの祭壇での奉仕からそれらのことを学ぶ。このようにして、王国でも館でも、平和が保たれ、物事がうまく進む。アエネーアスもわたしも、この責任を負って生まれ育ち、大人になった。この責任はわたしたちの両方にとって、大切なことだった。

わたしの父とアエネーアスは、王の務めをうまく分け合っていた。若いほうの王は、常に年嵩の王に譲ったが、老いた王が疲れたときにはいつでも、喜んで重荷を引き受けた。わたしたちラテン人の習慣の中にはトロイア人のアエネーアスになじみの薄いものも多かっただろう。けれど、アエネーアスは生まれたときからしているかのような手馴れた感じで、儀式を引き受け、優雅に執り行った。わたしはその春、アンバルウァーリアの行列を先導したときの彼を思い出す。ああ、あの輝かしい春。

あのとき、すべての農夫が自分の農地で、自分の世帯を先導して、儀式を執り行っていたはずだ。父のラティーヌスがラウレントゥムの城壁の下の自分の土地に向かっていたであろうころ、アエネーアスはラウィーニウムを出て、王家の農地に向かう行列の先頭に立っていた。それに先立つ数日間、館は準備に大忙しだった。各人が着る白い服を洗ったり――流水で洗わなくてはならないので、何度も川との間を往復しなくてはならなかった――幸運を招く薬草を集めたり、それを編んで、人と動物の両方にかける花輪をつくったりした。儀式に参加する者は皆、前夜は身を慎み、清い体で儀式に来ることになっていた。

わたしがアンバルウァーリアで一番好きなのは、その静けさだった。誰も話さない。人々は動物のように、黙々と歩く。そういう定めがあるわけではなかったが、ここで話された言葉はすべて、この世の常とは違う重みをもってしまう。うっかり口にした言葉が、農作物や動物の群れに災いを及ぼしかねない。だから、まったくしゃべらないほうが安全なのだ。王と儀式の侍者たちだけが、「幸運を招く舌」で言葉を口にする。老フェロクスが彼らのために細かく区切って唱えてくれる祈りの言葉を、ほとんど聞き取れないぐらいの小さな声でくり返す。フェロクスの声は柔らかく、口調は淡々としている。フェロクスはわたしたちが、この土地のそばにラウィーニウムを建設するずっと前から、この土地を農地として用いてきた。六十年前から祈りを唱え、農地の周りを歩く行列を先導してきた。彼こそが、真の祭主だった。

アエネーアスは老フェロクスのあとに続いた。果樹と野生のオリーブの葉の輪をかけられた白い子羊が、アエネーアスの後ろに続き、わたしたちみんながそのあとに従った。行列は農地を三周した。境石《さかいいし》から境石へと移動し、ヤーヌスと向き合い、それからヤーヌスに背を向けた。ヤーヌスもわたしたちと向き合い、それから背を向けた。私たちは黙々と歩き続けた。だから、自分たちの衣擦《きぬず》れの音と、農地をはだしで歩く足音が聞こえた。オークの木立の中で、春を招く小鳥のさえずりが聞こえた。

アエネーアスは切りとったばかりの芝を載せた古い石造りの祭壇のところに、子羊を連れていき、生け贄《いにえ》として捧げた。生け贄を捧げるやり方を見れば、その人のことがよくわかる。アエネーアスの手は、ひょろひょろした雄の子羊を穏やかに優しく扱い、突然のナイフの一撃で、速やかに命を奪った。子羊は静かに両膝をつき、眠りに落ちるときのように横に倒れた。恐れる暇もなく息絶えて。

生け贄が捧げられている間に、老フェロクスは、はっきりした声で祈りを唱え、この場所の霊に頼んだ。おん方々のお力が増すように、命の贈り物をさしあげますから、わたしどもの家畜を殖やし、種を蒔いた農地から災いを遠ざけてください、と。それから、フェロクスはほかの老人たちとともに、しわがれた声を張り上げて、「耕地の歌」を歌った。

ラレースよ、われらとともにおわしませ。われらを助けたまえ。
災いの来ぬように。
いかなる災いも来ぬように。マルスよ。マルスよ。
猛《たけ》きマルスよ。思う存分、召し上がれ。

思う存分、召し上がれ、マルスよ。境石の上で飛び跳ねたまえ。
思う存分、召し上がれ、マルスよ。境石の上に立ちたまえ。
仲裁者を呼び、われらがために弁ぜしめたまえ。
われらとともにおわしませ、マルスよ。
踊りませ、いざ。踊りませ、いざ。踊りませ、いざ。踊りませ。

こうして、わたしたちの行列は黙りこくったまま、農地の周りを歩くことで、その軌跡によって囲った土地への加護を願い、場所と季節のなだめがたい力に祈りを捧げた。それから、踊りが始まり、祝宴が催され、祝い歌や恋歌が歌われた。

フェロクスら、老人たちが歌った歌についてアエネーアスは、あのような歌は耳にしたことがなかったとあとでわたしに話した。また、わたしたちが知っているようなマルスを自分は知らなかったとも言った。トロイアの人々のマルスは、戦争と無秩序をもたらすだけで、動物の群れの護り手ではなく、人の手のはいった世界と、荒野との間の細い境界線を維持する神でもない。アエネーアスは老人たちに、この歌について、マルスについて質問した。彼のことだから、老人たちの答えについて深く考えを巡らしたに違いない。

はるかに遠いトロイアにいたアエネーアスは、この歌を知らなかった。だが、山脈を隔てたところにあり、これからやってくる時間の暗がりのなかにある「はるかに遠い」

マントゥアにいた、わたしの詩人は、この歌を知っていた。この歌が歌われるのをわたしが初めて聞いたときから見れば、世紀で数えるふさわしい長い時間の隔たりがあっても。わたしと詩人とが、それぞれの家庭や暮らし方について語り合った、あのアルブネアの夜、あなたたちもアンバルウァーリアを祝うの、と尋ねると、詩人はにっこりして、歌ってくれた。わたしが知ったとき、すでに大昔からのものだった節に合わせて、エーノース・ラセース・ユウァーテ――ラレースよ、われらとともにおわしませ、われらを助けたまえ、と。

マルスの司る時は、農民と戦士の季節、春と夏だ。十月、「飛び跳ねる神官たち」の槍と楯はしまわれる。収穫物が倉庫に収まるとき、戦いは終わる。この年、父は「十月の馬」の儀式をおこなった。王の葬儀を除くと、馬が犠牲に供されるのは、この儀式のときだけだ。この儀式のために、ラティウムじゅうから人々が集まり、王国の平和と豊かな実りに感謝した。そして、これがラウレントゥムで大きな儀式がおこなわれる最後の機会となった。

わたしたちもラウレントゥムに行き、数日滞在した。アエネーアスは司式をする父の手助けをした。わたしはもはやその役目を果たすことができなかった。結婚によって、父の世帯に属する娘ではなくなり、わたし自身、母となったからだ。けれども、父の跡継ぎである幼いシルウィウスは、聖なる食べ物の皿を、テーブルから炉に運び、ウェスタの火に投じることができた。マルーナの母が付き添い、シルウィウスが食べ物と一緒に皿を火に投じてしまわないように気を配った。「豆だけですよ」と彼女はささやいた。「豆らけ」シルウィウスは重々しく言った。ほんとうは「神々は喜んでおられる」と彼が言うことになっているのだが、わたしたちが代わりに言った。

実り豊かで穏やかな美しい秋だった。冬の雨は長く優しく降った。日々の務めの忙しさと、シルウィウスを育てることによる絶え間ない喜びと不安、アエネーアスが傍らにいて愛を注いでくれるという確かな喜びの中で、わたしは過ぎ去る日々を数えることを忘れた。それらの日々は、一昼夜のようだった。ひとつの昼と夜。夜は長く、幸いに満ちていた。けれど、ときたま、冬の闇の底でふと目覚めると、体も魂も川のふちの氷のように冷たく、これは三つ目の冬だという思いが浮かぶ。

わたしは冴えた目をして横たわったまま、解くことのできない謎を解こうと悶々とするのだった。アエネーアスの治世は三つの夏と三つの冬だと詩人はわたしに言った。わたしたちが結婚した夏が最初の夏なのだろうか？　アエネーアスが統治者としてラウィーニウムにはいったとき、夏はすでに始まっていたから、三つの夏と三つの冬の勘定は、その年の冬から始めるべきではないか？　だとすれば、次に迎える夏が、アエネーアスにとって三つ目の夏になる――三つ目の夏で、最後の夏。けれどその場合は、夏までは――夏の終わりまでは生きることができる。この春に死ななくていいのだ。

でも、そもそも、どうして彼が死ななくてはならないのか？　もしかしたら、詩人は、そういう意味で言ったのではないかもしれない。詩人はアエネーアスが死ぬとは言わなかった。ただ、彼の治世は三年、と言っただけだ。もしかしたら、アエネーアスは王位を捨てて——アスカニウスに譲って、生きつづけるのかもしれない。長い人生、幸福な人生、アエネーアスにふさわしい人生を。どうしてわたしは今まで、その可能性を思いつかなかったのだろう。

わたしの頭はその考えでいっぱいになり、くらくらした。もう眠ってなんかいられなかった。朝になってアエネーアスが目覚めると、「アエネーアス、今すぐあなたの王国をアスカニウスに譲って」ともう少しで言うところだった。

そのとき、そうしないだけの分別はあった。一日か二日経ってから、軽い調子で尋ねてみた。統治する立場を捨てて普通の男として生きることを考えたことがあるかと。

アエネーアスは黒い目を光らせて、さっとわたしに向けた。「そういう選択肢は与えられていなかった」と彼は言った。「プリアムスの甥でアンキーセスの息子だったから」

「でも、あなたが今いるこの国では、あなたを生み出した方々よりもあなたの子孫のほうが重要になってくるのではないかしら」

「それはたしかにそうかもしれないが」と、アエネーアスは少し考えてから言った。「だからどうだというのだ？　わたしは王になるべく、この地に遣わされた。ヘクトルは墓からやってきて、クレウーサは死から立ち上がって、わたしに、なすべきことを告げた。わたしは民を連れて西の地に行き、統治する定めなのだと。そして、そこで結婚し、息子をもつ、と。自分の務めを果たすな、なんて、わたしに言わないでくれよ、ラウィーニア」最初のうちは厳《おごそ》かな口調だったが、最後は口許のほころぶのを抑えて言い終えた。

「そんなことは誰にも言えるはずがないわ。でも、あなたはすでになしとげたじゃない。予言を成就させ、定めを実現させたわ。大変な苦労をして。海を渡り、嵐や難船を経験し、友を失い、この地に着いてからも戦わねばならなかった。そして統治者となり、自分の王朝を創始した。ねえ、こう考えたことはないの？　もうなしとげたのだから、脇に寄らせてくれ。ようやく安息の地を得たのだから休みたい、と」

アエネーアスはわたしを見つめた。穏やかな眼差しをまっすぐにわたしに向けたまま、考えを巡らした。なぜ、わたしがそんなことを言うのか、いぶかしみ、答えを見つけられないでいる。やがて「わたしの代わりをするには、シルウィウスは、まだ背が低すぎるのではないかな」と言った。

その言葉にわたしは声をたてて笑った。気持ちがぴりぴりしていた。「ええ、そうね。でも、アスカニウスなら――」

「きみは、アスカニウスがラウィーニウムを統治することを望むのかい？」アエネーアスは驚きのあまり、硬い顔になった。だが、やがて表情を和らげた。わたしがなぜ退位を勧めているかわかったと思ったのだ。「ああ、ラウィーニア。かわいい奥さん。そんなにわたしの身を案ずるんじゃない。王であることは、一介の兵士であることほど、危険ではない。どっちみち、死ぬ日を自分で決めることはできないのだ。安全な場所などない。わかっているだろう？」

「ええ、わかっているわ」

アエネーアスはわたしを抱いて慰めようと近づいた。わたしは彼にしがみついた。

「本気なの？」と彼は尋ねた。「王であるという重荷をわたしから取り除くために、女王であることをやめてもいいと思っているのかい？」わたしは自分の計画にそういう側面があることに気づいていなかった。アエネーアスは言葉を続けた。「誰がきみの代わりを務めるかな？　アスカニウスを結婚させないといけないね」アエネーアスはわたしをからかっているのだった。わたしの民とわたしのペナーテスを見知らぬ女性に委ねるなんて、わたしにとっては、考えるだけでもつらいことだと知っているから。アエネーアスに嘘をついて、運命を欺《あざむ》こうなんて、なんと愚かな企てに夢中になっていたことか。そんなことは所詮、無理なのに。わたしは情けなく、恥ずかしかった。何も言えず、こういう時にはいつもそうなるように、真っ赤になった。アエネーアスはそれを見て、わたしにキスをした。最初は穏やかなキスだったが、すぐに情欲を高ぶらせた。わたしたちは館の小さな中庭にいて、あたりには誰もいなかった。「おいで、さあ」と彼は言った。火のように赤く体をほてらせて、わたしは彼に従い、寝室にはいった。そこでは、別の形の会話が交わされた。

けれどもその日からずっと、詩人の言葉が常にわたしの心につきまとった。それは常にわたしの考えの中に、わたしの考えの下にあった。地面の下を流れる暗い川のように。詩人の言葉が、ラティウムの王として三つの夏と三つの冬を過ごしたのち、アエネーアスが死ぬということを意味しないで、単に彼の治世が終わるということを意味するに過ぎない――そんな状況が生じるに違いないと思った。もしかしたらアエネーアスは近隣の国々を征服し、ウォルスキ族やヘルニキ族の王になるのかもしれない。もしかしたら、わたしとシルウィウスを連れて故国に帰り、アカーテスとセレストゥスがわたしに語ってくれるような、りっぱな城壁と塔と高い砦をもつ美しいトロイアを再建し、王として統治するのかもしれない。もしかしたら、死にはしなくて、ただ重い病気になるだけで、病気のために弱って、アスカニウスが彼に代わって重要な役割を果たすことが必要になり、王と呼ばれるようになるのかもしれない――けれど、アエネーアスは生きながらえて、ラウィーニウムにわたしとともに住み、シルウィウスを慈しみ、生活を楽しむのだ――彼は生きる。死ぬはずがない。わたしの心は、猟犬に囲まれて逃げ惑う野兎のように、さまざまな可能性の間を駆け巡った。その間にも、運命の三老女[*1]は糸を紡ぎ出しているのだった――定められた長さの未来を。

その冬は穏やかだったが、長く続いた。一月は雨とぬかるみに終始した。ラウレントゥムで予兆と思われる出来事が起こった。三年前、わたしの母が開き、わたしとマルーナと街の男たちが閉じた戦《いくさ》の門の扉が自然に開いたのだ。二月のついたち《カレンダエ》の朝、ヤーヌスの祭壇に詣でた人々が、門が開いているのに気づいた。角材の大きな閂《かんぬき》を支える鉄の金具の止め釘が錆びて折れ、金具が外れて、門の角材が落ちたのだ。扉の蝶番《ちょうつがい》も錆びて歪んでいるので、そのまま閉めることはできなかった。父のラティーヌスは、この予兆を見て、深く心を悩ませた。この出来事の意味が明らかになるまでは、蝶番や門の金具を修理するなどの介入はすべきでない、と父は考えた。蝶番や金具が、聖なる場所に用いられることのない不吉な金属である鉄でできている理由を誰も知らなかった。父は鍛冶屋に命じて新しい金具と止め釘と蝶番を青銅で作らせた。だが、修理をして戦の門を閉じることは控えていた。

　アルバ山地の東と南から、頭の痛い知らせがはいってきた。境界沿いの農場や村の人たちが、ラティウム人とルトゥリ人の双方による待ち伏せや、納屋の放火、牛泥棒、襲撃が頻発していることを報告してきた。そして二年前、わたしたちの都市に攻撃を仕掛けてぶざまな失態を演じたアルデアの若いカメルスが使いを寄越し、アルバ・ロンガから来る男たちによって彼の都市が脅かされ、農場や放牧地が頻繁に襲われていると苦情を述べた。

＊1　個々の人の運命を司るとされる三人の女神。ひとりは命の糸を紡ぎ、ひとりがその長さを決め、ひとりが断ち切る、などといわれる。

わたしはアエネーアスが失望を含んだ苦い怒りを抑えつけているのを目の当たりにした。手綱に逆らい、逆立ちせんばかりに前のめりになって、脚を蹴り上げ、体をねじる荒馬にまたがり、馬がやがて白い泡汗にまみれて、体を震わせ、ようやく乗り手に従ってもよいという気持ちになるまで、なんとか凌《しの》ごうとしている人のようだった。

　わたしの心臓は、恐怖の拳に握りしめられ、今にも押しつぶされそうだった。けれども、その時がきた以上、逃げ道を探るわたしの空しい空想は消え、逃げようのない定めに直面するしかなかった。「アルデアに行かなくてはならない」とアエネーアスが言ったとき、わたしは抗《あらが》わなかった。そして、過剰な不安を示さないように気をつけた。アエネーアスは十分に武装しており、頼りになる供《とも》を従えている。彼は不必要な危険を冒しているのではなく、冒さざるを得ない危険を冒しているに過ぎない。わたしは彼に行ってらっしゃいのキスをしてから、シルウィウスを抱き上げてキスをさせた。そしてにっこりして、早く帰ってきてね、と言った。

「すぐに帰ってくる」とアエネーアスは言った。「アスカニウスを連れて」

　アエネーアスの友の中で、わたしともとくに親しくなっていたアカーテスとセレストゥスも、アエネーアスとともに馬で出立した。わたしは女たちとともに取り残された。女たちはわたしの支えになってくれた。セレストゥスの妻のイリウィアが赤ちゃんを産んだばかりで、わたしたちはその子をあやして、気を紛らわせた。館の中やこの都市のさまざまなことを切り回す手助けをしてくれた。父は毎日人を寄越して、何か知らせはないか、助言や助けが必要ではないかと尋ねた。父自身は来なかった。冬になってからずっと咳に悩まされていた上に、天候がひどくて雨が激しく降り、道がぬかるんでいたからだ。わたしも自分の都市での仕事が忙しかったので、父に会いには行かなかった。

長くて暗い九昼夜が過ぎた。

二月の中日《イードゥース》の次の日の夕暮れ、ずぶ濡れの人馬の一隊が暗がりの中から現れて、降り続ける雨に打たれながら、城門に向かって登ってきた。門衛たちが叫んだ。「王だ。アエネーアス王がお帰りになった！」アエネーアスは剣を腰に佩《は》き、あの大いなる楯を肩に担って、馬に乗って街にはいった。その後ろに、丸腰で馬に乗ったアスカニウスが、そして、全員武装したアエネーアスの部下たちが続いた。

アエネーアスを迎えて抱擁することができた喜びがあまりに大きかったので、ほかのことはどうでもよくなった。その晩、わたしは感じた。たとえ、魂が壊れるほどの絶望にうちひしがれることがあろうとも、このような幸せを知っているということによって、わたしという存在の少なくとも一部は、永遠に護られるのだ、と。喜びがわたしの楯になる。

それが真実なのかどうかはわからない。だが、あとになってもそれを否定する気にはならなかったし、今もそうだ。

しばらくは、疲れた男たちを入浴させる用意をしたり、食事を用意したり、てんやわんやの大騒ぎだった。大騒ぎの合間に、アエネーアスは時間を見つけて、カメルスに対して一か月間の停戦をとりつけたこと、アスカニウスを連れ帰ったのは、「何がまずかったのかを話し合うため」だということを、わたしに告げた。セレストゥスとムネーステウスはアルバ・ロンガに残し、都市の経営と、不穏な国境地帯の保安を任せたそうだ。

実際、厄介事のほとんどは、アスカニウスが引き起こしたものだった。彼はルトゥリ人が冬の放牧地に用いる土地をラティウムのものだと主張したり、ルトゥリ人が自分たちの夏の放牧地だと考えている渓谷に、入植者を入れたり、国境地帯に兵を送って、境を越えるルトゥリ人に攻撃を加えたりしたのだ。もともと境界線はあいまいな場所が多く、多少の侵害はお互いに目をつぶってきたのだから、そのようなことをすれば反感を買うのは火を見るよりも明らかだった。カメルスが自領の農民を守るために、兵を派遣した結果、流血を伴う衝突が何度か起きた。アスカニウスはアルデアの城壁を倒してやると脅《おど》し、それに対してカメルスも、ウェリトラエを併合し、アルバ・ロンガを滅ぼしてやるという脅し文句で応じた。

アエネーアスのカメルスとの会見について、アカーテスが話してくれた。アカーテスはアエネーアスの和平交渉の能力を讃えた。アカーテスの言葉によれば、彼のこの能力はほとんど何も言わないことのうちに存する。カメルスは和解したがっていたが、それを認めたがらなかった。もともとラウィーニウムを攻撃して失敗したことに傷つき、懲りて、おとなしくしているつもりでいたのに、アスカニウスが驕り高ぶり、脅迫するので、耐えられなくなったのだ。カメルスがアスカニウスの無法な行いを列挙するのに対して、アエネーアスは謝罪することも弁解することもせず、忍耐強く耳を傾けた。言いたいことをすべて言わせてから、初めて休戦の話をもちだした。アカーテスによれば、アエネーアスはカメルスに対して非常に忍耐強く、同時に毅然としていたので、カメルスも最後には、ラウレントゥムの城門の前での戦闘で自分の父を殺した男に対して、父に話をするかのような態度で話すようになったという。カメルスはアスカニウスと比べてさほど年長ではなかった。

こうして休戦が成立し、その過程で信頼関係ができた。とはいえ、アカーテスもアエネーアスも、カメルスは自国の国境地帯の荒くれた農夫たちを抑えるのに、さぞ苦労するだろうと思った。一方、アエネーアスの問題は明らかに、自分の息子を抑えることだった。

アスカニウスが連れもどされたのが不面目であることは、誰の目にも明らかだったが、その夜は、それに関することは何も言われなかった。帰ってきた人たちのために、わたしたちが急いで用意した宴《うたげ》の席で、アスカニウスは歓待を受けた。アスカニウスは恥じ入っているようすも、反抗的なようすも見せず、おおむねいつもどおりにふるまった。アスカニウスは礼儀作法がよく身についており、このような場合にはそれが役に立った。結局、父が何を言うのか、どうするのか、アスカニウスはずっと考えていたに違いない。わたしもそうだった。ただ、夜は和やかに更け、父と息子は、かつていつもそうしていたように、お休みの抱擁を交わした。

問いに答えが与えられないまま、時が過ぎた。アエネーアスはすると言っていたことをすでにしていた——アスカニウスから指揮権を奪い、ラウィーニウムに連れもどした。そして、それだけだった。アエネーアスは何も言わなかった。彼は言葉を浪費する男ではない。やるべきことをやり、あとは放っておく。必要な時にしか話さない。

しばらくの間、アスカニウスはやきもきしていた。苛立ったり、ふさぎこんだりした。一度か二度は、状況をはっきりさせようと、父に詰め寄った。アエネーアスはアスカニウスの試みをかわした。アエネーアスがアスカニウスの立場について論ずるのに、もっとも近いところまで行ったのは、彼らふたりが美徳《ウィルトゥース》*1について話していたときのことだった。この場合の美徳《ウィルトゥース》とは、そのもともとの意味である。すなわち、男《ウィル》がもつべき資質、雄々しさ、男らしさだ。ある日、アスカニウスは若者らしい高慢さで、男らしさが真に証明されるのは戦闘の中だと言った。ウィルトゥースとは、戦闘能力、戦う勇気、勝つ意思、そして勝利だ、と。アエネーアスが聞き返した。「勝利?」

「死んでしまうということは、能力も勇気も役に立たなかったということですから」

「ヘクトルにはウィルトゥースがないというのか?」

「もちろん、ありました。ヘクトルは何度も戦いに勝ちました。最後の戦いの前に」

「誰でもそうだ」とアエネーアスは指摘した。

アスカニウスは言葉に詰まった。そしてこの話題は打ち切られた。だが、アエネーアスがそれほど間を置かず、この話を持ち出した。ある日の夕食どきのことだった。

「男は戦争においてのみ、男らしさを証明できるということなのかな？」彼は考えを巡らしながら言った。

「ある種の男らしさは、そうでしょう。しかし、男らしさにもいろいろありますから」とアカーテスが言った。「知恵も、戦闘での武勇と同じく、ひとつのウィルトゥースですよね？」

「でも、知恵は、男だけがもつウィルトゥースではないと思うわ」とわたしが言った。

ここで言っておきたいのは、トロイア人たちはもともと、女性が会話に加わることに慣れていなかったということだ。わたしの会ったことのあるギリシア人も皆、同様だ。男も女も一緒に食卓につき、対等に話をするのは、わたしたちラテン人の習慣だ。わたしたちはこの習慣をエトルーリア人から学びとったのではないかと思う。女王として、わたしはこのような問題において自分のやり方を通すことができた。トロイア人のうちでも粗野な連中の中には、礼儀や食事の作法について学ぶ必要がある者もいたが、そういう者たちは、アエネーアスからもわたしからも注意を与えられた。一方、そのほかの、アカーテスやセレストゥスを始めとする人々は、わたしたちの習慣のすべてに対してそうであるように、この習慣にも容易になじんだ。それらの人々をレーギアに招くと、妻たちも一緒にやってきて、わたしたちとともに塩入れの上手《かみて》に――つまり上席にすわっ

＊1　ラテン語の virtus（ウィルトゥース）は、vir（ウィル。「男」の意）を語源とする。また、英語の virtue は、この語に由来する。

た。夫たちが留守の時に、わたしが妻たちを招待することもよくあった。

「たしかに。女も知恵を身につけることができますね」鼻につくと同時に痛々しくもある尊大さで、アスカニウスが宣言した。「しかし、真のウィルトゥースは無理でしょう」

「ならば、敬虔とは何だ？」アエネーアスが訊いた。

みんな、考えこんで静かになった。

「大地と空の力ある方々の意思に従うこと？」沈黙を破ったのはわたしだった。女たちがしばしばするように、疑問の形で発言した。

「自分に定められた運命を実現する努力」とアカーテスが言った。

「正しいことをすること」とイリウィア。セレストゥスの妻のイリウィアは、穏やかだが、きちんと自分の意見を言う女性で、トゥスクルムの出身だ。彼女はわたしの親友のひとりになっていた。

「戦争の時に戦場で、正しいこととは何だろう？」アエネーアスが尋ねた。

「技と勇気と強さ」アスカニウスが即答した。「戦争の時は、ウィルトゥースすなわち敬虔です。勝つために戦うことです」

「つまり、勝利がすべてを正当化するのか？」

「そうです」アスカニウスが言った。男たちのうちの数人は力強くうなずいた。だが、年配のトロイア人の少なくとも一部はうなずかなかった。女たちもうなずかなかった。

「わたしにはわからない」アエネーアスがいつもの静かな声で言った。「わたしはかつて、そうするのが正しいと知っていること、すなわち、しなくてはならないことだと思っていた。だが、両者が同じでないならばどうなるか？　その場合は、勝利を得ること、すなわち敗北することとなのだ。秩序を維持することが、無秩序、破滅、死を引き起こすことになる。ウィルトゥースと敬虔とが破壊しあう。わたしにはわからない」

アスカニウスもこれには答えようがなかった。

アエネーアスが、運命に従うことが自分の良心に背くことである場合もあると言ったとき、何が彼の頭の中にあったか、その場にいた者が誰かひとりでも理解していたかどうかは疑わしい。トゥルヌスの死がアエネーアスの魂にどんなに重くのしかかっているかを知っているのは、わたしだけだった。アカーテスは、アエネーアスがトロイア戦争でのギリシア軍の勝利について語っているのだと思っていたそうだ。戦争に勝ったことで、ギリシア人たちがあの戦争をしたことは正当化されるかもしれないが、あの戦争で、ギリシア人たちもトロイア人たちと大差ないほどの痛手をこうむったからだ。もしかすると、アカーテスの推測が正しかったのかもしれない。

いずれにせよ、アエネーアスは、男らしさとは戦闘での勇気だとするアスカニウスの定義をほうってはおけなかった。翌日、彼はまたその議論を蒸し返した。一日の仕事が終わったあとのことで、来客はなく、わたしたち三人だけが炉の周りに集まっていた。わたしは羊毛を巻いた棒と錘《つむ》を手に、アエネーアスは、わたしが儀式に用いる小さなナイフと砥石を手にしていた。ナイフの切れ味が悪くなっていたのだ。アエネーアスはナイフを軽く砥石にあてて、根気よく動かした。「もしも男が、戦争においてしか、自分のウィルトゥースを証明できないと信じていたら」とアエネーアスはアスカニウスに言った。「その男はほかのことに費やす時間をすべて、無駄だとみなすだろう。農夫ならば農作業を、統治者ならば政治を、そして宗教的行為である礼拝も――すべてが戦争での武勇よりも価値の低いものだと考える」

「ええ、そうですとも！」アスカニウスは父を説得できたと思いこんで、嬉しげな声をあげた。

「わたしなら、そんな男に農業や政治や礼拝を任せはしない」とアエネーアスは言った。「そんな男は何をしていても、戦争をする口実を探しているだろうから」

アスカニウスは話の流れに気づいて、決まり悪そうに調子を下げ、「必ずしもそうではないと――」と言いさした。

「必ずそうなる」アエネーアスが厳しい声で言い切った。「わたしはそういう男たちの間で半生を過ごしたんだよ、アスカニウス。わたしは彼らの間で、自分のウィルトゥースを証明した」

「ええ、もちろん、そうですとも、父上。父上は一番でした。それらの男たち全部の中で一番でした」アスカニウスの目は涙でいっぱいになり、声は震えていた。

「ヘクトルを別にすればな」とアエネーアスは言った。「そして敵方には、偉大な英雄、アキレスがいて、ディオメーデスもいた。どちらもわたしに打ち勝った。わたしはおそらく、ウリクセス[*1]や大アイアクスにも負けていただろう。たぶん、アガメムノンにもな。メネラーウスが相手なら勝っていただろうと思う。しかし、だったらどうだと言うのだ？　そのことによって、わたしはより優れた男になっているだろうか？　わたしのウィルトゥースは今よりりっぱになっていただろうか？　わたしが今このような男であるのは、多くの人を殺したからなのか？　わたしがアエネーアスなのは、トゥルヌスを殺したからなのか？」

アエネーアスは身を乗り出していた。目に炉の火が映ってきらめいた。大きな声ではないのに、非常な力がこもっていた。アスカニウスは気圧《けお》されて、身を引き、息をのんだ。

「もし、おまえがわたしのあとを継いでラティウムを統治し、弟のシルウィウスにつなげるつもりなら、わたしはおまえが戦争をする術《すべ》だけではなく、統治する術を学ぶこと、自分と自分の民を導いてくださるよう、大地と空の力ある方々に、お願いすることを学ぶこと、戦場よりも大きな場で、自分の男らしさを追求することを学ぶことに、確信をもちたい。そういうことを学ぶとわたしに約束してくれ、アスカニウス」

「約束します。父上」若者は涙ながらに言った。

「多くのことがわたしの肩にかかっていた」アエネーアスは声を和らげて言った。「多

＊1　ギリシア語名オデュッセウス。英語名ユリシーズ。ウリクセスは『アエネーイス』で使われているラテン語名。

くのことがおまえの肩にかかるだろう。結局のところ、わたしはうまくやれなかった。おまえは最初にしくじりをしたが、結局はうまくやってくれるものと期待している。だから、おまえの手を差し出して約束してくれ」

アスカニウスは手を差し出した。アエネーアスはその手を取り、彼を引き寄せて抱擁した。ふたりは互いを強く抱きしめた。

わたしは羊毛を手にしたまま、炉の火に顔を向けていた。泣くことはできなかった。


その二、三日あと、三月のついたち《カレンダエ》の直前に、アエネーアスはアスカニウスをアルバ山地に返した。カメルスとの休戦の遵守については何も言わなかった。これ以上何か言うことに意味はない。ただ祈りをこめて見守るだけだ。街路で「飛び跳ねる神官たち」が聖なる槍を突き上げ、「マルス、マーウォルス、万歳!」と歌う三月初めの日々、アエネーアスは少し難しい顔をしていた。けれど、セレストゥスとムネーステウスがアルバ・ロンガからもどってきて、万事平穏であり、アスカニウスはその状態を保つ決意をしているようだと報告した。

雨ばかりの冬のあとに暖かい春が来た。花が咲くのも動物が子を産むのも例年より早かった。森の胡桃《くるみ》の木はあっという間に花をつけ、美しかった。大麦や黍《きび》は丈高く育ち、しっかりとした穂を実らせた。草原や斜面には柔らかい草が密に生えて、申し分のない状態だった。家畜の繁殖も順調だった。アエネーアスがとくに喜んだのは、子馬たちの誕生だった。彼は父のラティーヌスから贈られた雄馬に、非常に美しい雌馬をかけあわせていた。その雌馬が産んだ雄の子馬こそ、彼の誇りだった。「将来、シルウィウスが乗る馬だ」とアエネーアスは言った。そして、男の子と子馬を厳《おごそ》かに引き合わせた。シルウィウスに母馬の引き綱を持たせて歩かせ、子馬が母馬のあとについて歩くのを見せた。そして最後には、シルウィウスを抱き上げて母馬の背に乗せた。怖さと嬉しさに体を硬直させたシルウィウスは、片手で馬のたてがみをつかみ、もう一方の手で父の手を握り、鳩のように「うー、うー」と柔らかな声をたてて、廏《うまや》の庭を一周した。その後、毎朝、シルウィウスは「おンま?」と遠慮がちに父にねだった。アエネーアスは彼の手を引いて廏に行き、母馬に乗せてやるのだった。

わたしの民、ラウィーニウムに住むラテン人たちは、アエネーアスを父《パテル》と呼んだ。「この柵はこれでいいでしょうか、パテル・アエネーアス?」「パテル、大麦が収穫されました」――彼らはラティーヌス王も同じように呼ぶ。そして、わたしも若いながら、母《マーテル》・ラウィーニアだ。これらの言葉は、実の親だけでなく、自分の面倒を見てくれる人に対して用いられるからだ。兵士はしばしば隊長をパテルと呼ぶ。隊長が部下の面倒をちゃんと見ているなら、こう呼ばれてあたりまえだ。しかし、アエネーアスの民、トロイア人たちが、この言葉をアエネーアスに対して用いるときには、特別な愛情がこめられていた。彼をいとおしむ気持ち、彼と強く結びついているという気持ちがこもっていた。民を導くという義務を長年にわたって担ってきたために、アエネーアスは指導者という孤立した存在になっていた。彼の父の死後、彼はひとりで決断を下さねばならず、いつもひとりで責任を取ってきた。だから、この愛情の絆はアエネーアスにとって大きな意味をもっていた。アエネーアスはその愛情に値する者であろうと努めた。そして彼は実の父親としての役割にも、同じ真剣さと深い喜びをもって臨んだ。アエネーアスが、シルウィウスの子どもなりの矜持《きょうじ》を傷つけないように気をつけながら、歩幅を合わせて一緒に歩いていくのは、見る者の心を打つ光景だった。

アエネーアスが自分の父を深く尊敬していたことをわたしは知っていた。母のことは決して語らなかった。母をまったく知らなかったのかもしれない。アエネーアスに幼少のころのことを、用心しながら訊いてみたことがある。

「よく覚えていないんだ」と彼は言った。「女の人たちと一緒にいた。山の上の森の中で。森の中に女の人たちの一団が住んでいたんだ」

「その人たちは優しかった?」

「優しかったが、ほったらかしだった。わたしを好きなように遊びまわらせていた。わたしが何か困難に陥ると、誰かひとりがやってきて、笑いながらつまみあげてくれた。わたしは小熊のように野放しに育ったんだ」

「それから、あなたのお父さまが迎えにきたの?」

アエネーアスはうなずいた。「足が不自由で、鎧《よろい》を着ていた。わたしは怖かった。茂

み の中に隠れようとしたのを覚えているよ。だが、女の人たちにはわたしの隠れ場所がわかった。わたしをつまみあげて、父に渡した」

「そのあとはお父さまと暮らしたのね？」

「うん。そして、農業や礼儀作法やそのほかたくさんのことを学んだ」

「トロイアに行ったのはいつ？」

「時々、トロイアの王、プリアムスに呼ばれて行った。プリアムスは父やわたしが好きではなかった」

「あら、それなのに自分の娘を与えたの？」わたしは驚いて言った。

「彼が娘を与えた、というのは正確に言えば少し違う」とアエネーアスは言ったが、クレウーサのことをそれ以上、話したくないようすだった。だから、重ねては訊かなかった。しばらく間を置いて、アエネーアスが言った。「森は子どもにはいいところだ。人間についてはあまり学べないが、沈黙を学ぶことができる。そして忍耐も。それに自然の中には恐れるべきものがあまりない——農場や都市のほうがずっと怖い」

わたしはアルブネアのことを考えた。恐ろしげな場所だけれど、わたしはそこで一度も怖いと思ったことがなかった。わたしはもう少しで、一緒にアルブネアに行かないかと、彼を誘いそうになったが、踏みとどまった。アルブネアはごく近いけれど、結婚して以来、一度も行っていなかった。行きたいけれども、まだ、その時ではないと思っていた。アエネーアスとともにそこにいる自分が想像できなかった。それでわたしはアルブネアのことを言わなかった。

三月の後半、天候が穏やかだったので、二マイルほどの道のりを歩いて海岸に出かけた。シルウィウスに初めての海を見せてやりたかった。アエネーアスはほとんどずっとシルウィウスに肩車をしてやっていた。ピクニックのための食べ物を運ぶ奴隷たちに、家族連れが数組、護衛役の若者たちを加えたかなりの大人数で、砂丘の間を縫って歩いた。海岸に着くと、奴隷も自由人も、大人も子どもも、薄黄色の砂浜に散らばった。アエネーアスとわたしはほかの人たちから離れてぶらぶら歩いた。シルウィウスは、彼がかわいくてたまらない女たちの一団と彼女たちが彼を甘やかしすぎないよう目を光らせてくれるマルーナとに託した。海岸に沿って長く歩いた。以前と違って、出歩くことがまれになっていたわたしにとって、海に流れこむたくさんの細い流れを横切って、水の下の砂の上をはだしで歩くのは快かった。疲れを知らず、大股に、さっさと歩く夫に遅れまいと、しぶきをあげて歩いた。わたしたちの右手では、海が単調な哀歌を歌っている。低く砕ける波頭のはるか向こうに目をやり、水平線の霧の中に消えていく波のきらめきを見ながら、わたしは言った。「あなたはとても遠くから来たのね。海の向こうから。ほかの海をいくつも越えて――何年もかけて、長い道のりを旅して」

「長い旅の末にわが家に帰ってきた」と彼は言った。

しばらくしてわたしは言った。口に出す寸前まで、その言葉に完全には確信がもてなかったけれど、口に出したとたんに確かなことになった。「アエネーアス。わたし、みごもっているの」

彼は二、三歩歩きつづけた。その間に彼の顔に微笑がゆっくりと広がった。立ちどまり、手をとって、わたしの歩みを止めると、きつく抱きしめた。「女の子かい？」わたしが知っているかのような彼の問いに、わたしもためらわずに答えた。「女の子よ」「きみはわたしの欲しいものをすべて与えてくれる」息ができないほど強く抱きしめ、顔と首筋にキスの雨を降らせて彼は言った。「黒髪の人、かわいい人、わたしの妻、わたしの女、わたしの女王、わたしのイタリア人、わたしの愛する人」内陸から海に向かって、いくつも岩が並んでいるところがあった。この陰にはいれば、砂浜から来る人に見られることはなさそうだ。わたしたちは手に手をとって、岩陰にはいり、性急に愛を交わした。最初は、体の思わぬ場所に砂がついているのがおかしくて、笑いあっていたけれど、次第に激しく情欲をかきたてられて、その高まりの頂点では、アエネーアスによって、海とひとつにされた気がした。海の潮とその深淵とわたしがひとつになった。われに返って見ると、アエネーアスは傍らの砂の上に横たわっていた。あまりに美しかったので、その体から目を離すことができなかった。彼の胸と腕と顔を、そっと指でなでた。日を浴びて横たわり、半ばまどろんでいるその顔には、笑みが浮かんでいた。

わたしたちは立ち上がり、手をつないで海にはいっていった。水が腰のあたりまで来た。水の冷たさが体にしみとおり、波の動きで、足元がおぼつかなくなった。「もっと行きましょう。もっと行きましょう」とわたしは言ったが、内心は怖かった。アエネーアスは黙ってわたしの体の向きを変え、抱きかかえるようにして岸にあがった。それから、のんびりとほかの人たちのところへもどった。シルウィウスは、女たちがスカーフで作ってくれた日除けの下で、すやすやと眠っていた。小さな弧を描く眉に砂がついていた。白い布の日除けの下の、清らかな光の中で、小さな顔は生真面目に見えた。わたしは傍らに横たわって、彼の名をささやいた。わたしだけが密かに呼ぶ名を。「アエネーアス・シルウィウス、アエネーアス・シルウィウス」と。

わたしたちの幸せについて語れるのはここまでだ。

四月にはいって、アエネーアスは、アルバ・ロンガに一泊し、帰ってきて、あちらでは万事、うまくいっていると話した。四月の終わり近く、父がわたしたちを訪れ、数日滞在した。五月になった。三年前、夜明けにティベリス川の河口で、船団の黒い影が方向を変え、一隻ずつ、川を遡《さかのぼ》っていくのを見た、その日が来た。

その日、アエネーアスはアカーテスと牧童頭と四、五人の若い男を従えて、牛の群れを捜しに出かけた。街の東の放牧地から逃げ出して、ヌミークス川の浅瀬を渡ったその小さな群れは、トロイアのほうに向かっているように思われた。それはわたしたちがもっている一番いい雌牛たちで、群れがばらばらになったり、行方不明になったりするのはどうしても避けたかった。一行は群れを見つけ、駆り立ててヌミークス川まで連れもどした。その牛を盗んだ者たちだったのか、あるいは、盗もうと追いかけている者たちなのか、ルトゥリ人の男の一団が現れて、浅瀬を渡ろうとしていたアエネーアスたちを襲った。彼らは槍と棒で武装していた。アエネーアス側も何人かは武器をもっていて、数では劣るものの、猛然と反撃し、たちまち、無法者たちのうちのふたりを殺した。残りのルトゥリ人たちは一斉に逃げ出したが、ただひとりの若い男だけは、アエネーアスに押さえつけられ、喉元に剣を突きつけられた。若い男は命乞いをした。「殺さないでくれ。殺さないでくれ」アエネーアスはためらったのち、剣を外に向けて言った。「行け」と。若い男は無我夢中で立ち上がり、走り出した。だが、足を止め、ほかの男が落とした槍を拾うと、ふり返りざまに投げた。槍はアエネーアスの背中を刺し、胸まで貫いた。アエネーアスはくずおれて膝をつき、浅瀬の水の中に顔から倒れこんだ。即死ではなかったが、ラウィーニウムに運ばれ、レーギアの中庭に運びこまれたときには息絶えていた。わたしは中庭で新しい布地を見ていた。それは冬の間に織られた布で、城壁の外の草地で日に晒したあと、取り入れたものだった。わたしはちょうど、アエネーアスのトガのために、良い布地を選んだところだった。トガをまとうことに慣れていないアエネーアスは、動きづらいとよく言っていた。だから、彼のために、軽くて柔らかな純白の布を選んだ。そして、それを畳んでいたときに、彼の名とわたしの名が声高に叫ばれるのを聞いた。

行け。わたしたちの言語では、その言葉はただひとつの音になる。「イー」という音。

アエネーアスの口にした最後の言葉。だから、わたしの心の中で、その言葉はわたしに向けて語られる。行くのはわたし、行かなくてはならないのはわたし。でも、どこへ?

わたしにはわからない。アエネーアスの声が聞こえる。「イー」という声が聞こえる。だから、わたしは行く。先へ行く。道をたどる。行くべき道を行く。立ち止まると、彼がそう言うのが聞こえる。彼の声が聞こえる。行け。

その夜ひと晩じゅう、ラウィーニウムは、彼を悼んで、彼の名を叫び、彼を父《パテル》と呼ぶ声で満たされた。

アカーテス、セレストゥス、ムネーステウスはトロイア人の男たちを束ね、夜明けとともに馬でアルデアに向かった。途中の田舎を探索しながら進んだが、牛泥棒たちを見つけることはできなかった。だが、アルデアのカメルスが彼らの身元と居所を知っていた。彼は馬に乗り、トロイア人の先に立った。彼らは牛泥棒たちを追い詰め、全員を殺した。その男たちは主にルトゥリア北部の若い農民で、率いていたのは、メゼンティウスに従ってアルデアに来たふたりのエトルーリア人だった。そのエトルーリア人たちは異郷で指導者を失い、恨みと憎しみに心がすさんでいたのだろう。

わたしは一番良い馬、すなわちアエネーアスの乗馬に使いを乗せて、アルバ・ロンガのアスカニウスのもとに走らせた。アスカニウスは二日目に到着した。同じ日、遅くなってから、トロイア人たちがもどってきた。泣き悲しむ女たちでいっぱいだった館は、沈痛な表情の武装した男たちでいっぱいになった。

わたしはアエネーアスに鎧《よろい》を着せることを許さなかった。あの青銅と金の甲冑《かっちゅう》と恐ろしい未来が描かれた大いなる楯は、アスカニウスに、そしてシルウィウスに受け継がれるべきものだったから。わたしはアエネーアスの体を洗った。多くの傷痕の印《しる》された気高く痛ましい亡骸《なきがら》を。そして、わたしたちの衣装であるトガをまとわせた。わたしが彼のために選んでいた、しなやかな純白のトガを。

疫病や戦争で多くの人が死んだときには、火葬にする。だが、わたしたちが古来おこなってきたのは土葬だ。わたしはアエネーアスの墓をヌミークス川の浅瀬を見下ろす街道の脇に造らせた。五月の朝の雨を伴う風の中、ゆらめき、くすぶる炬《たいまつ》の焔《ほのお》に照らされて、アエネーアスの亡骸はそこに運ばれた。ラティーヌス王が儀式の言葉を唱えた。男たちが墓の上に川の石を積み、大きな塚を造った。すべてが終わると、わたしは皆の前で、彼の名を三度呼んだ。アエネーアス、アエネーアス、アエネーアスと。人々がわたしに唱和した。そして沈黙のうちに、火を消した炬を逆さまに下げて、わたしたちは街に帰った。

アエネーアスの死の翌日から数えて九日目、ラティーヌス王が、王のための生け贄《いけにえ》を捧げた。父自身がアエネーアスに贈った、あの見事な雄馬を殺したのだ。馬は墓の傍らに埋められた。

同じ日にラティーヌス王は、かつてアエネーアスに対してしたように、アスカニウスと支配権を分かち合うため、彼をラティウムの王に任命した。ラティーヌスが彼の権威のすべてをかけて、アエネーアスからアスカニウスへの継承をおこなわせるのは、必要なことだった。同時にわたしが、わたしの民にアスカニウスを王として認めることを要請するのも、必要なことだった。というのは、人々はアスカニウスを望んでいなかったからだ。アスカニウスは最初から、人々の反感をかきたてた。シルウィアの鹿に矢を射たのはアスカニウスだった。人々は決してそれを忘れなかった。アスカニウスは高慢で、喧嘩っ早く、よそよそしく、彼の父親と比べてはるかに、よそ者の感じが強かった。ラウィーニウムのわが同胞は、ラティーヌスに支配してもらいたがっていた。ラウィーニウムのレーギアにわたしがいて、彼らの未来の王である小さな王子を育てることを望んでいた。アスカニウスが王であるとラティーヌスが宣言するのを、憮然とした表情で聞く人々の頬には、涙のあとが筋になっていた。

服喪の期間に、アスカニウスは初めて、わたしに助けを求めた。彼はわたしがそれを与える力をもっていることに気づき、わたしのところに来て泣いて頼んだ。さまざまな儀式の場で、アスカニウスは見た目にもふるまいにも、ありのままの自分をさらけ出していた。それは、悲しみにうちひしがれ、自分の担わなくてはならない責任に、とまどい、悩み、怯えている少年の姿だった。王であることを受け入れ、民と国に対して誓いを立てる、その時にさえ、彼の声は震え、聞き取りにくいほど弱々しかった。「ラティウムの王よ、しゃんとしなさい」とささやかずにはいられなかったほどに。
　わたしにこの時期を乗り越えさせた強さが何だったのかはわからない。ラテン人らしく、オークの木でできている、ということなのだろう。オークは折れることはあっても、しなうことはない。それに、わたしは何が起こるかを前もって知っていた。わたしは長い間、アエネーアスの死を胸に抱いて生きてきた。夜明けの薄暗い中で船の艫《とも》に丈高く立ち、祈りと願いをこめて川上を見つめていた彼の顔を初めて見たときからずっと。三年、と詩人は言っていた。その日まで三年、と。運命の糸を紡いで切る三人の老女は寸法を間違えなかった。いささかの余分も与えず、きっちりと計った。夏の日々のおまけはつかなかった。

　アエネーアスの死後の最初の一年間、アエネーアスの隊長たちや古い腹心の部下たち、とりわけアカーテスが、わたしの心の拠り所になった。マルーナを始めとする館の女たちや、イリウィアのような友人も限りない愛情と思いやりを示し、わたしを支えてくれた。だが、わたしにとっては、アエネーアスの友人たちとともにいるのが、一番良かった。そうしていると、いくらかはアエネーアスと一緒にいるような気持ちになれた。男の声が話す口調や、彼らの身のこなし、話す内容、トロイア訛りがわたしの心を慰めた。

彼らの中にいると、アエネーアスもわたしの近くにいるような気がした。

アカーテスはアエネーアスを愛していた。わたしの立場からすると、こんなことは言いたくないが、彼はわたしと同じぐらい深く――しかもはるかに長い年月、アエネーアスを愛したのだ。あの夏、アカーテスは自殺しかねなかったと、わたしは確信している。彼は浅瀬で起こったことについて自分を責めた。胴鎧《どうよろい》を身につけるべきだと強く言えばよかった。戦闘の間、もっと近くにいればよかった。アエネーアスが若い男を解放するのを止めればよかった。あの若い男のあとを追い、目を離さないでいるべきだった。それに、地面に落ちていた武器にどうして気づかなかったのか――自分を責める理由を残らず探し出して、彼は自分を責めた。

アエネーアスが変わりはてた姿で館にもどったとき、浅瀬で何が起こったかをわたしに最初に語ったのはアカーテスだった。その後、アカーテスにそれを何度も語らせることで、彼の恥と怒りをいくらか発散させてやれることに、わたしは気づいた。そして、奇妙に聞こえるかもしれないが、わたし自身もそれを何度も聞きたかった。それがくり返し語られるのを聞きたかった。わたしがそこにいるかのように目に浮かぶまで。わたし自身がアカーテスであるかのように――わたし自身がアエネーアスの傍らに膝をついて、彼の背中から血まみれの穂先を引き出し、彼を腕に抱き、彼の血が岩の間を流れる浅い水を染めるのを見ているかのように感じられるまで。「王は死んではいませんでした。王はわたしにつかまりました。だが、わたしが見えていたとは思いません」とアカーテスは言った。「大空に目を向けていました。抱き上げて担架に載せると、目を閉じました。ひと言も話しませんでした」アエネーアスはひと言も話さなかった。けれども死んではいなかった。アカーテスがその物語をわたしに語っている限り、アエネーアスは死んではいない。

新しい責任の重さに耐えられず、取り乱したアスカニウスは、最初のうち、わたしがトロイア人の武将たちと一緒にいることに嫉妬した。彼らはアスカニウスのものであって、わたしのものではなく、アスカニウスは助言を求めたり、命令を下したりするのに彼らが必要だ。彼らにはレーギアで女たちにかかずらっている暇はないはずだ、というわけだった。アスカニウスはアカーテスに、アルバ・ロンガに行き、そこを治めるようにと命じた。アカーテスは黙って命令を受けいれた。けれど、わたしは彼のことが心配だった。密かにアスカニウスのもとへ行き、アルバ・ロンガにはムネーステウスかセレストゥスを行かせてほしいと頼んだ。彼らのほうがアルバ・ロンガのことをよく知っており、ラウィーニウムを離れることに抵抗がないだろうから、と。「アカーテスをここにとどまらせてください。少なくとも今年のうちは」とわたしは言った。「彼は毎日、アエネーアスの墓に参っています。彼の悲しみが癒えるまで待ってあげてほしいのです。彼にはアルバ・ロンガに行けるだけの気力が残っていません」

「あなたが彼を手放したくないのでしょう?」アスカニウスは冷ややかに言った。

女にではなく男に性的関心をもつ男たちの中に、女は皆、男に対して見境のない情欲を抱いていると考える者がいるようだ。そういうふうに考えるのは、彼ら自身の情欲の反映なのか、恐怖心からか、それとも単なる嫉妬からなのかはわからない。いずれにせよ、そういう考えは、女に対するひどい軽蔑と誤解を生み出す。アスカニウスには女をそのように見る傾向があったうえに、アエネーアスの思い出を清らかに保ちたいという強い願いのせいで、わたしとすべての男との関係を疑うようになった。わたしはそういうことをすでに承知していた。自尊心を傷つけられて強い怒りを感じ、内心、アスカニウスを軽蔑せずにはいられなかった。けれども、怒りや軽蔑をあらわにしても、何の得もないとわかっていた。わたしは言った。「アエネーアスの友人たちも、アエネーアスの長男も、全員ここで、わたしと一緒にいてくれるなら、それに越したことはないのです。けれども、わたしはアカーテスのことが気がかりなのです。悲しみのあまり、自らの命を絶たないかと、ずっと心配しているのです。お願いだから、アカーテスが、この地であなたとともに過ごせるようにしてください。アルバ・ロンガには誰かほかの人をやってください」

「できることなら、ぼく自身が行きたいですよ」とアスカニウスは言った。

アスカニウスは部屋の中を行ったり来たりした。容貌は父親にあまり似ていないが、身のこなしが似ていると、ときおり感じられる。

「アカーテスにとって名誉なことだと思って任じたのです」とアスカニウスは言った。

「ラティウムの首都はラウィーニウムではなく、アルバ・ロンガになります。条件がずっといいですから――高くて、防御しやすい。それにルトゥリ族を完全に支配下に置いた暁には、われわれの勢力範囲の中心になります。アルバ・ロンガを任されるのを、アカーテスは名誉なことだと思うだろうと考えたのですが。でも、彼があなたの考えるほど落ちこんでいるなら、ムネーステウスかアテュスを派遣しましょう。そういうことですから、ひざまずくには及びませんよ、母上」というのは、わたしが今にも、ひざまずいて彼の膝にすがるという正式な嘆願のポーズをとりそうにしていたからだ。そこまですれば、彼が折れないはずがないと、わたしは知っていた。アスカニウスは非情な若者ではなく、根は優しい。そして人に左右されやすい。ただ、序列や儀礼にはうるさい。それらが根拠のない自己評価の支えになっているからだ。

ここ、ラウィーニウムでは、アスカニウスが高い自己評価を維持することは容易ではなかった。人々はいつまでもアエネーアスを惜しみ、老ラティーヌスを敬愛し、自分たちの王たちの娘であり、未亡人であるわたしを愛していた。そしてアスカニウスに悪感情をもっていた。アエネーアスの権威に対抗しようとして、アスカニウスは厳しい態度を取り、しばしば恣意的な判断を下した。この年、幸いにも収穫は豊かで、ラティウム全土は平和だった。王が無法者の手にかかって死んだあとだけに、襲撃や越境がふえるのではないかと心配されたが、それもほとんどなかった。それでも、アスカニウスにとっては困難な年だった。

その年の冬は、冷たい雨が長く降る暗鬱な冬だった。山地はもちろん、山裾の農地にも雪が積もった。この冬、わたしはようやく、上手に織ることができるようになった。手と頭を忙しくさせてくれる仕事がなかったら、部屋に引きこもって泣くしかなかっただろうから。わたしにも母のもっていた弱さや狂気があるのではないかと、初めて恐れた。夜になると、自分の心の中の暗い場所にはいっていった。影たちのいる地下に降りていき、地上に出る道を見つけることができなかった。自分の部屋の暗闇の中で、わたしは足元で赤子たちが泣くのを聞いた。赤子を踏みつけるのが怖くて、足を踏み出すことができなかった。

ここまで、起こったことを漏れなく順番どおりに語ってきたわけではない。あのことについて話すのは、今でもつらい。アエネーアスの死のひと月のち、わたしの娘になったであろう胎児が流れてしまった。わたしが妊娠していたことも流産したことも、知っていたのは側仕《そばづか》えの女たちだけだ。彼女らとアエネーアスだけだ。わたしはマルーナとともに、夜明け前の闇を抜け、生きることのなかった命のかけらを埋《うず》めた。アエネーアスの塚の下の深いところに。

アスカニウスはしばしばアルバ・ロンガに行った。そして父のための慰霊祭《パレンターリア》をしきたりに従ってきちんと執り行ってほどなく、アエネーアスの死後二度目の夏にアルバ・ロンガに移り住んだ。国境地帯での紛争が激しくなっていたので、防御しやすいアルバ・ロンガに本拠を移したかったのだ。アスカニウスはトロイアのペナーテスとシルウィウスとわたしを連れていった。ムネーステウスとセレストゥスは後に残して、ラウィーニウムを委ねた。アカーテスはラウィーニウムにとどまることを選んだ。年配のトロイア人のほとんどがそうした。アスカニウスに従った者たちは、彼の親しい友人や腹心の部下たちだった。たとえば、幼なじみのアテュスや、アスカニウスの親衛隊であり、彼の命じる急襲を指揮する若いラテン人たちだった。これらの男たちの多くは未婚だった。妻のある者は、世帯全体でアルバ・ロンガに移住した。わたしは二十人の女を随行させることを許された。アスカニウスは妻帯していなかったので、わたしたちはレーギアの女の居住区をそっくり与えられた。このレーギアはアエネーアスがラウィーニウムに建てたつつましいレーギアと比べると、はるかに大きく立派なものだった。アスカニウスのレーギアは見事な建物で高く聳えていた。それが建っている場所は単に高いという言葉で言い表わせない。まるで空中で暮らしているかのようだった。城壁やレーギアの屋根に立つと、大いなる湖が見下ろせ、その向こうに、窪地《カルデラ》の東の淵が見える。山腹にはアスカニウスが予言したように葡萄の若木がよく育っている。そして、レーギアの立つ高台の下に広がる街も繁栄していて、活気に満ち、武装した兵たちが行き来している。

　アルバ・ロンガでは常に、無防備にむきだしにされている感じがした。広い灰色の斜面が多すぎ、空が広すぎ、身を隠すものが何もなかった。湖の水はわたしの知っている水とは違って、動かず、語らず、ただ青く、硬く、沈黙を守っていた。アルバ・ロンガにいると、自分が孤立しているのを感じた。役立たずだと感じた。

　もちろん、わたしは義理の息子のために館を切り回した。女奴隷を調達して、館を整えたり、料理をしたり、衣服を作ったりすることを教えこんだ。そして、常にそうしてきたように、儀式や祭りが滞りなく行われるよう心を砕いた。父の館や夫の館でしていたように、男たちとともに会議や主餐の席に出てもよかったが、ここではわたしは望まれていなかった。わたしはここに属する者ではなかった。マルスがアルバを支配しており、話といえば戦争のことばかりだった。戦いのない冬季でさえそうだった。

　アスカニウスは、戦いつづけることを望んでいたわけではなかったが、戦闘を避けることができないようだった。そして、戦闘の種は南と東の国境に、いくらでもあった。アスカニウスは脅《おど》しや挑発に遭うたびに、向かっていかずにはいられなかった。勝利に復讐のおまけをつけ、敗北すれば、できる限り速やかに態勢を立て直して攻撃した。休戦はまれで、平和はなくなった。アスカニウスは老いたエウアンドルスをも怒らせて、協定を破るに至らせた。そればかりか、もしもわたしの父のラティーヌスが止めなかったら、エトルーリア人といさかいをするという狂気の沙汰も起こしかねないところだった。ラティーヌスはエトルーリア人のふたつの都市、カエレとウェイイとの間に、強い友好の絆を維持していた。その絆をアスカニウスが危険にさらすなら、ラティウム西部の共同統治について考え直さなくてはならないかもしれないとラティーヌスは警告した。

父はアスカニウスにひどく腹を立てていた。シルウィウスとわたしをアルバへ連れ去ったことも、その理由のうちの小さからぬものだった。

父は一度、わたしたちを訪れた。年を取り、古傷が痛んで不自由な身には、厳しい旅だった。父はアエネーアスとわたしに財産のほとんどを与えていた。父がつつましい旅支度で、腹心の騎士たちのうち残っている者たちを従えて、アルバ・ロンガにやってきたのは十二月の末近くのことだった。父は硬い態度で、アスカニウスの歓迎の礼を受けた。若い者たちとともに宴席についたが、口数はきわめて少なかったと、わたしは召使たちから聞いた。父は滞在中、暇さえあれば、中庭や機織《はたお》り部屋の炉辺など、わたしとシルウィウスのいるところに来て、わたしとおしゃべりをしては、孫息子を眺めた。

そのころのシルウィウスのお気に入りのおもちゃは、ふたつの大きな団栗《どんぐり》とその「カップ」、そして、奇妙な形の木の瘤だった。シルウィウスはその木切れを馬に見立てていた。それらのおもちゃを手にして、シルウィウスは炉辺で熱心に遊んでいた。それらが出てくるお話を小さな声でしていて、ときおり、断片が聞き取れた。「どうぞ、お飲みください。いいえ、いりません。飲んじゃいけないって、でぶっちょが言いました。……おや、あれは家かな?」

「ほんとにいい子だね。ラウィーニア」父が言った。

「わかってます」わたしはおじいちゃまの決まり文句を微笑ましく思って笑った。

笑うのは気分がいい。この館には笑う種が少なすぎる。

「おまえはあの子をりっぱに育てる」それは叙述であって命令ではなかった。けれども、指示あるいは警告の響きが感じられた。

「アエネーアスが育てたであろうように、育て上げたいと願っています」

父は大きくうなずいた。「それでいい」と父は言った。「シルウィウスのそばを離れないようにしなさい」

「決して離れません。お父さま」

「おまえの夫は優れた戦士だったが、平和を求めた」

もうそんな時期は過ぎたと思っていたのに、涙がこみあげた。嗚咽《おえつ》を抑えるのに精一杯で、話はできなかった。

「彼の上の息子は平時には、そつなく統治できるかもしれない」と父は言った。「だが、戦いをするのに必要な忍耐力がない。おまえの息子をやつに訓練させてはならない」

アスカニウスがシルウィウスの教育を引き受けたいと思ったら、どうやって止められるだろう？　わたしには何の力もない。

「ラウィーニウムにとどまっていられたなら、ここには来ませんでした」声が惨めに震えないようにと努めながら、なんとか言った。

「わかっているとも。わたしも口を出さないのが一番いいと思った」

わたしはうなずいた。父の判断は正しかった。

「だが、立ち去らなくてはならない時が来たら、立ち去るべきだ。おまえの神々とおまえの子どもを連れて。できるな?」

「そういたします」

わたしは父が自分のところに来いと言おうとしているのだとばかり思っていた。だが、違った。「カエレのタルコンはおまえたちを迎え入れ、厚く遇してくれるはずだ」

「まあ! まさかそんなことにはならないでしょう」わたしは驚き、うろたえて、父を見つめた。

「どんなことになるかなんてわからないさ。やつが戦争から多少の教訓を得て、角を引っこめるなら、まだ間に合うかもしれん」「やつ」というのは、アスカニウスのことだ。「ゆうべ、エウアンドルスとパランテーウムには手を出さないように、やつを今一度、説得しようとした。エウアンドルスは老いて死にかけている。彼が死んだら、エトルーリア人たちが移り住み、七つの丘を乗っ取るだろう。平和のうちに。彼らがそうしてはならない理由などない。やつが考えなしに、手を出したりしなければな。ああ、若いころ、わたしも愚かだった。だが、エトルーリア人と事を構えるほどの馬鹿ではなかったぞ。味方にすれば、あんな頼りになる味方はいないのだ。どうすれば、やつにわからせてやれるだろうか?」

「無理です。お父さま」

「見て、見て」シルウィウスのささやきが聞こえてきた。「あの人たち、あの子に金の鉢をあげようとしてるよ」

父は口許を和らげてシルウィウスを見ていた。だが、その目は悲しみに満ちていた。「我慢、我慢」と父は言った。「やつに我慢が必要なように、わたしにも我慢が必要だな」

それが、わたしが父を見た最後だった。雨の中、穀物畑を見回っていて風邪をひき、こじらせて肺を病んで、数日後、亡くなった。一月の中日《イードゥース》の翌日だった。マルシ族との国境紛争で忙しかったアスカニウスは、何も知らなかった。わたしはシルウィウスを連れていかなかった。数日前から咳をして、熱を出していたからだ。折しも、寒さ厳しく、氷雨《ひさめ》が降っていた。わたしの生家の中庭では、大いなる月桂樹が冬の陰鬱さをまとって、噴水を見下ろしていた。戦門《いくさもん》は開きっ放しで、不吉な鉄でできた蝶番《ちょうつがい》が錆びていた。ラウレントゥムの人々は皆、年老いて見えた。若い顔も若い声もなかった。父が彼の都市に通じる街道の脇に葬られるのを見届けてすぐに帰った。喪の九日間の間、とどまることはできなかった。わたしにとっては異郷の都市にいる息子の許へ帰らねばならなかったから。

いまやアスカニウスがラティウムの唯一の王だった。ラテン人の農民たちのすべてがそれを喜んでいたわけではないが、誰も何の抵抗も示さなかった。国境地帯への外圧が強まっており、戦時の指揮者はひとりであるほうがよかった。戦争こそが、それからの数年間のわたしたちに与えられた運命だった。ウォルスキ族とヘルニキ族は、ラティーヌスの死で王国が弱体化していることを期待し、国境地帯の農場や町を絶え間なくおびやかした。ほどなく、アエネーアスを味方と思い、父のように慕っていたアルデアのメルスがアスカニウスの尊大さに腹を立てた。彼は領民がラティウムに侵入して略奪するのを放置するようになり、ウォルスキ族との同盟関係を復活した。そして、まだ武力衝突を引き起こしてはいなかったが、エトルーリア人の内陸の大都市ウェイイから、農民の家族が集団でティベリス川沿いの七つの丘に入植しはじめていた。彼らはそこにあるギリシア人の入植地、パランテーウムを占拠したのではなく、そのまわりに移り住んだ。ティベリス川の両側の、かつてヤニクルムの町があったところや、彼らがパラーティウムと呼ぶ丘に建物を建て、川岸の森を伐採し、谷間一帯に立派な牛の群れを放牧した。パランテーウムの若いギリシア人の多くが、アルピにあるディオメーデスの都市に移った。アルバ・ロンガに来て住み着いた者もいた。ラティウムは昔から、七つの丘の地域ならびに、遠くノーメントゥムに至る、父なる川の東側全域について、自国の領土であると主張していた。アスカニウスはこの平穏な乗っ取りに、強い不快感を覚えたが、ラティーヌスの警告を思い出し、エトルーリアに手出しすることは控えた。ウェイイからの入植者たちは、わたしたちが河口にもっている塩田の塩を、わたしたちにとって良い条件で買うことを申し入れてきた。そして、これ以上、ラティウム国内に勢力範囲を広げようとする気配は見せなかった。彼らは、自分たちがティベリス川を呼ぶ呼び名にちなんで、新しい入植地をルーマと名づけた。

アエネーアスの楯はアルバ・ロンガのレーギアの入り口の通路に掛けられていた。アスカニウスは戦争に行くときに、この楯を持たなかった。脛当《すねあ》てと金箔を押した胴鎧《どうよろい》も、赤い羽根飾りのついた冑《かぶと》も、青銅の長剣も用いなかった。百姓どもの襲撃や、ちっぽけな野蛮国との揉め事には、こんなりっぱな武具を持ち出すまでもない。鍬《くわ》や鶴嘴《つるはし》で片がつく、と彼がうそぶくのを一度、耳にしたことがある。あれらの武具はアスカニウスには重すぎたのではないかと、わたしは思う。

シルウィウスが楯の前に立ち、顔を上げてじっと見つめているのを見かけた。彼は六つか七つだった。わたしは尋ねた。「何を見ているの、シルウィウス?」

シルウィウスはしばらく答えず、それから小さな声で言った。遠くからの声のように思えた。「大きな丸の中に、大勢の人がいるのを見ているの」

わたしはシルウィウスの傍らに立って、目を凝らした。母狼、燃える船団、彗星を頭上に戴く男、兵士を殺す兵士、そして、男を拷問する男。見事なものが目にはいった。白い石のアーチの連なりが山々をくだって谷間を横切り、たくさんの丘と神殿をもつ都市へと続いていく。大いなる都市、ローマへと。

わたしはこの楯が怖かった。だが、小さなシルウィウスは怖がらなかった。楯をつくった力、楯の中に住まう力が、彼の血の中に流れているのだから。シルウィウスは金箔を押した胴鎧に手を伸ばし、にこにこしながら、掌と指でなだらかな曲面や装飾をなでる。

「いつかあなたがこれを身につけるのよ」とわたしは言った。

シルウィウスはうなずいた。「着方がわかったらね」

シルウィウスは子どもにしては、とても力があった。腕白なたちではないので、荒っぽい少年たちはシルウィウスが穏やかなのを見て、弱々しいとか臆病だとか思いこむことがよくあった。けれど、シルウィウスの穏やかさにつけこんで図に乗ると、たちまち、誤解していたことを思い知らされるのだった。シルウィウスは、言葉による攻撃は聞き流したが、暴力をふるわれたり、脅《おど》されたりした場合は、たちまち抵抗し、反撃した。叩かれれば、手ひどく叩き返した。シルウィウスは負けず嫌いだった。あらゆる運動や競技を好み、機会さえあればいつでも、馬に乗って狩に行った。また、アスカニウスの老師匠の熱心な弟子として、剣術、槍投げ、弓術その他の武術の習得に励んだ。大人の男たちや少年たちに対するときは、真面目で、寡黙で、控えめだった。わたしやわたしの側仕《そばづか》えの女たち、女の居住区に住む幼い子どもたちに対してだけ、心の防御を解いた。中庭のシルウィウスは陽気で愛情深く、いたずら好きで、甘いものに目がなく、幼い子たちに辛抱強くつきあい、儀式の務めにはすぐに飽き、冗談や他愛ない謎々や戯《ざ》れ歌《うた》が大好きだった。みんなシルウィウスが好きだった。アスカニウスさえも彼を好きにならずにはいられなかった。

即位直後のこの数年間、アスカニウスもまだ少年期を脱したばかりで、父の名声の余光の中で生きながら、自分自身の輝きを見つけようとあがくものの、父の輝きには到底かなわないことを思い知らされる毎日だった。彼は父の思い出を大切にしていたから、父を恨むことはできなかった。その代わりに、ほかのすべての力や人望を羨み、妬んだ。とりわけ、わたしは目の敵《かたき》にされた。アスカニウスの感じ方はこうだった。自分は父を凌《しの》がなくてはならないと思い、父よりも明るい太陽になろうと奮闘しているのに、わたしという月がいて、父の太陽の光を反射して何の苦もなく輝き、何の苦もなく人々に愛されている——人々の中に溶けこんでいるから、そしてまた、人々がアエネーアスを愛していたから。わたしがどんなに控えめにしていても、アスカニウスの館の囚われ人のように引きこもっていても、アスカニウスはわたしを、自分の尊厳をおびやかしつづける存在だと感じ、わたしが彼の決意を台無しにしていると思いこんでいた。果てしなく続く戦争に、民はうんざりしていた。戦争のせいで若い男たちは常に危険にさらされ、一方、若い働き手を失った農場では、老いた男たちが耕作に励まねばならない——このような状態を、どうして民が喜んでいられようか。だが、アスカニウスは民の不満の声や戦意の喪失を、わたしのせいにした。わたしがアスカニウスの重臣たちを毒し、女たちによからぬことを吹きこみ、アスカニウスに対するラテン人の反感を煽《あお》っているというのだ。わたしは女王というよりは、ウェスタに仕える巫女としてふるまい、館の切り回しと神々のお世話以外には何もしなかったのに、それでもわたしが悪いというのだ。

過酷ではないけれど、つまらない生活だった。砂を噛むような味気ない日々。生きる喜びを与えてくれるものといえば、美しく賢く思慮深い、わたしの息子だけだった。シルウィウスはすくすくと育ち、元気一杯だった。彼のおかげでわたしも少しは優しく、明るい気分になれるのだった。

三月になり、ラティウムはようやくウォルスキ族とルトゥリ族を撃退し、彼らの軍勢を海岸まで追い詰めた。彼らはアルデアとアンティウムを占拠されて、講和を請い、ラティウムの支配下にはいることを余儀なくされた。ラティウムの男たちは、四月の土を耕しはじめる時期に間に合って帰還し、夏の間じゅう、家にいることができた。おかげで収穫は豊かだった。勝利を味わって、アスカニウスは気負いが解け、本来の性格である善良さを発揮した。彼は大広間での宴《うたげ》に、わたしを数回招き、正式な儀礼に則《のっと》り、厚くもてなした。二、三度はうちとけた言葉をかけさえした。相変わらずわたしを警戒しているようだったが、信頼の兆《きざ》しもかすかに見えた。アスカニウスがわたしに奇妙な物語を語ったのは、そういう折だった。それはわたしが初めて聞く予言の話だった。アスカニウスが語ったとおりに、お話ししよう。

トゥルヌスがトロイア人を駆逐するための軍勢を集めていたときのことだ。アエネーアスはエウアンドルスに助けを求めるために、ティベリス川を遡上する用意をしていた。アスカニウスの話ではその日の朝、巨大な白い雌豚が、三十匹の白い子豚に乳を吸わせて川岸に横たわっているのを、父とともに見たのだという。アエネーアスはただちに生《い》け贄《にえ》を捧げる用意をさせ、祭壇の前で前兆の意味をみなに告げた。彼の新しい王国は、白《アルバ》と呼ばれるところに創建され、彼の世継ぎが三十年間統治する、と。

そんな予言のことは、アエネーアスからも、わたしの詩人からも聞いていなかった。わたしの知っているのは、アエネーアスがイタリアに新しい都市を建て、その都市に妻の名をつけることを命じられたということだけだった。わたしはそのことをアスカニウスに言わなかった。アルバ・ロンガへの移住を正当化するものとして、アスカニウスが白い雌豚の前兆を重く見ていることがわかったからだ。この話は奇妙な具合にわたしの心を圧迫した。そのあと、一度ならず、白子の子豚たちが次々と無数に歩いてくる夢を見た。ただし子豚たちは喉をかき切られていて、開いた傷口から血糊をぬらぬらと垂らしているのだ。そして、巨大な白い生き物が草の上で喘ぎ、のたうちまわっている。白い生き物は血が出尽くしてしなびているが、それでも死んではいない。死ぬことができないでいるのだ。

次の年は平和な一年だった。だが、そのあとサビーニ族がアエクイ族と一緒になって、わたしたちの領土の北の町々と農場を襲った。ティーブルやフィデーナエまで侵入して、火を放ち、略奪し、人々を連れ去って奴隷にした。彼らとの戦いのうちに二年が過ぎた。二年目の年の終わり近く、アニオ川を見下ろす丘陵地帯で長く戦った末に、アスカニウスは決定的な勝利を収めた。年配のトロイア人たちも皆、そこで彼とともに戦った。アカーテス、ムネーステウス、セレストゥスなど、若いころ、トロイアの城壁の前で戦った勇士たちだ。これが彼らにとって最後の戦闘になった。冬の雨が降る中を、戦士たちは帰還した。その姿は老いた狼のように、痩せてひょろひょろとしていたが、顔は勝利に輝いていた。

アスカニウスはまたしても、勝利の余裕で温かく思いやり深くなった。ラウィーニウムのトロイア人たちをアルバ・ロンガに呼び出し、特別な名誉を授けた。直属の若手の隊長たちが敬意をこめて彼らに接するように目配りもした。この防衛戦争で得た戦利品は多くはなかったが、アスカニウスはそれをラティウムのために戦った全員に分け与えた。援軍を送ったガビイとプラエネステには感謝の印に、豪勢な贈り物を贈った。

冬至のころ、アルデアへの短い旅からもどってきたアスカニウスは、わたしを呼び出して言った。「母上。あなたの心がここ、アルバ・ロンガにはないことを、わたしは知っています」

「わたしの心は、わたしの息子がいるところにあります」

「そして、あなたの夫の墓の傍らに、でしょう?」アスカニウスは優しく言った。わたしはうなずいた。

「母上はこれまでわたしの世帯をりっぱに切り回してこられた。あなたがここを去られるとしたら、多くの者が残念がることでしょう。だが、お望みであれば、立ち去って差し支えないと申し上げたい。カメルスの妹、サリカに求婚しました。四月になれば、サリカがわたしの花嫁としてやってきます。あなたがここにとどまって、サリカにこの館の流儀を示し、あなたが大変優れておられる館の切り回しの技を教えてくださるなら、わたしたちの尽きることのない感謝を受け取られるでしょう。しかし、ひとつ屋根の下にふたりの女王がいることを好ましくないとお考えなら、あるいは、父があなたのために建て、紛れもなくあなたの街であるラウィーニウムにもどりたいとお思いなら、お心のままに、いかなる選択をするのもご自由だということを知っていただきたいのです」

もったいぶった堅苦しい言い回しとその根底にある善意が、いかにもアスカニウスらしかった。わたしは彼の言葉をじっくり考えた。希望の光が差して、わたしの魂全体を温めはじめたとき、アスカニウスは言葉を続けた。「もちろん、シルウィウスはこちらでお預かりします。教育を受けさせなくてはなりませんから。そろそろ彼にとって、もっと良い兄にならなくてはと思っているのです――父親代わりに」

「お断りします」とわたしは言った。

アスカニウスは目を丸くした。

「妻を娶《めと》られるなら、わたしは出ていきます。この館を切り回すのは、その方であるべきです。わたしは喜び、感謝してラウィーニウムに帰ります。けれども、シルウィウスを伴わずに帰るなど、思いも寄らぬことです」

アスカニウスはとまどい、気分を害した。この上なく筋がとおり、配慮の行き届いた申し出をしたつもりでいるのだ。

「シルウィウスは十一歳ですね?」と彼は言った。

「はい」

「男たちにもまれて成長していくべき年齢です」

「息子を置いてはいけません。わたしはあの子をアエネーアスから預かっているのです」

「母親と父親のふた役はできませんよ」

「できますとも。現にしております。アスカニウス、このようなことをわたしに強要しないでください。わたしをシルウィウスから引き離すようなことはなさらないで。兄として愛情を注いでくださることは、ありがたく思っています。でも、どうかご心配なく。ラウィーニウムには、あの子の父の友が大勢いますし、あなたの隊長たちもいます。男に必要な知恵や技については、それらの人々があの子を鍛え上げてくれるでしょう。わたしはあの子を甘やかしてはおりません。それはおわかりでしょう？　あの子が年のわりに幼いとか、怠け者だとか、臆病だとか思われますか？　何か、あの父の子にふさわしくない点があると思われますか？」

アスカニウスはふたたび、まじまじとわたしを見た。わたしは楯に描かれた雌狼そのものだった。アスカニウスはわたしの牙を見たに違いない。

彼はためらいがちに言った。「それでは体裁が悪い」

「わたしが息子を手放すのを拒むことが、ですか？」

「シルウィウスはわたしとともにここにいるのがいい。ラウィーニウムのすぐ近くではありませんか」

「あの子がいるところに、わたしはいます」

アスカニウスは困惑して顔をそむけ、「大変に不体裁だ」とくり返した。

即位以来、面と向かって彼の考えに異を唱える人がほとんどいなかったのだろう。彼はわたしが今も、女王であることを忘れていた。

わたしは黙っていた。アスカニウスはしびれを切らして言った。「このことについてはまた話しましょう」そして、その部屋を立ち去るときに、がみがみ女のような口調で言い捨てた。「ご自分の立場をお考えなさい。何でも自分のやり方が通せると思ったら大間違いだ」と。

アスカニウスは反論されることに我慢ができないのだ。反対を許容できるだけの強さがないから。彼が寛容でいられるのは、自分の意思が通る場合だけだ。この時すでにわたしには、アスカニウスが考えを変えることはないとわかっていた。わたしは彼の疑念を裏づけてしまった。彼は、わたしを信用しないできたのは正しかったということを、再認識したのだ。長年の間、わたしは彼の命じることを行い、彼の世帯のために力を尽くし、頭《こうべ》を垂れ、口をつぐんできたのだが。所詮、女なのだ、と彼は考えている。女を信頼してはならないし、女の言うことに従ってはいけない。女は軽んじ、踏みつけにするべき存在だ、と。

その夜、女の居住区の自分の部屋にもどったとき、わたしの頭の中には、頭蓋からあふれそうなほど多くの、さまざまな考えがひしめいていた。アスカニウスはわたしの人生を十年近く支配してきた。わたしは自分自身の意思ではなく、彼の意思に従ってきた。彼はそれを当然のこととした。わたしが奴隷ででもあるかのように。そして今、アスカニウスは、悪意からではなく、必要も理由もないのに、わたしから生きる甲斐をとりあげようとしている。アスカニウスは、わたしの息子、アエネーアスの息子を育てあげるのにふさわしい男ではない。父はそう言った。それが真実だとわたしにはわかる。

「何かあったのですか?」ともに小用に立ったとき、マルーナが尋ねた。わたしは言った。「王がわたしをラウィーニウムに帰すつもりなの」

マルーナの顔が明るくなった。

「シルウィウスはここに置いていけと言うのよ」

マルーナは無言だった。

「シルウィウスを置いて、行けるわけがないわ」しばらくして、手を洗う水盤の前で、わたしは言った。「でも、ここにとどまるのも真っ平。もう限界よ」

マルーナはわたしのそばによってきた。わたしは雑用係の少女に声をかけた。「マイヤ! きれいな水をもってきてちょうだい」十歳の女の子が水差しをもってきて、わたしたちの手の上に水を注ぐ間に、その子の妹がタオルを手に走ってきた。この子たちはシカーナの孫娘で、見かけは可愛くないが、とても利発だ。「おまえたちもわたしたちと一緒に、ラウィーニウムに帰るのよ」と声をかけると、ふたりは目を丸くした。

「ここから立ち去るわ」わたしは手を拭きながら、あらためてマルーナに言った。声に出して言うと、気持ちが落ち着いた。「シルウィウスを連れて。ねえ、マルーナ。わたしは母に似ているかしら？」

いつものように、マルーナは考える時間をとって答える。「多くの点で、似ていらっしゃいます」

「母がどのように狂気に陥っていったか、見てきたからわかるの。わたしも母のように気が狂うかもしれないと。わたしがおかしくなりかけたら、教えてね。約束よ」

「必ず」

「わたしの中には父の血も流れているわ。狂気に侵されはじめていることに気づけたら、そこで止められると思うの。でもシルウィウスを奪われたら、話は別よ」

マルーナはうなずいた。

狂気に陥った母の心の働きについて、たしかに、何かがわかった。たくさんの思いつき、計画、企てがめまぐるしく頭の中を回る。執着の対象への集中を妨げる事柄や、執着を理解しない人に対してひどく苛立つ。そして何かを待ち伏せしているような奇妙な感覚。わたしは、自らの光で輝いていた、ふたつの淡い金色の眼を思い出した。わたしは洞穴《ほらあな》の雌狼。暗闇の中に、静かに潜み、足を踏ん張る。いつでも攻撃できるように。

アスカニウスとサリカの婚礼の準備は、わたしがアルバ・ロンガの王の館を離れる準備と並行して進められた。わたしと女たちはすべてを、新しく来る女王がすぐに使える状態に整えた。穀物入れはすべて満たされ、寝具や衣服を入れる箱には、細い羊毛で織られ、きちんと畳まれた清潔な衣服やしなやかな毛皮がぎっしり詰められた。すぐに供えられるようにサルサ・モラが用意され、祭壇の埃《ほこり》が払われ、床が掃き清められた。どこを探しても蛾一匹、鼠一匹いなかったし、床の上の子羊の毛で織った敷物は、真新しいものばかりだった。わたしには守るべき誇りがあった。それと同時に、サリカがここで歓迎されているという印象をもち、くつろいでくれることを願っていた。彼女はまだ十八歳という若さだった。アスカニウスが彼女を虐待することはないだろうが、良い夫になるとも思えなかった。彼は女に対して性的関心をもっていないし、女と一緒にいることを好まない。アスカニウスが結婚するのは、王が妻帯しないと民が変に思うからと、自分の男らしさを証明するために、そして彼自身は認めたがらないだろうが、シルウィウスと張り合う気持ちの支えにするために、跡継ぎを得たいからだった。

わたしがすぐに、シルウィウスに出発のことを打ち明けたのは言うまでもない。わたしたちはその件についてじっくり話し合った。シルウィウスは思慮深く聡明な子どもだったし、子どもというものは独特な知恵をもっているからだ。わたしは彼がアルバ・ロンガに残ると言い出すかもしれないと思っていた。アスカニウスと争うことは好まないだろうし、シルウィウスは、王であり兄である人に従うことを義務と心得ていたからだ。だが、彼はそう言わなかった。「アスカニウスがここを治めて、ぼくらはラウィーニウムを治めればいい。ぼくはアエネーアスの跡継ぎだけど、ラティーヌスの跡継ぎでもあるのだから。ぼくは西に住み、お父さまの友人たちから、いろんなことを教わりたい。アスカニウスだって本心は、ぼくにここにいてほしくないと思うし」ちょっと間を置き、シルウィウスは残念そうなため息をついた。「でも、アテュスの話だと、ここの馬はラウィーニウムにいる馬よりずっといいんだって」

「お父さまはあなたのために、子馬をお選びになったのよ。その子馬の父親はお父さま自身の乗馬だったの。その子馬が大きくなって、ラウィーニウムの王家の廏《うまや》にいると思うわ」

シルウィウスはそれを聞いて顔を輝かせた。

「あなたはラティウムにふたりの王がいる時代がまた来ると考えているのね？」と、わたしはシルウィウスに訊いた。

「事によったらね」四十の男のように、分別くさく言ったあとで、「とにかく、ぼくはお母さまもいないのに、こんなところにいたくない！」

「わたしもあなたをここに置いていくつもりはないわ。じゃあ、これで決まりね」

「アスカニウスは、白豚と三十匹の子豚と一緒に、ここに残していこう！」

「ラウィーニウムに着いたら、あなたをアルブネアの森に連れていくわ」そう言いながら、自分の心の中に期待と喜びがふくらむのを感じた。「そこでは夜、ご先祖さまのファウヌスおじいさまが、オークの木立の中からあなたに語りかけるかもしれないわ。ラティーヌスおじいさまに語りかけたように」

「ピークスおじいさまのお話をして」とシルウィウスはねだった。それでわたしは、啄木鳥《きつつき》になったご先祖さまの話をいま一度話してあげた。シルウィウスはこのイタリアの地と人々の物語を聞くのが大好きだ。年配のトロイア人が語るギリシア人たちとの戦争の話を聞くのと同じくらい。

わたしたちは自分たちの立てた計画と心に描いた将来に満足していた。それで、わたしはアスカニウスも自分と同じように納得するだろうと思いこんでしまった。けれど、彼アスカニウスを訪れ、息子とともにラウィーニウムに移る正式な許しを求めると、彼はは激怒し、それを隠そうともしなかった。

「あなたは行くがよい」と彼は言った。「シルウィウスはここに残る。先月申し渡したとおりだ」

こうなったら、嘆願するしかなかった。「わたしの夫の息子よ、ラティウムの王よ」わたしはひざまずいて、彼の脚を膝頭のところで抱いた。「王たちの娘であり、妻であり、母であるわたくしが、お願い申し上げます。このことについてわたくしの意思を尊重してくださいますように。アエネーアスはシルウィウスをわたくしに託しました。りっぱに育て上げよと。わたくしは彼の聖なる命令に従います。あなたの弟をわたくしとともに行かせても、あなたが失うものは何もありません。あなたはわたくしどもの愛と感謝を得るでしょう。この地で統治をなさいませ。わたくしどもの上に立ち、あなたのお妃《きさき》とこれから生まれてくるお子たちとともに。女たちの子宮を守る神々のご加護がありますように。どうかシルウィウスが父の館に住み、父の旧い戦友たちの間で暮らし、そこで男に成長することをお許しください。そののち、シルウィウスはふさわしい者となって、あなたのもとに来てお仕えするでしょう。運命がそれを望み、許すならば」

　膝を抱かれ、下から雄弁に請願されているときに立ち上がるのは至難の業だ。脚をつかまれているのでよろめくだろうし、まるでオーラルセックスをさせているかのような恥ずかしい恰好になる。嘆願されることの好きな人もいるかもしれないが、わたしは大嫌いだ。アスカニウスもわたしと同じくらいの不快感をもってくれればありがたい。しゃべり終わるとわたしは頭《こうべ》を低く垂れた。彼の足の甲に額がつくまで。わたしを蹴飛ばさなくては動けないだろう。彼は足の位置をずらそうとした。だが、蹴飛ばしはしなかった。わたしたちは、アスカニウスの会議室にいた。アスカニウスの友人や重臣が十人あまり、目を丸くして、聞き耳を立てていた。

　ほかの人たちのいるところで、アスカニウスに異を唱えたのは間違いだったかもしれない。ひとりでいるところをつかまえたら、ひょっとしたら説得できたかもしれない。命令を変えたり、女に譲歩したり——人前でそのような弱さをさらすのは、アスカニウスにはできないことだった。

「少年はとどまる」とアスカニウスは言った。そして、わたしが彼の脚を離さざるを得ないほど大きく、体の向きを変えた。わたしは絶句して、ちょっとの間、ひざまずいた姿勢を続けた。アスカニウスの若い廷臣たちはわたしの友ではないし、彼らのほとんどはシルウィウスに無関心だった。しかし彼らのほとんどはラテン人であり、わが民族は親子の絆を重んじ、世帯の母に敬意を表する習慣をもっている。彼らにとっては、わたしがひざまずいているのを見るのも、わたしの義理の息子がわたしの嘆願をあっさりと拒絶するのを聞くのも、心揺さぶられる出来事だった。

わたしは立ち上がり、白いパラをまとって、アスカニウスと向かい合った。聖なる行為を行うときのように、パラの一部で頭を覆った。わたしは言った。「王よ。この問題について、あなたとわたしの意思は異なっています」そしてくるりと背を向けて、会議室から出た。廊下に出ると、背後の部屋から、男たちが一斉にしゃべりだす声が漏れた。さらに歩いているうちにアスカニウスが彼らを制しようと声を張り上げているのが聞こえた。

わたしはアスカニウスに対する人々の心証を悪くすることで、彼に打撃を与えた。だが、それは実際には何の違いももたらさない。支配力をもっているのは、依然として彼だ。わたしは彼の支配下から逃れねばならない。くよくよ考えたり、ゆっくり準備したりしている暇はない。

わたしはティタに、演習場にいるシルウィウスを呼びにやらせた。そしてマルーナとシカーナに手伝わせて、女たちを集めた――九年前、わたしたちについてここに移り住んだ二十人のうちの十六人と、そのうちの何人かがここで産んだ子どもたちと、わたしに懐き、新たにそばに仕えるようになった少数の女たちだ。そして彼女らに、できる限り速やかに発つこと、二、三人ずつに分かれて、別々の道をたどって山を下り、できるだけ目立たないようにラウィーニウムに行くことを命じた。わたしは小さな荷車を二台と、それを引く騾馬《らば》を二頭、調達させ、わずかな衣類とわたしたちにとって貴重な品々を荷車に積みこんだ。片方の荷車に、ロサルバと彼女が産んでまもない赤子を、ウェスティーナばあやとともに乗せた。ウェスティーナは老いて衰え、朦朧《もうろう》とした世界に生きている。もう一台には、シルウィウスとマルーナとわたしが乗った。シルウィウスは御者と並んで立ち、騾馬を速足で走らせて、とせがんだ。わたしたちは出発し、急な白い坂道を下りはじめた。わたしがアスカニウスと話してから一時間と経っていなかった。

二月の短い日が暮れようとするころ、ラウィーニウムに着いた。川を見下ろす砦をもち、城壁に囲まれた小さな街は、西からの低い日の光の中に、ひっそりと灰色の姿を見せていた。細い川が硝子《ガラス》のかけらのように、空を映していた。

若い女たちの何人かが、昔シルウィアとわたしがよくしたように農地を駆け抜けて、わたしたちより先に着いていた。彼女たちはレーギアの管理をしているわずかな数の奴隷たちを呼びたてて、扉をあけさせ、ウェスタの炉や、台所や、王の居室に火を入れさせていた。それでも、打ち捨てられていた家は冷たく、じとじとしていて、埃だらけだった。清潔な寝具もふかふかの毛皮もアルバ・ロンガに置いてきた。新鮮な食べ物もそうだった。穀物貯蔵室の小麦と黍《きび》は少ししかなく、かび臭かった。女たちが次々に到着するにつれて、眠る場所が足りなくなり、数人の女たちは街の民家に、宿を頼まねばならなかった。しかし、街の人々の間に噂が広まると、彼らはこぞってわたしたちを歓待してくれ、あらゆる種類の食べ物、飲み物、日用品をもってきてくれた。「小さな女王さま」と人々はわたしを呼んだ。わたしが子どもだったときに呼んでいたように。「小さな女王さま。ようやく、わたしどものところにもどってきてくださったんですか？　ずっといてくださるんですよね？　あなたご自身の街に。そして王さま――わたしたちの小さな王さま、アエネーアス・シルウィウスはなんと大きくなられたことか！」おかげで、アカーテスが挨拶に来るころには、少なくとも彼を盛んに燃える火に当たらせ、粥と蜂蜜を混ぜてとろりとさせた温かい赤ワインのひと鉢を出してあげられる態勢が整っていた。

アエネーアスの旧い戦友たちのうち、わたしが一番会いたかったのは、アカーテスだった。兄のように頼もしいのは、なんといってもアカーテスだった。わたしがアルバ・ロンガに移ってからも、ちょくちょく顔を見せてくれた。わたしは彼に会うのが楽しみで、彼のことをよき助言者だと思っていた。アスカニウスへの忠誠心は篤くとも、心のうちではわたしに肩入れしてくれているのではないかと、当てにしていた。だから、彼が口を開いてこう言ったのは打撃だった。「しかし、王の許しがない限り、シルウィウスがここに滞在されることはなりません」

「王と言われるか、王と……」わたしは黙りこんだ。そして、ようやく言った。「わた

し は誰ですか、アカーテス？」

アカーテスは驚いてわたしを見た。

わたしは言った。「わたしはあなたの王の妻です」

長い沈黙の末に、彼は言った。「未亡人でいらっしゃいます」

勇気のある男だ。

「そして、あなたの王の母です」

「わたしの未来の王の」

「あなたには未来の王を守る義務があるはず」

「アスカニウスは、シルウィウスに危害を加えるつもりはありませんよ」

「彼に危害を加えるつもりがなくとも、シルウィウスがあそこにいれば、危害が及ぶのです。シルウィウスはアルバ・ロンガにいるべきではありません。王国の中で、あの子がいるべき場所は、あそこではありません。ここなのです。アスカニウスも今度来る花嫁も、お互いのことで手一杯になるでしょう。あそこにはシルウィウスのためを思ってくれる者がいません。そればかりか、策謀を巡らす者もいます。そして、その者たちはシルウィウスの味方ではありません。わたしの大切な子羊を、見知らぬ群れの中に無防備な状態で残していくわけにはいきません」

アカーテスはその絵柄を思い浮かべたのか、半白の髪にりっぱな顔立ちの首をかしげた。「あなたの大切な子狼が、納屋の前庭で育つのは不都合だと、そうおっしゃるほうが適切では?」と彼は言った。そしてすぐにアスカニウスに対して不敬なことを言ったのはまずかったと悔やんだらしく、顔をしかめた。「兄たる者は保護者としてふさわしいでしょう」彼は堅苦しい口調で言った。「わが子を手放すのがつらいことはわかりますが——」

「わたしを見くびらないで、アカーテス! 別れるべき時が来れば、手放します。でも、まだその時は来ていないのです。あの子はまだ幼い。真実の友、真実の師とともにいることが必要です——たとえばアカーテス、あなたのような。あの子の父とあの子の祖父は、わたしにあの子を委ねました。その責任をほかの人の手に移すつもりはありません」

わたしはアカーテスの気持ちを動かせると思っていた。だが、できなかった。

翌日以降、アエネーアスのほかの旧友たちにも会って話をしたが、誰もわたしがシルウィウスをアスカニウスの宮廷から引き離して育てることに賛成してくれなかった。皆、わたしが正しいと思っていたが、それを認めることができなかったのだと思う。亡き王の寡婦《かふ》の意思を、現在の王の意思に優先させることは、大っぴらには許されないことだから。アスカニウスは彼らを優遇してはいなかった。権力の中枢から遠いところで老いるに任せていた。格式ばった場で功績を讃える以外には、彼らを無視してきた。それでも彼らがアエネーアスの臣下であり、アスカニウスがアエネーアスの息子である以上、アスカニウスの言葉が法律だった。シルウィウスがもっと年がいっていたら、彼らはきっとシルウィウスの言葉に耳を傾けただろう。シルウィウスもアエネーアスの息子で、彼らはシルウィウスをとても愛していたから。だが、一人前の男が十一歳の少年の意思に左右されるべきではないと、彼らは考えていた。

そうこうする間も、わたしたちはアルバ・ロンガから何か言ってくるのを待っていた。毎日、わたしは城壁に立ち、シルウィウスを連れ帰るようにという命令を受けた騎馬隊が山の街道をやってくるのではないか、あるいはアスカニウスその人が、怒りの雷を落とす天の父のごとくわたしたちを罰するために山から降りてきはすまいかと、胸をおののかせた。

しかし、ちょうどそのころは、アルデアとアルバでは婚礼の準備が進められていたはずで、アスカニウス自身も、花嫁を歓迎すべきときに継母とつまらぬ争いをするのはみっともないことだと考えたに違いない。アスカニウスはわたしたちをまったく無視した。それで、わたしたちは三月の残りをラウィーニウムで穏やかに過ごした。愛する夫とともに住んでいたわが家にもどったわたしは、嬉しさと切なさに何度涙したことだろうか。

わたしはアエネーアスの甲冑《かっちゅう》と剣と楯を荷馬車に積んでもってきていた――シルウィウスとわたしがそれらを外して運ぶのをシカーナが手伝ってくれた。それらは今、ふたたび、アエネーアス自身の館に掛けられている。本来あるべきところに。

わたしたちは引き続き、アスカニウスの館から何か言ってくるのを待った。

ある日の晩《おそ》い朝、わたしは機《はた》に向かい、新たに布を織りはじめていた。ウルシーナという少女が駆けこんできた。「武装した騎馬隊がアルバのほうから山を下ってきます」と少女は言った。「一マイルぐらいのところに来ています。ひとりは乗り手のない馬を引いています」

　シルウィウスを乗せるための馬だ。

　アスカニウスがシルウィウスを呼びもどすために人を寄越したらどうするか、百もの計画を立てていたのに、それらは騎馬隊の蹄に蹴散らかされて塵になった。するべきことはただひとつ。それはすでにわたしがしたことだ――逃げること、逃げて隠れること。「シルウィウスにわたしの部屋に来るように言って」とわたしはウルシーナに命じた。マルーナの姪のウルシーナは十五歳前後。黄褐色の肌をした元気一杯の少女。まるで雌ライオンのようだ。ウルシーナは矢のように駆けていった。わたしは自室に行き、古いパラに、二、三の品を包んだ。シルウィウスが息を切らしてやってくると、アスカニウスの手の者から逃げるために森へ行こうと告げた。

「馬を出そうか」とシルウィウスは言った。

「いいえ、必要ないわ。遠くには行かないから。馬は隠すのが難しいし。あなたのマントと良い靴をとってらっしゃい。台所で落ち合いましょう」

　わたしは鍋と食べ物をほかの包みに入れ、シルウィウスと落ち合って出発した。館を出ようとすると、マルーナが来た。わたしは言った。「彼があなたがたを罰しませんように！」あなたがたとは、アルバ・ロンガからわたしについてきた女たちとこの館の人々みんなのことだ。「王の家来たちに言ってちょうだい。女王は息子を連れて、ティーブルの近くの泉の神託所にお伺いをたてに行ったと。そう言えばしばらくは、手間取らせることができるでしょうから」

「でも、ほんとうは……」

「どこを捜したらわたしがいるか、あなたにはわかるはずよ、マルーナ。ほら、あの樵《きこり》の小屋」

マルーナはうなずいた。彼女はわたしとシルウィウスの身を心底案じ、わたしは彼女のことが心配だった。だが、ためらっている暇はなかった。シルウィウスとわたしは街に出て、城壁の裏門を抜け、農地を駆けた。人の手のはいっている最後の土地を過ぎると、プラーティ川に沿って上流に向かい、アルバ山の前山の丘陵地帯を覆う新緑のオークの森にはいっていった。やがてラウレントゥムとアルブネアを結ぶ古い小道に出た。小道は丘の間を縫うように進んでいく。

シルウィウスは鼻に皺を寄せた。この子は猟犬並みに嗅覚が鋭い。

「腐った卵のにおい?」とわたしは尋ねた。逃げるのに忙しくてずっと言葉を交わしていなかった。

シルウィウスはうなずいた。

「それは硫黄泉のにおいよ」

「ぼくたち、そこへ行くの?」

「その近くに」

かつてわたしが聖なる森の中で詩人と話していたときに、マルーナが泊っていた樵の家に着いた。周りの木々が伸びて、背の高い丸い小屋をすっぽり囲んでいるので、気づかず通り過ぎるところだった。小屋の周りの空き地も菜園だったところも、木苺の藪や背の高い雑草がはびこっていた。声をかけたが、誰も応えなかった。扉のところに行ってみると、家の中は荒れ果てていた。樵とおかみさんはどこかに引っ越したか、そうでなければ、死んでしまったのだろう。

シルウィウスは子どもらしい好奇心をむきだしにして、小屋の内外を歩きまわった。「いいところだね」と彼は言い、自分の荷物を戸口の上がり段に置いた。わたしはシルウィウスが歩きながら、荷物にてこずっているのに気づいていた。それに上がり段に置いたとき、どしんと大きな鈍い音が響き、中で金属のぶつかる音がしていた。「その中には何がはいっているの?」とわたしは尋ねた。シルウィウスはちらりと横目をくれて、包みをあけた。彼は自分の短弓と矢、狩猟用ナイフ、そして剣術の稽古に使う剣をもってきたのだ。

「狼に備えて」と彼は言った。

「あらあら」とわたしは言った。「でもね、もしかすると、わたしたち自身が狼かもしれないという気がするんだけど」

シルウィウスはちょっと考えていた。どうやら、その発想が気に入ったようだった。

彼はうなずいた。

「ちょっとここに来ておすわりなさい」とわたしは言った。上がり段に腰を下ろし、武器を脇に寄せて、彼のために場所を作った。松やオークの枝の間から差す日差しのおかげで暖かかった。シルウィウスが隣に腰を下ろした。わたしは少年らしい、褐色の細い脛《すね》と彼の足には大きすぎ、重すぎる靴に目を落とした。シルウィウスはわたしに頭をもたせかけた。「あの人たち、ぼくらを殺したいわけじゃないよね？　ね、そうでしょ、お母さま？」怖がっているからではなく、安心したくて、訊いてくる。

「もちろんよ。ただ、わたしとあなたを別れさせたいだけ。あなたを手放すのは間違いだと、わたしは確信しているの。でも、アスカニウスがあなたをアルバに連れもどすのを防ぐ手だてがないの。見つからないように隠れる以外には」

シルウィウスはじっくり考えてから言った。「どこか田舎の農場に住んで、お百姓の子のふりをしたらどうかな？」

「そうね。でも、それではお百姓さんの一家を危険にさらすことになるわ」

シルウィウスはそれに思い及ばなかったことを恥じて、小さくうなずいた。

わたしも恥じていた。偽りごとに彼を引き入れたことを。わたしは言った。「ねえ、聞いて。ティーブルの神託所に行くと言ったのは嘘だけれど、神託を受けたいのはほんとうなの。わたしの神託所――わたしのお父さまの、わたしのご先祖さまの神託所がここ、アルブネアにあるのよ。どうしたらいいか、わたしたちに教えてくださるかもしれないわ。女に語りかけてくださるかどうかはわからないけれど、あなたに語ってくださるかもしれない。あなたはラティーヌスの孫で、ファウヌス、ピークス、サトゥルヌスの子孫」わたしはシルウィウスの硬く薄い肩をなでた。急ぎ足の逃避行のせいで、まだ汗ばんでいる。「そして、アエネーアスの息子だから」わたしはシルウィウスにキスをした。

シルウィウスはキスを返した。「ぼくは決してお母さまのそばを離れない」と彼は言った。「いつまでも」

「『決して』とか『いつまでも』とかいう言葉を、命に限りある人間が使ってはいけないわ。でも、別れ別れになるほうが良いとわかる時までは、離れないでいましょう」

「だったら、『決して』でいいよ。そんなことは起こらないもの」とシルウィウスが言った。

暗い木々の間から、美しい小鳥の鳴き声がした。春を迎えて喜んでいる長いさえずりだ。

「ここに泊るの？」

「少なくとも、今夜はね」

「わかった。火はもってきたの？」

わたしは小さな陶器の火壺を見せた。レーギアのウェスタからいただいた火種を入れ、籐の吊り籠に入れて運んできたのだ。「炉に火を入れてお祈りをしてね」シルウィウスがそれをしている間に、わたしは小屋を掃き清めた。それからふたりで、火を焚きつけた。

「あなたのお父さまは、大いなるイーダ山の森で育ったのよ。知っていた？」とわたしは尋ねた。もちろん、シルウィウスは知っていたが、もう一度聞きたがった。アエネーアスが子ども時代についてわたしに語ったわずかばかりのことを、そのまま話すと、シルウィウスは熱心に耳を傾けた。それから弓矢を手にとり、無用心な兎や鶉《うずら》がおりはすまいかと、出かけていった。わたしは小屋の掃除を続け、松の若木からむしりとった柔らかい枝で寝床を作った。小屋の中にごみはなかった。ただ、蜘蛛の巣の名残や森鼠の糞があっただけだ。貧しい人々は残すものもわずかだ。棚のひとつに、半分に割れた陶器の鉢があった。これはしまわれていたもので、十分使える。わたしは館からもってきた掌一杯の塩を入れ、テーブル代わりに使うつもりの戸棚の上に置いた。

シルウィウスは何も射止めなかったが、翌朝、鶉を捕らえる罠を置く場所を決めてきた。そして小川で手づかみで捕らえた四匹のザリガニを持ち帰った。わたしたちは黍の粥にザリガニを添えた。館から水をもってきたらよかったと、それだけが残念だった。硫黄泉の周囲の川の水はいやな味がするからだ。

それぞれのマントにくるまって眠った。わたしは長時間熟睡した。この夜のように木立の外にいる場合も含めて、アルブネアにいるとき、わたしは怖いと思ったことがなかった。いや、むしろこう言ったほうがいいだろう。怖さは感じるのだが、その怖さは、シルウィウスを失ってしまうのではという鋭い恐怖や、生きていることに伴う絶え間ない警戒や不安とはまったく違うものなのだ。それはわたしたちが宗教と呼ぶ種類の怖さだ。つまり、何かを受けいれることに伴う畏怖だ。晴れた夜に空を見上げ、永遠に存在しつづける宇宙のひとつひとつの星が白い焔《ほのお》を燃やしているのを見るときに感じるおののき。このような怖さはわたしたちの心に深くしみとおる。しかし、礼拝や眠りや沈黙がそれを和らげてくれる。

次の日、シルウィウスは朝出たきり、一日中、帰ってこず、泉の上の高地の森を探検していた。わたしは彼のことを心配しなかった。思慮深い子だし、農地に近いこのあたりには猪も熊も出ない。わたしたちの領土の中のほうだから、近くに敵がいるはずもない。午後、空き地の端にウルシーナが姿を現わした。音もたてずに素早く動くようすは豹《ひょう》のようだ。「マルーナおばさんの使いで来ました」とウルシーナはささやいた。飲料水を満たした水差しに、干した空豆ひと袋、無花果と葡萄の干したのをひと包み、もってきてくれた。干し無花果と干し葡萄は、シルウィウスの甘いもの好きをよく知っているティタの心尽くしだ。

「アルバ・ロンガから来た人たちは何をしたの?」とわたしは尋ねた。

「女王さまのことを尋ねました。ティーブルのアルブネアに行かれたと、おばが答えました。ほかの人たちは皆、そうなのだと思っています。アルバの人たちはきのう帰りました。女王さまにこうお伝えせよと、おばが申しました。アカーテスとムネーステウスに命令が下され、女王さまとシルウィウスさまがラウィーニウムにおもどりになったら、このおふたりがシルウィウスさまをアルバにお連れすることになっている、と」

わたしはウルシーナにキスをして、明日、捧げ物にするためのワインを少し、もってきてほしいと頼んだ。ウルシーナは来たときと同じように、静かに速やかに姿を消した。

半ば朽ちかけた上がり段にすわって、春の日差しを浴びながら考えた。

わたしがラウィーニウムにもどったら、忠実なアカーテスはアスカニウスの命令に従うだろう。

わたし自身がシルウィウスをアルバ・ロンガに連れていき、彼とともにそこにとどまることも考えられる。アスカニウスの宮廷の招かれざる客となり、無視や羨望や危害から、死に物狂いで息子を守るのだ。

また、数年前、父が示唆したように行動することもできる。エトルーリアのカエレに行き、タルコン王にわたしたちを保護下に置いてくださるよう、そしてシルウィウスを王の息子として育てる手助けをしてくださるようにお願いする。

こんなふうにいろいろ考え出すと、怖くてたまらない。だが、無理にでも考えなくてはならなかった。

まだ、考えを巡らしていたとき、合図に決めた雀《すずめ》の鳴きまねの口笛が小さく聞こえ、シルウィウスが姿を現わした。全身汚れて、手足に棘《とげ》の引っかき傷をつけ、くたびれ果ててはいたが、罠で捕らえた大きな野兎を手に、得意満面だった。シルウィウスが手足や顔を洗っている間に、わたしは兎の皮を剝いで、臓物を抜き取った。緑の柳で串を作り、小屋の中の小さな炉の火で肉を炙《あぶ》った。なかなか豪華な食事だった。

「明日の夕方は食事抜きよ」わたしはシルウィウスに教えた。「聖なる森に泊るから」

「洞穴《ほらあな》と臭い淵が見られるの？」

「ええ」

「ふつう、お供えには何を用意するものなの？」

「子羊」

「ラウィーニウムのそばにいるうちの羊の群れから、子羊を一頭連れてこようか？　誰にも見られないように気をつけるよ」

「だめ。街の近くに行ってはだめ。わたしもあなたも。明日は自分たちに用意できるものをお供えしましょう。ご先祖さまたちはわかってくださるわ。以前にも何も持たずに行ったことがあるのよ」

　翌日、西の海に立ちこめる霧を夕日が赤く染めるころ、わたしたちは細い小道を通ってアルブネアの森にはいり、聖なる囲い地に着いた。そこは樵の小屋と同じように打ち捨てられ、寂れていた。ここのお告げは主に、わたしの父の血筋の人々に下される。だが、父の血筋の者はもうあまりいない――ラウレントゥムに何人か残っている血縁者も皆老いており、あとはわたしとシルウィウスだけだ。一年以上、誰もここで生《い》け贄《にえ》を捧げてはいないのが見てとれた。地面の上の羊の毛皮の名残は、黒く細かい切れ端と化している。わたしたちは祭壇に置くために芝を切り取った。シルウィウスが捧げ物として、小瓶のワインを地面に注いでいる間、わたしは祖霊たちとこの場所の霊たちに祈りを捧げた。淵に行くにはもう暗くなりすぎていた。わたしたちはそれぞれのマントをもってきていた。かつて父と一緒に来たときに父が眠った場所に、息子が自分のマントを広げている。わたしは祭壇のそばの懐かしい場所に陣取った。ここにすわって詩人と話をしたのだ。暗闇に包まれてシルウィウスとわたしは長い間すわっていた。どちらも何も言わなかった。黒々とした木々の葉の隙間から、白く燃える星々が見えた。ふと目をやると、シルウィウスはマントにくるまって横たわっていた。星明りの下で眠る子羊のようだった。わたしは起きていた。夜行性の生き物たちがたてる小さな音が、かさこそ、がりがりと、森のあちこちから聞こえてくる。一度だけ、右手の山腹で梟《ふくろう》が鳴いた。震える声で長く、イィイィイィと続いた。場所の霊たちの存在を生々しく感じることはなかった。すべてが静かで、すべてが清らかだった。

長い時間が経ち、頭上の星座も変わったころ、わたしは詩人に話しかけた。声に出してではなく、心の中で。「親愛なる詩人よ。あなたがわたしに言ったことが、すべて起こりました。あなたはわたしをよく導いてくれました。アエネーアスの死に至るまで。そのあと、わたしはほかの人たちがわたしを導くのを許さなくてはなりませんでした。けれど、わたしは道に迷っています。アスカニウスを信頼することはできません。彼はシルウィウスに敵意を抱いているのに、自覚していません。ああ、あなたがここにいて、わたしを導いてくれたらいいのに。わたしのために歌ってくれたらいいのに」

いかなる声もしなかった。静寂が深まった。わたしはため息をついて、横になった。たちまち睡魔に打ち負かされた。眠りに落ちると、地面は柔らかく、マントは暖かく感じられた。言葉と映像がわたしの心の中を漂った。その言葉は、「わたしを話して」だった。それから、その言葉は方向を変えて遠ざかりながら、裏返っていくようだった。「わたしはきみの存在を言う」に。束の間、アエネーアスの楯が非常にはっきりと見えた。雌狼の首が明るい色の脇腹に向けられている絵柄が。わたしは自分が亀の甲羅のような円蓋の上に横たわっているのを感じた。土と石でできた、その円蓋は大きな暗い穴を覆う丸天井だ。わたしの下には、影たちの光景、影に包まれた木々の並ぶ森の光景が広がっている。森の向こうに、わたしの息子が川岸に立ち、淡い日の光を浴びているのが見えた。川はティベリス川より大きい。川幅が広い上に霧が立っているので、対岸ははっきり見えない。シルウィウスは、十九か二十《はたち》くらいの一人前の男だ。アエネーアスの大きな槍を地面につき、アエネーアスの若いころはこんなだったろうと思われる容貌をしている。草の生い茂る広大な川岸に無数の人々がいる。草は緑ではなく、濃い灰色だ。わたしのそばで、わたしの耳元で声がする。老人の声が穏やかに話している。

「……そなたの末の息子だ。そなたの妻、ラウィーニアが森の中で育ててあげるこの子は王になり、王たちを生み出す」ふいに、わたしの夫の存在が強く感じられた。彼の肉体と魂がわたしとともにいる。わたしの中にいる。わたしが彼であるかのように。その感じがとても生々しかったので、目覚めると同時にはね起き、途方に暮れた。暗闇の中にひとり取り残されて。誰もいない。少し離れたところでシルウィウスが眠っているだけだ。空が明るみ、星が薄れはじめている。

シルウィウスは寝ている間に夢を見なかった。夢を見て声を聞いたのはわたしだった。だが、語りかけたのはわたしの先祖ではなかった。

わたしたちは夜明けに起き出し、泉に行った。シルウィウスが洞穴《ほらあな》を探検している間、わたしは岩に腰を下ろし、常に重く垂れこめている霧を日の光が貫いて、青白い水面を照らすのをながめた。朝の空気の中では硫黄のにおいはさほど鼻につかなかった。泉の水が洞穴の口のぬかるみを通り抜けて、浅くたまっているところで水浴をした。水は温かく、肌に優しく感じられた。リウマチや古傷を癒すのによさそうだ。

わたしたちは聖なる囲いにもどった。感謝の印に捧げるものが、ほかに何もなかったので、香草や月桂樹の枝、森の空き地で見つけたわずかばかりの花を祭壇に積んだ。感謝の祈りを捧げたあと、聖なる場所を立ち去る前に、わたしはシルウィウスに夢の話をした。「あなたを見たの。大人のあなたを。でも、まだ生まれていないような感じだったわ――川岸に佇《たたず》んで、この世に生きるのを待っているかのようだった。そして、わたしの傍らで年取った男の人がしゃべっていたわ。わたしに話しかけているのではなかった。あなたのお父さまのアエネーアスに、あなたのことを話していたの。その人は言ったわ。『そなたの末の息子だ。そなたの妻、ラウィーニアが森の中で育てあげるこの子は王になり、王たちを生み出す』と。夢はそこで終わったの」

シルウィウスとわたしは樵《きこり》の小屋に向かって歩きながら、夢のことを考えていた。

やがてシルウィウスが口を開いた。「それはきっと、ぼくらがここに、この森にとどまるべきだという意味だ。そうでしょう、お母さま？」

それはまさに、わたしが考えていたことと同じだった。けれどもわたしは、その考えを否定したい衝動に駆られた。いいえ、そんなに単純明快なことではないわ、と。結局、わたしは何も言わず、小屋のある空き地に出てから、ようやく言った。「そういう意味のように思えるわね。でも、どうやって……？　放浪者や物乞いのように、ここに潜んでいるわけにはいかないでしょう――マルーナが密かに寄越してくれる食べ物だけを頼りに暮らすの？」

「ぼくは狩もできるし、罠もかけられるよ」

「そうね。それに、きっとそうしたほうがいいわね。今夜、肉が食べたいなら。でも、それがずっと続けられるかしら？　きっと人に見つかるわ。何といっても、ここの人たちはわたしたちをよく知っているのだから！　あとかたもなく森に消えるというわけにはいかないのよ」

「もっと遠くに行けば、姿が隠せるでしょう？　山の中とか」

「いつまでそうしていられるかしら？　夏はいいわよ。秋もできないことはないかもしれない。でも冬は？　問題にならないわ。ほかの人たちから離れて暮らすのは大変なことなのよ。たとえりっぱな屋根があって、穀物貯蔵室がいっぱいでも。ここで自分たちで暮らすには、わたしもあなたも軟弱すぎるわ。……でも、アスカニウスからの指図を受けるのは真っ平！　このことで彼に従ったら、あなたを彼に渡したら——たとえわたしがあなたに同行するとしても、それは、あなたの王権を放棄してアスカニウスにやるということだわ。わたしたちがラウィーニウムの統治権をもっていることを、彼に認めさせなくては。ああ、どこに行けばいいのかしら？」

「人々がぼくらを見て、誰だかわかったら、どうなるかな？　ぼくらの居場所を知ったら、どうなるかな？　ぼくらを無理やりアルバに行かせるかしら？　ぼくらが森に住む定めなのだと言っても？　そういうお告げがあったのだと話しても？」

「わからないわ」

「じゃあ、試してみようよ」とシルウィウスは言った。

本当は自分が言いたいことを、自分の子どもの口から聞くのは嬉しいものだ。

「お気に入りの豚たちが教えたので、アスカニウスはアルバに行った」とわたしは言った。「だったら、彼のおじいさまが、わたしたちにここにとどまれとおっしゃっているのに、反対するわけがないわね」

古い記憶がよみがえった。アルブネアでファウヌスがわたしの父に、わたしはよそ者と結婚しなくてはならないと告げたとき、父はすぐにそのことを、誰彼構わず、会う人、会う人、皆に告げたのだ。聞いた人がふえればふえるほど、お告げは力を増した。父だけではなく、みんながお告げを聞いたから。

「きょう、わたしはラウィーニウムに行ってくるわ。シルウィウス、あなたはここにいて。できたら、兎か鶉《うずら》をつかまえてちょうだい。もし、わたし以外の誰かが来たら、姿を隠しなさい。暗くなる前にもどってくるわ」

そういうわけで、わたしは森を出て、農地を横切り、わたしの都市にもどった。その間、ずっと懸命に考えを巡らしていた。城門をくぐったのは、午前中の中ごろだった。アスカニウスがシルウィウスに追っ手をかけていないのを知ってほっとした。そして人々がわたしを歓迎してくれたことに驚き、心を打たれた。皆、わたしを取り囲んで、挨拶し、キスを浴びせ、抱擁し、心配して矢継ぎ早に質問した。わたしは自分を囲む群集とともに、レーギアへの道を登っていった。

ここにわたしの活路がある。わたしはそう思った。館の扉の前に来ると、館の人々がぞろぞろ出てきて、わたしを歓迎しようとしているのを尻目に、向きを変えて群集に呼びかけた。「わたしの都市の皆さん！」群集はわたしの声を聞くために静まった。どう言葉をつないでいくかも定かでないまま、わたしは声を張り上げた。「ゆうべは、アルブネアの森の――わたしのご先祖さまたちがお告げを下さる場所の――祭壇の傍らで眠りました。するとアエネーアス王の父、アンキーセス王が夢の中でわたしに語りかけ、彼の孫、シルウィウスは、わたしとともに森で暮らす定めであると言いました。このお告げに従うため、わたしは息子をアルバ・ロンガに送ることも、ラウィーニウムにとどめることもせず、息子とふたりでアルブネアの森に住みます。何らかの兆《きざ》しが新たな行動を命じるまで。夢の中の声はシルウィウスを王と呼び、王たちを生み出すと言いました。どうか、皆さんがそのことを知って、わたしと同様に、喜んでくださいますように！」群集はそれを聞いて歓声を上げた。わたしは元気づけられて、結びの言葉を述べた。「しかし、シルウィウスが統治できる年齢に達するまでは、アスカニウスが単独で統治します。したがってわたしの都市、ラウィーニウムは引きつづき、アスカニウスと、彼の父の友人たちによって治められます」

「だが、小さな女王さま、あなたがたは森のどこに行かれるのじゃ？」群集の中の年寄りが尋ねた。わたしは答えた。「友よ！　遠くには行きません。わたしの心はラウィーニウムにあります。わたしはいつも皆さんとともにいます！」群集はふたたび歓声を上げた。かなりの大騒ぎを背にして、わたしは館にはいった。心臓が激しく打っていた。アカーテスがわたしを迎えた。民の好意に支えられて、わたしは彼が言うであろうことを先取りして言った。「友よ。シルウィウスをアルバ・ロンガに連れて帰るよう、アスカニウスがあなたに命じたそうですね。あなたの女王として、あなたに頼みます。わたしの言うことに従って、シルウィウスをわたしとともにいさせてください。予言が成就するように」

アカーテスはゆっくりと頭《こうべ》を垂れて、その願いを受け入れ、「アンキーセスさまをご覧になったのですか?」とだけ言った。信じがたいと思いながら、切ない思いに駆られて、わたしの話を信じたがっている。

「いいえ。でも、声を聞きました。アエネーアスに語りかける声を。アエネーアスのお父上の声だと思いました。アルブネアでは、父祖が話してくださいますから」

アカーテスはためらいを押して尋ねた。「あの方をご覧になりましたか?」「あの方」とはもちろん、アエネーアスのことだ。アカーテスが限りない愛情と慕わしさをこめて、その言葉を口にしたので、わたしの目に涙がこみあげた。わたしは首をふることしかできなかった。しばらくしてようやく言った。「彼はわたしの傍らにいました。アカーテス。ほんの束の間」

けれども、そう言いながらも、わたしはそれが真実ではないと知っていた。アエネーアスは生身の男として、わたしとともにそこにいたのではなかったし、アンキーセスが語ったわけでもなかった。語ったのは詩人だ。あれはすべて詩人の言葉、創り手である予言者であり、真実の語り手である者の言葉だった。それ以上でもなければ、それ以下でもない。とはいえ、わたしだって、それ以上のものでもなければ、それ以下のものでもないのだ。

こんなことは、生きている人に言えるようなことではなく、今この時まで、誰にも言ったことはなかった。

アスカニウスが兆《きざ》しとお告げを尊重するだろうと考えたのは当たっていた。それらに対する敬意を彼は父から学んだが、それは彼の中で迷信に近いほど膨れ上がっていた。アスカニウスは宗教的なしきたりや決まりを厳格に守った。彼は父のように、「敬虔な」という言葉を冠して呼ばれることを願っていた。「敬虔」は彼にとっては、人間が、より大きな力のある方々の意思に従うこと、すなわち安全な正義を意味していた。アエネーアスがトゥルヌスに対する勝利を、自分自身の敗北とみなしていた、と聞いたとしても、アスカニウスは決して信じはしなかっただろう。彼は、父の悲劇が敬虔さのゆえだったことを理解していなかった。

もしかするとわたしはアスカニウスを誤解しているのかもしれない。年を重ねるにつれ、彼もまた、良心についてアエネーアスが味わった苦悩のいくらかを味わったのかもしれない。けれど、わたしはアスカニウスという人をよく知らないままに終わってしまった。

いずれにせよ、アカーテスとセレストゥスが私の言葉を伝えに行ったとき、アスカニウスは自分よりもわたしに従ったことを咎めもせず、労をねぎらった。そして、わたしに対して何ら、明確な返事を返さなかった。思うに、アスカニウスはわたしが彼に対抗するために持ち出したふたつの力の組み合わせ——トロイア人である祖父の尊い声を通して、イタリア人の神託所で下されるお告げ――に、これはもうかなわないと思ったのだろう。アスカニウスは沈黙によって、同意を示した。

　こうして、お告げによる「追放」の期間が始まった。陥落した都市をいつまでも恋しがり、望郷の思いに悩む年配のトロイア人たちのそれと比べれば、そんなものは追放でも何でもなかった。わたしたちの「森の生活」は結局のところ、かなり安楽な生活だった。樵《きこり》の小屋を補強させ、鼠がはびこり、雨で腐った屋根を葺き替えさせるつもりで、大工と屋根屋を呼んだが、彼らは結局、ほとんど丸ごと建て直し、もうひと部屋つけ加えたうえに、本格的な炉もつくった。同時に、小屋の周りの空き地には頼んでもいないのに、大勢の人が押しかけ、木苺の藪を刈ったり、地面を耕して菜園をつくり、ラティウムに生えているあらゆる種類のハーブや野菜の苗を植えたりしてくれた。胡桃《くるみ》の若木やケイパーの大きな藪まで植えてくれた。彼らは周りに柵を巡らせたがったが、わたしは断った。「狼が来ますよ、女王さま」と年寄りが言った。「熊だって――」わたしはさえぎった。「アルブネアには熊はいないわ。もし狼が来たら、『きょうだい』と呼びかけるわ」その言葉がラウィーニウムに伝わり、わたしには「狼母さん」というあだながついた。

　ほどなく、ラウィーニウムから樵の小屋への道は、しっかりと踏み均《なら》された道になった。わたしは志願して手を貸してくれる人や訪問者を受け入れる日や人数を制限しなくてはならなかった。そうしなければ、安らぎというものがまったくなかっただろう。八月の末にはすべての作業が終わり、ふたたび静かになった。ほんとうに静かになった。シルウィウスは日中、ずっと出かけていた。森にいるか、訓練を受けているかだった。というのは、年配のトロイア人たちが喜んで彼の教育係を引き受け、運動、教練、武術、音楽、朗読、乗馬など毎日容赦ない時間割で鍛えたからだ。家の中を掃除し、菜園の手入れをしたあと、わたしにはするべきことがほとんどなかった。大きな館を切り回すことに慣れていたので、最初は退屈で物寂しかった。自分を役立たずに思い、何かいんちきをしているような気がしてきた。ラウレントゥムで、ラウィーニウムで、アルバ・ロンガでわたしが一生懸命、心を砕いて切り回してきた館はいずれも、わたしがいなくても、まったく支障なく動いている。マルーナはシカーナを二番手にして、ラウィーニウムの館を切り盛りし、ずっと昔にわたしが教えたとおりに、礼拝をおこなっていた。だから、森に来て一緒に住んでほしいと頼むわけにはいかなかった。

けれど、しばらくするとわたしは、ひとりでいることが好きになった。虫の声や鳥のさえずり、葉擦れの音に彩られた木々の沈黙を、いかなる訪問者にもいかなる声にも破られたくなかった。菜園の手入れをして、糸を紡ぎ、ふたつ目の部屋にしつらえられた大きな機《はた》に向かって布を織り、静寂を楽しむ。夕方になると息子が帰って来て、一緒に食事をし、どうということもないおしゃべりを少しして、眠りにつく。

こうして何年もが過ぎた。

時々、国境で揉め事が起きた。けれどもアスカニウスは、すぐに戦争を引き起こす、不都合な癖をなくしたようだった。アスカニウスの結婚は盛大な祝宴によって祝われた。ルトゥリ人の妻、サリカは館を格式高く切り回し、ふたりは仲の良い夫婦だと噂された。けれども子どもはできなかった。二、三年後、アスカニウスは女医者と占い師を呼んだ。女医者たちは口をそろえて、サリカは健康そのもので、懐妊しない理由はないと言った。占い師たちは口をそろえて、彼女は一生、みごもることはないだろうと予言した。占い師たちは理由や解決法を挙げなかったし、予言自体、比喩やあいまいな言い回しばかりでつかみどころがなかった。アスカニウスに原因があるとしても、指摘したくはなかったのだろう。

こういった話は、イリウィアを始めとしてわたしを訪ねてくる女たちや、ラウィーニウムとラティウムの北西部をアスカニウスとわたしの名において治めているラテン人、トロイア人両方の重臣たちの口から、世間話として聞いた。アカーテスは——そしてシルウィウスもだが——重臣たちが重要事項についてわたしに相談に来るようにとりはからった。それでわたしはこの国とその周辺で何が起こっているか、十分に知ることができた。ただし、わたしは自分の意見を述べるのを最小限にしたし、また、賓客を迎えることもなかった。ラティウムを訪れる重要な人たちは、王であれ、交易業者であれ、アルバ・ロンガでもてなされた。それらの人たちは、ラウィーニア女王はお告げに従って、息子とともに森の中で暮らしていて、会うことはできないと告げられた。カエレのタルコンがラウィーニウムを訪れたときでさえ、わたしは訪問を断った。ほんとうは会いたくてたまらなかったが。シルウィウスには一度、タルコンに会いに行かせた。だが、わたし自身は拒絶せざるをえなかった。そうしなければ、森に隠棲していることが見せかけだけになってしまうからだ。けれども、アカーテスとムネーステウスが、エトルーリア人の偉大な王であり、わたしの夫と息子の真の友であるタルコンに、それにふさわしいもてなしをすることは確信できた。タルコンはアルバ・ロンガには行かなかった。そのことは、アスカニウスがタルコンの友情を望むなら、今後努力して獲得しなくてはならないことを、かなりはっきりと示していた。

それなのにアスカニウスは、わざわざ、タルコンの感情を逆なでしそうなことをした。ルーマに入植しているウェイイのエトルーリア人を挑発したのだ。当時、ルーマの入植地はどんどん拡大していた。フィデーナエとティーブルとレギルス湖畔のラテン人は自分たちの農地の外に面した境界を見回るようになった。牛泥棒や羊泥棒、境石《さかいいし》を巡る争いは、必ず起こるものだからだ。マルスは境界線上にいて、いつでも踊れるように待ち構えている。アスカニウスは自分の王国の民の財産を守る権利をもっている。エウアンドルスの配下のギリシア人がそこに最初に入植したときに、ラティーヌスがそうであったように。違うのは、ラティーヌスは七つの丘を、都市を建てる場所としては、あまり評価していなかったことだ。川沿いの土地は健康上良くないし、丘は耕作にも放牧にも向かないと考えていたのだ。だから、ラティーヌスはエウアンドルスにその地を与えることを渋らなかった。アスカニウスは与えるのを渋った。

これまでアスカニウスは、ルーマのエトルーリア人を無視することによってのみ、彼らとうまくやってきた。アスカニウスは、エトルーリア人は傲慢で不実で当てにならないと考えていた。エトルーリア人と協定を結ぶのは、役に立たないよりもなお悪い。というのは、彼らは決して盟約を守らないからだとアスカニウスは言っていた。もっともアスカニウスがエトルーリア人と結んだ唯一の盟約は、アスカニウスがアニオ川の岸で戦うのをエトルーリア人が手助けしたときのもので、エトルーリア人たちはその盟約を守ったのだったが。アスカニウスは、自分はトロイア人だから——運命に命じられてイタリアを支配することになった半神のアエネーアスの息子だから、イタリア人より優れていると考えていた。だから、富や労働力や武器や生活水準の点で、自分がエトルーリア人より劣っているのは、彼にとって我慢のならないことだった。先入観に目を曇らされたアスカニウスは、エトルーリア人は皆同じで一種類しかいないと思っていた。だが、実際はカエレとウェイイは昔からの競争相手なのだった。タルコンは別の都市国家であるウェイイがティベリス川の東で勢力を伸ばすのを喜ばなかった。彼がラウィーニウムに来たのは、ルーマの入植に対するわたしたちの反応をそれとなく探るためだったのだ。彼は場合によっては、ルーマの入植地の拡大を阻むために、わたしたちとともにウェイイを圧迫してもよいと考えていた。アカーテスとセレストゥスはこのことを理解し、タルコンに近づくよう、アスカニウスに助言した。しかし、アスカニウスはこの助言を一蹴した。

三月、「飛び跳ねる神官たち」が踊ってまもなく、アスカニウスはウェイイに一泡吹かせてやろうと思った。ルーマとレギルス湖畔の間で争われている境界線に、少数の軍を送り、エトルーリア人（ほとんどは羊飼いだった）を七つの丘のすぐ近くまで退かせた。そのエトルーリア人たちはさらに入植地の近くまでもどったところで、援軍に出会った。そこで彼らは戦うために、取って返した。双方に多くの死者が出た。アスカニウスの兵たちにとって、死者が出たことは、手にはいった羊の群れを返さないことを正当化する言い訳になった。しかし、二日目の終わりには、アスカニウス軍はつかまえていた羊を置いて、レギルス湖畔まで退却しなくてはならなかった。ルーマの入植者たちは羊の群れを集め、軍隊に守られてあいまいな境界線の付近一帯にとどまった。

敵を軽く見ているかのように、アスカニウスは軍に同行せず、少年時代の友、アテュスに指揮を委ねた。わたしはアテュスを、見かけがよく心の温かい、どちらかというと子どもっぽい男として記憶していた。わたしたちがアルバに住んでいたとき、シルウィウスに親切にしてくれ、乗馬を教えてくれた。部下と一緒に退却しながら、アテュスは冑《かぶと》を脱いだ。春の日差しが暑かったからだ。エトルーリア人の羊飼いが投げた石が頭に当たり、彼は落馬した。そして、二度と意識を取りもどすことはなかった。兵士たちはアテュスとほかの五人の遺体を、アルバ・ロンガに持ち帰った。

アスカニウスの心はぽきりと折れた。アテュスの遺体に身を投げかけ、いつまでも泣きつづけた。妻が慰めの言葉をかけ、部屋に連れていこうとすると、彼は妻に食ってかかり、残酷で無意味な侮辱の言葉を浴びせた。おまえは兵士たちの半数と姦通している、みごもらないのは淫乱の度が過ぎているせいだ、とわめいたのだ。泣きつかれて、嗚咽《おえつ》が痙攣《けいれん》に変わり、一種の失神の状態になり、起こしても起きなくなるまで、彼を遺体から引き離すことはできなかった。この一部始終は、レーギアの大きな中庭で起こったことで、多くの人が見ていた。噂は数時間のうちに、ラウィーニウムに伝わった。そして夕方、訓練から帰って来たシルウィウスが、わたしにこの話を伝えた。

アスカニウスの尋常ではない取り乱し方に、誰もが驚き、とまどい、懸念を抱いた。アテュスはアスカニウスの恋人だった。だが、それはずっと前の話だ。もしアテュスがそれほど大切なら、どうして、この使命を与えて送りだしたのか？　あのあたりをもっとよく知っている隊長がたくさんいたのに。シカーナ始め、翌日、わたしを訪れた女たちがもたらした噂や推測の中に、こういうものがあった。しばらく前、アスカニウスがアテュスと言い争いをして、おまえはわたしの恥だと、どなったというのだ。アテュスの友人たちは、アスカニウスが罰として、あるいは厄介払いをするために、アテュスに弱い軍隊を率いさせて、危険な戦いに行かせたのではないかと考えた。そしていまや多くの人が、アテュスとアスカニウスの関係はずっと続いていたのだと噂していた。アスカニウスの結婚式の前夜にさえ、会っていたのだという。このような悲しく恥ずかしい噂が飛び交っている最中《さなか》に、アスカニウスはまだ立ち直れず、自分の部屋に横たわっていて、誰にも会わなかった。

妻のサリカも部屋に入れてもらえず、追い返された。屈辱に耐えられず、サリカはアルデアの実家に帰った。側仕《そばづか》えの女たちのうちの何人かが彼女に従った。

わたしは、深い悲しみのために非常に苦しみ、狂気に陥る人々の間で生きる宿命を背負っているようだ。わたし自身も悲しみ、苦しむのだが、正常でいるよう運命づけられていた。これは詩人の仕業ではない。詩人はわたしに、羞《は》じらいの赤面以外、何もくれなかった。気骨はまったく、くれなかった。母が死んだとき、わたしが錯乱し、自分の金色の髪をむしりとったと詩人が言ったのを、わたしは知っている。詩人は単に、不注意だったのだ。そのときわたしは無言だった。涙も流さず、母の汚れた体をきれいにすることに集中していた。それに、わたしの髪は昔から黒髪だった。実のところ、詩人はわたしに名前しか与えず、わたしがその名を自分自身で満たしたのだ。でも、彼がいなかったら、わたしは名前すら持たなかっただろう。わたしは詩人を責めたことはない。詩人だって何もかもきちんとやってのけることはできない。

だが、詩人が声をくれなかったのは奇妙なことだ。あの夜、オークの下の祭壇の傍らで出会うまで、わたしは詩人と話したことがなかった。わたしの声はどこから来たのだろう？　アルブネアの山で風に乗って叫ぶ声、舌もないのに、自分自身のものではない言語を話すこの声は。

それはわたしには答えられない問いだ。さて、わたしには答えられないもうひとつの問いと、信じている人が多くはない、ある事実についてお話ししよう。あなたがたも信じないだろうけれど、でもこれは真実なのだ。

トロイアのペナーテスがアルバ・ロンガの王の館の祭壇を去り、ラウィーニウムに来たことに、わたしはまったく関わっていない。

女たちに神々を攫《さら》って来いと命じてはいない。男にも、子どもにもそんな命令は与えていない。この出来事は政治的効果を狙って計画された行為のようにも見えるものだったので、わたしか、アスカニウスの権威が弱まることを願うほかの誰かが計画し、実行したのではないかという疑惑はこれからも常につきまとうだろう。有力な仮説として、語られさえするだろう。わたしの考えでは、あれは人為的なものではなかった。思うに、神々ご自身が、わが家に帰るべき時だと知っていらっしゃったのだ。

朝早く、マルーナが息を切らしてアルブネアに来て、すぐに一緒にラウィーニウムのレーギアにいらしてくださいと頼んだ。わたしは五年の間、レーギアはおろか、城壁の中にもはいっていなかった。けれど、マルーナが理由もなくわたしを呼びに来たりしないのはわかっていた。マルーナとわたしは、四月の農地を駆け抜けて、城門をくぐり、館の中にはいり、炉の間《ま》の奥にあるウェスタの炉のところに行った。そこには、父が亡くなって以来ずっと、ラティウムのペナーテスが祀《まつ》られていた。そして、その隣に焼き物と象牙の像が――アエネーアスがはるばるトロイアからお連れしたアンキーセスの家の神々が並んでいらっしゃるのが目に飛びこんできた。

驚きのあまり息がとまり、深い畏敬の念に打たれた。脚が震えた。動揺し、わが目を疑い、怯えていた。

けれども、恐怖はほどなく収まった。わたしたちの神々がこの、わたしたちの家にいらっしゃるのは、まさにあるべき姿だったから、恐れるようなことではなかった。

だから、はたから見れば、わたしは予想されるほどの驚きを示さなかったと感じられ、わたしの驚き方や問いただし方は、偽りのものだと思われたかもしれない。たしかに、わたしはあまり多くの問いは発しなかった。大いなる力がなさったと思われることについて、人間に問いただすのは不敬だと感じていたから。

もちろん、わたしの配下の女たちの中に、アルバからラウィーニウムへ、ペナーテスをこっそりお連れすることができた者もいるだろう。だが、ひとりひとり思い浮かべても、実際にそういうことをするところは想像できない。祭壇の上の神像を見たとき、誰もが一様に驚き、とまどい、恐れたのだ。そして彼女たちは皆、偽ることのできない女たちだった。彼女たちを取り調べさせる気にはなれなかった。もし仮に誰かがそういうことをしたとわかったとして、わたしはその女をどう扱えばいいのだろうか？　罰する？　誉める？　説明できないことは、説明されないままにしておくのが一番良い。男たちのことは、アカーテス、セレストゥス、ムネーステウスに任せた。この三人自身は、どれほど望ましい効果が得られるとしても、神聖なものを冒す謀《はかりごと》など決してできない人たちだ。彼らもひとりの容疑者も見つけられず、この不思議な出来事がどのように起こったか、そしていつ起こったのかについても、まったく手がかりを得られなかった。

神々がいらっしゃるのを最初に見たのはマルーナ本人で、それは朝の礼拝に来たときのことだった。

その日、わたしはラウィーニウムに――わたしの民の間にしばらくとどまった。シルウィウスを呼んで、子羊と子牛と若い豚の三種の生け贄《いにえ》を捧げさせた。年配のトロイア人たちに助けられて、シルウィウス自身が儀式を執り行った。わたしたちはトロイアとラティウムのラレースとペナーテスに、動物の生き血と炙《あぶ》り肉とともに感謝と讃美を捧げ、ご加護を願った。エトルーリア人のやり方で、マルーナが生け贄の臓物を調べて占いをして、アエネーアスの家が幾久しく享受する大いなる栄光を予言した。

それからわたしは森の中の小さな家にもどった。しかし息子はその晩はレーギアに泊り、祖先の神々をお守りし、ご加護を願った。

アルバ・ロンガで、トロイアのペナーテスが失われたことがわかったとき、人々が混乱し、恐怖に駆られたのは言うまでもない。礼拝の手伝いをする九歳の男の子が、最初に驚きの声をあげたが、うろたえた女たちは、おまえのいたずらだろうと男の子を責め、ひどくぶった。サリカ女王がいれば騒ぎを鎮めていたであろうが、彼女はもう館に住んでいなかった。

女たちは恐れおののき、震えながら、アスカニウス王に事の次第を告げた。王はこの時、アテュスが死んでから初めて自室の外に出た。大きな中庭を通ってウェスタの炉の前に立ち、目を瞠《みは》った。アルバ・ロンガの村に伝わるペナーテスだけが、貧しい人の家の神々のように、数も少なく、つつましく立っていた。ウェスタそのもののご神体の聖なる火は、常と同じように、明るく、輝かしく燃えていたが。

アスカニウスはその火の中に、サルサ・モラを投じた。祈るために両手を掲げたが、彼の口から言葉は出てこなかった。涙があふれだし、顔をつたった。アスカニウスは炉に背を向けて、何も言わず、すすり泣きながら、自室にもどった。


トロイアのペナーテスがラウィーニウムに帰還するために、人間を利用したことも考えられたが、アスカニウスは一切、そのようなことを探索しようとしなかった。わたしと同様、アスカニウスにとっても、あれは人間よりも偉大な方々の意思の顕現だったのだ。わたしたちはそのように受けとめた。しかし、それは、わたしにとっては、喜ばしい奇跡であり、神々がアエネーアスの下の息子に肩入れしてくださる兆《きざ》しだったが、上の息子にとっては、ほとんど致命的な打撃であった。

アスカニウスの結婚が不幸な見せかけだけのものだった――今ではみんなが大っぴらにそう言うようになっていた――のかどうか、わたしにはわからない。ラウィーニウムの館の女たちは皆、サリカが最初からとても不幸せで、夫が女に無関心であることに傷ついていたこと、もっとも親しい人たちにさえ、その屈辱をうちあけなかったこと（だのに、なぜか話の語り手は知っている）をかまびすしく言い立てた。もしそれが真実であったとしたら、アスカニウスもまた長年の間、外に向けて仮面をかぶっていて、ずっとそれを見破られなかったということになる。わたしはむしろ、結婚生活の中で少しずつ歯車が狂いはじめ、アスカニウスがもともともっていた女に対する性的な嫌悪感もあって、初恋の相手であるアテュスの単純な優しさをふたたび求める方向に、徐々に引き寄せられていったのではないかと思う。そして気の毒にも、忠実なアテュスはそれに応えてしまったのだ。三人ともが、かわいそうだ。

だが、運命はアスカニウスに対して、もっとも過酷だった。彼は戦《いくさ》に敗れると同時に恋人を失い、次に妻を失った。そしてさらに、父祖の神々を失った。アスカニウスがアルバ・ロンガを首都に選んだのは誤りだったようだ。自分自身をアエネーアスにふさわしい後継者だと思いたがり、その自画像を保つために彼が積み上げてきたすべては、彼の手から逃げていった。川岸の土が少しずつ削られて流れていくように。

アスカニウスはいつまで経っても立ち直ることができなかった。しびれを切らした隊長たちは、彼から命令を受けることを諦め、ラウィーニウムに来て、年配のトロイア人たちと若い王の指揮を仰いだ。

そう、シルウィウスは公然と、王と呼ばれることになったのだ。五月になれば、彼も十七歳。お告げに従い、森の中で暮らしてきた彼は、すでに「追放」の時を終えた。父祖の神々が彼の館に帰還したことが、その明らかな印であった。若い王と神々は、同じ日に帰ってきた。

ラウィーニウムはもちろん、西ラティウム全体がシルウィウスを、心から歓迎し、求められもしないのに、あふれるほどの贈り物を献上した。ほどなく、ガビイ、プラエネステ、ティーブル、ノーメントゥムから、人々が続々と到着し、シルウィウスに挨拶して、白い子羊や優れた子馬を贈ったり、兵力の提供を申し出たりした。国中の人々が、暗雲が晴れたように安堵し、新たな希望を抱いた。人間の希望が完全に叶うことがないのは、わたしも承知している。けれど、あふれるばかりの好意と信頼は、希望の多くが自然に叶っていくことを保証するものだった。このような幸先のよい始まりを台無しにするのは、愚か者だけだ。シルウィウスは愚か者ではなかった。彼は常に用心深く、しばしば自分の幸運を信じられないでいるかのように見え、信頼できる人々の助言を大いに頼りにした。だが同時に、十七歳という若さにふさわしく、すべての機会を逃さず、すべての贈り物を受け取り、自分の人気を喜んだ。愛には愛を返し、順風の続く限り、それに乗って飛翔した。幸福な若鷹のように。

アルバ・ロンガから隊長たちが来たとき、シルウィウスは諮問会議を開き、わたしにも出席を求めた。

わたしはシルウィウスとふたりだけのときに、それは困ると言った。五年間森の中に住み、人々の間にいることに慣れていないのに、会議に出るなどとんでもないことだった。「わたしなど場違いです」とわたしは言った。

「おじいさまの諮問会議に出席してらしたでしょう？　父上の会議にも」

「いいえ。たまに、後ろで耳を傾けていただけです」

「女王なのに」

「今は、王の母、先代女王に過ぎません」

「それでも女王は女王です」わたしの息子は王にふさわしい威厳をもって、決めつけた。

シルウィウスはアエネーアスにそっくりというわけではなく、立ち姿や、顔を動かす仕種などに、父やわたしに似たところ、イタリア的な要素があった。そこにいるだけで、強い存在感をかもし出す術《すべ》を、シルウィウスは体得していた。二十五歳の年にはきっと、堂々たる美丈夫になっているだろう。だが、最高の男ぶりに達するのは、きっと五十歳ごろだ。そういう母親らしい思いが束の間、わたしをとらえた。雌牛が自分の子牛を見つめるように、わたしは何も考えず、無限の満足感に浸って息子を眺めた。

「母上がここの女王です。これは、ご自身ではどうすることもできません。ぼくが結婚しないでいる限りはね。ぼくが結婚して、母上がどうしてもというなら、引退なさってもいいけれど。でも当分、お嫁さんをもらう予定はありません。それに、もし母上が女王でないとしたら、ぼくの臣下になるわけでしょう？　諮問会議への出席を命じます」

「子どもじみたことを言わないで」とわたしは言った。だが、もちろん、シルウィウスの勝ちだ。わたしは会議に出席した。後ろに控えて、ひと言もしゃべらなかった。アスカニウスの隊長たちの度肝を抜くには及ばない。彼らはすでに悩めるだけ悩んでいるのだから。

隊長たちは、ラティウムがルーマとの国境紛争に敗れて以来、本国のウェイイからルーマに兵が続々移動しているという情報をもたらした。ウェイイのエトルーリア人たちがわがラティウムの領域への侵入を計画しているのか、ガビイかコラーティアを総力を挙げて攻撃するつもりか、そのどちらかだと思われた。アルバ・ロンガの指揮官たちは防御を固めるため、集められるだけの兵力をこの地域に投入した。しかし、境界線は長く、兵の布陣は薄くならざるをえなかった。防御に徹し、決して攻撃してはならないという厳命が下された。

「しかし、彼らがどういう事態に直面するか、予断は許しません」若い将軍、マルシウスが言った。彼らは皆、若い。アスカニウスは年配者を自分の周りに置くことを好まなかった。

「兵力を二倍に増強するのは容易にできるだろう」とムネーステウスが言った。「この人たちの士気は高い」

「カエレのタルコンと接触するという方法もある」とシルウィウスが言った。

アルバから来た軍人たちはわけがわからず、怪訝な顔をした。「エトルーリア人でしょう?」とマルシウスが言った。

「タルコンはここに来たのだ。それもわりあい最近のことだ。ルーマを抑えるために、われわれと結ぶことを考えているようだった」

セレストゥスが言った。「だが、その時、わたしたちには、同盟について彼と交渉する権限がなかった」

沈黙が広がった。

「思い出してほしい。タルコンは、あなたがたが、あるいはあなたがたの父が、わたしの父をラティウムの王位につけるのを手助けした人物だ」とシルウィウスは言った。口調は穏やかで、たしなめたり責めたりする響きはまったくなかった。アカーテスが口許を緩めてシルウィウスを見た。シルウィウスの声を通して、彼の王、アエネーアスが語るのを聞いているのだ。わたしたちみんながそうだった。

わたしたちはカエレに使者を送るとともに、七つの丘を囲んでいるアルバの軍隊を強化するため、新兵と志願兵を送った。六月、タルコンの軍隊がカエレから東に移動し、ウェイイからティベリス川に至る道を遮断した。エトルーリアでは小戦闘がいくつかあったが、ラティウムではまったくなかった。ルーマ側は国境付近から兵を引きあげさせた。シルウィウスは彼の最初の戦いに戦わずして勝った。

その夏の終わりに、シルウィウスは彼の見事な雄馬に乗り、樵《きこり》の家に来て、わたしに言った。「母上、ご自分の都市におもどりください」同じことを考えていたわたしは、無言でうなずいた。

ラウィーニウムのレーギアにふたたび住むことは大きな喜びだった。なんと嬉しいことか。ウェスタの炉を掃除し、わたしの神々とアエネーアスの神々のためにサルサ・モラを用意することは。大きな貯蔵庫を管理し、活気に満ちた館を切り回すことは。まつわりつく子どもたちがいて、いろいろ相談できる女たちがいて、廏《うまや》の前庭で男たちが太い声で話しているのが聞こえてくるのは。

森に行く前にずっとしてきたのと同じ、そんな暮らしを続けるうちに、月日は流れ、何年も過ぎた。シルウィウスはしばしばアルバ・ロンガに赴き、兄と会って和やかな時を過ごし、為政者としての義務を分かち合った。アスカニウスは二番目の地位を選び、何事も弟に従うようになっていた。祭りや会議のために、アスカニウスは二、三度、ラウィーニウムにやってきた。悲しげな目つきとずんぐりした体格の背中の丸い男で、些細な事に煩《うるさ》かった。彼の妻は相変わらずアルデアに住み、兄のカメルスの世帯に身を寄せていた。シルウィウスは頻繁にティベリス川を渡って、エトルーリアとの友好を深め、カエレの名家の出身の美しく気高い女性、ラムタ・マトゥナエを妻に娶《めと》った。婚礼はラウィーニウムで盛大におこなわれた。

次々に子どもが生まれた。女、男、男、女だった。こうしてわたしは王女たちと王子たちの祖母になった。子どもの声でいつも賑やかな中庭には、アエネーアスとここに来たときに植えた月桂樹が、塀よりも高くそびえていた。

アスカニウスはアルバ・ロンガでの三十年の統治を終え、王位を退いた。アエネーアス・シルウィウスと民に呼ばれるシルウィウスがラティウムを単独で統治することになった。

その後、シルウィウスはアルバに移った。統治の中心として、ラウィーニウムよりはるかに優れていたからだ。シルウィウスは、自分と妻子に同行してほしいと、わたしに懇願した。けれどわたしはふたたび、自分の都市を離れるつもりはなかった。少なくともアルバに行くつもりはなかった。シルウィウスは彼のラレースとペナーテスを動かそうとはしなかった。わたしと同様、神々もアエネーアスによって置かれた場所にとどまりたいという意思をお示しになったからだ。

こうしてわたしは、旧い女王として旧いレーギアに――婚礼の日にわたしの夫がわたしを抱きかかえてまたいだ敷居の内に――住みつづけた。シカーナはついに死に、ティタもそれに続いた。けれどマルーナはいつもわたしと一緒にいてくれた。ときおり、わたしたちは徒歩で、あるいは驢馬《ろば》の引く荷車に揺られて、わたしたちが子ども時代を過ごしたラウレントゥム、今は眠っているようなラウレントゥムに行き、年を経た月桂樹の下の噴水のそばで午後を過ごすのだった。一度は父なる川の河口まで足を延ばし、土の混じった灰色の聖なる塩を荷車にいっぱい積んだ。ラウィーニウムからヌミークス川まで歩いていくことはよくあった。そこで水の流れるのを見つめ、帰路、大きな石の塚のところでしばし休んだ。そこにはアエネーアスが横たわっている。影のそのまた影のような、生まれなかった娘とともに。ときには徒歩でアルブネアに行った。マルーナを樵の家に泊らせ、わたしは祭壇で火を焚くための火種と、ワインと果物または穀物のお供えと、黒い雌羊の毛皮をもって、ひとりで森の中にはいっていった。聖なる場所でその毛皮に横たわった。木立の間から声が聞こえてこないかと暗闇の中で耳を澄ましても、何の声も聞こえてこず、幻も見えなかった。わたしは眠った。

マルーナが病気になった。心臓が弱っていた。日に日に衰弱し、立ち上がって炉の掃除をすることができなくなった。ある朝、わたしは女たちの泣き声を聞いた。

マルーナの九日目の儀式に、シルウィウスが来た。王が奴隷の弔いに来たことに、誰も驚かなかった。シルウィウスはアルバ・ロンガに来て一緒に住んでほしいと、ふたたび頼んだ。わたしは首をふった。「ここでアエネーアスとともに暮らします」シルウィウスは目に涙を浮かべたが、無理強いはしなかった。わたしが予想したように、五十歳のシルウィウスは見事な男になっていた。姿勢のよい、がっしりした体。黒い目。半白の髪。

「あの方よりも年上になった」と心の中でつぶやいた。けれどその思いを口に出しはしなかった。

シルウィウスは発たねばならなかった。ウォルスキ族かサビーニ族かアエクイ族か、そのいずれかが問題を起こしているに違いない。国境地帯では戦争が頻発していた。王国がある限り、殺されるために名乗りを上げるトゥルヌスのような男は尽きない。

マルーナの死後しばらくは、アルブネアには足が向かなかった。マルーナ以外の連れと行く気にはなれなかったのと、年のせいでいくらか体が不自由になり、ひとりで野を越え、森への道をのぼっていくことに臆病になったためだ。けれどやがて、自分の臆病さがいやになり、マルーナの姪で、わたしが与えたプラーティ川沿いの農場に住んでいるウルシーナを呼んで、樵の家まで一緒に歩いてもらった。彼女はその後、動物たちの面倒を見るために農場にもどり、翌朝、迎えに来てくれた。ウルシーナは相変わらず雌ライオンのようで、四、五マイル歩くことなど、何でもないことだった。そういうわけで、わたしはまた、行きたいときに、アルブネアの森に行けるようになった。

一度、冬にアルブネアに行き、雨はほぼ降っていなかったものの、寒い中で羊の毛皮の上で眠り、目が覚めると体じゅうが痛くて熱っぽかった。わたしはその日、樵の家にとどまった。しかし、ラウィーニウムから来た医者たちは、わたしを街に連れもどすと言ってきかなかった。街のほうが、余計なお世話をして、病人をいじめるのが容易だからだ。そんなことが二度、三度あったかもしれない。今、こうして話していても、声が弱まっていくのを感じる。マルーナの鼓動が小さく間遠になり、喉許でさえ、脈を見つけることができなくなったように。わたしの喉に触れても、声がもたらす震動をほとんど感じることができない。

けれど、わたしは死なない。死ぬことができない。影たちの間を抜けてアルブネアの下に降りていき、アエネーアスが戦士たちの中で、丈高くきわだち、輝く青銅の鎧《よろい》に身を包んでいるのを見ることは、決してない。かつてそうしてもいいと思っていたように、トロイアのクレウーサや、剣による大きな傷痕を胸にもち、誇り高く沈黙しているカルターゴのディードに語りかけることもない。彼女たちは女として命を生きて、死に、詩人は彼女たちのことを歌った。けれど詩人はわたしには、死ぬに足るほどの命を与えてくれなかった。彼がわたしに与えたのは不死だけだった。

わたしはもはやウルシーナを呼んで同行してもらう必要がない。もうずっと前から、その必要はない。不死であるためには、変化しなくてはならない。わたしは自分の翼に乗って、ラウィーニウムからアルブネアまで行く。ますます多くの時間を、そこで過ごすようになり、夕暮れの薄明りの中で、星明りの中で、木々の間を飛んで狩をする。わたしの目は獲物を見るのに、光をほとんど必要としない。わたしにとって、アルブネアの夜は明るい。柔らかい輝きに満ちている。日が昇りはじめ、空全体がまばゆく輝くとき、わたしは中空のオークの中の暗い場所を見つける。今ではここがわたしの高殿《たかどの》。ラウィーニウムのレーギアが地中に埋もれた煉瓦に過ぎなくとも、どうということはない。わたしは暗い寝室で昼を寝て過ごす。そこは霧のかかった臭い淵のそばにある。その淵はかつて聖なるものだった。日が沈むとわたしは目覚め、耳を澄ます。わたしの聴力は優れている。オークの落ち葉の中で鼠が呼吸するのさえ、聞き取れる。洞穴《ほらあな》の水音にも紛れず、わたしの耳に聞こえてくるのは、七つの丘と父なる川の両岸と何マイルも続く古い農地を覆う広大な都市のざわめきと噂。世界の道という道に轟《とどろ》く戦争機械の音。けれど、わたしはここにとどまる。音もなく羽ばたく、しなやかな翼に乗って木々の間を飛ぶ。ときおり、叫ぶ。人間の声でではない。わたしの叫びは柔らかい。そして震えている。「イー、イー」とわたしは鳴く。「行け、行け」と。

ほんのときたま、わたしの魂が女として目を覚ますときがある。そんなとき耳を澄ますと、沈黙が聞こえる。沈黙の中に、彼の声が聞こえる。

著者あとがき

この小説の設定、あらすじ、登場人物は、ウェルギリウスの叙事詩『アエネーイス』の後半の六歌に基づいている。

かつてヨーロッパや南北アメリカでは、ある程度の教育のある人なら誰でも、アエネーアスの物語を知っているという時代が長く続いた。トロイアを起点とするアエネーアスの旅、アフリカの女王ディードとのロマンス、アエネーアスの冥界訪問は共通の知識であり、詩人、画家、オペラ作家などにとっては言及の対象や引用の源、また題材としてもなじみの深いものだった。中世以後、ラテン語は死語といわれながらも、ラテン語文学によって生きつづけ、作用を及ぼし、影響力をもつものだった。しかし、そういう時代は終わった。前世紀の間に、ラテン語の教授と学習は衰退し、専門的な学術分野だけのものになった。ラテン語がほんとうに死んでしまえば、ウェルギリウスの声もついに沈黙せざるを得なくなるだろう。それはほんとうに残念なことだ。ウェルギリウスは世界有数の詩人なのだから。

ウェルギリウスの詩作品は、非常に深いレベルで音楽的なので、その美しさは音の響きと語順に深く結びついており、本質的に翻訳不可能だ。ドライデン、フィッツジェラルドのような人たちでさえ、その魔法をつかまえることができなかった。しかし、このテキストと一体化したいという翻訳者の渇望は抑えきれないほど強い。その渇望のゆえに、わたしは、この叙事詩からさまざまな場面や暗示や予兆をとりだして、それらを小説にした。いわば、異なる形式に翻訳したのだ。その翻訳は部分的であり、中心よりは周辺にスポットをあてたものだ。けれども、忠実であろうと心がけた。そして、わたしがこの物語を書いたのは、何よりも、かの詩人への感謝の表明、つまり愛を捧げる行為だ。

　これまで、『アエネーイス』を「完結」させようとする一、二の試みがあった。そのような試みを正当化する根拠として、ウェルギリウス自身がこの作品を未完成だと考えていたという説（たしかに、ウェルギリウスは自分の命が長くないのを知ったとき、この作品を燃やしてくれと頼んだ）と、この作品が、世に知られたアエネーアスの敬虔さや彼の英雄的な勝利の真実性を危うくしかねないような場面で、唐突に終わっているという主張があった。わたしの考えでは、『アエネーイス』はウェルギリウスが終わらせたいと思ったところで終わっている。わたしの物語『ラウィーニア』はいかなる意味でも、アエネーアスの物語の修正や補完を意図したものではない。これは彼の物語の脇役のひとりが示唆する、深く思いを巡らすことによって得られる解釈――ヒントの読み解きである。

トロイア戦争が起こったのは、おそらく紀元前十三世紀だろう。ローマの建国はおそらく紀元前八世紀だろう。しかし、その後何世紀もの間、ローマ建国を記述した、ちゃんとした歴史書はない。トロイアの王、プリアモス（ラテン語名はプリアムス）の甥のアエネーアスが、ローマ建国にいささかでも関係しているというのは、単なる伝説に過ぎない。その多くの部分はウェルギリウスその人の思いつきだ。

けれどもウェルギリウスは、ダンテも知っていたように、先導者として仰ぐのにふさわしい人だ。わたしはウェルギリウスに従って、彼が描く伝説的な青銅器時代にはいっていった。ウェルギリウスは決してわたしを迷子にしなかった。

しかし、ときにはとまどうこともあった。ウェルギリウスはラティウム（ローマの南東に広がる地域）のことをよく知っている。わたしはそうではない。けれども、ウェルギリウスの地理的説明の中には、歪んでいたり、わざとぼかしてあったりするように思われるものがある。ラウィーニウムは現在のプラティカ・ディ・マーレだ。それは問題ない。しかし、ラウレントゥムの位置について正確なところを知ろうとするのは、最初は時間の無駄のように思われた。アルブネアの森についても同様だ。ホラティウスその他の書き手がアルブネアと呼んだティーブル、つまり現在のティーヴォリのそばの硫黄泉と同じものであるとは思えなかった。ヌミークス川あるいはヌミーキウス川と呼ばれるものの位置も、名前のあやふやさに劣らず、あやふやだ。わたしは、小説の書き手として、自分の登場人物がラウレントゥムからティベリス川（現在はテヴェレ川と呼ばれる）まで行くのに、どのくらいの道のりを歩かねばならないのか、アルバ・ロンガからラウィーニウムまで騾馬《らば》に荷車を引かせたら、どのくらい時間がかかるか、わからないままでは、気持ちが落ち着かなかった。友人のジオマンサー（土占い師）、ジョージ・ハーシュがインターネット上で古代の資料についてさんざん調べた末に、わたしが位置や距離を知ることのできる現代の地図を見つけてくれた。それは、グランデ・カルタ・ストラーダレ・ディタリア（*Grande Carta Stradale d'Italia*）の一部であるラツィオ（*Lazio*）の地図だった。大縮尺のその地図のラ・クローチェ・ディ・ソルファラータのそばに、ウェルギリウスのアルブネアはある。ラウレントゥムからは行きやすい場所で納得がいく。そしてまた、ヌミークス川であるに違いないトルト川という川がある。これらの伝説上の場所をイタリア旅行協会（Touring Club Itariano）の道路地図上に見つけることができて、わたしは深い感動を覚えた。地図上でも、神話の中でもそれらの場所は実在しているのだ。

その後、バーサ・ティリーの『ウェルギリウスのラティウム』（*Vergil's Latium*）を発見したときも同じぐらい嬉しかった。一九三〇年代、バーサ・ティリーは研ぎ澄まされた精神と鋭い目と、ブローニーのカメラをもって、この地域をくまなく歩きまわった。

ティリーの本によって、わたしは自分の概略地図の一部を修正するとともに、その大半について裏づけを得ることができて、とても助かった。ティリーは千七百年間、同じやり方で建てられている羊飼いの小屋を写真に収めている。また、彼女の本のおかげで、テヴェレ川（ティベリス川）の河口付近の海岸線がどう変化したか、夜明けにこの川を遡《さかのぼ》って、鳥の羽ばたきやさえずりに満ちた森へとはいっていったトロイア人たちがどこに上陸したのかが、よくわかった。

わたしの望みはウェルギリウスについていくことであって、彼の作品を改良したり批判したりすることではない。しかし、ときおり、ラウィーニア本人が詩人は間違っていると言ってきかなかった――たとえば、彼女の髪の色について。その上、わたしは小説家であり、口数が多いたちだから、ウェルギリウスの簡潔で見事な物語をふくらましたり、解釈したり、細部を書きこんだりした。一方、採らずに残した部分もかなりある。宮殿やティアラや牛百頭の生け贄《いにえ》など、設定に加えられたアウグストゥス帝時代的壮麗さは、もっと納得のいく貧しさに縮小した。言い争い好きな神々に、人間の選択や感情を誘導させたり、解釈させたり、干渉させたりするホメロス流のやり方は、小説では成功しない。それゆえ、『アエネーイス』の本質的要素のひとつである、ギリシア神話の影響をもろに受けたローマの神々は、わたしの物語には出てこない。

パンテオンからの借り物の文学的約束事から自由であることを選んだわたしが、自分の作品を説得力あるものにするために頼りにしたのは、尊敬に値する宗教学者たちの研究成果だった。その結果、わたしの登場人物たちは、非常に宗教的な民族であるローマ人が家庭内で行っていた宗教行為を実践することになった。その礼拝の仕方は、ウェルギリウスの時代にすでに何世紀もの歴史をもち、共和政期と帝政期を通して存続した。それらを最終的に廃止させたのは、輸入による神々の激増とキリスト教の非寛容だ。英語のペイガン（pagan）という語は、多神教徒を意味する。ペイガンのもととなったラテン語のパーガーヌスにもそういう用法がある。だが、この用法はキリスト教徒が始めたもので、もともとパーガーヌスとは、パーグス（ローマの農村）に住む人、つまり田舎の人のことだったのだ。そのような田舎の人たちこそ、その土地の大地に根づいた古い宗教を、もっとも遅い時期まで捨てなかった人たちだ。わたしの物語においてアンバルウァーリアで歌われる歌は、おそらく現在知られているラテン語の詩の最古のものだ。しかしながら、これが書き記されたのは、二一八年と遅い。この歌はそのころにはすでに、大昔のものだった。それを歌う人たちにとって、ほとんどわたしたちにとってと同じくらい、奇異なものであったかもしれない。

紀元前八世紀に、ラティウムの丘陵地帯や低地に住んでいた人たちは何者だったろう。ローマ人の先祖であるラテン人たちだったろうか？　彼らについての研究が進んで、かつて知られていなかったことが、明らかになってきている。しかしわたしは、あえて自分の物語を、ウェルギリウスによって描きだされた半神話的非歴史的風景の中に置いた。考古学者たちは忍耐強く、慎重なので、まだ風景を描き出すに至っていないからだ。歴史学者たちはどうかといえば、これだけ早い時期についての研究には、手も足も出せない、といえるだろう。ラテン人についても、ローマそのものについても、信頼できる歴史的文献は驚くほど遅い時期にいたるまで――ゆうに紀元前二世紀にはいるまで――まったく出てこないのだ。ローマの歴史家リウィウス（ウェルギリウスとほぼ同時代の人だ）の書いたものは、読み物として素晴らしい。けれども、彼の研究の材料は、ほとんどすべて、伝説、神話、推測、伝統、矛盾した話、祭りのリスト、執政官の名前、謎の断片といったものだった。現代のわたしたちがもっている材料は彼のもっていた材料より少ない。だが、リウィウスのもっていたそういう材料よりは、現代の考古学のほうが頼りになる。

ローマはおそらくラテン人が開いた入植地だっただろうが、しばらくの間、エトルーリア人に支配され、彼らからの影響を強く受けたことはほぼ間違いない。しかし、エトルーリア人とは何者だったのかという問いに、誰も確信をもって答えることはできない。エトルーリア人は定住した場所のすべてに、優れた芸術品や建築物を残しており、彼らの言語は、すべてではないが、かなり解読されている。おおむね、ティベリス川の北に住み、十二の都市からなる連合をつくっていた。文化的にも経済的にも、ラテン人よりかなり先を行っていたようだ。

ラテン人とその隣人である諸民族、たとえばサビーニ人、アエクイ人、ヘルニキ人、ウォルスキ人らはみな、インド・ヨーロッパ語族の言語の話し手であり、北方からの移住者である。移住が始まった時期は紀元前千年以前に遡る。

イタリアには彼らが移住できるだけのスペースがあった。当時のイタリアは、森が占める面積が広かった。人が進出すると木は枯れた。タキトゥスの言っていることをわかりやすく言うと、人は砂漠をつくり、それを進歩と呼ぶ。ラテン語を話す人々は、紀元前八〇〇年までにラティウムにはいっていた。木を切り、農地や放牧地を整えた。この人たちは、おそらく、わたしが自分の物語の中で描いたように、王や首長のもとに国や部族としてのまとまりをもち、農場ならびにそれと密接な関係をもつ集落で暮らしていた(すなわちpagansであった)と思われる。彼らはおそらく、わたしが描いたような快適で文化的な生活には程遠い暮らしをしていただろう。たしかなのは、彼らは農民であると同時に戦士であり、多くの時間を戦うことに費やしたということだ。ラテン人は何世紀にもわたってそのような暮らしをつづけ、徐々に成功を収め、ついには、西ヨーロッパ全体ならびにアジア、アフリカのかなりの部分を支配するに至った。

ウェルギリウスと同じように、わたしも、青銅器時代の町々を都市と呼ぶ。住民たちは自分の住んでいるところを都市だと思っていただろう。しかし、わたしたちが見たら、砦を中心にばらばらと小屋が建っていて、その周りを塀や柵で囲ったものとしか思わないだろう。都市の住民たちは塀の外に出て、羊や山羊や牛の面倒を見たり、大麦、エンマー小麦、野菜、果物、ナッツを栽培したりした。彼らはおそらく木綿も亜麻布も、まだもっていなかった。女たちが羊毛を梳《す》き、紡ぎ、織って、トガやパラをつくった（いずれも、インドのサリーのようなものだと思っていいだろう）。彼らが野葡萄と野生のオリーブしか知らず、すでにワインとオリーブ油をもっていたかもしれないエトルーリア人からそれらを買う余裕もなかった、という可能性はある。けれども、わたしには、ワインとオリーブ油をもたないイタリア人など想像できない。言い訳をさせてもらうと、ウェルギリウスだって、そんなものは想像できなかったのだ。

当時の田舎の風景がどんなだったか、ちょっと想像してみよう。オークと松の広大な森が広がっている。それを途切れさせるのは険しい峡谷だ。峡谷の水は森を抜けると、湿った草原や海岸沿いの砂地を流れていく。人々が入植したのは、大方は、アルバ山の大規模な火山複合体の岩だらけの土地だった。町や放牧地や畑は大きな自然の中の小さな一部分に過ぎなかった。入植地同士はお互いに遠く離れていた。それらが集まってローマを形成するのは、まだまだ先のことだ。当時の人々は荒々しい自然の中の小さな世界、孤立した世界に暮らしていたのだ。

ウェルギリウスはその世界を実際以上に洗練されたものとして描いた。わたしはその原始的な性格を薄めた。思うに、わたしたちはふたりとも、この人々にローマ人で――少なくとも形成途上のローマ人で――あってほしかったのだ。

ローマについて書かれたものを初めて読んだときから、わたしはローマに心を惹かれた。私を惹きつけたのは、テレビの長大な連続ドラマが描く贅沢で堕落したローマ帝国ではなく、初期のローマ——地味で簡素なローマだ。大理石ではなく、木と煉瓦の公共広場《フォルム》、義務・秩序・正義を尊ぶ謹厳な人々、一年の半分を軍隊で過ごす農民、その間、農場を切り回す女たち、大人数の世帯。その世帯で礼拝の対象となるのは、暖炉の火や穀物倉庫の食べ物に宿る力、泉の霊や場所の霊や大地の力だ。女たちは家財として分離されてはいない。だからこそ、古代のローマの世帯でわたしは楽な気持ちで想像力を羽ばたかせることができた。古代ギリシアの世帯ならそうはいかなかっただろう。当時はどこでも奴隷がいて、彼ら早期のローマ人たちも奴隷をもっていた。しかし「ファミリア」と呼ばれた家内奴隷たちは、自由な人たちと食卓を共にした。古代ローマ人たちは粗野で残忍で、わたしたちとは大いに違う。けれども、本質的に異質だとは思えない。というのは、わたしたちの文化的財産の非常に多くが、彼らから直接に受け継いだものだからだ。わたしたちの言語の半分がそうだし、わたしたちの法的概念のほとんどがそうだ。そして、忠誠心、謙虚さ、責任感の強さといった、素朴だが、守るのが難しい徳目もおそらく、そうだろう。それらの徳目は、ウェルギリウスの描く英雄像に含まれているものだから。

謝辞

『*The Religious Experience of the Roman People*』（ローマ人の宗教的体験）の著者、W・ウォード・ファウラー（W.Warde Fowler）ならびに『*Ancient Roman Religion*』（古代ローマの宗教）の著者、H・J・ローズ（H.J.Rose）に感謝します。これらの著作は豊かな情報と深い理解に基づく優れた学術研究です。『*Vergil's Latium*』（ウェルギリウスのラティウム）におけるバーサ・ティリー（Bertha Tilly）と『*Vergil's Italy*』（ウェルギリウスのイタリア）におけるアレクサンダー・G・マッケイ（Alexander G. Mackay）はいずれも、すばらしい案内人でした。ポートランド州立大学歴史学部のカレン・カーはわたしの「あとがき」の間違いのいくつかを取り除いてくれました。残っている間違いについては、彼女にはまったく責任はありません。兄のカール・クローバーは、『アエネーイス』を悲劇として読むことをわたしに勧めましたが、おそらく――当然のことですが――その助言を取り下げてくれることと思います。編集者のアンドレア・シュルツとマイケル・カンデルに感謝します。また、この本が然るべき形になるまでに、いつものように、ハーコート社の多くの方にお世話になりました。お礼を申し上げます。

二〇〇八年　アーシュラ・K・ル＝グウィン

訳者あとがき

アーシュラ・K・ル＝グウィンの小説、『*Lavinia*』の翻訳をお届けする。

わたしがこの作品のことを初めて聞いたのは、作家自身の口からだった。二〇〇六年の秋、当時、〈西のはての年代記〉の『ヴォイス』を訳していたわたしは、どうしても質問したいことがあり、というよりは、それにかこつけて憧れの作家に会いたくて、Eメールでお願いし、米国オレゴン州ポートランドのご自宅を訪ねた。質問をすませたあと、窓から明るい光の差す食堂でおしゃべりをしていたときに、ウェルギリウスの『アエネーイス』（アエネーアスの物語の意）に想を得た作品を、ひととおり書き上げたところだ、という話がでた。

そのときのわたしは、古代のギリシアやローマについて知識が乏しく、ウェルギリウスについても、ほとんど名前しか知らなかった。ル＝グウィンさんは、ぽかんとしているわたしを見て、トロイア戦争や、アエネーアスのことを一から説明してくださった。

こちらに心の準備がなかったので、その説明についていくのがやっとで、新作に関する突っこんだ質問などは、まったくできなかった。今思えば、もったいないことをしたものだ。けれども、当時七十七歳だったはずのル＝グウィンさんが、少女のようにきらきらと目を輝かせていたことと、作品を書き上げたばかりの喜びと自信にあふれた清々《すがすが》しい表情をなさっていたことは、よく覚えている。

欧米と比べると、日本では、アエネーアスという名は認知度が低いだろう。あのときのわたしのように、トロイア戦争や『アエネーイス』と聞いても、あまりぴんと来ない方も多いかもしれない。ル＝グウィンさんからうかがったことや、その後勉強したことをもとに、『アエネーイス』成立の背景についての知識を簡単にまとめておこう。

古代ギリシア伝説によれば、はるかな昔、小アジアの都市トロイアと、ギリシアの間で長期にわたる戦争がおこなわれた。最後にギリシア側が策を用いて、大勢の勇士たちを内部に潜ませた巨大な木馬をトロイア市内に運びこませ、トロイアを陥落させたという（ちなみに、長い時を隔てた十九世紀後半、ドイツのアマチュア考古学者、シュリーマンが伝説の都トロイアの発掘に挑み、トロイアが実在したことを証明した）。

前八世紀頃のギリシアの詩人ホメロスがつくったとされる『イーリアス』『オデュッセイア』をはじめとして、トロイア戦争にまつわる物語を語るギリシア語の叙事詩が数多くつくられた。

さらに、トロイアの英雄のひとり、アエネーアスが一族郎党を率いて、焔《ほのお》に包まれたトロイアから逃れ、西方、とくにイタリアに行って支配者となったという伝説も、徐々に形成されたらしい。紀元前一世紀のローマの詩人、ウェルギリウスが、この伝説に材を採って（そしておそらく大部分を創作して）、ラテン語で書いた叙事詩が『アエネーイス』だ。アエネーアスはローマの繁栄の礎《いしずえ》を築くことを、最高神によって運命づけられた人として描かれた。『アエネーイス』は十二歌に分かれていて、前半の六歌では、トロイア戦争の回想を交えて、アエネーアス一行の放浪が描かれ、後半の六歌では、イタリアに上陸した彼らと、反発する土着の勢力との間の戦争が語られる。

その『アエネーイス』に想を得て、ル＝グウィンはどんな小説を書いたのだろうか。二〇〇八年、『*Lavinia*』を手にしたわたしは、その大胆な構成と、あふれる才気、イメージや言葉の響きの繊細な美しさに驚嘆した。

イタリアのラティウムの王、ラティーヌスの娘、ラウィーニアが、礼拝のために訪れた一族の聖地、アルブネアの森で、はるか後代の詩人、ウェルギリウスの生き霊に会う。ウェルギリウスはラウィーニアが、自分が書いた叙事詩、『アエネーイス』に登場する人物であることに驚く。ラウィーニアは、自分が異邦人の妻となる運命をもっていることを、ウェルギリウスから告げられる。その異邦人とは、ギリシア人に滅ぼされたトロイアの英雄、アエネーアスであり、トロイア陥落後、一族を引き連れて放浪していたが、予言に従ってイタリアに向かっているところだという……。

『アエネーイス』の作者であるウェルギリウスその人が登場することに、まず度肝を抜かれた。しかも、主人公兼語り手は、アエネーアスの妻になるラウィーニア。アエネーアスたちと、彼らに反発する土着の勢力との戦争は、ラウィーニアをめぐる争いでもあったから、ラウィーニアは『アエネーイス』の筋の進行上のキーパースンなのだが、ウェルギリウスは彼女をほんの数行しか描写せず、せりふはひと言も言わせなかった。その女性が今、声を得て、語りはじめたのだ。

ラウィーニアの一人称による緩急自在の語り口は、きわめてリアルでありながら、同時に、幽玄と呼びたくなるような美しさに満ちている。そして、飛び切りおもしろい。読む人は、引きこまれてページをめくりつづけるうちに、何度かくすくすと笑い、一度か二度は、涙がこみあげるかもしれない。そして最後には深い感動と不思議な余韻に浸るだろう。

ル＝グウィン自身の「著者あとがき」に記されているように、『アエネーイス』はかつて長い間、欧米の教養ある人々の共通の財産だったが、もはや、そのような時代は過去のものとなった。ル＝グウィンはそのことをよく認識しており、ひとつにはそれを残念に思う気持ちから、『ラウィーニア』を書いた。だから、『ラウィーニア』には、『アエネーイス』をひもといたことのない人でもおもしろく読め、しかも『アエネーイス』の真髄を感じとることができるように、工夫が凝らされている。また、この日本語版には（興をそがないよう最小限にとどめたが）訳注もついているので、予備知識の少ない方も安心して読んでいただけると思う。

一方、『アエネーイス』に親しんだことのある人なら、ル＝グウィンの「解釈」をいっそう楽しめるだろう。とりわけ、古来、いろいろと取り沙汰されている『アエネーイス』の結末部分の出来事を、ル＝グウィンがどのように解釈し、『ラウィーニア』のアエネーアスがどのように考えたかは、興味深いところだろう。

ル＝グウィンは単に、『アエネーイス』から設定や筋や登場人物を借りただけではなく、この古典作品と真っ向から向かい合い、その存在全体を把握した上で、現代人の感性に合う小説に再創造した。そしてそこにくりひろげられる作品世界は、『アエネーイス』のエッセンスを含みながら、ル＝グウィンならではの魅力にあふれるものになった。それを可能にするために、ル＝グウィンがとった方法を少し細かく見ていきたい。

この作品の成功の秘密のひとつ、それも決定的に重要なひとつは、ラウィーニアを主人公兼語り手に選んだことだろう。ウェルギリウスがラウィーニアについてほとんど何も書かなかったのは、作品構成上の理由からで、女性を軽視したためではなかったとル＝グウィンは考えているが、いずれにせよ、ろくに描かれていないからこそ、ル＝グウィンはラウィーニアを自由に造形することができた。ル＝グウィンの描くラウィーニアは、ル＝グウィンがもっとも得意とするタイプの女性像だ。聡明で地に足がついている。ユーモアもある。いざというときには勇気を奮い起こし、実際的な能力を発揮する。生命力そのもののような強さをもっている。彼女の積極的で自立した生き方は多くの読者の共感を呼ぶだろう。また、ラウィーニアを主人公兼語り手にすることで、ル＝グウィンは女性の目を通して日々の暮らしを細かく描きだし、その日常的な幸せを破壊する戦争のおぞましさを浮き彫りにすることができた。

古典作品の脇役にスポットライトを当てるというだけなら、さほど珍しくない手法かもしれない。この作品には、それだけでなく、もっと大掛かりな、構造的なおもしろさがある。

アエネーアスに出会う前の若いラウィーニアが、聖なるアルブネアの森で、ウェルギリウスの生き霊に出会う。この出会いのときと、その後三度の、逢引きのような対面の際の、このふたりの会話のおもしろいことといったらない。病にやつれた詩人ウェルギリウスとおてんば姫ラウィーニア。ギリシア的教養をもつウェルギリウスと、イタリアの土着の文化、宗教の中で育ち、神々や精霊たちや祖霊たちと共に生きるラウィーニア。五十歳と十八歳。男と女。ロマンチストとリアリスト。夢想家と実際家。創造者とその創造の産物。さまざまなレベルの対比を示す会話が、わたしたちを知的な興奮に誘《いざな》う。

ウェルギリウスはラウィーニアに、トロイア戦争の落ち武者が、放浪のはてにイタリアにやってくること、ラウィーニア自身を原因とする戦いが起こること、アエネーアスとラウィーニアとの結婚が、彼女にとっては遠い未来にあたるローマの繁栄につながっていくことを教え、ラウィーニアを運命に導く。ウェルギリウスはわたしたち読者にとっても良い導き手だ。『アエネーイス』を読んだことがなく、トロイア戦争の伝説やローマの歴史をあまり知らない人も、彼のおかげで、すんなりと物語にはいっていける。

　また、ウェルギリウスがラウィーニアに語りかけ、わたしたち読者が耳を傾ける場面をつくることによって、ル＝グウィンは自分が省いた要素、すなわち「ギリシア神話の影響をもろに受けたローマの神々」が『アエネーイス』で果たしていた役割のかなりの部分を、この物語世界の創造者であるウェルギリウスに肩代わりさせている。おかげでわたしたちは、現代人の感覚にはなじまない、神様同士の意地の張り合いや、それによる人間界への干渉に煩わされることなく、予告されたことが実現されていくのを見る、一種、わくわくした気分を楽しむことができる。

　さらにもうひとつ。この構造によって、ル＝グウィンは、『アエネーイス』の登場人物ではないが、この叙事詩に強い光を（もしくは濃い影を）投げかけているアウグストゥスという存在を『ラウィーニア』に取りこんでいる。

『ラウィーニア』のウェルギリウスはしきりにアウグストゥスのことを気にしている。ラウィーニアはアエネーアスの楯の絵柄に、アウグストゥスの姿を見出す。

　アウグストゥスのことは、世界史の授業で習ったけれど、どんな人だったか忘れてしまった、という方もあるだろうから、ちょっと史実のおさらいをしておこう。

　アウグストゥス。紀元前六三年に生まれ、紀元後一四年に没する。ローマ帝国初代皇帝で、もとの名はオクタウィアヌス。カエサルの後継者だ。内戦を勝ち抜いて国家の第一人者となり、紀元前二七年、元老院からアウグストゥス（尊厳者）という称号を授与される。このときを機にローマは事実上、共和政から帝政に移る。アウグストゥスはその後、二百年あまり続く「パクス・ロマーナ（ローマの平和、ローマの支配による平和）」を確立した人として讃えられている。

一方、ウェルギリウスは紀元前七〇年に生まれ、紀元前一九年に世を去った。ウェルギリウスのパトロンだったマエケナスはアウグストゥスの側近だったから、ウェルギリウスはアウグストゥスと近い関係にあった。ローマの栄光とアウグストゥスの偉大さを歌うことを自分の使命だと思っても不思議ではないし、当然ながら、アウグストゥスやマエケナスからのプレッシャーもあった。

ウェルギリウスは直接的にアウグストゥスの業績を語る叙事詩はつくらなかったが、その代わりに、十年余をかけて『アエネーイス』をほぼ完成させた。アエネーアスはアウグストゥスの属する名門ユリウス氏族の伝説的な祖先であるので、アウグストゥスと重ね合わせるのに都合がよかった。予言や、未来の幻視のような描写で、アウグストゥスの名を出すこともできた。ギリシア人に敗れたトロイアの貴種（しかも女神の息子）が、天命によってイタリアの支配者になるという物語は、ローマがギリシアの後継者として世界の覇者となったことを正当づけ、ローマの最高権力者アウグストゥスをさらに権威づけるものだった。

しかし、もちろん、それだけのものではなかった。ウェルギリウスは、大きな秩序や集団の理想の実現を讃えるとともに、そこに至る過程で犠牲になる個人の苦しみや戦争の悲惨さを描いた。それは共和政時代のローマの領土拡大や内戦の中で、現実に起こったことを反映している。

そういうわけで、『アエネーイス』成立の歴史的背景は、この叙事詩の本質と深く関わっている。ル゠グウィンは『ラウィーニア』にウェルギリウスを登場させることによって、『アエネーイス』の背景を取りこみ、『アエネーイス』の本質を捉えた。

以上、述べてきたように、創造者のウェルギリウスが自分の創造した世界にやってきて、その結果として、ラウィーニアは自分が彼の創造の産物であることを知っている、という特殊な構造は、この小説において数々の利点をもっている。いや、むしろこの構造でなければ、この小説の成功はありえなかった、といえるぐらいだ。

しかし、この構造にはかなりのリスクがある。凡庸な作家ならば、このようなアイディアを思いついて、興味深い場面をいくつか書いても、おそらく、あとが続かなくなるだろう。運命を知らされ、しかも自分がフィクショナルな存在であることに気づいた人は生きるのが怖くなるか、空しくなるかして、結局、話が行き詰まってしまうだろうから。

だが、ル゠グウィンは――ラウィーニアは違う。彼女は言う。「アルブネアにいるのでないとき――ここの人々の間にいるときには、詩人が言ったことが、わたしの心の中にずっとあるわけではなかったからだ。心に浮かぶ折にも、ときには、詩人から聞いたときと同じくらい生々しく思えたが、むしろ、思い出そうとすればするほど消えていく夢の断片のように、薄れかけていることが多かった。それは真《まこと》の夢、正夢だった。けれど、たとえ正夢であろうとも、夢の中で生活することはできない」と。

つまり、ウェルギリウスがラウィーニアを夢に見たように、ラウィーニアは夢でウェルギリウスに会ったのだ。両者はある意味で対等である。ラウィーニアはウェルギリウスの完全な支配下にあるわけではない。

もちろんこれには、ラウィーニアの性格が大きくものを言っている。地に足がついていて、そのときそのときを全力で生きる彼女だからこそ、夢は夢として、毎日の生活を生きつづけることができる。その夢が正夢であり、運命であることをはっきりと悟ったあとも、ラウィーニアは生きつづける。自分の思いのままに。詩人の語った運命のとおりに。

ラウィーニアは運命をじっとすわって待ってはいない。求婚者たちの中から誰かを選ぶことを嫌って、父を促し、アルブネアにお告げを聞きにいかせる。川岸で野営するトロイア人たちを覗き見に行き、主体的にアエネーアスに恋をする。物語の後半では、わが子を守るために知恵と力をふりしぼる。そういうラウィーニアの姿には、欧米の人々が長い間、アエネーアスに見出してきた理想的な人間像――運命を受け入れつつ、努力する人間――と響き合うものがある。

詩人の詩が終わる場面の出来事が過ぎても、アエネーアスが死んだあとも、ラウィーニアは生きつづける。たくましい母として、子どもを守り育て、その子が王になり、壮年に達したあともなお、生きつづける。

それどころか、ウェルギリウスはラウィーニアに最後に会ったとき、別れ際に言うのだ。「きみの物語は終わらない。ラウィーニウムでも、アルバ・ロンガでも終わらない。きみの死でも、きみの息子の死でも終わらない。王たちが現れて消え、執政官たちが現れて消えても終わらない。カルターゴが滅んでも、ガリアが征服されても終わらない。ユリウス・カエサルが暗殺されても、アウグストゥスが権力を一身に集めても終わらない」と。

語り手であるラウィーニアの不死性については、この本のごく最初のほうで――プロローグ的な場面のすぐあとで語られる。語り手は自分がウェルギリウスに創造されたフィクショナルな存在であることを明かし、ウェルギリウスによって十分に描かれ、十分に生きた人はみんな黄泉《よみ》の国へ行ったが、自分はほとんど描かれなかったがゆえに不死性を得て、叙事詩の中でひと言も発しなかったがゆえに今、声を得て語るのだ、と言う。

メインのストーリーの中で語られるラウィーニアは血肉をそなえた女だが、語り手のラウィーニアの存在は謎めいている。創作という行為の中から生まれた精霊のようなものに思われる。とにかく、語り手のラウィーニアは時と空間を自由に行き来し、何でも知っている。この本には章立てが一切なく、長短さまざまな断片が浮遊するかのように並んでいるのだが、メインのストーリーの合間を縫って、アエネーアスとの結婚生活のシーンや、世界の未来の幻視、さまざまな回想、さまざまな思いが錯綜する。アエネーアスとのシーンはしばしば現在形で語られ、アエネーアスへの愛がラウィーニアにとって常に現在であり、すべてであることを感じさせる。

物語の終わり近く、ラウィーニアの声は哀切さを増す。読み手はラウィーニアがどういう存在なのかを知る。これまでのすべての断片が、風の中からとぎれとぎれに聞こえてくる便りだったのかと思うと、読み手は切なくなる。けれどその断片のひとつひとつをふり返れば、なんと美しく輝いていることだろうか。ラウィーニアの声は弱々しくなって、消え入りそうだけれど、彼女はきっと語りつくしたことに満足しているに違いない。

『アエネーイス』がアウグストゥスの治世までのすべての時間とその先までも含んでいたように、時を超える存在であるラウィーニアが語る物語は、わたしたちの生きる時代をも含み、さらなる未来までも含んでいる。小説の最後で、ラウィーニアの耳が聞いている「世界の道という道に轟《とどろ》く戦争機械の音」には現代の戦争の音も含まれている。遠い昔の戦争と苦悩と愛と悲しみの物語が、決して自分たちに無縁のものではないことを、わたしたちは知る。

このように見てくると、かなり技巧的な作品だということになるが、すばらしいのは、表現と内容がぴったりと合っていて、技巧をほとんど感じさせないことだ。

ある書評者は、『*Lavinia*』を「秋の一日のように、極上のワインのように」完璧だと讃えた[1]。秋の一日や極上のワインと同じように、そのすばらしさを構成している要素をひとつひとつ取りあげても、それを味わうすばらしい体験を人に伝えることはできない。

この本は「いのち」そのものがページに刷りこまれているのだ、と。わたしはこの讃辞に心から同意する。

さて、この小説にはル＝グウィンによる「著者あとがき」がついていて、この作品の生まれた経緯が記されている。また、英米での刊行に際して、マスメディアによる取材が多かったようで、記事やインタビューがたくさんある。

複数のインタビュー記事によると、[2] ル＝グウィンは中学校で初めてラテン語を習ったが、その後中断した。大学院生のときに、また勉強したが、詩作品を読みこなすところまではいかなかった。七十代にはいってから、一念発起して、ラテン語を学びなおし、『アエネーイス』をラテン語で少しずつ読みはじめた。そして、「ウェルギリウスの声を聞く喜び」に浸るうちに、「ラウィーニアの声が彼女の物語を語るのが聞こえてきて」、本書を書きはじめた。

あるインタビューでル＝グウィンは次のように述べている。[3]「ウェルギリウスが『アエネーイス』を書いたのは、ひとつにはアウグストゥスにこう言ってやりたかったからだと思います。『あなたはうまくやった。あなたは勝った。あなたは頂点に立っている。だが、見てくれ。これが、勝利を得るのに――頂点に立つために――費やされた犠牲だ。もう、たくさんだ』と。『アエネーイス』は、一種の反戦の物語だとわたしは思っています」

『ラウィーニア』に流れる反戦的な思いは、ル＝グウィンのこれまでの作品に流れるものと同じ響きをもっているし、『ラウィーニア』で描かれるアエネーアスの人間像もいかにもル＝グウィン好みなので、ル＝グウィンの愛読者は、それらがル＝グウィンによってつけ加えられたものだと思うかもしれない。だが、『アエネーイス』を読めば、ル＝グウィンが（ときにはかなりの細部まで）ウェルギリウスに――ウェルギリウスの詩句から自分が読みとったものに――忠実だったのがわかるだろう。(4)

ル＝グウィンは本書の「著者あとがき」に書いている。「ウェルギリウスの詩作品は、非常に深いレベルで音楽的なので、その美しさは音の響きと語順に深く結びついており、本質的に翻訳不可能」だ。だから、小説という「異なる形式に翻訳した」。それは「かの詩人への感謝の表明、つまり愛を捧げる行為」だった、と。

ル＝グウィンは何冊も詩集を出している詩人であり、翻訳書もある。小説家として、SF、ファンタジー、児童文学などさまざまな分野で、ほぼ半世紀にわたって数多くの優れた作品を生み出してきたのは、皆さんよくご存じのとおりだ。ル＝グウィンは詩についても翻訳についてもよく知っており、小説という表現形式を熟知している。小説ではできないことは何か、逆に小説だからできることは何かを知っている。ウェルギリウスに愛を捧げる行為として、『アエネーイス』を小説という、異なる形式に翻訳するにあたって、ル＝グウィンは小説について自分がもっている技のすべてを投入したに違いない。だからこそ、「秋の一日のように、極上のワインのように」読む人を幸せにする作品が生まれた。

実際、『ラウィーニア』に対する読者の反響は大きく、玄人筋の評判もよい。SF界の権威ある賞であり、老舗SF情報誌『ローカス』の読者投票によって選考が行われるローカス賞（ファンタジー長篇部門）も受賞している。ル＝グウィンの最高傑作のひとつという評価が定まりはじめているようだ。

思えば、本書のすぐ前に書かれた〈西のはての年代記〉の三部作を貫く柱のひとつは、文化、とりわけ言語芸術の創造と分かち合いと継承だった。諸国を旅して朗誦の傍ら、文芸を蒐集するオレックや、図書館を守り、いにしえの言語、アリタン語の詩を愛唱する道の長やメマーの姿が、七十代にしてラテン語を学びなおし、二千年前の叙事詩の精神を継承しつつ、現代人にとっておもしろく読める小説に再創造したル＝グウィンに重なる。まさに、この仕事は、ル＝グウィンがするのにふさわしい仕事だったし、ル＝グウィンはこの仕事をするのにふさわしい人だった。二〇〇六年の秋のル＝グウィンさんの目の輝きと清々しい表情を思い出し、わたし自身も『ラウィーニア』を異なる言語に翻訳するという形で、この分かち合いと継承に参加することができたことを、しみじみと幸せに思う。

最後に、Eメールでの質問に、常に迅速なお返事をくださったル＝グウィンさん、語学上の問題や読解上の問題について助言してくれたロバート・リードさん、古代ローマや『アエネーイス』やラテン語についての理解を深めてくれた多くの書物と個人的にご教示くださった方々、日本の読者にとってなじみやすい本になるように、編集上の工夫を凝らしてくれた河出書房新社の木村由美子さん、そして、本書を手にとり、読んでくださったあなたに、心からの感謝を捧げます。

二〇〇九年六月

谷垣暁美

(1) Lavinia, by Ursula K. Le Guin: A Review by Guy Haley (『Death Ray』誌、二〇〇九年六月)
(2) Kirkus Spring & Summer Preview (二〇〇八年一月)、Ursula K. Le Guin: The Age of Saturn (『Locus』誌、二〇〇八年十月) など。
(3) An Interview with Ursula K. Le Guin by Lev Grossman (『Time』誌、二〇〇九年五月十一日)
(4) 『アエネーイス』の邦訳としては次の二種類が入手しやすい。
『アエネーイス (上・下)』泉井久之助訳、岩波文庫、一九七六年。(筑摩書房刊『世界古典文学全集』二一、一九六五年の改訂訳) 七五調の訳。
『アエネーイス』岡道男・高橋宏幸訳、京都大学学術出版会 (西洋古典叢書)、二〇〇一年。散文体の訳。

文庫版訳者あとがき

二〇〇九年に単行本の形で翻訳出版された『ラウィーニア』の文庫版が生まれました。河出文庫におけるアーシュラ・K・ル＝グウィンの著作は、〈西のはての年代記〉の『ギフト』、『ヴォイス』、そして『パワー』上下巻に続き、これで、五冊目です。

作者のル＝グウィンさんは二〇一八年一月に八十八歳で亡くなり、この『ラウィーニア』（原著 *Lavinia* は二〇〇八年刊行）が、長篇小説としては最後の作品となりました。本作の上梓後も、ル＝グウィンは詩やエッセイを書き、いくつかの短篇小説を創作し、社会的発言もしてきました。晩年の日々にも、いかにも彼女らしく、深く考えを巡らしながら、たくさん書き、生き生きと活動していたことが、生前に刊行された最後のエッセイ集、『暇なんかないわ　大切なことを考えるのに忙しくて』（*No Time to Spare: Thiking about What Matters*）からもうかがえます。

さて、作家として数々の栄誉を得てきたル＝グウィンですが、いかなる栄誉よりも、作品が長く読み継がれることを願っていたのではないかと思います。というのは、そのエッセイ集にこんな文章があるのです。「（……）私の書いたものは、読み間違えられ、誤った受け取られ方、誤った解釈をされるだろう――別に構いはしない。それが本物である限り、無視され、抹消され、読まれないこと以外のあらゆる試練に耐えて生き延びるだろう」

私も翻訳者として『ラウィーニア』の文庫化を喜び、この作品が〈西のはての年代記〉ともども、広く、長く読まれますよう、心から願っています。実のところ、ル＝グウィンさんが宇宙のどこかから、コンパクトな文庫本の『ラウィーニア』を見ている、そして、小さなフクロウのマークがあるのを目ざとく見つけてニコッとしている――そんな気がしてならないのです。

今回の文庫化にあたり、河出書房新社の島田和俊さんはじめ、多くの方々にお世話になりました。ありがとうございました。

二〇二〇年夏

谷垣暁美

ラウィーニア

二〇二〇年 九 月一〇日 初版印刷
二〇二〇年 九 月二〇日 初版発行

著　者　U・K・ル＝グウィン
訳　者　谷垣暁美《たにがきあけみ》
発行者　小野寺優
発行所　株式会社河出書房新社
〒一五一－〇〇五一
東京都渋谷区千駄ヶ谷二－三二－二
電話〇三－三四〇四－八六一一（編集）
〇三－三四〇四－一二〇一（営業）
http://www.kawade.co.jp/

ロゴ・表紙デザイン　粟津潔
本文フォーマット　佐々木暁
本文組版　KAWADE DTP WORKS
印刷・製本　凸版印刷株式会社

Printed in Japan　ISBN978-4-309-46722-1

ギフト　西のはての年代記Ⅰ

ル＝グウィン　谷垣暁美〔訳〕　46350-6

ル＝グウィンが描く、〈ゲド戦記〉以来のＹＡファンタジーシリーズ第一作！〈ギフト〉と呼ばれる不思議な能力を受け継いだ少年オレックは、強すぎる力を持つ恐るべき者として父親に目を封印される——。

ヴォイス　西のはての年代記Ⅱ

ル＝グウィン　谷垣暁美〔訳〕　46353-7

〈西のはて〉を舞台にした、ル＝グウィンのファンタジーシリーズ第二作！　文字を邪悪なものとする禁書の地で、少女メマーは一族の館に本が隠されていることを知り、当主からひそかに教育を受ける——。

パワー　上　西のはての年代記Ⅲ

ル＝グウィン　谷垣暁美〔訳〕　46354-4

〈西のはて〉を舞台にしたファンタジーシリーズ第三作！　少年奴隷ガヴィアには、たぐいまれな記憶力と、不思議な幻を見る力が備わっていた——。ル＝グウィンがたどり着いた物語の極致。ネビュラ賞受賞。

見えない都市

イタロ・カルヴィーノ　米川良夫〔訳〕　46229-5

現代イタリア文学を代表し世界的に注目され続けている著者の名作。マルコ・ポーロがフビライ汗の寵臣となって、様々な空想都市（巨大都市、無形都市など）の奇妙で不思議な報告を描く幻想小説の極致。

倦怠

アルヴェルト・モラヴィア　河盛好蔵／脇功〔訳〕　46201-1

ルイ・デリュック賞受賞のフランス映画「倦怠」（C・カーン監督）の原作。空虚な生活を送る画学生が美しき肉体の少女に惹かれ、次第に不条理な裏切りに翻弄されるイタリアの巨匠モラヴィアの代表作。

神曲　地獄篇

ダンテ　平川祐弘〔訳〕　46311-7

一三〇〇年春、人生の道の半ば、三十五歳のダンテは古代ローマの大詩人ウェルギリウスの導きをえて、地獄・煉獄・天国をめぐる旅に出る……絢爛たるイメージに満ちた、世界文学の最高傑作。全三巻。

黄金の少年、エメラルドの少女

イーユン・リー　篠森ゆりこ〔訳〕　46418-3

現代中国を舞台に、代理母問題を扱った衝撃の話題作「獄」、心を閉ざした四〇代の独身女性の追憶「優しさ」、愛と孤独を深く静かに描く表題作など、珠玉の九篇。O・ヘンリー賞受賞作二篇収録。

さすらう者たち

イーユン・リー　篠森ゆりこ〔訳〕　46432-9

文化大革命後の中国。一人の若い女性が政治犯として処刑された。物語はこの事件に否応なく巻き込まれた市井の人々の迷いや苦しみを丹念に紡ぎ、庶民の心を歪めてしまった中国の歴史の闇を描き出す。

プラットフォーム

ミシェル・ウエルベック　中村佳子〔訳〕　46414-5

「なぜ人生に熱くなれないのだろう？」——圧倒的な虚無を抱えた「僕」は父の死をきっかけに参加したツアー旅行でヴァレリーに出会う。高度資本主義下の愛と絶望をスキャンダラスに描く名作が遂に文庫化。

スウ姉さん

エレナ・ポーター　村岡花子〔訳〕　46395-7

音楽の才がありながら、亡き母に変わって家族の世話を強いられるスウ姉さんが、困難にも負けず、持ち前のユーモアとを共に生きていく。村岡花子訳で読む、世界中の「隠れた尊い女性たち」に捧げる物語。

プロヴァンスの贈りもの

ピーター・メイル　小梨直〔訳〕　46293-6

叔父の遺産を継ぐため南仏に来たマックスが出会った魅力的な女性ふたり、ぶどう畑に隠されたひとつの謎。ベストセラー『南仏プロヴァンスの12か月』著者による最新作。リドリー・スコット監督で映画化！

島とクジラと女をめぐる断片

アントニオ・タブッキ　須賀敦子〔訳〕　46467-1

居酒屋の歌い手がある美しい女性の記憶を語る「ピム港の女」のほか、クジラと捕鯨手の関係や歴史的考察、ユーモラスなスケッチなど、夢とうつつの間を漂う〈島々〉の物語。

霧のむこうに住みたい

須賀敦子 41312-9

愛するイタリアのなつかしい家族、友人たち、思い出の風景。静かにつづられるかけがえのない記憶の数かず。須賀敦子の数奇な人生が凝縮され、その文体の魅力が遺憾なく発揮された、美しい作品集。

須賀敦子全集 第1巻

須賀敦子 42051-6

須賀文学の魅力を余すところなく伝え、単行本未収録作品や未発表・新発見資料満載の全集全八巻の文庫版第一弾。デビュー作「ミラノ　霧の風景」、「コルシア書店の仲間たち」、単行本未収録「旅のあいまに」所収。

須賀敦子全集 第2巻

須賀敦子 42052-3

遠い日の父の思い出、留学時代などを綴った「ヴェネツィアの宿」、亡夫が愛した詩人の故郷トリエステの記憶と共に懐かしいイタリアの家族の肖像が甦る「トリエステの坂道」、およびエッセイ二十四本を収録。

須賀敦子全集 第3巻

須賀敦子 42053-0

二人の文学者の魂の二重奏「ユルスナールの靴」、西欧の建築や美術を巡る思索の軌跡「時のかけらたち」、愛するヴェネツィアの記憶「地図のない道」、及び画期的論考「古いハスのタネ」などエッセイ十八篇。

須賀敦子全集 第4巻

須賀敦子 42054-7

本を読むことが生きることと同義だったという須賀の、書物を巡るエッセイを収録。幼年期からの読書と体験を辿った「遠い朝の本たち」、書評集大成「本に読まれて」、及び本や映画にまつわるエッセイ三十三篇。

須賀敦子全集 第5巻

須賀敦子 42055-4

詩への愛こそ須賀文学の核心だった。愛読した詩人たちの軌跡とその作品の魅力を美しい訳詩と共に綴ったエッセイ「イタリアの詩人たち」、亡夫への思いがこめられた名訳「ウンベルト・サバ詩集」他。